납골당의 어린왕자 10

저자 퉁구스카 | 표지 MARCH

|목차|

변화

「종말 이후」의 세계에서, 병상에 누운 채로, 겨울은 봄을 생각했다.

'내가 도달해야 할 결론이라…….'

별빛아이가 관측한 이 세계의 미래는 대체 어떤 모습이었을까. 어떤 모습이었기에, 자신의 질문과도 관련이 있다고 했던 것일까. 봄은 겨울의 돌 같은 앙금에 대하여 물었다. 어조로 미루어, 아이는 겨울이 아직 자신의 질문에 답할 조건을 갖추지 못했다고 판단한 모양.

그러므로 아이가 보았을 앞날이 마냥 긍정적이진 않으리란 예감이 든다. 아마 사람의 한계에 얽힌 문제이리라. 봄빛 별이 비추는 세계의 모든 주민들에게 마음이 깃들었을 테니, 재구성된 과거의 세계에서 이들이 바깥세상의 인류를 대변하더라도 큰 무리가 없을 것이었다.

겨울은 조금 암담한 기분에 젖었다. 앤과 함께 살아가야 할 세상의 앞날이 어둡길 바라진 않는다. 그러나, 아이의 예측이 빗나갈 가능성은 얼마나 될까. 완전히 각성한 인공지능의 역량은 상상으로도 한계를 재기 어려운 면이 있었다.

그래도 아이가 봄으로서 개입하지 않겠다고 한 만큼, 좋은 의미로든 나쁜 의미로든, 이 세계에 다가오는 종말이 이제까지와 달라지진 않을 것이다. 겨울이 느끼기에 종말의 시계는 그 어느 때보다 더 늦춰진 상태. 이제까지처럼, 앞으로도 최선의 노력으로 최악의 상황을 피해갈 뿐이다. 이번 반란이 그러했듯이.

다만, 이런 결심과 무관하게, 이 순간에도 감정을 쌓고 있을 아이의 속내가 걱정스럽다. 능력의 한계와 마찬가지로, 그 인내의 한계 또한 겨울의 상상을 아득히 벗어난 것이었기에.

똑똑.

노크 소리가 들렸다. 겨울은 문이 열리기 전부터 들어올 사람을 알았다.

"잘 쉬고 있었어요?"

안부를 묻는 앤의 목소리는 무척이나 상냥했다. 듣기만 해도 근심이 멀어지는 듯하여, 겨울은 난감하면서도 반가운 심정으로 답했다.

"보다시피, 얌전히 누워있었죠."

"굳이 일어나지 않아도 되는데."

"내가 그 정도로 심한 환자는 아니잖아요."

이 말을 듣고, 병상 옆에 앉은 앤이 눈을 흘긴다.

"보통 사람이었으면 그런 말 못 했어요. 적출한 파편이 몇 개나 되는지 알아요? 8인치짜리 자상은 또 어떻고요? 약간만 더 깊었어도 근육이 심하게 상했을 거예요. 거기다 금이 간 갈비뼈가 셋에 전신에 걸친 열상과 타박상, 근육파열, 위험한 수준의 실혈까지……."

무서웠던 순간이 떠올라 울컥했는지, 말하는 사이에 눈시울이 붉어지는 그녀. 눈을 깜박여 물기를 지우는 모습이 애틋하다. 그것을 견딜 수 없었던 겨울이 항복의 의미로 손을 들었다.

"알았어요, 알았어요. 나는 심한 환자가 맞아요. 다 나을 때까지 절대로 무리하지 않을게요."

스스로의 전투력을 인지하는 겨울로선 행동범위가 제한되는 지금이 꽤나 답답하게 느껴졌으나, 그래도 앤의 과보호는 기분이 좋아지는 것이었다. 통증이 센 것도 사실이고.

바깥세상의 관객들이야 하는 일 없이 보내는 시간을 견디기 힘들어했지만, 이제 겨울에겐 그들의 호오에 얽매일 이유가 없었다. 그저 관객들 가운데 제2의 SALHAE가 있을까 우려하고 있을 따름. 자기 자신을 살해할 만큼 절박한 사람이라면 이런 시간도 충분히 기껍게 받아들일 터였다. 즐거움 이상으로 삶에 굶주린 사람들이니까.

"여기."

누그러진 앤이 서류가방에서 대외비 파일을 꺼냈다. CIA 마크가 찍힌 문서도 있었다.

"겨울이 원했던 자료들이에요. 내가 있는 자리에서 읽고 돌려줘야 돼요."

장소가 장소였다. 겨울은 손을 뻗어 파일을 넘겨받았다. 그러나 시선은 앤에게서 떨어지지 않았다. 잠시 그러고 있으려니, 머뭇거리던 그녀가 볼을 붉히며 묻는다.

"왜 그렇게 봐요? 뭐 묻었어요?"

"어, 아뇨. 그냥……. 당신이 살아있다는 게 좋아서요."

"……."

조금 더 붉어져서는 살풋 웃고 귀밑머리를 쓸어 넘기는 앤. 시선을 조용히 내리깐다. 무의식적으로 대답한 겨울도 한 박자 늦게 부끄러워졌다. 별빛아이 앞에서 인정했다. 이젠 사랑하고 싶은 사람이 아니라 사랑하는 사람이었다. 그 차이가 전에 없던 어색함으로서 다가왔다. 앤도 이를 감지했다. 서로에게 싫지 않은 거리감이었다.

"……이런 소릴 할 때가 아닌데."

겨울의 말에, 앤이 한숨이 샐 것 같은 목소리로 동의한다.

"그 마음, 이해해요. 정말로."

이러고도 겨울은 얼마간 더 그녀를 바라보았다.

'역시 달라질 건 없어.'

상담사를 가장했던 친구, 고아영에게 들려주었던 색채 이야기를 돌이켜본다. 내 눈에 보이는 색이 과연 다른 사람의 눈에도 동일한 색으로 보일까? 서로 다른 색을 보면서 같은 이름으로 부르기에 차이를 인식하지 못하는 건 아닐까? 모른다. 타인의 본질은 감각의 장벽 너머에 있었다. 앤도 마찬가지. 별빛아이는 그녀에게 완전한 연속성을 보장했다고 말했다. 인지를 넘어선 그녀의 변화를 막연히 불안해할 필요는 없을 것이었다.

단지 앤 스스로 어딘가 달라진 자신을 느끼고 있진 않은가, 그것이 궁금하기는 했다.

그러나 막상 던지기엔 모호한 질문이었다. 엉뚱한 의미로 오해받을 확률이 높다.

망설이던 겨울은 내심 고개를 흔든 뒤 건네받은 문서들을 읽기 시작했다. 어떤 식으로든 겨울의 이름이 등장하는 정보들이었다. 독립대대 알파 중대, 공군기동부사령관 헤이든 스트릭랜드 소장, 봉쇄사령관 슈뢰더 대장, 클라리사 채드윅 등등. 겨울은 파편화된 정보들을 공식적으로 확인하고 싶었을 뿐, 대단한 기밀정보를 열람하는 게 아니었다.

어느 정도 읽어 내려간 겨울이 볼을 긁적인다.

"스트릭랜드 소장님께는 큰 신세를 졌네요."

D.C.에 헬기를 통해 무기와 탄약을 추진해준 사람이 바로 스트릭랜드 소장이었다. 길은 다른 병력들이 뚫었다고 해도, 소장의 사전준비가 없었다면 보급에 차질이 빚어졌을 것이다.

"그런데……."

겨울의 시선이 페이지 말미에 못 박혔다.

"이 일로 입장이 좀 애매해지신 모양이군요."

앤이 유감스러운 표정을 지었다.

"이유야 어쨌든 월권행위를 저지르셨는걸요. 상관의 명령을 위조하고, 등록되지 않은 보급거점을 만들고……. 그래도 처벌은 없을 거라고 들었어요. 공식적인 표창도 어렵 겠지만."

공군기동사령관은 국방부 장관이나 대통령의 허가 없이 도 민간예비항공대(CRAF) 일부를 통제할 권한이 있다. 그 수 량은 약 50기. 쉽게 말해 민간 항공기를 징발하는 것이다.

스트릭랜드 소장은 부사령관으로서 이 명령을 위조했다. 서부 오염지역 물자공수에 동원되었던 민간항공사의 수송 기 일부가, 소집해제 과정에서 위장된 전투물자와 인력을 실어 날랐다. 편법으로 장비 및 물자를 빼내는 절차가 또 한 번의 월권이었다.

앤이 마저 하는 말.

"누구도 믿을 수 없고, 기존의 모든 보급거점이 위험해 지는 상황을 가정하셨던가 봐요. 최악의 경우에도 백악관 이 한 개 중대는 추가로 확보하겠다는 계획이었어요."

그 한 개 중대가 다름 아닌 겨울의 옛 독립중대, 현 201 독립보병대대 알파 중대였다. 그래서 사태 발생 시 편제를 유지하고 있던 진석의 중대는 이번 사태에서 가장 먼저, 그 리고 가장 많은 지원을 받은 부대가 되었다. 그만큼 고생도 했으나, 불구가 된 사람은 많을지언정 전사자는 나오지 않 은 이유였다. 노력과 준비, 적의 실전경험 부족이 한데 어우 러진 인간적인 기적이었다…….

겨울은 장군의 결정을 이해했다.

'결국 도와달라고 한 사람은 나였으니까.'

스트릭랜드 소장에겐 아무리 고마워해도 모자랄 입장이

었다. 만약 아무 일도 벌어지지 않았다면, 소장은 지금보다 훨씬 더 난처한 처지가 되었을 것이다.

동시에 그는 겨울의 진의를 의심할 수도 있었다. 물론 소장 나름대로 뭔가를 더 알아보고 내린 결단이었겠지만, 그래도 그 믿음은 차라리 도박에 가까웠다. 명성 높은 전쟁영웅이니 뭐니 해봐야 고작 한 번, 짧게 만나고 말았던 사이가 아니던가.

"육군 얼간이들."

느닷없는 말에 겨울이 앤을 바라보았다. 그녀는 고갯짓으로 문서를 가리켰다.

"먼저 훑어봤는데, 거기서 두 장쯤 넘기면 부관의 증언이 있을 거예요. 스트릭랜드 소장께서 이번 사태를 보고받고 처음으로 내뱉은 말씀이라고."

과묵함이 여전한 소감이었다. 반란에 가담한 병력이 모두 육군 소속이긴 하다. 때 아닌 실소를 흘리고서, 겨울은 생각에 잠겼다. 그런 사소한 말, 주변인의 증언까지 보고서에 채록되어 있다는 건 벌써 상당한 수준의 조사가 이루어졌음을 의미했다.

겨울이 고개를 기울였다.

"이상하네요."

"뭐가요?"

"이 문제 관련해서 날 찾아온 사람이 없다는 게."

앤의 입가에 희미한 미소가 스쳤다.

"내가 있잖아요. 잊었어요? 나 역시 수사관이에요."

"아."

"겨울만큼은 아니지만 나도 기억력이 좋은 편이거든요. 핵심적인 진술은 그때 다 들은 것 같은데……. 혹시 내가 알아야 할 무언가가 더 있나요?"

여기서 말하는 그때란 겨울이 만다린 오리엔탈의 안전가옥을 떠날 때를 뜻했다. 당시 겨울은 앤에게 모든 비밀을 털어놓았다. 이후의 판단은 맡기겠다고.

겨울의 침묵에 앤이 다리를 꼬며 끄덕인다.

"뭔가 떠오르거나 궁금한 게 있으면 언제든 말해요. 나중엔 어떻게 될지 몰라도, 지금 당신에 대한 모든 조사는 나를 거치도록 되어있으니까."

그저 시설경호만 맡고 있는 건 아닌 모양이다. 수사대상에게 지나치게 상냥한 수사관이어서 좀 그렇긴 하지만, 달리 말해 겨울에게 걸린 혐의가 그 정도로 가볍다는 암시이기도 했다.

뜸을 들이던 겨울의 질문.

"나한테도 책임이 있지 않아요?"

"어떤 책임이요?"

"스트릭랜드 소장님께선 나 때문에 그런 일을 벌이신 거잖아요."

"아니죠."

간단히 부정하는 앤.

"그런 식으로 따지자면 최초의 발단은 봉쇄사령관 슈뢰더 대장의 은밀한 명령이었다고 봐야 옳아요. 당신은 감시,

도청, 배반, 보복이 우려되는 환경에서 우연한 기회에 도움을 청했던 것이고요. 그나마도 구체적으로 뭔가를 해달라는 내용은 없었죠. 겨우 이걸로는 직권남용과 월권에 대한 공모혐의가 성립하지 않아요."

"그래도―"

"스트릭랜드 소장의 가장 올바른 대처는 당신에게서 얻은 정보를 상급자에게 보고하는 것이었어요. 군인이니까요. 내 말이 틀렸나요?"

"……."

"물론 소장님도 확신이 없었으니 그런 행동을 하셨던 것일 테고, 또 결과적으로도 잘된 일이긴 하지만, 어쨌든 그건 본인의 선택이었어요. 소속된 명령계통의 실질적인 최상급자로부터 대면지시를 받은 당신하고는 경우가 다르죠."

"음……."

"무엇보다, 슈뢰더 대장에겐 당신에게 그런 명령을 내릴 권리가 있었어요. 겨울이 그에 대한 의심을 공공연히, 근거도 없이 제기했다간 하극상이 되어버렸을 거고요. 혼란을 일으킬 뿐 사태 해결엔 도움이 안 되었겠죠."

슈뢰더 대장에 대한 의혹은 예의 그 위성전화로 해소되었다. 당초의 예상대로, 그는 그 번호를 겨울에게만 알려준 것이 아니었다. 해당 번호로 이루어지는 통화를 감청한 끝에, 백악관은 봉쇄사령관이 반란과 무관하다는 결론을 내렸던 것이다.

대장에게 쿠데타 진압의 영웅이 되고자 하는 야망쯤은

있었을지 모른다. 그러면 장차 대통령이 되는 것도 꿈이 아니므로. 야망 그 자체는 죄가 되지 않는다.

"현재 겨울에게 문제가 되는 건 딱 하나예요."

앤이 검지를 세워보였다.

"반역자 포로에 대한 강화된 심문행위(Enhanced interrogation)."

즉 고문이다.

"반역에 동참한 자들은 정당한 교전당사자로서의 자격이 없지만, 그럼에도 일단 살아서 잡힌 이상 변호사를 고용하고 재판을 받을 권리는 있죠. 판결이 어떻게 나느냐를 떠나 당신에 대한 의문을 제기하는 걸 막을 방법은 없다는 말이에요."

"막아야 하나요? 그게 사실인데."

겨울의 말에 앤이 맥 빠진 느낌으로 웃는다.

"없던 일로 만들고 싶어 하는 사람들이 많거든요. 알아봤더니 부통령님도 그중 한 분이시고요."

"……."

"세 번째 명예훈장, 가지고 싶지 않아요? 앞으로의 난민 행정에도 큰 도움이 될 텐데요. 당신의 경력에도 마찬가지고요."

"그렇다고 한 일을 안 했다고 할 순 없잖아요."

겨울이 어깨를 으쓱였다.

"단순히 양심 때문만이 아니에요. 괜한 약점을 만들지 않으려는 거죠."

"약점······."

"네. 무슨 의도에서 이 일을 덮으려는 줄은 알겠지만, 시민들에게 있는 그대로의 전말을 전하는 것만으로도 충분할 거라는 생각이 드네요."

"수훈자 명단에서 당신이 제외되는 걸 시민들이 과연 납득하겠어요?"

"완전히 납득하긴 어렵겠죠. 그래도 명예훈장이 그만큼 엄격하고 고귀해야 한다는 걸 잘 전달하면, 어떻게든 되지 않겠어요? 나중에 논란을 겪는 것보단 낫다고 보는데요."

"생전에 명예훈장을 2중으로 받은 유일한 사람이 아니게 되는 건 아쉽지 않고요?"

반란진압과정에서 명예훈장 수훈자들이 큰 역할을 담당한 탓에, 새로운 이중수훈자가 나올 가능성이 대단히 높았다.

이번엔 겨울이 웃는다.

"아까부터 마음에도 없는 말 하는 거 티 나요."

앤은 고개를 저었다.

"마음에 없다기보단, 한겨울이라는 사람을 아는 거라고 해둘게요."

그리고 겨울의 손에 자신의 손을 포개었다.

"아쉬워할 사람들이 많겠지만, 난 변하지 않는 당신이 좋네요."

"변한 것도 있어요."

"알아요."

겨울의 눈을 온화하게 바라보는 앤.

"한겨울이라는 사람을 안다고 했잖아요."

「그날, 우리가 서로를 미워하고 불신하도록 혼란을 조장한 사람들이 있었습니다. 그들이 확산시킨 정보는 그들 스스로 만들어낸 거짓이 반, 과거에 일어난 사건들을 교묘히 편집한 것이 다시 반이었습니다. 그리고 이 거짓이 빚어낸 혼란을 틈타 더러운 본성을 드러낸 또 다른 악당들도 있었습니다. 이들 모두가 마땅한 죗값을 치르게 될 것입니다. 진실을 밝혀내고 범인 검거에 힘쓰는 수사당국의 노고에 경의를 표합니다. 아울러 그날 그 거리에서 저를 믿어주셨던 모든 분들께 깊은 감사의 마음을 전합니다.」

자판을 느리고 신중하게 두드리던 손가락이 멈춘다. 깜박이는 커서를 보며 고민하던 겨울은, 더 이상 고칠 문장이 없다고 판단하고 작성완료 버튼을 눌렀다.

1억을 훨씬 넘는 사람들이 겨울의 SNS 계정을 지켜보고 있었다. 메시지에 대한 반응은 즉각적이었고, 굉장한 속도로 늘어났다. 답변할 코멘트를 고르는 것도 일이었다. 죽 읽어 내려가던 중, 어딘가 익숙한 프로필 사진이 눈에 띄었다. 그가 남긴 말은 이러했다.

「Timothy_Williams : 그 나쁜 자식들이 우리들의 아픔을 이용했다는 사실에, 우리가 좋을 대로 이용당했다는 사실에 무척이나 화가 납니다. 이런 일이 다시는 반복되지 않도록 온 미국이 한마음으로 차별을 거부해야 한다고 생각합니다.」

간혹 철자가 틀리긴 했지만 정중하게 쓰려 애쓴 흔적이
역력하다.

사진을 자세히 보니, 겨울이 느낀 기시감이 착각은 아니
었다. 화이트 셀 요원들, 두 명의 경관들에게 린치를 가했던
무리의 인솔자였다. 마주쳤을 당시엔 방독면으로 얼굴 절
반을 가리고 있었기에 알아보는 것이 늦었다. 그의 무리는
이렇게 외쳤었다. 흑인의 생명도 소중하다.

곱씹던 겨울이 답변을 적기 시작했다.

「맞는 말씀이십니다. 저도 그날 여러 번 생각했습니다.
반역자들이 미국의 약점을 파고들고 있다고. 그 약점의 정
체는, 우리가 일찍이 해소하지 못한 편견과 슬픔과 분노의
응어리였습니다. 우리가 보다 현명하게 행동하고 따뜻하게
대화해왔더라면 이미 사라졌을지도 모를 약점이었습니다.
그렇기에 다시 한 번 동의합니다. 우리는 이 약점을 극복해
야만 합니다. 서로를 믿고 견고하게 의지해야 합니다. 어느
누구도, 어떤 위기도 이 연대를 무너트리지 못하도록 만들
어야 합니다. 저는 우리가 그렇게 할 수 있음을 믿습니다.
미국의 시민들을 믿습니다. 이 나라의 저력을 믿습니다.」

고치고, 또 고치고. 이 길지 않은 글을 쓰는 데 10분이나
걸렸다. 사소한 곳에서 문제가 생길지도 몰랐으므로. 겨울
은 몇 번을 더 읽고서야 비로소 다음 내용으로 넘어갔다.

「그러나 이러한 목적을 이루기 위해서라도, 악의에 반대
하는 행동이 악의로 물들어선 안 됩니다. 새로운 피해자를

낳아선 안 된다는 뜻입니다. 폭력은 대화의 끝이고 증오는 이해의 끝입니다. 대화와 이해가 없다면 이번 같은 비극은 언제라도 다시 일어날 수 있습니다. 여러분도 스스로를 돌아보셨으면 합니다. 제가 드리는 작은 부탁입니다.」

여기서 작성 완료.

티모시 윌리엄스는 뻔뻔하게 굴지 않았다. 다만 고민이 길었는지, 혹은 겨울처럼 문장을 다듬기가 어려웠는지, 조금 늦은 답변이 돌아왔다.

「Timothy_Williams : 압니다. 저와 제 친구들에게도 잘못이 있습니다. 이것도 벌을 받아야겠죠. 자수하려고 합니다. 저랑 제 친구들이 다치게 한 경찰들에게 미안하다는 말을 전하고 싶습니다.」

겨울이 기억하는 인상에 비하면 꽤나 의외로 다가오는 정중함이었다.

그가 강한 처벌을 받진 않을 것이다. 1차적인 원인은 반역자들에게 있었고, 대중을 자극할 필요도 없었으며, 무엇보다 미담으로 삼기 좋은 사례였으니까. 가벼운 처벌이 선순환으로 이어질 가능성도 있었다. 스스로 잘못을 인정하는 사람들이 늘어난다면 분위기도 그만큼 좋아지지 않을는지.

「Deborah_Carter : 한, 나의 영웅! 크레이머를 구해줘서 고마워요! 그도 당신의 도움을 잊지 않겠다고 말했어요! 함께 찍은 사진을 봤는데, 혹시 개인적으로도 친한 사이인가요? 당신이 그를 지지한다면 나도 그도 무척이나 기쁠 거예요!

사랑해요!」

"……."

겨울이 쓴 글과는 전혀 무관한 내용이었으나, 그녀 외에도 비슷한 질문을 던지는 사람들이 많았다. 반쯤은 크레이머 탓이다. 그는 자신을 구해준 겨울에게 확실하게 보답하겠다는 말을 입버릇처럼 달고 다녔다. 겨울을 좋아하는, 그래서 겨울이 보답받기를 원하는 사람들의 지지를 끌어모으는 것이다.

속 보이는 행동으로 비치기 십상임에도 반감을 품는 사람들은 많지 않았다. 그가 테러리스트를 두들겨 패서 무기를 빼앗는 장면이 폐쇄회로 카메라에 찍힌 탓. 그 영상이 공개된 뒤, 그에 대한 대중의 호감은 급격히 치솟아 올랐다. 겨울과의 관계를 강조하는 건 그저 굳히기에 지나지 않는다는 평가마저 나돌고 있다. 미국인들은 영웅을 좋아한다.

대통령이 쓰러진 것도 영향을 미쳤다. 흔들리지 않을 질서, 강인한 대통령을 원하는 목소리가 높아지고 있었다.

'얼마나 진심인지는 모르겠지만.'

겨울은 그가 과시하는 호의를 있는 그대로 믿을 만큼 순진하진 않았다. 그가 크레이머라서가 아니라, 그가 정치인이기 때문에. 다만 전에 만났을 때 크레이머 스스로 했던 말이 있기는 하다. 나는 계산이 확실한 사람이다. 어려울 때의 친구를 절대로 잊지 않는다, 라고.

당연하게도, 겨울은 데보라 카터의 코멘트에 답하지 않았다.

"10%."

반란진압으로부터 이틀이 지나, 겨울을 찾아왔던 공보처의 낯선 소령이 이런 말을 남겼다.

"저희는 현 시점에서 당신의 영향력을 10%로 잡고 있습니다. 이는 최소한의 수치입니다."

"미안하지만 무슨 말인지 잘 이해가 안 가는데요."

"대선에 대한 영향력 말입니다, Sir. 적어도 유권자의 10%는 당신의 의견에 따라 지지후보를 바꿀 거라는 뜻이죠. 일각에선 당신을 제3의 러닝메이트라고 부르고 있을 정도입니다."

"……."

"그런 관계로 재차 당부 드립니다. 앞으로의 언행에 신중을 기해 주십시오."

"……그걸로 끝인가요? 다른 조치는?"

"없습니다."

"어째서?"

겨울의 질문에, 소령은 절제된 미소로 답했다.

"저희가 당신의 모든 언행을 통제하는 건 이제 부적절하다고 판단했기 때문입니다. 그 어느 때보다 진정성이 필요한 시기가 아닙니까. 공보처는 한겨울 중령을 믿겠습니다."

이 대화를 곱씹는 지금, 겨울은 약간의 회의감에 젖었다.

'내가 입을 다물고 있어도 소용이 없어 보이는데.'

크레이머는 한겨울 중령의 인기에 마음껏 편승하는 중이다. 탁월한 이미지 메이킹에 힘입어, 많은 이들이 그를 겨울의 친구처럼 여겼다.

그러나 이에 대하여 겨울이 뭔가를 할 수 있는 입장도 아니었다. 허락된 것은 침묵뿐. 크레이머의 승리가 필연적인 운명처럼 느껴질수록 불안해진다. 그가 반드시 나쁜 사람이라고는 생각하지 않지만, 봄으로 각성한 별빛아이의 예언이 마음에 걸리는 것이다. 아이가 내다본 미래엔 크레이머의 당선도 포함되어 있는 게 아닌가 하여.

기우일지도 모른다. 허나 대선은 이 세계의 중대한 분기가 되기에 충분한 사건이었다.

똑똑.

사색이 깊어지려는 찰나에 노크 소리가 들리더니, 병실의 문이 조심스럽게 열렸다. 들어오는 사람을 보고, 겨울은 노트북을 접어 옆으로 밀어놓았다. 이어 방문객으로부터 경례를 받고는, 함께 입실한 경관에게 말했다.

"괜찮다면 자리를 비켜줄 수 있을까요? 둘이서 이야기하고 싶은데요."

경관이 머뭇거렸다.

"그건 호위규정에 어긋납니다만……."

"내 부하장교입니다. 별일 없을 거예요. 장담하죠."

망설이던 경관은 짧게 목례하고 자리를 비켜주었다. 겨울은 비로소 방문객을 바라보았다.

"굉장히 오랜만에 만나는 기분이 드네요. 무사해서 다행이에요, 대위."

한국어를 말하기도 오랜만이었다. 겨울이 바깥의 듣는

귀를 의식한다는 걸 짐작했는지, 부동자세로 선 진석 역시 한국어로 답한다.

"대대장님이야말로 괜찮아 보이셔서 안심입니다. 크게 다치셨다는 소식을 듣고 걱정이 많았습니다."

"어쩌다보니 그렇게 됐네요. 편히 있어요."

겨울의 말에 진석이 자세를 바꾸었으나, 경직된 느낌이 사라지진 않았다. 겨울이 왜 듣는 귀를 의식하겠는가. 지금부터 나눌 이야기가 민감한 내용이기 때문이다. 진석은 그게 무엇인지 이미 알고 있었다.

어디서부터 시작할까. 곰곰이 생각하던 겨울이 천천히 입을 열었다.

"우선, 수고했다는 말을 해주고 싶네요. 잘했어요. 정말로. 전과를 떠나, 죽은 사람이 없다는 것만으로도 엄청난 일이라고 봐요. 그런데……."

짧은 한숨.

"입원한 장병들을 돌아보다가, 조금 신경 쓰이는 이야기를 들었거든요."

알파 중대의 전상자들 가운데 부상이 심한 환자들은 이곳, 겨울이 있는 독수리 둥지로 이송되었다. 사실상 불구가 될 것이 확정된 이들인지라, 겨울은 앤에게 양해를 구해 그들을 일일이 만나서 위로하는 시간을 가졌다.

그때, 몇몇 병사들이 누구에게도 하지 않았던 이야기를 조심스럽게 털어놓았다. 겨울은 그들의 표정에서 괴로움과 죄책감을 읽어냈다.

겨울은 그 원인에 대하여 물었다.

"저항할 능력을 상실한 적들을 일방적으로 사살했다고 하던데요. 그것도 몇 차례나."

"사실입니다. 제가 명령했습니다."

너무 빠르고 간결한 긍정이었다.

"일단 해명부터 들어보죠. 왜 그랬어요?"

"그래야만 했습니다."

"그러니까, 왜 그래야만 했는지를 묻는 거잖아요."

점차 낮아지는 음성으로 추궁하는 겨울 앞에서, 진석은 긴장감에 뻣뻣해진 모습으로, 그러나 가슴을 펴고 침착하게 대답했다.

"포로를 잡기엔 적이 너무 많았습니다."

"……."

"우리는 고작 한 개 중대였단 말입니다. 상황이 급했고, 그들을 구속할 수단과 억류할 장소도 마땅치 않았으며, 교전이 계속되는 와중에 포로 관리를 위한 인력을 따로 차출하기도 불가능했습니다. 또 부대는 계속해서 이동해야 하는데 여기저기 병력을 분산시킬 수도 없는 노릇 아닙니까? 그랬으면 분명 많은 수가 추가로 다치거나, 심지어는 죽었을 겁니다. 이유라 중위도 제 판단에 동의했습니다. 괴로워하긴 했지만, 시민들을 비롯해 더 많은 사람들을 구하기 위해 불가피한 선택이라고 말입니다."

"그쯤은 나도 짐작했어요."

겨울이 말을 받는다.

"당신을 부르기 전에 보고서와 다른 자료들을 꼼꼼하게 읽어봤거든요. 동선과 지도를 겹쳐보니 대충 감이 오더라고요. 여기선 왜 이런 결정을 내렸고, 다음 길목에선 왜 이렇게 움직였는가. 대개는 불가피한 상황이었다는 걸 알아요. 그럼에도 내가 당신을 오라고 한 건, 중대의 마지막 공세만큼은 도무지 납득이 가질 않아서였어요."

이는 시간상 겨울이 후송된 이후에 벌어진 일. 즉 반란군이 본격적으로 패퇴하기 시작한 다음이었다. 이 시점부터는 진석의 해명이 설득력을 잃는다. 저항의지를 잃고 궁지에 몰린 적에겐 항복을 권했어도 좋았을 것이다. 어차피 반역은 실패했으니까.

그러나 그는 끝까지 다 죽이는 길을 택했다. 자료의 교차검증을 통해, 그리고 「전투감각」과 「통찰」의 연동에 힘입어 겨울의 머릿속에서 재구성된 마지막 싸움은, 전투라고 부르기엔 너무 잔인하고 일방적인 것이었다.

"어쩌면."

겨울은 긍정적인 예측을 입에 담았다.

"어쩌면 단순한 실수였을지도 모르죠. 항상 옳은 판단만 내릴 수 있는 건 아니잖아요. 전투흥분이나 두려움, 혹은 적에 대한 분노로 사고가 마비되어서 하던 대로 해버렸을 가능성도 있겠구나 생각했어요."

그리고 확인하듯이 묻는다.

"어때요. 그런가요?"

진석은 대답하지 않았다.

겨울이 한숨 지으며 끄덕였다.

"역시 전과에 욕심을 냈군요. 잠깐이라도 발이 묶이는 게 싫어서……. 상황이 완전히 종결되기 전에, 조금이라도 더 많은 전과를 올리려고."

그러나 전투는 거기서 끝이었다.

마침내 진석이 가라앉은 목소리로 입을 열었다.

"죄송합니다. 그땐 중대를 위한 최선이라고 생각했습니다."

"중대를 위한 최선?"

"예. 적이 구체적으로 항복의사를 밝힌 것도 아니었으니, 진실이 알려지더라도 비난 받을 여지가 없겠다고 판단했습니다. 모두가 당연히 죽어야 할 놈들이 죽었다, 받아야 할 벌을 받은 것이다……라는 식으로 볼 테니까요. 더 많은 훈장과 더 많은 진급기회. 그리고 부대 자체의 명성. 그걸 포기하기가 힘들었습니다. 저를 위해서도, 중대원들과 동맹 사람들을 위해서도."

"본인 욕심에 대한 변명 같다는 의심은 안 들어요?"

"듭니다."

"……내가 부탁했었잖아요. 병사들이 살인에 스트레스를 받을 테니, 그 점을 신경 써달라고. 그런데도 불필요한 살인을 명령했다는 게, 무척이나, 마음에 안 드네요."

"……."

자신을 변호하지 않는 진석의 모습에, 겨울은 다시금 한숨을 내쉬었다.

"더 이상의 대화는 의미가 없겠네요. 가서 쉬어요. 처분은 나중에 결정하죠."

진석은 절도 있는 경례를 남기고 떠났다.

남은 겨울은 턱을 괴고 생각에 잠겼다.

처분을 결정하겠다고는 했으나, 진석의 말처럼 사람들은 그의 결정을 잘못으로 여기지 않을 터였다. 겨울의 고문행위에 대한 시각이 그러하듯이. 폭탄을 터트려 시민들을 학살하고, 살아있는 변종을 반입하여 네크로톡신을 무기화하고, 마침내 반란을 일으켜 수도를 초토화시킨 전대미문의 악당들을 고문하거나 죽인 것이 어찌 죄가 되겠느냐고.

따라서 실질적인 처벌을 내리긴 어려웠다.

그의 성향을 알면서 중대장으로 삼은 겨울 또한 책임이 아예 없다고는 못할 입장이다. 부하의 잘못은 상관의 잘못이기도 하다. 무엇보다, 부대원 모두를 살린 것만으로도 중대장 인선은 실패한 게 아니었다. 최소한 이 부분에 있어선 진석이 기대 이상으로 잘 해주었다.

겨울은 길게 고민했다.

겨울이 털어놓은 고민들에 대하여, 앤은 새로운 시각을 제시했다.

"변화는 대개 두려운 법이죠. 그 다음이 어떻게 될지 확신할 수 없으니까요. 으…….."

말하다 말고 앓는 소리를 내며 목을 움츠리는 그녀.

"기분은 좋은데, 살짝 아프네요."

"근육이 많이 뭉쳐서 그래요. 며칠 동안 제대로 쉰 적 없죠?"

"그렇다기보다는……."

앤이 말끝을 흐리며 바르르 떨었다. 귀여웠다. 겨울은 짧게 웃고 그녀의 어깨를 주무르는 힘을 조금 약하게 했다. 양 어깻죽지 사이를 엄지로 꾹 누르며, 아래에서 위로 반복하여 밀어 올린다. 앤의 사람됨과 같이, 손끝에 닿는 촉감은 단단하면서도 부드러웠다.

겨울이 안마를 해주겠다고 했을 때, 앤은 처음엔 강하게 거부했다. 아무리 차도가 좋아도 그렇지, 환자에게 그런 걸 받는 사람이 어디 있느냐며. 그러나 한 번으로 끝나지 않는 권유가 그녀에겐 조르는 듯한 유혹으로 느껴졌다. 결국 앤은 설레는 마음에 떠밀리는 사람 특유의 난처한 표정으로, 한참을 주저한 끝에 쭈뼛쭈뼛 고개를 끄덕이고 말았다.

그 결과가 이 시간이다. 처음의 서툴고 뻣뻣했던 긴장감은, 접촉이 길어지면서 자연스럽게 녹아내렸다.

"개인적인 짐작이지만, 박 대위에게는 욕심 이상의 두려움이, 있었던 게 아니었나 싶어요. 난민 출신에게서 흔히 보이는, 앞날에 대한 두려움이. 끝도 없이 안정을 추구하는, 결코 해소되지 않을 목마름……. 그건 차라리 강박증에 가깝죠. 그 자체가 욕심의 정체일 수도 있고요."

후우. 눈을 감으며 하던 이야기를 이어가는 그녀.

"곧 대통령이 바뀌잖아요. 난민구호에 비판적인 크레이머의, 태도는 예전부터 유명했고요. 반란이 터졌을 당시를 기준으로, 아, 그의 승산은 대략 절반쯤이었어요. 그 절반의 앞날에 대비해서, 기회가 주어졌을 때, 입지를 다져놔야 한다는 압박감을 느꼈어도, 이상하지 않아요."

"글쎄요. 난 지금도 충분하다고 보는데."

"충분하죠. 왜 아니겠어요. 지금은 겨울, 당신이 있는걸요."

"……."

"당신이 떠날까 봐 걱정하는 사람들, 한 번도 본 적 없나요?"

겨울은 할 말이 없어졌다.

"그는 자신에게도, 타인에게도 엄격한 성격이더군요. 라스베이거스, 벨라지오 호텔에서, 그가 부하들을 보며 술에 취한 채로 중얼거린 말이 있어요. 이 모자란 놈들을, 작은 대장이 언제까지 참아줄까……. 겨울은 없었던 자리죠."

그답지 않게 작은 대장이라는 호칭을 쓴 걸 보니 확실히 취해있기는 했던 모양이다, 라고 생각하던 겨울은 뭔가 이상하다는 것을 깨달았다.

"술에 취한 채로? 앤, 그때 우리 중대 사람들하고 술 마신 적 있었어요?"

"설마요. 난 항상, 으음, 겨울 곁에 있었잖아요."

"그럼?"

"미안한 일이지만, 조사 차원에서 감시가 붙어 있었어요."

"감시라니……."

"이 민감한 시기에, 편제를 유지한 채로 D.C.에 들어올 한

개 중대의, 지휘관인 거예요. 그렇잖아도 반란을 경계, 경계하고 있는 상황에서, 그에 대한 사전조사가 이루어지지 않았을 리가 없잖아요. 중대 전반에 대해서도 1차적인 검증이 있었어요. 당신이 샌프란시스코로 파견되기 전에, 내가 이미 당신이라는 사람을, 아으, 필요한 수준으로 파악하고 있었던 것처럼."

듣고 보니 당연한 일이었다. 겨울에 대한 신용과 알파 중대에 대한 신용은 별개의 문제인 것이다. 당사자인 진석이나 중대원들은 불쾌감을 느낄 수도 있겠지만.

"이유는 몰라도, 박 대위는 소대장 중 두 명을 썩 좋아하지 않는 느낌이더군요."

앤의 말에 겨울이 한숨을 삼켰다.

"그 둘이 누구인지 알 것 같네요."

선우요셉 소위와 천소민 소위. 두 사람이 진석의 눈 밖에 난 이유도 겨울이 떠날 가능성에 대한 걱정에서 비롯되었다는 사실이 공교롭다. 세상에 우연 같은 건 존재하지 않는다는 말이 떠오르는 순간이었다.

"대부분의 사람들은 자기 자신을 기준으로, 남을 판단해요. 다른 사람의 마음을, 알 방법이 없잖아요."

신음을 참으며 말을 이어가는 앤.

"당신이 사라질까봐 걱정한다는 말은, 달리 말하면 그들 자신이 그만큼 자신의 처지에, 만족하지 못한다는 뜻이기도 해요. 벗어나고 싶은 거죠. 모든 것이 부족한 난민구역으로부터. 그리고 불안정한 자기 자신의 처지와, 하루하루가 걱정스러운 삶으로부터."

"대충 알겠네요. 나라면 저러지 않을 텐데, 라는 심정."

"정확하게는 저럴 수가 없을 텐데, 라고 해야 맞겠죠. 나도 말했었잖아요. 겨울 같은 사람은, 세상에 다시없을 거라고. 이해가 가지 않는 게 정상이에요."

"앤이 날 너무 좋게 봐주는 건 아니고요?"

"설마요. 당신은 객관적으로도 정말 말도 안 되게 멋진……."

말이 끊어진다. 겨울이 자그맣게 쿡쿡거렸다.

"고마워요."

앤은 느릿느릿 머리카락 아래까지 불그스름해졌다. 겨울은 손끝에서 느껴지는 체온의 변화가 좋았다. 그 미세한 상승이 곧 사랑스러운 부끄러움의 온도였다. 앤도 웃음을 참는 듯했다.

"분명한 건―"

목소리가 갈라진 앤이 목을 가다듬는다.

"분명한 건, 겨울동맹이든 201독립대대든, 한겨울이라는 사람 없인 지금처럼 유지되기 어렵다는 거예요. 크레이머가 대통령이 된 뒤엔 더더욱 그렇겠죠."

겨울의 또 다른 근심. 그녀는 크레이머의 당선을 기정사실처럼 이야기했다. 그럴 만한 상황이었으므로. 요 며칠간 언론과 여론조사기관들이 조사한 그의 지지율은 대체로 60퍼센트 안팎이었다. 심지어 거기서 더 오르는 중이고. 민주당은 벌써부터 패색이 만연했다.

"박 중위는 요즘 분위기를, 보면서 자신이 옳은 판단을 내렸다고, 확신하고 있지 않을까요?"

"……."

겨울은 지금껏 앤이 들려준 말들을 곱씹어보았다. 앞서 개인적인 짐작이라는 단서를 붙였으나, 그녀는 프로파일러 경력을 보유한 수사국 감독관이었다. 그런 사람이 조사 결과를 토대로 하는 이야기는, 차라리 분석이라고 봐야 옳을 것이다.

그러고 보면 진석은 두려움이 많은 편이었다. 두려움이 많아서, 그걸 극복하려고 필사적인 사람이었다. 겨울에게도 고백하지 않았던가. 매일 밤 악몽에 시달린다고. 그래서 자신을 더더욱 밀어붙이는 것이라고. 또한 겨울에게 기대려고만 하는 사람들이 너무나 한심하다고.

"결정은 겨울의 몫이지만."

앤이 새롭게 운을 뗐다.

"당신에게 주어진 재량권 이상의 징계건의를 올린다 한들, 어차피 받아들여지지 않을걸요? 당신이 고문행위를 부인하지 않기로 한 것만으로도, 후우, 관계자들이 난감해 하는 중인데."

"알아요. 아무리 작은 구실일지라도 반역자들이 매달릴 무언가를 만들어주긴 싫다는 거."

"네. 정부와 시민들 입장에서, 그들은 절대적인 악이어야 하니까요."

뭔가 벌을 주더라도 겨울의 권한 내에서 해결하라는 뜻

이었다. 그리고 그것은 결코 무거운 벌이 될 수 없었다. 애초에 겨울 역시 중징계를 줄 생각이 없었고. 앤의 말을 듣고 나서는 그런 마음이 더욱 강해졌다.

"이제 됐어요. 그만해요."

앤이 겨울의 손을 잡더니, 앞으로 당겨 손등에 입 맞추고 가만히 떼어놓는다. 겨울은 아쉬움을 느꼈다.

"더 해주고 싶은데요."

"다음에 또 받을게요. 정말 좋았지만, 오늘은 여기까지. 알았죠?"

돌아보며 생긋 웃는 앤의 입가엔 행복의 작은 조각이 걸려있었다.

"다른 고민은 없어요?"

겨울은 그녀의 물음에 고개를 가로저었다.

"없어요."

지금은 앤의 휴식시간이었다. 그녀의 기본적인 임무가 겨울의 호위라고는 해도, 병원이 독수리 둥지가 되고부터는 이리저리 불려가는 일이 잦아졌다. 그래서 겨울은 이쯤에서 골치 아픈 화제를 마무리 지으려 했으나…….

"거짓말."

앤이 다시 웃는다.

"말 안 한 고민이 있는 거 다 알아요."

"……어떻게 알았어요?"

"크레이머를 언급했을 때 조금 더 아팠거든요."

손에 힘이 들어갔다는 뜻이었다.

"그가 걱정스러워요?"

질문을 받고, 망설이던 겨울이 느리게 끄덕였다.

"솔직히 아니라고는 못하겠네요."

앤이 설익은 미소를 머금는다.

"크레이머 본인이 들으면 서운해 하겠어요. 직접 찾아와서까지 스스로를 변호했잖아요. 본인을 오해하지 말아달라고. 구조 이후 당신에게 무척이나 호의적이기도 하고요. 그가 여자거나 동성애자였다면 내가 잠을 설쳤을지도 몰라요."

짓궂은 농담이다. 겨울이 실소했다.

"오해하지 않아요. 그가 나쁜 사람이라고 단정 짓는 것도 아니고요. 오히려 꽤나 괜찮은 사람이라는 걸 알게 됐어요. 자기 자신을 희생할 각오로 싸웠으니까. 그런데도 걱정스러운 거예요. 앤은 그 이유를 알죠?"

"왜 모르겠어요. 그의 공약은 바뀐 게 없는걸요. 그가 백악관에 입성하면 대다수의 난민들은 지금보다 가혹한 생존경쟁에 내몰리게 될 가능성이 커요. 겨울동맹처럼 예외적인 경우를 제외하면요. 당신은 나만 괜찮으면 그만인 사람이 아니죠."

끄덕이고서, 겨울이 오랫동안 묻어두었던 우려를 꺼냈다.

"사실, 한때는 그를 종말의 가능성이라고 생각한 적도 있어요. 아직도 약간은 그렇고요."

앤은 겨울의 강한 표현이 의아한 눈치였다.

"종말의 가능성이라……. 꽤나 시적이네요. 그러나 너무 지나치지 않아요? 그는 적어도 능력이 없는 사람은 아니에요. 나도 그를 좋아하는 편은 아니지만, 그가 이끌어나갈 미국의 앞날에 종말이 있으리라고는 믿지 않아요. 말해 봐요. 왜 그렇게까지 경계하는 거죠? 당신이 괜히 이럴 사람은 아닌데……. 내가 모르는 무언가가 있는 건가요?"

대답하기 곤란한 질문이었다. 앤은 이 세계의 주민이다. 겨울은 속으로 중얼거렸다.

'그의 신념이 바깥세상으로 가는 길처럼 느껴진다고 어떻게 말해.'

크레이머는 모든 시민들을 전우로 여긴다. 전쟁에서 사상자가 나오는 건 당연한 일. 중요한 것은 신속한 행동과 결단이며, 결여된 신중함으로 인해 억울한 사람이 나오더라도 불가피한 손실로서 애도해야 한다고 역설한다. 수단으로서의 단기적인 불의와 불평등은 결과로서의 장기적인 정의와 평등으로 만회하면 된다고 주장한다. 지지자들 앞에서 쏟아낸 연설의 내용이었다. 우리는 미국의 승리와 생존에 집중해야 한다고.

이 신념이야말로, 클라리사 채드윅이 그의 생존에 집착한 이유일 것이다.

"그에게 그 나름의 선의가 있다는 건 알아요."

겨울이 에둘러 말했다.

"하지만 지옥으로 가는 길은 선의로 포장되어 있다는 속담도 있죠."

"……."

"난 동맹을 만들 때, 다들 사람답게 살아남자는 취지의 취임사를 했었어요. 자기가 행복해지려고 남을 불행하게 만드는 사람들을 너무 많이 봐왔거든요. 어떤 식으로든, 사람이 사람을 잡아먹으면 변종과 다를 게 뭘까 싶었죠. 사람을 닮았어도 사람은 아닌 것들이 되는 거예요. 그런 것들의 세상은…… 싫네요."

생전과 사후를 통틀어 하는 이야기였다. 비중은 생전 쪽이 보다 높다. 사람 아닌 것에 한없이 가까운 바깥세상의 관객들이 그 사실을 증명했다. 겨울의 경험은 여전히 유효하다고.

"좋은 의도가 항상 좋은 결과를 낳는 건 아니잖아요. 크레이머 후보의 신념은, 이기적인 사람들이 자기 잇속을 챙기는 데 이용하기 좋다는 생각이 들어요. 그의 노력으로 이 나라가 방역전쟁에서 궁극적인 승리를 달성하더라도, 거기에 또다시 사람 잡아먹는 괴물들이 있을까봐, 그래서 걱정하는 거예요. 그 괴물들은 내가 죽일 수 없을 테니까."

정적은 길지 않았다.

"겨울, 잠깐 와 봐요."

자리에서 일어선 앤이 겨울의 손을 잡고 창가로 이끌었다. 그리고 블라인드 틈을 벌려 워싱턴의 야경이 보이도록 했다. 방사형 도로의 중심, 초대 대통령의 동상이 있는 원형 광장과 그 주변의 인도에 각양각색의 인파가 가득했다. 그들이 든 피켓과 현수막은 대부분 맥밀런 대통령과 겨울의 완치를 기원하는 것이었다.

"보여요? 당신을 좋아하는 사람들이 저렇게나 많아요."

앤은 살풋 웃고 말을 이었다.

"어느 누구보다 당신을 좋아하는 사람으로서 확신하는데, 저 사람들은 단지 변종을 잘 죽이기 때문에 당신을 좋아하는 게 아니에요. 죽음을 무릅쓰는 용기가 없었다면 저 가운데 절반이 사라졌을 거고, 남을 위한 헌신이 없었다면 다시 남은 절반이 사라졌겠죠. 알겠어요? 당신의 행동만이 아니라, 그 행동을 이끌어낸 고결한 정신까지 좋아하는 거라고요. 한겨울이라는 사람 그 자체를."

그녀가 겨울의 손에 손가락을 얽어왔다.

"다행히 우리는 아직 민주주의 국가에서 살고 있어요. 대통령에겐 국민의 목소리에 귀를 기울일 의무가 있죠. 즉 누가 대통령이 되더라도 저 사람들의 목소리 또한 들어야 할 거예요. 대통령 본인 역시 겨울을 좋아하는 사람의 하나일 테고요. 세상에 당신을 싫어할 사람이 어디 있겠어요."

그러니, 하고 살며시 우려의 색채를 띠는 어조.

"혹시라도 경솔한 행동은 하지 말아요."

"경솔한 행동이요?"

"당신을 싫어할 사람을 만들 필요는 없다는 뜻이에요."

"……."

"한겨울 중령에 대한 시민들의 지지는, 당신이 정치적으로 어떤 파벌에도 속하지 않을 때 가장 강력할 거예요. 워싱턴 대통령은 이렇게 말했죠. 미덕은 대중정치의 원천이다. 나는 겨울이 이미 많은 사람들의 마음에 깃든 미덕이라 믿어요. 그저 거기 있는 것만으로도 긍정적인 영향을 주는 미덕."

겨울이 쓴웃음을 지었다.

"크레이머에게 공개적으로 반대할 생각은 없었어요."

"그럼 다행이고요."

"그의 인기는 자신이 얻어낸 부분이 커요. 내가 아무리 잘해봐야 박빙 같았던 예전의 균형으로 되돌리는 게 전부 겠죠. 애매한 불안만으로 그토록 불확실한 위험성을 무릅 쓸 리가 없잖아요. 그래도."

"그래도?"

"······중고 고마웠어요. 위안이 되네요. 꽤나 부끄러워지는 말들이긴 했지만."

이 말에 앤도 엷은 미소를 머금는다.

겨울은 그 입술에 키스하고 싶은 충동을 느꼈다.

처음이 아니다. 사실을 말하자면, 이것이야말로 요즘 들 어 다른 어떤 고민보다 더 괴로운 갈등이었다. 점점 참기 힘들어져서 곤란하다. 안마를 하는 동안에도 핏기가 감도 는 하얀 목덜미를 내려다보며 가슴이 두근거렸었다. 지난 날의 관성처럼 남아있는 침착함이 아니었다면 진즉에 선을 넘고 말았을 터.

겨울이 애써 참고 있는 이유는 두 가지였다.

우선 하나.

'한 번 선을 넘으면 제동을 걸 자신이 없어.'

그도 그럴 게, 겨울에게는 앤이 첫사랑인 것이다. 이토록 강렬한 감정에는 면역이 없었다. 연애감정으로서의 사랑이 이런 것이라고 예상하지도 못했다. 그러므로 선을 넘고 나서 한동안은 앤 이외에 아무것도 모르게 될 듯했다. 아무일도 못하게 될 듯했다. 기다려 온 시간과 간절함을 감안할 때, 앤 또한 그러하리라고 확신한다. 시국을 감안하면 적절치 않은 것이었다. 이 세계의 앞날을 감안하더라도.

이것이 다음 이유와도 관련이 있었다.

보이지 않는 관객들의 시선이 신경 쓰였다.

앤도 겨울도 제동을 걸 수 없으리라는 말은, 결국 애정으로 동침하게 될 것임을 의미했다. 다른 모든 사후를 공유하더라도 그것만큼은 관객들에게 보여주기 싫었다. 겨울은 낯선 이들의 앞에서 상품으로서 벗겨졌던 경험이 있다. 그 경험을 유사하게 되풀이하고 싶진 않았다.

그렇다고 공유를 아예 끊어버리자니, SALHAE의 자살이 마음에 걸리는 것이다. 천종훈이라는 이름 석 자가 뇌리에 깊게 못 박혀 있었다.

"날 보면서 무슨 생각을 그렇게 해요?"

앤의 수줍은 말에 정신을 차린 겨울은, 그러나 당황하여 바로 대답을 하지 못했다.

색다른 모습이다. 앤은 겨울의 그런 반응이 즐거웠다.

"어린왕자에 이런 구절이 있어요."

"네?"

"들어봐요. 일부러 외워왔거든요. 여우가 어린왕자에게 하는 말이에요."

"……."

앤이 차분한 음성으로 낭독했다.

"「가령 네가 오후 네 시에 올 것을 안다면, 나는 세 시부터 행복해질 거야. 네 시가 가까워 올수록 나는 점점 더 행복해지겠지. 네 시에는 흥분해서 안절부절못할 거야.」"

그리고 웃었다.

"내가 당신에게 이걸 들려주는 이유, 짐작하겠어요?"

"글쎄요……."

"지금의 내 시간은 3시와 4시 사이의 어디쯤인가예요."

당연히 현재의 진짜 시간을 말하는 것이 아니었다. 겨울은 비로소 그녀의 의도를 깨달았다. 앤이 꿈꾸는 듯한 어조로 말을 이어갔다.

"확실한 건, 언젠간 4시가 반드시 오고 말리라는 사실이죠. 예전에는 곧잘 시간이 멈춰있을지도 모른다는 불안을 느꼈지만, 이제는 달라요. 더 이상 무섭지도, 초조하지도 않네요. 남은 건 시간이 흐를수록 커지기만 하는 행복감뿐이에요. 내 운명은 정해져있어요."

그녀는 겨울의 달아오른 볼에 입 맞췄다.

"나, 당신을 알고 있다니까요."

민완기는 겨울과의 통화에서 웃음을 터트렸다.

「그분을 정말로 좋아하시는군요.」

화상통화가 아니어서 다행이었다. 겨울은 이 순간 자신의 표정을 확신하지 못했다. 부끄러우면서도 당황스러웠다. 당연한 것이, 앤과의 관계에 대해선 일언반구도 언급하지 않았기 때문이다. 그저 그녀와 나누었던 대화를 들려주고 견해를 물었을 뿐.

"저기, 그렇게 티가 나나요?"

겨울이 머뭇거리며 묻자, 민완기는 여전히 웃음기 가득한 목소리로 답했다.

「예. 첫사랑을 하는 소년 같으십니다. 뭐, 이제 소년은 아니십니다마는…….」

첫사랑을 하는 소년. 겨울은 그 예리함에 할 말이 없어졌다.

「깁슨 감독관이라고 했던가요? 그분에 대해 말씀하실 땐 음색부터 평소와 달라지셔서 모르는 척 해드리기도 어려울 지경입니다. 혹시 아직 비밀로 하고 싶으신 거라면, 다른 사람 앞에선 어떤 식으로든 그분에 대한 언급을 삼가시는 편이 좋겠습니다.」

"참고 할게요. 딱히 비밀로 해야겠다는 마음은 없지만……."

일부러 떠들고 다닐 이유도 없다. 겨울보다는 앤이 피곤해질 것이다. 한숨이 묻어나오는 겨울의 대답에 마지막으로 웃고, 중년의 부장은 어조를 바꾸었다.

「본론으로 돌아와서, 저는 그분의 의견에 동의합니다.」

"그런가요?"

「다들 불안할 수밖에요. 작은 대장님께선 이미 한 번 사라지셨던 적이 있잖습니까.」

"샌프란시스코로 파견되었을 때요?"

「그렇습니다. 한겨울 중위, 작전 중 실종. 이 소식이 전해졌을 당시의 기억은 대다수의 동맹 사람들에게 트라우마처럼 남아있을 겁니다. 박진석 대위도 예외는 아니지요. 전체적인 분위기를 다잡느라 많은 도움을 받았었는데, 그 과정에서 사람들에 대한 깊은 회의감을 느끼게 된 것처럼 보이더군요. 또 본인이 대장님을 대신할 수 없다는 것에 실망한 듯했습니다.」

"실망이라……."

「원래부터 욕심이 좀 있지 않았습니까. 깁슨 요원의 말마따나 그 욕심의 뿌리에 불안이 있는 것일지도 모르겠습니다만, 어쨌든 확실한 건 그때 한겨울이라는 사람이 반드시 필요하다는 강박관념이 생겼어도 이상하지 않다는 사실입니다. 대장님이 사라지면 난민구역이 어떻게 된다는 걸 싫은 경험으로 알게 되었으니 말입니다.」

"이해는 가는데, 조금은 안타깝네요."

「뭐가 말씀이십니까?」

"제가 꼭 필요하다는 생각과 제가 떠날지도 모른다는 걱정은, 엄밀히 말해 서로 다른 거잖아요."

「연관성은 있지요.」

"있지만, 그래도요. 지금까지의 제 행동을 보면 전장에서 죽을지언정 쉽게 떠날 사람은 아니라는 걸 깨닫기에 충분한 것 같거든요."

「본디 가슴은 머리의 말을 듣지 않습니다. 대개는 이성이 감성의 노예가 됩니다. 무엇보다, 사람은 출세하면 변하게 되어있습니다. 그네들이 보기엔 대장님도 자신들과 같은 사람이지요.」

"......"

「저는 사람들이 공유하는 불안을 오히려 유익한 현상으로 보고 있습니다.」

"유익한 현상이라고요?"

「동맹 사람들, 그리고 난민 출신 장병들이 그런 걱정을 품고 있을 동안에는 작은 대장님의 도움을 당연한 것으로 여기지 않을 테니까요. 당연한 것에 고마워하는 사람은 없습니다. 흔히 호의가 계속되면 권리인 줄 안다고들 하지 않습니까. 동맹은 필연적으로 찾아올 질병에 대한 예방주사를 맞은 셈입니다. 비 온 뒤에 땅이 굳은 게지요. 이상적인 권력입니다.」

"......그 말씀을 듣고 나니 새삼 궁금해지네요. 동맹이나 난민구역의 분위기는 어때요? 이번 반란으로 많이들 놀랐을 텐데. 바로 내일이 대선이기도 하고요."

「짐작하시는 대로입니다. 현 시점의 미국은 좋으나 싫으나 인류문명 최후의 보루입니다. 그 미국의 수도가 전장이 되어버린 광경은 차마 형언하기 어려운 충격이었지요. 저조차도 뉴스 보도를 처음 접했을 땐 심장이 멎는 줄 알았습니다. 세상의 종말을 생중계로 지켜보는 기분이었다고 해야 할까요. 수명이 몇 년은 줄었을 겁니다.」

그날, 용감한 기자들이 있었다. D.C. 소재의 많은 언론사들이 위험을 무릅쓰고 현장 취재에 나섰던 것. 유선망이 살아있다는 사실을 확인한 그들은 반란과 진압의 경과를 거의 실시간으로 송출했다. 그러니 종말의 생중계는 있는 그대로의 증언이었다.

「게다가 그 전장에 작은 대장님과 독립중대원들……아, 이제는 알파 중대라고 불러야 하는군요. 아무튼 우리 사람들이 잔뜩 가 있던 게 아니었겠습니까. 곳곳에서 실신하는 사람이 속출하고, 심지어 노약자들 중에선 심장마비로 죽은 사람마저 있을 정도입니다.」

"이런……."

겨울은 당혹감에 젖었다. 그 거칠었던 전장에서조차 중대 내 전사자는 없었건만, 엉뚱한 장소에서 사망자가 나오다니.

「반란이 진압된 후에도 한동안은 대단했지요. 대장님께서 중상으로 병원에 후송되었다는 소식이 전해졌으니까요. 얼마나 많은 사람들이 TV를 보면서 뜬눈으로 밤을 지샜는지……. 아깝군요. 대장님께서 직접 보셨어야 하는데.」

"말만 들어도 버겁네요."

진심이었다. 그 모든 사람들의 마음이 과거와는 본질적으로 달라지지 않았겠는가. 애초에 겨울은 그들의 본질과 무관하게 사람으로 대해왔으나, 아무리 그렇더라도 별빛아이가 해준 말에 영향을 전혀 안 받을 순 없는 노릇이었다.

"부상 장병의 가족들에겐 유감이라고 전해주세요. 사후 지원에 힘쓰겠다는 약속도……. 물론 제가 직접 가서 전해야 할 위로지만, 복귀가 예정보다 많이 늦어지게 되어서요. 그날까지는 두 분 부장님께 부탁드릴게요. 잘해주실 거라 믿어요."

「늦어지시는 건 혹시 입원기간 때문입니까?」

"아뇨. 퇴원 후에도 내년 초까지는 중대의 나머지 병력과 함께 D.C.에 주둔하라는 명령이 떨어져서요. 아무래도 민감한 시기잖아요."

「허허. 이해가 가는군요.」

민완기가 재미있어했다.

「터무니없는 전투력을 선보인 한겨울 중령이 그대로 남아있는데, 거기다 대고 또 사고를 칠 만큼 멍청한 놈들은 없겠지요. 시민들도 그렇게 생각할 테고요. 작은 대장님께서 그곳에 계시는 것만으로도 많은 사람들이 마음을 놓을 수 있을 겁니다.」

"솔직히 좀 부담스럽긴 하지만요."

「그런 싸움을 보여주시고서 겸손함도 여전하십니다. 하면 포트 로버츠 사령은 계속해서 래플린 준장님이 맡으십니까? 작은 대장님께서 돌아오시기 전까지?」

"그럴 리가요. 준장님의 연대는 대륙분할 작전에 투입하기로 되어있어요. 중요한 부대 이동계획이 그렇게 쉽게 취소되진 않죠. 정해진 날짜에 떠나셔야 할 거예요."

「기지사령은 공석이 된다는 말씀이신지?」

"그렇게 들었어요."

「골치 아프게 됐군요.」

겨울이 어깨를 으쓱인다.

"어쩌겠어요. 사람이 없는걸. 돈 떨어지면 정부도 문 닫던 나라잖아요."

「…….」

"그래도 너무 염려하진 마세요. 최소한의 업무는 돌아가도록 조치한다고 하니까. 아마 군정사령부 본청에서 원격으로 지원을 하게 될 걸요? 그렇다고는 해도 거기에 대한 사전준비가 따로 있을 테니, 준장님이 꽤나 속앓이를 하고 계시겠네요."

후임자가 하필 겨울이라 겪는 고통이었다.

민완기가 화제를 바꾸었다.

「그나저나, 투표는 어느 후보에게 하셨습니까?」

대선일자는 내일, 11월 8일부터 이틀간 진행되지만, 겨울은 벌써 투표를 마쳤다. 주소지가 캘리포니아로 되어있는 탓에, 아직 고향으로 돌아가지 못한 이재민들과 함께 사전투표를 한 것이다. 완전한 회복은 멀었으되, 투표소까지 가는 데엔 큰 무리가 없었다.

이재민들은 겨울의 등장을 광기에 가까운 열광으로 반겼다. 이제껏 활동한 배경이 대부분 캘리포니아였던 까닭에, 이재민들에게 있어서 겨울은 고향을 되찾는 데 크게 기여한 사람으로 통했다. 다른 지역 주민들의 애정보다 한층 더 뜨거울 수밖에 없는 이유.

공보처가 말한 10%의 절반은 캘리포니아 이재민들이 아닐까? 싶을 정도였다.

겨울은 부장의 질문에 웃음기를 섞어 대답했다.

"죄송하지만 그건 말씀 못 드리겠는데요."

「저한테까지 비밀인 겁니까?」

"낮말은 새가 듣고 밤말은 쥐가 듣는다잖아요."

이 통화도 새어나갈 우려가 있다는 암시였다. 그 자체는 대단히 낮은 가능성이나, 겨울이 누구에게 투표했다는 걸 이용하려는 사람은 얼마든지 있을 것이었다.

"그러니 앞으로도 입 다물고 있으려고요."

「무슨 뜻인지 알겠습니다. 그럼 이 질문엔 대답해주실 수 있으시겠습니까?」

"어떤 질문이요?"

「그 깁슨 감독관이라는 분 말입니다.」

진지한 척하는 장난기였다. 겨울이 남는 손으로 이마를 감쌌다.

"……오늘따라 왜 이렇게 짓궂으세요."

「이해해주십시오. 타인의 연애사는 옆집 불구경만큼이나 흥미진진한 법인지라.」

"그게 민 부장님처럼 나이 드신 분들에게도 해당되는 이야기였나요?"

「보통 나이가 들면 마음은 거꾸로 어려진다고 하잖습니까.」

"그렇게까지 늙으시려면 일이십 년은 남으신 것 같지만……. 뭘 묻고 싶으신데요?"

「대단한 건 아니고, 예전에 언급하셨던 고마운 사람이 혹시 그분인가 하는 생각이 들어서 말이지요. 대장님을 여러모로 도와주는 분이 계시다고. 맞습니까?」

"고마운 사람? 언제 한 말인지 기억이 잘 안 나는데요."

「샌프란시스코에 계실 적에 했던 통화입니다.」

"샌프란시스코……아!"

헤매던 겨울은 가까스로 기억해냈다. 많이 도와주는 고마운 사람이란 말을 듣고 선실 벽에 머리를 박던 앤의 모습을. 지금은 당시에 비해 그녀를 대하는 마음이 현격히 달라졌으므로, 잊고 있었던 모습을 떠올려 이득을 본 기분이 든다.

'귀여웠지.'

그리고 겨울은 본인이 머리를 박고 싶은 심정이 되었다. 이건 너무 심하지 않은가.

"……감도 좋고 기억력도 좋으시네요. 대체 어떻게 아셨어요?"

「대충 운이 따라준 짐작이었지요. 제가 아는 작은 대장님은 누군가에게 짧은 시간에 깊은 마음을 허락할 만큼 가벼운 분이 아니십니다. 요즘처럼 인기가 하늘을 찌를 때의 유혹을 신중히 경계할 성격이기도 하시고요. 사랑이라는 게 영 종잡기 어려운 감정이긴 합니다만, 작은 대장님에 한해서는 그토록 정열적인 낭만을 상상하기가 어렵더군요.」

"……."

「그럼 첫 만남으로부터 최소 몇 개월은 지났으리란 가정이 가능한데, 줄곧 전장에만 머무르셨던 대장님께서 FBI 감독관과 접점을 가질 사건이라면 역시 그 비밀작전이 가장 유력하지 않겠습니까? 한데 정확히 그 시기에 대장님께 들은 바가 있으니 서로 연관을 지어본 것입니다. 당시에도 꽤나 친근한 어조로 말씀하셨지요.」

겨울은 헛웃음을 흘리고 말았다. 벌써 반년은 넘게 지난 대화를 말투마저 기억한단 말인가.

"대단하세요. 여러 가지 의미로."

「제 머리가 아직까지는 쓸 만합니다.」

농담을 건넨 뒤에, 민완기가 다시 하는 말.

「다행입니다.」

"뭐가요?"

「대장님께서 저처럼 되진 않으실 것 같아서 말입니다. 조금은 아쉽기도 하지만, 기쁘군요.」

함축적이었으나, 겨울은 쉽게 알아들었다.

과거 민완기는 역병 이전의 세상을 쓰레기통이라고 표현했었다. 질서와 법률은 서로 다른 무질서, 어리석고 이기적인 개인들이 부딪히며 만들어낸 우연의 산물에 불과했다고. 그러므로 그에겐 냉소가 있었다. 다 무너진 다음 새로 만들어가는 지금이 더 즐겁다고 말했다. 인간의 한계가 쌓아올린 세상을, 그 탁하고 더러운 물길을 경멸했던 것이다.

즉 민완기는 사람을 사랑하기 어려운 사람이었다. 그리고 그에겐 가을이 없었다.

"앤이…… 아니, 깁슨 감독관이 그러더라고요. 사람에게 실망하지 말아달라고."

「오.」

"사람은 원래 그 정도밖에 되지 않는다. 그 이상을 기대하지 않겠다……. 저를 지켜보며 그런 느낌을 받았대요. 곱씹을수록 인상적인 말이었죠. 실제로 종종 그런 생각을 하거든요. 겨울에 꽃이 피지 못하는 게 과연 꽃의 잘못인가."

「왜 환경은 당연하고 사람만 탓하느냐, 그런 말씀이신지요?」

"음, 비슷해요. 그 환경도 대부분이 사람이거나 사람들이 만들어낸 무언가이긴 하지만요."

「동백은 겨울에도 핍니다.」

"동백 같은 사람 빼고 다 죽일 순 없잖아요?"

「그렇지요. 유감스럽게도. 삶은 참 거추장스러운 짐입니다.」

이 유감이야말로 겨울과 민완기가 다른 점이었다. 사람들에 대한 연민의 온도차.

"깁슨 감독관이 이어서 말하기를, 자기를 포함해서, 사람들은 더 나은 존재가 될 수 있을 거래요. 내가 그렇게 믿어주기를 바랐던 거죠."

「인간의 밑바닥과 친할 FBI 요원이 그런 말을 하다니……. 좋은 사람을 만나셨습니다.」

"네. 정말로 좋은 사람이에요."

「과연 이 세상이 그 기대를 충족시킬 날이라는 게 올지는 모르겠습니다만, 두 분이 성격상 잘 어울릴 것은 분명하군요.」

민완기가 웃었고, 겨울도 뒤따라 부끄럽게 웃고 말았다.

이후의 통화는 길지 않았다. 민완기를 비롯한 동맹의 간부들이 겨울의 부재에 어지간히 적응한 탓이었다. 적어도 예전처럼 겨울이 죽었다고 알려진 건 아니니 감당하기 버거운 혼란은 빚어지지 않을 것이다. 송예경도 적극적으로 협조하겠다는 약속을 했고.

「시차를 고려하지 않고 너무 오래 대화를 했나 봅니다. 오늘은 이만 끊도록 하지요.」

"아직 자정도 안 지났는데요 뭐. 저야 늦어도 상관없으니 무슨 일 생기면 바로 연락주세요. 받을 수 있는 상황이면 꼭 받을게요."

「이곳이야 별일 있겠습니까. 그쪽이 중요하고, 대장님이 중요하지요. 아무튼 이만 쉬십시오.」

"부장님도요."

겨울이 전화기를 내려놓았다. 액정에 시간이 떴다 사라진다. 약 두 시간 후면 날이 바뀐다. 선거일이었다. 미국의 대선은 직선제가 아닌지라 12월의 선거인단 투표가 남아있긴 하지만, 이번처럼 지지율의 차이가 명백할 땐 의미가 없어지는 절차였다.

불을 끄고 침대에 누운 겨울이 어두운 천장을 바라보았다. 머지않은 날, 자신이 별빛아이에게 어떤 답을 하게 될지를 생각하면서.

대선 당일, 이른 식사를 마친 겨울은 오랜만에 전투준비를 갖췄다. 시민들의 선거 참여를 독려하고자, 전쟁영웅들이 각 투표소 인근을 개별적으로 순찰할 예정이었기 때문이다. 탄창을 가득 꽂은 조끼와 방탄복의 무게감에 만족하면서도 겨울은 약간의 걱정을 품었다.

'괜히 불안감만 더 조성하는 건 아니겠지.'

그저 독려만이 목적이라면 정복에 훈장을 달고 다니는 편이 낫다. 실제로 그런 의견도 나왔다고 들었다. 질서가 회복되었음을 과시하려는 의도에서. 그럼에도 상부, 아마도 백악관 사령실에서는, 전쟁영웅들을 무장시키기로 결정했다.

그 속을 왜 모르겠는가. 이제 와선 아무리 작은 위험이라도 무시하기 꺼려지는 것이다. 겨울이 소총을 점검하고 탄창을 삽입했다. 일발 장전하니 경쾌한 쇳소리가 울린다. 조정간은 안전에 두었다. 팔짱 끼고 지켜보던 앤이 근심 어린 표정을 지었다.

"정말 괜찮겠어요? 골절부위가 아프진 않고요?"

여기는 아직 병원이다. 겨울은 솔직하게 답했다.

"약간 불편하긴 해요."

"그럼-"

"그래도 움직이는 데 무리는 없어요. 조심할 필요는 있겠지만."

이는 겨울의 판단이자 의사의 진단이기도 했다. 뼈가 완전히 붙진 않았으되, 격한 운동만 삼간다면 일상생활에 복귀해도 무방하겠노라고. 골절 외의 다른 상처는 전부 아물었다. 말을 타고 산책하는 수준의 느긋한 순찰쯤이야 얼마든지 소화 가능한 상태였다.

앤은 못마땅한 한숨을 내쉬었다.

"힘들어지면 꼭 말하기예요."

"알았어요."

염려마저 달다. 미소를 머금은 겨울이 바깥으로 고갯짓했다.

"가죠."

그녀와 함께 향한 곳은 지하주차장이었다. 대기하던 엑셀이 기수를 반겼다. 목을 안고 토닥여 진정시킨 겨울은 엑셀을 데리고 온 마누엘 헤이스를 바라보았다.

"무사한 모습을 보니 좋네요. 고생이 많았다고 들었어요."

"예⋯⋯."

"엑셀을 지켜줘서 고마워요. 새삼 당신을 살린 게 잘한 결정이었다는 생각이 드는군요."

겨울의 말에 사형수는 입술을 깨물었다. 복받치는 감정을 억누르려 애쓰는 얼굴이었다.

반역이 터졌을 때, 엑셀을 실은 트레일러는 토마스 제퍼슨 기념관 앞에서 교통사고에 휘말렸다. 어느 망명정부의 방탄 캐딜락이 조수석을 들이받은 것이다. 감시 목적으로 동승한 경관은 즉사했다. 평소 같았으면 앞이든 뒤든 한 대라도 순찰차가 있었겠지만, 그때는 아니었다. 구경거리로서 독특한 강제노동에 종사하는 죄수 한 명은 그렇게 방치되고 말았다.

"하나만 묻죠."

시선을 기울이는 겨울.

"왜 도망치지 않았어요?"

달아날 여지는 충분했다. 죽은 경관에게 족쇄의 열쇠와
무기가 있었으므로. 앞날을 기약하지 못할 사형수로서 언
제 끝날지 모를 목부(牧夫) 노릇이나 하느니, 기회를 틈타
아예 잠적해버리는 편이 더 나은 선택일 수 있었다.

그런데도 헤이스는 마지막 순간까지 엑셀을 버리지 않았
다. 그는 토마스 제퍼슨 기념관에 숨어 엑셀을 지키며 난리
가 지나가기를 기다렸고, 상황이 정리되자 스스로 경찰을
찾아왔다.

이미 보고서에 포함된 진술서를 읽었으나, 겨울은 본인
의 육성으로 답을 듣길 원했다.

그럴 만한 이유가 있었다.

헤이스는 자존감 낮은 사람 특유의 주눅 든 태도로 대답
했다.

"사람 노릇을 해보고 싶었습니다."

"사람 노릇?"

"제가 좀 무식해서…… 제대로 설명하긴 어렵지만……
거기서 도망치면, 다시는 기회가 없을 거란 느낌이 들었습
니다. 저를, 그, 자랑, 스러워할 기회가…….''

갈수록 자신감을 잃고 줄어드는 목소리. 그럼에도 겨울
은 거기에 녹아있는 목마름을 인지했다. 인정받고 싶은 것
이다. 자기 자신을 긍정하고 싶은 것이다. 겨울이 그 부분을

짚었다.

"그래서 소득은 있었나요?"

"소득이라는 건 어떤⋯⋯."

"성취감 말예요. 뭔가를 해냈다는."

"⋯⋯."

눈치를 보던 헤이스가 머뭇머뭇 고개를 끄덕인다. 겨울은 그의 어깨를 두드렸다.

"자신감을 가져요. 적어도 나만은 당신에게 감사하고 있잖아요."

죄수의 눈시울이 붉어졌다.

사실을 말하자면, 그를 긍정해주는 사람은 겨울 외에도 많았다. 그가 피신했던 기념관, 건국의 아버지에게 바쳐진 신전에 다른 시민들도 숨어들었기 때문이다. 겁에 질려 웅크린 그들이 죄수에게 물었다. 당신 여기서 무얼 하고 있느냐고. 죄수가 답했다. 한겨울 중령의 말을 지키는 중이라고. 이 문답이 이제는 하나의 미담으로 다뤄졌다. 헤이스의 이미지는 꽤나 기특한 개자식이 되어있었다. 한겨울 중령이 그를 교화시켰다는 식의 이야기도 돌았다. 피하기 어려운 일이었다.

엑셀의 안장에 오른 겨울이 헤이스를 응시했다.

"앞으로도 지금처럼만 살아요."

"⋯⋯."

"지은 죄가 사라질 일은 없겠지만, 그 죄가 당신이라는 사람의 전부여야 할 이유도 없잖아요. 기회가 주어질 때마다 사람노릇을 해요. 죽더라도 사람으로서 죽을 수 있게. 그리고 다른 사람들이 당신을 같은 사람으로 기억할 수 있게. 형이 언제 집행될지 모른다고 해서 남은 인생까지 무의미하게 만들진 않았으면 좋겠어요."

사형이 언도되었을지라도 실제 집행까지 이어지는 사례는 무척이나 드물다. 텍사스처럼 예외적인 주도 있긴 하지만, 여기는 텍사스가 아니었다. 이를 죄수도 알고 겨울도 안다. 그럼에도 굳이 형 집행과 죽음을 언급한 이유는 경각심을 일깨워주기 위해서였다. 선행은 악행을 상쇄할 수단이 되지 못한다. 악행은 악행, 선행은 선행이었다.

"마지막으로 한 번 더 말하죠. 내 친구를 지켜줘서 고마워요. 당신을 기억할게요."

헤이스가 젖은 눈을 비빈다. 눈길을 거둔 겨울이 엑셀에게 신호를 보냈다. 말은 발굽을 따각거리며 걷기 시작했다. 마찬가지로 말에 탑승한 앤과 기마경찰 하나가 겨울을 뒤따랐다.

경사로를 올라가면서, 겨울은 조금 전의 대화를 곱씹었다. 헤이스에 대한 감정은 이중적이었다. 누구든 기회만 주어지면 더 나은 사람이 될 수 있음을 보여준 것 같아서. 물론 그 밖의 다른 사람들로 이루어진 세상이 누구에게나 기회를 줄 만큼 관대하고 넉넉하진 않다. 여기든 바깥이든, 애초에 불가능한 일. 그런데도, 알게 모르게 조바심을 느끼던 겨울에겐 헤이스의 눈물이 인상 깊을 수밖에 없었다.

갈채가 쏟아졌다.

병원 앞을 가득 메운 인파가 겨울의 등장에 환호했다. 플래시가 터진다. 겨울은 그들에게 경례를 보내는 한편으로 조금 곤란한 미소를 머금었다. 병실에서도 종종 내려다보던 풍경인데, 해골이 그려진 티셔츠가 갈수록 늘어나기만 하는 까닭이었다.

그러다 한 사내와 눈이 마주쳤다. 그 얼굴에 감격이 번진다. 그의 환희가 소란을 꿰뚫었다.

"한겨울 중령님께서 날 보셨어!"

옆 사람이 구박했다.

"아냐! 니가 입은 티셔츠를 보신 거야!"

"……."

겨울의 미소에서 곤란함의 비중이 늘어났다.

힐끗 돌아보면, 이러한 분위기에도 불구하고 앤은 바짝 곤두선 상태였다. 분주한 경계의 시선이 짙은 선글라스로도 다 감춰지지 않는다. 그 자체로 체력을 소진할 집중력이었다. 하루 종일 저러고 있을 것을 생각하면 벌써부터 안쓰러운 마음이 들 지경.

'저렇게까지 걱정하지 않아도 괜찮은데…….'

혼자서 하는 생각이다. 앤을 설득할 방법은 없었다.

치명적인 위기를 극복한 결과로서, 현 시점의 겨울은 그 어느 때보다 더 강해졌다. 전투기술 강화엔 한계가 있었으되, 대개의 감각이 초인의 영역에 접어든 것이다. 부상이 완치되지 않은 지금도 부상 이전보다 더 뛰어난 전투력을 투사할 자신이 있었다. 어떤 방식으로든 겨울에 대한 암살이 성공할 확률은 지극히 낮다. 세계 최정상의 저격수가 생애 최고의 기량을 발휘한다면 그나마 가능성이 보이는 수준이라고 해야 할 것이다.

「질병저항」과 「독성저항」에서도 괄목할 발전이 있었다. 각각 선천적으로 타고나지 않고선 불가능한 수준에 이르렀기에, 어지간한 수단으로는 겨울을 죽이기 어려울 터였다. 최소한 네크로톡신으로부터는 자유로우리라 확신한다.

그럼에도 아직 먼 「역병면역」이 유감이다. 조건을 갖추기까지 앞으로 고작 몇 단계가 남았을 뿐이건만, 그 몇 단계가 까마득했다. 감각에 대한 투자가 상대적으로 미미해 보일 정도로.

그냥 안주해버릴까 싶기도 하다.

이 세계는 겨울의 현실적인 최선이라 해도 과언이 아니다. 종말의 위협이 남아봐야 얼마나 심각하겠느냐고 스스로를 설득할 수도 있었다. 아니, 그러고 싶다고 해야 정확할 것이다. 이는 수시로 벽을 넘으려는 충동, 앤에 대한 감정의 또 다른 측면이었다. 다른 걸 다 포기하고, 바깥세상의 관객들도 쳐내고, 그저 앤만 곁에 있으면 만족하는 삶.

그러나 그 삶은 결국 부족한 대답일 것이다. 봄에게나, 겨울에게나. 애초에 겨울은 자기 자신을 속이며 사는 데 소질이 없었다. 마음이라도 지키며 이어온 사후가 얼마던가.

주의를 게을리 하지 않으며 얕은 상념을 몇 번이나 거듭했을까.

"한겨울 중령님!"

투표소를 취재하던 기자가 거리를 두고 마이크를 내밀었다. 혹시라도 제지를 받을까봐 여러 질문을 빠르게 쏟아낸다.

"당신께서 부상으로 입원하신 건 처음 있는 일이었는데요! 지금은 괜찮으십니까? 상부의 지시로 인해 무리하고 계신 건 아닌가요? 맥밀런 대통령님의 병세는 어떻습니까? 일반적으로 알려진 것과 다른 내용이 있습니까?"

대통령이 이미 죽었다는 루머가 돌고 있음을 안다. 겨울은 여유로운 온화함으로 답했다.

"저는 보시다시피 멀쩡합니다. 많은 분들이 응원을 보내주신 덕분이죠. 다시 의무를 수행할 수 있게 되어 기쁩니다. 그리고 대통령님의 상태는 발표된 내용 그대로입니다. 조만간 의식을 되찾으실 거라고 들었네요. 저는 미국 역사의 가장 험난한 시기를 극복한 그분의 강인함을 믿고 있습니다. 그분은 반드시 우리의 곁으로 돌아오실 것입니다."

잠시 우물거리던 기자가 새로운 질문을 던졌다.

"최근 많은 유명인들이 D.C. 시민들을 돕기 위한 자선경매에 자신의 애장품을 내놓고 있습니다! 중령님께서도 이러한 행사에 참여할 의향이 있으신지요?"

"……마음이야 있지만, 제게 애장품이라고 할 만한 것이 없어서 문제네요."

당장 떠오르는 건 시에루 중장에게 받은 회중시계와 커트 리의 결혼반지가 전부. 그러나 회중시계는 중장과 재회하는 자리에 가져갈 계획이고, 반지는 언젠가 앤의 약지에 직접 끼워 주고픈 약속이었다. 훈장 같은 건 애당초 매매가 금지되어 있다. 개인적인 선물들을 팔아넘기긴 꺼려진다. 그 외의 다른 물건들은, 과연 값이 얼마나 나갈까 의심스러웠고.

기자는 겨울이 미처 생각하지 못한 것을 입에 담았다.

"기념주화는 어떻습니까!"

"아?"

"명예훈장 수훈자로서 2종의 기념주화를 수령하신 걸로 압니다! 업계에선 그것 하나만으로도 피해 복구에 필요한 예산의 상당부분을 마련할 수 있으리라는 관측이 나와 있기도 하죠! 중령님께 또 한 번의 고귀한 헌신을 기대해도 되겠습니까?!"

자칫 강요가 되기 쉬운 무례한 질문이었다. 언짢아진 앤이 나서려는 것을 가로막으며 겨울이 어깨를 으쓱였다.

"그러고 보니 그게 있었네요."

"동의하신다는 뜻으로 받아들여도 될까요?!"

"그렇습니다. 둘 다 기증하겠습니다."

망설임 없는 대답. 기자가 머뭇거린다. 지켜보던 사람들의 소란도 줄어들었다.

"둘 다…… 입니까? 아쉽다는 생각은 안 드시나요? 그건 금전 이상의 명예인데요."

명예훈장 수훈자, 혹은 그 유가족들에게 주어진 금화는 식별을 위한 일련번호 대신 열세 개의 별이 각인되어 있었다. 즉 다른 어떤 주화와도 다르고, 특별했다. 이는 기자의 말처럼 금액으로 환산하기 힘든 명예였다. 수집가들이 돈을 아끼지 않을 것은 물론이다.

약간은 생색을 낼 필요가 있다. 겨울은 어조와 말을 고른 끝에 입을 열었다.

"아쉽지 않다면 거짓말이겠죠. 그래도 시민들에게 도움을 드리는 편이 더 명예롭지 않을까요? 좋은 기회를 알려주셔서 감사합니다."

"그럼 이 자리에서 약속하시는 겁니까?"

"약속이라……. 네. 그렇게 받아들이셔도 무방합니다."

기자는 뭔가를 더 말하려 했으나, 겨울의 이름을 연호하는 시민들의 목소리에 파묻혔다. 이 틈을 타 앤이 이번에야말로 기자를 가로막았다.

순찰이 투표소를 등진 뒤, 앤은 겨울에게 난감한 기색으로 물었다.

"분위기상 거부하기 어려워서 억지로 승낙한 건 아니죠?"

겨울이 안심하라는 의미로 웃었다.

"앤은 내가 나를 좋아하는 사람들의 미덕이라고 했었잖아요. 오늘 이후 달라질 세상에 대비해, 더 많은 사람들에게 미덕이 되어보려고요. 사람들을 돕기 전에 나를 위해 하는 일이고, 또 당신을 위해 하는 일이에요. 뭐가 아깝겠어요."

이게 아니더라도 어차피 기증했겠지만.

"정해진 미래는 없다고, 그렇게 믿기로 했어요."

"……."

적어도 예언에 얽매이다가 예언을 실현해버리는 결과는 피할 수 있을 것이다. 모호한 말을 들은 앤이 의아한 표정을 지었으나, 겨울은 더 이상의 설명을 생략했다. 설명이 불가능한 일이기도 하고.

다음 날 새벽, 겨울은 미국의 새로운 대통령이 누구인지 알게 되었다. 반전은 일어나지 않았다.

역대 최고 수준의 투표율을 보인 이번 대선에서 크레이머는 사상 최대 규모의 압승을 거두었다. 민주당의 제럴드 번스를 무려 2천만 표 차이로 찍어 누른 것이다. 놀라운 건, 이렇게 패배한 제럴드 번스마저도 과거의 그 어떤 당선자보다 더 많은 표를 얻었다는 사실.

이에 대해 크레이머는 짤막한 소감을 발표했을 뿐이었다.

「저는 제 지지자들만의 대변인이 아니라 미국 시민 전체의 대표자가 되기 위하여 이 자리에 서 있습니다. 그러므로 공화당과 민주당, 크레이머와 번스, 둘 중 어느 쪽을 지지했느냐를 떠나, 조국을 사랑하는 마음으로 소중한 권리를 행사해주신 모든 유권자 여러분께 진심 어린 감사의 말씀을 전합니다. 시민들의 뜻깊은 참여에 의하여, 합당한 사람에게 거룩한 소임이 주어질 것을 믿습니다. 저는 그날을 기다리고 있겠습니다. 감사합니다.」

당선자 확정절차인 각 주별 선거인단 투표를 의식한 겸허함이다. 그러나 배신자 선거인이 무더기로 나오지 않는 한 제럴드 번스의 승리는 불가능할 것이었다.

그로부터 열흘이 지난 11월 18일.

이날 하루는 일시적으로나마 언론의 관심사가 바뀌었다. 추수감사절을 앞둔 주말, 겨울이 기증한 기념주화들이 경매에 출품되었기 때문이다.

「한겨울 중령과 크레이머 당선인, 각자의 약속을 지키다.」

어느 신문의 1면 헤드라인이었다. 이어지는 기사가 자세한 내용을 전했다.

「어제, 11월 17일 토요일, 앤드류 W. 멜론 대강당에서 D.C. 시민들을 돕기 위한 자선경매행사가 열렸다. 이 행사를 특별하게 만든 것은 한겨울 중령이 내놓은 두 개의 명예훈장 수훈자 기념주화. 전미의 관심이 집중된 가운데, 이 금화들은 각각 천삼백만 달러, 구백육십만 달러에 낙찰되어 세계 경매 사상 최고가의 동전과 세 번째로 비싼 동전에 오르는 진기록을 세웠다.」

「그 이전까지의 경매에서 최고가를 기록했던 동전은 1794년 필라델피아 주조소에서 만들어진 1달러 금화(Flowing Hair dollar)였다. 전문가들은 한 중령의 기념주화에 그 이상의 값을 매길 여지가 충분하다고 말한다. 일단 명예훈장 수훈자 기념주화엔 기본적인 역사적 상징성이 존재한다. 액면가는 있으나 실제로 유통될 화폐는 아니며, 한 중령의 개인 소장품이자 0번 주화로서 차별화된 도안을 갖추고 있기까지 하다. 희소성이 대단히 높다는 뜻이다.」

「행사는 참가자들의 요청에 따라 엄격한 신원보호가 적

용된 상태에서 진행되었다. 이번 경매에 대한 일부 시민들의 부정적인 여론을 의식한 조치였다. 따라서 본래대로라면 우리는 두 기념주화의 새로운 주인을 알 수 없었어야 정상이다. 그러나 천삼백만 달러를 지불한 사람은 익명의 그늘에 숨지 않았다. 다름 아닌 공화당의 에드거 크레이머 당선인이다.」

「당선인은 회견을 통해 경매에 참가한 이유를 밝혔다. "이 시대의 가장 헌신적인 전쟁영웅에게 그가 마땅히 가져야 할 명예를 돌려주는 것, 그리고 최근 반란의 참혹한 전화를 겪은 D.C. 시민들에게 작은 도움의 손길을 내미는 것은 이 나라의 대통령이 되고자 하는 사람으로서 당연히 해야만 하는 일들이었습니다."」

「동시에 그는 자신에게 있어선 그리 대단한 희생이 아니었다며 겸손을 표했다. 아울러 당장 동원할 수 있는 현금에 한계가 있어 남은 하나의 주화를 구입하지 못한 것이 유감이라고 말했다. 복구와 구호가 시급하다는 건 알지만, 조금만 더 시간적 여유가 주어지길 바랐다는 것이다.」

「크레이머 당선인은 포브스지가 선정한 미국의 400대 부호 중 93위에 이름을 올려두고 있으며, 자산총액은 조사 시점을 기준으로 무려 41억 달러에 달한다. 그는 자신이 대통령이 된다면 재임기간 중 보유자산의 90%를 어떤 식으로든 국가에 환원하겠다고 약속한 바 있다. 즉 이번 경매는 그 공약을 실천하는 첫 걸음에 불과했다는 말이다. 그러한 자평에도 불구하고, 그가 보여준 모습은 실로 고결하다고 하지 않을 수 없다.」

「주화를 돌려받은 한겨울 중령은 크레이머 당선인에게 깊은 감사를 표하고, 앞으로도 최선을 다해 의무를 수행함으로써 호의에 보답하겠다고 답했다. 우리는 새로운 행정부 아래에서도 그의 명예로운 헌신을 기대할 수 있을 것 같다.」

"……."

여기까지 읽은 겨울이 신문을 접고 다른 신문을 찾았다. 그러나 대부분이 겨울과 크레이머를 한데 묶어 우호적으로 다루는 내용들로 가득했다. 앞서의 기사에서처럼 크레이머를 당선인이라고 호칭하는 경우도 많았다. 엄밀히 말하면 아직은 쓰기 이른 표현임에도.

'어쩐지 당했다는 기분이 드는데.'

주화 기증으로 형성된 이미지에 교묘히 올라탄 것만을 말하는 게 아니다. 일이 이렇게 되었으니, 나중에라도 크레이머에게 비판적인 견해를 내보이기 어렵게 되었다. 겨울은 이번에 크레이머로부터 큰 선물을 받은 것이다. 겨울 본인의 생각이야 어쨌든, 시민들이 보기엔 분명 큰 선물이었다. 천삼백만 달러는 결코 작은 금액이 아니다.

아니지만, 크레이머 입장에선 실속으로 꽉 찬 지출이었다. 선거자금으로만 2억 달러를 썼는데 마무리로 천삼백만 달러쯤 더 못 쓰겠는가. 이번 한 건으로 그가 거둔 홍보효과는 금액으로 환산하기 어려울 정도다. 크레이머의 행정부는 한층 더 열광적인 지지 속에서 출범하게 될 것이었다.

혹시나 비판적인 기사가 있는지 찾아보던 겨울의 눈에

해괴한 글귀가 들어왔다.

「의혹 : 한겨울 중령은 공산주의자인가?」

"공산주의자라니……."

황당해하는 겨울을 본 앤이 눈을 찌푸렸다.

"신문 좀 가져다 달랬더니 분별없이 모아왔나 보네요. 그런 황색언론에 신경 쓸 것 없어요. 유명인의 애환이니까. 혐오도 관심으로 받아들이는 천박한 것들이죠."

그러면서 이리 달라고 손을 내민다. 겨울이 고개를 흔들었다.

"재미로 한 번 읽어보려고요. 뭐라고 썼을지 궁금해지네요."

"굳이 눈을 버릴 필요가 있겠어요?"

떨떠름해하면서도, 앤은 내밀었던 손을 거두었다.

기사는 겨울의 '심각하게 좌편향적인' 성향을 지적하고 있었다. 국가와 공동체를 위해 자신의 사유재산을 아낌없이 쓰는 것이 그 그릇된 사상의 증거라는 주장이었다. 또한 한겨울 중령이 수립한 난민공동체 겸 난민구호재단 「겨울동맹」은 그러한 사상의 추종자들로만 이루어져 있어, 사실상 공산당이나 다름없는 단체라고 지적했다. 따라서 한겨울 중령 개인은 존경과 존중을 받을 자격이 있으나 그가 정치적인 영향력을 발휘하게 두어선 안 된다는 결론을 내리고 있었다. 이대로 내버려두면 영향력을 키운 그의 추종자들이 공산주의 폭도로 변모할 것이라고.

난민차별정서를 교묘하게 녹여낸 참신한 개소리였다.

겨울이 절레절레 신문을 접었다.

"이 신문사, 이런 기사 내고 괜찮을지 모르겠어요. 유리창이 안 남아날 것 같은데……."

유감스럽게도 근거가 분명한 걱정이다. 지난 대선일, 겨울에게 다소 무례하게 굴었던 기자가 극심한 비난에 노출되었다. 결국 그녀는 자신이 경솔했음을 인정하고 공개적으로 사과했다. 그 수단이 SNS였다는 점에서 조금 맥이 빠지지만, 겨울은 기자의 사과를 받아주었다. 그것도 제법 시간을 들인 장문으로. 자칫 다른 사고가 터질까봐 걱정스러웠기 때문이다.

극단적인 지지자들로 인해 극단적인 반대자가 생길 가능성을 경계해야 한다.

앤이 못마땅하게 평했다.

"뭘 당해도 싼 놈들이죠."

"아니, 수사국 요원이 그런 말을 하면 안 되잖아요."

"……그냥 해보는 생각이었어요."

믿음이 안 간다. 속으로 실소한 겨울이 말을 돌렸다.

"그건 그렇고, 도착까진 얼마나 남았어요?"

두 사람은 차를 타고 D.C. 동쪽 교외의 안전가옥으로 이동하는 중이었다. 겨울의 거처가 될 곳이 아니라, 시에루 중장이 희망한 면담에 응하러 가는 것이다.

그녀가 피고로 설 세기의 전범재판은 정권교체와 동시에 시작될 예정이었다. 이는 맥밀런 대통령이 후임자와 그의 정권에 주는 선물이었다. 그러므로 시에루 중장의 요청사항은 가급적 이번 달 중에 처리해두는 편이 좋았다. 다음 달부터는 나름의 사전준비로 번거로워질 테니까.

추수감사절 연휴기간엔 여유롭고 싶다는 욕심도 있었다.

차창 밖을 내다본 앤이 자신 없는 태도로 가늠했다.

"그리 먼 곳은 아닌데 도로 상황이……. 음, 앞으로 대략 10분 정도일까요?"

"얼마 안 남았네요."

답하면서, 겨울은 다시 한 번 생각했다.

'크레이머는 참 좋은 조건에서 임기를 시작하겠구나.'

시에루 중장도 시에루 중장이지만, 대륙분할 작전도 현재까지 수월하게 전개되고 있었다. 본격적인 공세에 앞선 준비공격으로서 위장상륙을 감행한 제3해병원정군은, 현재까지 압도적인 교환비로 변종들의 파상공세를 견뎌내고 있었다.

겨울은 연이은 승리의 배경에 에스더의 조력이 있음을 안다. 역병들의 대화를 엿듣는 것만으로도, 인간의 화력과 조직력은 본연의 강점을 넘치도록 발휘할 수 있게 됐다.

이 전과로 미루어, 유라시아 대륙에 트릭스터를 의도적으로 풀어놓겠다는 계획에도 의외의 현실성이 있어 보이는 것이었다.

도로는 울창한 숲 속으로 이어졌다. 숲은 늦가을의 색채였다. 상념을 끊은 겨울은 달리는 속도로 지나가는 풍경을 즐겼다. 검은 점이 박힌 갈색과 회색 얼룩의 황조롱이 한 마리가 눈에 띈다. 겨울의 감각은 녀석의 움직임을 비현실적인 수준으로 인식하게 해주었다. 그 다채로운 감각 자체를 만끽할 만하다.

"마음이 편해 보이네요."

앤의 말에 겨울이 잠깐 눈길을 돌렸다.

"뭐 불편할 게 있나요?"

"비밀임무 대상이었던 사람을 만나러 가는 거잖아요. 자기를 속인 걸 결코 좋게 생각하진 않을 텐데……. 악감정을 품고 있다면, 자칫 일을 그르칠 수도 있어요."

일을 그르친다는 건 중장이 자기희생의 결심을 뒤집는 경우를 뜻한다. 돌발적인 행동으로 재판을 망쳐 놓으면 난감해질 사람이 한둘이 아니었다.

"글쎄요."

겨울이 턱을 괴었다.

"그 사람이 날 그렇게까지 싫어할 것 같진 않아요. 설령 싫어한다고 쳐도 그것 때문에 말을 바꾸진 않을 듯싶고요."

"어째서요?"

"그냥, 감이 그래요. 자기 사람들을 쉽게 버릴 성격이 아니거든요. 거래 조건에 아들인 탄퀴셩 중교의 여생도 포함되어 있다잖아요."

"……."

입을 다문 앤은 영 안심이 안 되는 표정이었다. 그러나 굳이 「통찰」이 아니더라도, 겨울은 장군의 결심이 쉽게 흔들리지 않을 것이라 여겼다. 그녀와 나누었던 대화를 여러 차례 복기해보고 내린 결론이었다. 여전히 직감이 대부분인 결론이긴 하지만.

겨울 스스로 약간 의심스럽기는 하다.

'내가 최근 들어 너무 풀어져 있는 건가?'

근심은 있다. 허나 어떤 근심도 예전처럼 어둡게만 느껴지진 않는다. 그 무게와는 별개로.

"아."

앤이 전면 유리창을 힐끗 쳐다본다.

"다 왔네요. 저곳이에요."

차량행렬이 원래의 길을 벗어나 낙엽으로 뒤덮인 단선 도로에 진입했다. 길 어귀에 번지수를 알리는 동판과 우체통이 서 있었다. 언뜻 보면 평범한 저택으로 이어지는 샛길처럼 보인다. 다만 안쪽으로 조금 더 들어가니 철조망과 차단기, 검문소가 드러났다. 그 너머에 중장이 머무는 안전가옥이 존재했다.

차량은 검문소를 지나 안전가옥으로 지정된 저택 앞마당에서 정지했다. 문을 열자 가을 숲의 울음이 확 가까워진다. 그 사이로 파도 소리도 들렸다. 지나온 거리로 짐작컨대, 가까이에 체서피크 만이 있을 것이었다. 혹시 모를 탈출을 막기에 좋은 지형이다. 숲 속엔 얼마나 많은 감시수단이 존재할는지.

바람이 서늘하다. 영상 9도. 11월의 워싱턴 근교는 맑은 날이 드물었다.

코트 자락을 나부끼며 다가온 FBI 요원이 겨울과 앤을 반겼다.

"기다리고 있었습니다. 시간상 조금 이르긴 한데, 바로 들어가시겠습니까?"

"그러죠, 뭐."

대꾸한 겨울이 여전히 초조한 앤에게 안심하라는 의미로 웃어보였다.

잠시 후, 겨울은 마침내 시에루 중장을 볼 수 있었다.

"일찍 왔군."

장군은 인민해방군 해군 정복 차림으로 소파에 앉아있었다. 맞은편의 홈시어터에선 영화 대부(代父)가 흘러나오는 중이었다. 넓은 실내엔 구석구석 짙은 담배향이 배어있다.

앤의 우려와 달리, 겨울을 바라보는 장군의 표정에선 적대감이 묻어나지 않았다. 사정을 다 알고 있을 것임에도. 겨울도 담담히 그녀를 마주 보았다. 전보다 더 늙어 보인다. 그러나 눈빛만은 과거 이상으로 형형해졌다.

홈시어터의 볼륨을 줄인 중장이 손짓했다.

"일단 앉게."

겨울이 착석하자, 중장이 담배를 권했다.

"피우겠나?"

중국인들 사이에서 담배를 권하는 건 사교의 수단이자 기본적인 예의였다. 우호적인 대화를 나누겠다는 신호다. 예전의 대작(對酌)으로부터 겨울이 중국의 문화에 익숙하다는 사실을 파악했을 터였다. 겨울은 품속을 뒤져 손바닥보다 조금 작은 크기의 상자를 꺼냈다. 시에루 중장이 나지막이 감탄했다.

"날 감시하는 놈들도 못 구해오는 고급품이군. 능력이 좋은 건가?"

"선물로 받았습니다. 괜찮다면 이걸 피우시죠."

"좋지."

겨울이 가져온 건 펠레티어 대위로부터 받은 쿠바산 시가였다. 피워본 적은 없어도 어떻게 피우는지는 안다. 한 대 꺼내 기요틴 커터로 끝을 잘라낸 겨울이 중장에게 내밀었다. 그리고 레인저의 선물인 지포라이터로 불을 붙여주었다. 시가 끝이 발갛게 달아오르도록 몇 번 빨아들인 중장이, 연기를 뿜으며 손끝으로 겨울의 손등을 툭툭 두드린다. 겨울 자신도 시가를 물었다. 피우기는 싫지만, 피우는 시늉이라도 해야 할 때였다.

잠깐의 고요 속에서 바작바작 담뱃잎 타들어가는 소리만 들렸다.

"좋군."

눈을 감고 만끽하는 장군.

"좋아. 실로 일품이야. 이 시대에 이런 걸 선물로 받다니. 애연가라면 쉽게 내놓을 수가 없었을 것인데. 혹시 그 사람 목숨이라도 구해줬나?"

"예."

중장이 짧은 웃음을 터트렸다.

연기를 독하게 느끼는 겨울은 이게 대체 어디가 좋은지 모르겠다고 생각했으나, 어쨌든 중장의 마음엔 쏙 든 모양이라 다행이었다.

중국인들은 비싸고 귀한 담배를 권할수록 자신이 더 존중받는다고 여긴다. 펠레티어 대위 말이 한 대당 4백 달러를 넘고, 그마저도 현재는 웃돈을 줘야만 살 수 있는 물건이라더니……. 이렇게 도움이 될 줄이야. 겨울은 꽤나 공교롭다고 여겼다.

소파 사이의 테이블엔 여러 종류의 술이 비치되어 있었다. 향이 강한 버번과 브랜디가 대부분으로, 예외 없이 도수가 높은 것들뿐이다. 중장은 겨울 앞으로 당연하다는 듯이 잔을 밀어주었다. 속 깊은 대화엔 술이 있어야 한다. 이 또한 중국인들의 방식이었다.

중장이 손짓했다.

"고르게."

고민할 필요는 없었다. 어차피 여기 있는 전부가 고급품일 것이기에. 손 닿는 대로 잡고 보니 브랜디였다. 마개를 연 겨울이 시에루의 잔부터 채워주었다. 넘치기 직전까지, 아슬아슬하게. 중장이 병을 넘겨받는다. 겨울의 잔에도 독주가 차올랐다.

한 차례 건배가 오가고서 빈 잔을 다시 채운 뒤에, 겨울은 예의 그 회중시계를 꺼내놓았다.

"이건 돌려드리겠습니다."

물끄러미 응시하던 중장이 픽 웃는다.

"곧 세상 떠날 사람에게 이런 게 무슨 소용이겠나."

"아드님께는 쓸모가 있을 겁니다. 재산으로든, 유품으로든."

천만 달러, 한화로 백억짜리 시계였다. 탄귀성 중교에겐 많은 도움이 될 것이다.

그러나 중장은 다시금 실소할 따름이었다.

"넣어두게. 날 희롱할 작정이 아니라면 말이야."

"……."

"그 시계는 내 실패와 어리석음으로 인해 잃어버린 것이다. 그런 물건을 하나뿐인 자식에게 물려주라고? 말도 안 되는 소리. 그래봐야 고작 천만 미원(달러)이야. 내 체면은 그렇게 저렴하지 않다. 내 아들의 목숨 값도 마찬가지지. 넣어둬."

"그렇습니까……. 실례했습니다."

겨울이 시계를 갈무리했다. 중장은 소파 등받이에 팔을 걸고 다리를 꼬며 물었다.

"애초에 내게서 받은 걸 돌려주고자 했으면 달리 데려왔어야 할 사람이 있지 않은가? 지금은 그 못난 계집의 가치가 그깟 시계보다 훨씬 더 높아졌을 텐데?"

짓궂은 질문이었다. 겨울은 의도를 알면서도 진지하게 대답했다.

"사람은 누군가의 소유물이 될 수 없습니다."

"그래. 보아하니 그대가 차지한 것 같지는 않더군. 연락은 하나?"

"간혹 편지가 오긴 합니다."

"만난 건?"

"몇 개월 전이 마지막이었습니다."

"몇 개월 전이라……."

시가를 재떨이에 털며 뭔가를 생각하던 중장이 새롭게 묻는 말.

"그 계집이 나에 대해 뭐라고 하던가? 천성이 경박하니 아무 말도 없진 않았을 것이고……. 자기를 위해서라도 날 어떻게든 헐뜯으려 들었을 거야. 그렇지?"

거의 확신하는 기색이어서, 망설이던 겨울은 있는 그대로 간결하게 답했다.

"인민을 버린 인민해방군이 어떻게 당당할 수 있느냐고 묻더군요. 중국 본토를 탈출하던 날, 당신과 당신의 병사들은 당연히 인민을 위해 싸웠어야 한다고. 한 사람이라도 더 구하기 위해 최후의 순간까지 노력했어야 한다고."

"당연히 싸웠어야 한다?"

중장은 비웃었다.

"그게 어째서 당연하지? 중령도 그 말에 동의하나?"

"적어도 군인의 의무이긴 합니다."

"재미있군."

말과 달리, 그녀는 경멸감을 드러냈다.

"자신을 희생해야만 하는 의무는 절대로 당연한 게 아니야."

"……."

"소방관이 불을 끄다 타 죽으면 그것도 당연한 일인가? 공안(경찰)이 범죄자를 쫓다 살해당했으면 그것도 당연한 일인가? 군인이 어떤 상황에서도 인민을 위해 목숨을 바치는 게, 정말 아무 의문의 여지도 없을 만큼 당연한 일이냐 말이야."

"그렇지는…… 않습니다."

"충고해두지. 평범하기에 이기적인 것들은 당연한 것들의 시체 위에 서 있다. 군인이라서 당연하고 공안이라서 당연하고 부모라서 당연하며 자식이라 당연하다고 간주되는 고결한 희생들. 귀관은 당연하지도 못할 것들이 짖는 개소리에 귀 기울이지 마라."

한숨에 담배연기를 실어 내쉬며, 중장은 병사들의 입장을 대변했다.

"목숨 걸고 싸우는 것과 목숨을 바치는 건 완전히 다른 개념이다. 싸움은, 승산이 아무리 낮은 전투라도 결국 승리하기 위해, 이겨서 살아남기 위해 치르는 거니까. 최소한 평범한 병사들에게는 그렇지. 국가가 무엇을 해주었다고 죽으라는 명령까지 따르느냐 말이야."

술이 물처럼 비워진다. 여전한 주량이었다. 겨울이 잔을 채워주었다.

"중령. 내 부하들 중 조국과 인민을 위해 죽음을 불사하겠다는 각오로 군인이 된 자가 과연 얼마나 될 것 같은가?"

"많지는 않겠죠."

"맞아. 절대로 많지 않아. 녀석들 대부분은 말이지, 출세의 사다리로부터 '당연하다는 듯이' 자기들을 밀어내는 사회에서 어떻게든 살아보려고, 가족을 먹여 살리려고, 용문을 넘은 잉어가 되어보려고 군인의 길을 택한 거야. 그것 때문에 당과 국가에 충성을 바쳤던 거라고. 반쯤은 선택이 아닌 강요였다고 봐도 무방해. 알겠나? 그들이 죽음의 위험을 감수하기로 결심한 건 기본적으로 자기 자신을 위해서야. 순수하게 남을 위해 죽겠다는 사람이 흔할 리 없지."

중국에서 군은 출세의 관문이다. 용문(龍門)을 넘은 잉어란 개천에서 난 용과 같은 뜻이었다. 사후의 맑은 연못을 꿈꾸며 끊임없이 탁류를 헤엄치는 물고기들과도 통하는 면이 있다. 겨울은 과거 중장이 남의 울타리 안에 있는 사다리를 언급했던 걸 기억했다.

"한데 그 모든 대가를 약속한 국가가 무너져버렸어."

중장이 피식거리며 말을 이었다.

"계약의 전제가 사라진 거지. 국가는 붕괴했는데 국가로부터 부여받은 의무는 남아있는 것도 이상하지 않은가? 군인의 신분이란 공화국의 국체 아래 성립하는 것이야. 그러니 조국이 사라진 순간 군복을 입은 사람들과 군복을 입지 않은 사람들은 그저 똑같이 살고 싶은 사람들이 되었을 뿐이다. 적어도 나는 그렇게 믿어. 그래서 내 사람들부터 살리고자 했지. 병사들이 복무의 대가로서 받아온 하잘것없는 급여는, 그들의 죽음을 정당화할 정도로 대단한 수준이 절대로 못 돼. 그 처지를 나도 경험했으니까. 깨끗하진 못할지언정 밑바닥에서부터 기어오른 나는, 나만 바라보는 장병들에게 반드시 죽어야만 성립하는 의무를 강요할 수 없어."

"무슨 뜻으로 하시는 말씀인지 알겠습니다."

"그 여자."

시가를 뻑뻑하게 빨아들인 중장이 인상을 쓴다.

"주웨이 소교는 불공정한 체제의 수혜자였다. 경력이 아무리 좋아도 연원(배우)으로서 그 나이에 소교 계급은 결코 정상이 아니거든. 좋은 집안에서 반반한 낯짝으로 태어났다는 이유만으로 당의 비호를 받아가며 출세의 사다리를 올랐다. 물론 거기에도 나름의 경쟁과 고통이 있었겠으나, 들인 노력에 비해선 한참이나 과분한 대가를 누리며 살았어. 한데 대체 누가 누구에게 당연히 죽었어야 한다고 말하는 것이지?"

후우. 뭉글뭉글 짙게 흘러나오는 담배연기.

"한겨울 중령."

"예."

"그대는 당연한 것이 되지 말게."

겨울은 최근 같은 말을 들은 적이 있었다. 민완기와의 통화에서였을 것이다.

'당연한 것에 고마워하는 사람은 없다고 했던가.'

앞날에 대한 한 가능성으로 다가오는 조언이었다.

"묘한 반응인데."

장군의 말에 겨울이 회상을 끊었다.

"비슷한 조언을 해준 사람이 떠올라서 그렇습니다."

"누구인지 몰라도 현명한 사람이군."

또 한 차례 잔이 비워졌다. 술병이 오간다. 덜 찬 술잔은 상대에 대한 멸시로 간주되기에, 잔은 언제라도 비어있어선 안 되었다. 중장이 따라주는 술을 두 손으로 받고서 탁

자를 두드려 감사를 표한 뒤에, 겨울은 슬슬 본론으로 들어
가야겠다고 생각했다.

"중장님. 제게 이런 말씀을 해주시는 이유가 있습니까?"

"귀관을 보고자 한 이유가 궁금한가?"

반문하는 중장 앞에서 겨울은 솔직하게 끄덕였다.

"그냥 얼굴이나 보자고 부르신 건 아닐 거라고 믿습니다."

"뭐, 그렇지."

수긍한 뒤에, 장군이 대수롭지 않게 덧붙이는 말.

"하지만 그저 한 번 만나보고 싶은 마음이 가장 컸던 것
도 사실이야. 그도 그럴 것이, 날 그렇게 제대로 속여 넘기
지 않았나."

"그건 사과드리겠습니다."

"사과하지 마."

중장의 눈썹이 일그러진다.

"난 군인으로서 패배한 것이다. 이긴 상대로부터의 사죄
따위, 받아봐야 비참해질 뿐. 나더러 아Q 같은 인간이 되라
고 할 셈은 아니겠지."

"……."

"무엇보다, 귀관이 내 아들의 목숨을 구했다는 사실만은
사라지지 않아. 사죄가 필요한 일로 인해 아들의 목숨이 붙
어있는 거라면 그 역시 불쾌하기 짝이 없는 노릇이지."

무의식중에 다시 한 번 죄송하다고 할 뻔했던 겨울이 늦
지 않게 입을 단속했다.

"어쨌든-"

중장이 어조를 바꿨다.

"짐작한 대로 귀관을 보자고 한 용건이 있네."

"말씀하십시오."

"간단해. 내 부하들 중 쓸 만한 놈들을 추려 놓았으니, 혹시라도 병력자원이 모자랄 때 데려다 써보는 게 어떤가."

곤혹스러워진 겨울이 뒤를 돌아보았다. 앤과 더불어 만일의 사고에 대비하기 위한 FBI 요원이 입실해 있었으나, 중국어를 알아들을 능력은 없어 보였다. 다만 겨울의 시선에 반응하여 의아한 몸짓을 보일 따름이다. 무슨 일 있느냐고.

겨울은 중장에게 질문했다.

"사전에 합의된 사안입니까? 수사국이나 국토안보부……. 어디든 승인을 내린 기관이 있냐는 뜻입니다."

"아니."

"그럼 어떻게…….."

"먼저 중령의 동의를 얻어놓는다면 나머지 절차는 꽤 쉬워질 거라고 봤네만. 그대는 차기 대통령의 총애를 받는 전도유망한 장교지. 부처 불문하고 조용한 호의를 베풀 사람은 얼마든지 있을 것이야. 대통령을 의식해서라도."

"……."

"왜, 싫은가? 근본 없는 깡패 새끼들, 그리고 표리부동한 왜노(倭奴) 놈들을 제대로 된 군인으로 키우는 것보다야 훨씬 더 나은 선택일 텐데?"

"갑작스러운 제안이라 그렇습니다. 그들에게 저에 대한 반감이 있진 않겠습니까?"

"없을 수는 없겠지. 의도와 목적을 떠나 속은 건 속은 거니까. 그러나 삶에 대한 욕망이 훨씬 더 큰, 절박한 놈들만 골랐다네. 내 마지막 명령이라는 변명거리도 만들어줬지. 체면을 세워주었으니 현실과 얼마든지 타협할 거야."

중국인들에게 체면은 때로 목숨보다 중요한 문제다. 체면을 지키고자 정말로 목숨을 버릴 사람은 많지 않겠으나, 적어도 표면적으로는 그랬다. 질 나쁜 원한은 수명이 길다.

곱씹는 겨울에게 장군이 말했다.

"그들의 울타리와 사다리가 되어주게나. 그럼 그들은 자네에게 충성할 테니."

"이런 부탁을 하시는 건 의무감 때문입니까?"

"의무감보다는 부채감이라고 해야 옳아. 난 울타리도, 사다리도 되어주지 못했으니까."

한순간 중장의 주름이 깊어 보였다. 그러나 그녀는 살아남은 모든 중국인들의 울타리가 되려는 사람이었다. 뜸들이던 겨울이 느리게 대답했다.

"이 자리에서 확답을 드리긴 어렵지만, 긍정적으로 검토해보겠습니다."

"나쁘지 않군."

최소한 앤에게 상담을 해볼 필요는 있을 듯하다.

"그런데 중장님, 후보자 중엔 탄궈성 중교도 포함되어 있습니까?"

"그렇다네."

"조금…… 부담스럽군요."

"녀석도 속이 복잡한 모양이더군. 그래도 안심하게. 어미의 유언을 무시할 정도로 담이 센 놈은 못 되거든. 엉뚱한 사람을 원망할 만큼 너절하게 가르치지도 않았지. 양용빈 그 사리분별 못 하는 인간만 아니었어도 우린 꽤나 건설적인 관계를 유지했을 것 아닌가."

시에루 중장에게 베이더우 위성은 핵공격을 저지하기 위한 수단이었다. 그러므로 위성의 통제권을 빼앗긴 것을 원망스럽게 여기진 않는 듯했다.

중장은 이제 조금 피곤해진 느낌으로 말했다.

"양용빈이 한 말 가운데 한 가지는 맞아."

"어떤 것 말씀이십니까?"

"그저 살아가기 위해 사는 삶은 비참하다는 거."

"……재판의 대가로 미국 정부로부터 보장받은 것들이 마음에 안 드시나 보네요."

"조건 자체는 좋아. 미국이 무너지지 않는 한, 그리고 약속이 지켜지는 한, 죽을 때까지 먹고사는 데 지장이 없을 거야. 하지만 그뿐이라면 길러지는 가축과 다를 게 뭔가. 때 되면 먹고, 때 되면 싸는 생활의 반복. 사람이 살기 위해서는 그 이상의 희망이 있어야 해. 더 나은 내일을 향한 꿈. 그래서 사다리가 중요한 것이지. 난 내 사람들과 그 후손들을 북미 원주민 꼴로 만들고 싶지 않아. 아니, 어떤 면에선 원주민보다도 못한 처지가 되겠군."

겨울은 시에루의 말을 이해했다. 보호구역의 인디언들에겐 아직까지도 투표권이 없었다. 보호구역에 대한 몇 가지

특권들, 부족 운영 보조금, 카지노 운영권 등을 포기해야만 미국 시민으로서의 권리를 인정받을 수 있다. 그나마 시민이 될 길이라도 열려있다는 점에서, 중장은 자기 부하들보다 원주민들이 더 낫다고 보는 것이고.

시에루 중장이 시가 끼운 손으로 홈시어터를 가리켰다.

"저 영화, 본 적 있나?"

대화가 꽤 길었던 것 같은데, 화면은 아직도 대부(代父)의 한중간이었다. 장군의 의중을 헤아리며 스크린 속 돈 꼴레오네를 바라보던 겨울은 모호함 속에 고개를 가로저었다.

"아뇨. 대충 어떤 내용인지는 알지만 실제로 본 적은 없습니다."

"유감이군. 한가할 때 한번쯤 시간을 내보게. 자네라면 느껴지는 것이 많을 거야."

"중장께선 무엇을 느끼셨습니까?"

"문제를 풀 때 답안지부터 펼치는 건 좋은 습관이 못 되네만."

"지금이 아니고선 확인할 기회가 없을 테니까요."

"그건 그렇군."

중장이 낮게 쿡쿡거렸다.

"그래. 말해주지. 나는 저 이탈리아 촌것들의 발버둥으로부터 사람의 본성을 재확인했네."

혹시 폭력에 기초한 영향력을 말하는 것일까? 대부는 마피아를 다룬 영화였으니 겨울의 짐작이 성급한 것이라고 할 순 없었다. 미국이라는 배경, 그리고 제도권에서 일탈한 이민자들의 생애가 난민들의 처지와 겹쳐지는 면도 있었다. 그러나 장군이 의도한 정답은 아니었다. 그녀는 한 손에 술잔을, 다른 손에 담배를 든 채로 느긋하게 말을 이었다.

"마피아의 기원이 내가 말했던 중국인들의 울타리와 같다는 것을 아는가?"

"……글쎄요."

"이탈리아가 근대로 접어들 때의 이야기야. 어느 나라에서든, 산업화와 부르주아 자본주의는 많은 농민을 농토에서 몰아내지. 땅을 빼앗으려는 지주들과 삶을 지키려는 농민들의 갈등은 필연이었다고 봐야 해. 이때 국가는 적극적인 방관자였지. 농민을 보호할 이유가 없었어. 쫓겨난 그들을 공장에 갈아 넣을 수 있었으니까. 말도 안 되게 싼 값으로 말이야."

여기서 묻어나는 자조는 장군이 스스로에게 보내는 고소(苦笑)이자 옛 조국에 대하여 품은 우울한 소회일 것이었다. 중국은 명목상 공산주의 국가였으나, 실제론 그 어떤 나라보다도 자본주의의 병폐가 심각한 나라였으니.

겨울이 말했다.

"공권력의 보호가 사라진 상황에서, 농민들이 스스로를 지킬 울타리를 치기 시작한 게 바로 마피아의 기원이라는 말씀이시군요."

"그래."

주억거리는 장군.

"벤데타, 그 악명 높은 마피아의 복수도 그렇게 시작된 거지. 피에는 피를, 죽음에는 죽음을. 겉보기엔 살벌해도 본질적으론 가시를 곤두세운 고슴도치와 다를 바 없었어. 그것이 훗날 본격적인 이권 범죄와 엮이며 변질되었을 뿐."

"……."

"그것은 그들이 신대륙에 온 뒤로도 달라지지 않았어. 알다시피, 미국 또한 무질서한 인간의 도가니였잖은가. 이 나라의 헌법에 총기에 대한 권리가 명시되어 있는 이유이기도 하고. 자력구제가 필수적이었던 시대의 유산이지."

무질서한 인간의 도가니라는 표현을 곱씹으며, 겨울이 끄덕였다.

"동의합니다. 미국은 그런 나라였죠."

아니었다면 이민자들의 어두운 연대기가 미국 영화사의 걸작으로 남기 어려웠을 것이다. 꼴레오네 일가의 역사는 미국인들의 전통적인 정서와 맞닿아있었다.

"중국, 미국, 이탈리아."

말하면서, 중장은 시선을 스크린에 두었다.

"시대가 다르고 인종이 다르고 지역과 문화조차 다를지라도, 언제나, 어디서나 한결같은 사람의 본성이 존재한다는 것. 누구도 여기서 자유롭지 못하며, 다만 운이 좋은 사람과 운이 나쁜 사람으로 나누어질 따름이라는 것. 귀관이 이를 되새기길 바랐네."

중간에 한숨이 끼었다.

"사람의 근본은 변하지 않아. 그러니 우리는 사람에게 허락된 최선을 추구하는 수밖에."

겨울은 중장의 말에 담긴 또 다른 말을 감지했다. 이는 겨울을 위한 조언인 동시에 자기 사람들을 위한 변호이기도 했다. 분명 마음에 들지 않는 점들이 눈에 띄겠지만, 그때마다 그것이 그들 나름대로 최선을 다해 살아남은 결과임을 떠올려달라는 부탁이었다.

깨닫고서, 겨울은 조금 먹먹한 기분을 느꼈다. 시에루 중장은 사람의 한계 내에서 평범하게 나쁘고 비범하게 좋은 사람이었다.

"용건은 이걸로 끝이야."

중장은 잔을 들어보였다.

"바쁜 사람을 오래 붙잡긴 싫군. 그거나 마저 비우고 가게."

겨울이 말없이 잔을 마주 들었다.

"건배."

그득하던 브랜디는 진한 자취를 남기고 사라졌다.

헤어질 때, 중장은 겨울에게 책 한 권을 선물했다. 복수의 역사를 다룬 교양서적이었다. 표지가 꽤나 닳아있었다. 아마도 본인이 즐겨 읽던 것을 그대로 내준 모양. 목차를 대강 훑어보며 나오는 중에, 겨울은 등 뒤에서 자신을 부르는 목소리를 들었다. 아는 음성이다. 어머니와 같은 숙소를 쓰고 있었던 것인가. 겨울이 모자를 벗으며 층계를 향해 돌아섰다.

"탄귀성 중교?"

어중간한 위치에 선 그는 자신 없는 태도로 독백처럼 말했다.

"귀관은 한겨울 중령, 이지."

망설이던 겨울이 무난한 말을 골랐다.

"오랜만입니다. 이 모습으로는 처음 뵙는 거지만요."

"이 모습으로는 처음이라……."

중얼거리는 중교의 표정에 씁쓸함이 번진다. 그의 턱엔 지저분한 수염이 나 있었다. 어머니와 달리 군복을 입고 있진 않았다. 말끔한 정복 차림의 겨울과 선명하게 대비되는, 흐트러진 모습. 그는 망연한 시선으로 겨울을 한참 동안이나 뜯어보았다. 겨울은 그에게 시간을 주었다.

마침내 중교가 탄식했다.

"커트 리라는 사람은 정말로 없는 거로군."

"사과는 하지 않겠습니다."

"난 그를 정말로 좋아했었는데. 아니, 차라리 존경하고 있었는데. 이 사람에게는 가진 걸 다 줘도 아깝지 않겠다고, 형제처럼 지내고 싶다고 생각했었는데……."

"저도 당신이 싫지 않았습니다."

"그쪽이 그렇게 말하면 안 돼."

"……."

"오늘 이후로 중령에겐 원한도, 은혜도 없는 걸로 치겠습니다. 날 구해준 사람은 한겨울 중령이 아니라 커트 리였으니까요. 그러니 당신도 잊으십시오. 그게 날 위하는 일입니다."

중교는 바뀐 말투로 관계를 정리하고는, 겨울에게 목례했다.

"그럼 살펴 가십시오. 만나서 반가웠습니다, 중령."

나무로 만들어진 계단이 자그맣게 삐그덕댔다. 겨울은 중교가 위층으로 사라지는 것을 끝까지 지켜보았다. 강화된 청각이 벽 너머 시에루 중장의 독백을 잡아냈다. 못난 놈. 못마땅하게 혀를 차는 소리가 더해진다. 겨울은 그 뒤의 정적 속에 한숨을 흘려놓고 몸을 돌렸다.

앤이 겨울의 기분을 살폈다.

"괜찮은 거죠?"

중국어를 알아듣진 못했어도 분위기라는 게 있었다. 겨울이 차에 올라타며 어깨를 으쓱였다.

"안 괜찮을 게 뭐가 있겠어요. 오히려 조금 후련하기도 하네요."

"그렇다면 다행이지만……."

그녀는 더 이상 묻지 않았다. 가을바람 부는 길을 되돌아가는 시간, 겨울은 중장에게 받은 책을 펼쳤다. 서두에서 저자는 동서양을 막론하고 복수가 명예롭게 여겨진 이유와 그 의의에 대해 간결하게 소개하고 있었다. 끝없이 계속되는 보복과 증오의 연쇄는 겨울이 싫어하는 탁류의 한 갈래였다. 그러나 시에루 중장이 말했듯이, 그 기원을 순수한 악의 발로로 간주할 순 없었다. 사람을 이해하고 긍정하는 책이었다.

몇 페이지나 넘겼을까. 겨울은 앤의 시선이 신경 쓰여 고개를 들었다.

"설마 아직도 걱정하는 거예요? 난 괜찮다니까요."

묻자, 조금 멍한 느낌이던 앤이 이제 막 잠에서 깬 것처럼 반응했다.

"그게 아니라……. 개인적으로 담배를 싫어하는데, 담배 냄새가 밴 겨울은 의외로 나쁘지 않네요."

"……앤?"

"앗."

"…….."

"…….."

잠시 후, 겨울이 다시 책을 읽기 시작했다. 페이지는 아까보다 느리게 넘어갔다.

추수감사절을 사흘 앞두고 맥밀런 대통령이 깨어났다. 이 소식에 전미가 열광했다. 반역이 남긴 그늘이 다 지워지진 않았으되, 그 일을 지나간 과거로 생각하는 사람들이 많이 늘어났다. 겨울은 그로부터 이틀 뒤인 수요일에 대통령의 사적인 부름을 받았다. 병상에 누운 채로 겨울을 맞이한 대통령은, 맥없는 미소를 머금고 농담처럼 말했다.

"안타깝군. 상태가 이렇다 보니 약속은 지킬 수가 없게 됐어."

"약속이라면……. 아."

4월에 처음 말하고 10월에 확약하여 이미 날짜가 지나가버린 맥주 한 잔이었다. 대통령이 영부인의 눈치를 보며 입맛을 다셨다.

"맥주는 자체의 맛도 중요하지만 언제 어디서 누구와 마시느냐도 중요하지. 귀관과 마시는 한 잔은 평생토록 남을 추억이 되었을 텐데. 실로 아쉬운 노릇이야."

"나중에라도 기회가 있을 겁니다."

"그땐 내가 더는 대통령이 아니지 않겠나. 오벌 오피스 뒤에서 야경을 곁들여 마시기는 불가능하겠지. 내 나름대로는 임기의 끝을 기념하는 의미의 약속이었거든. 다 내려놓으며 마시는 기념주가 될 예정이었는데."

"차라리 잘된 일일지도 모릅니다. 현직 대통령이 법을 위반해선 안 되는 거니까요. 그게 아무리 사소한 거라도 말입니다."

"법을 위반하다니?"

"잊고 계신 것 같은데, 저 아직 만 21세가 안 됐습니다."

겨울의 말에 맥밀런이 기운 빠진 웃음을 터트렸다.

"이런. 여기가 내 고향이었으면 빨리 결혼이나 하라고 했을 걸세."

장난스레 곁눈질을 하는 걸 보니 대통령도 앤과의 관계를 아는 눈치였다. 일부 주에선 배우자가 21세 이상일 경우 음주에 제한이 없다. 그의 고향도 그중 하나일 것이다.

"어디 출신이십니까?"

"루이지애나."

"살기 좋은 곳인가요?"

"공식적인 입장과 비공식적인 입장 중 어느 쪽을 듣고 싶은가?"

"둘 다 들었으면 합니다."

"공식적으로는 천국 같은 내 집이고, 비공식적으로는 심심하면 물에 잠겨서 귀찮기 짝이 없는 곳이지. 치안이나 주민들의 인식도 그리 좋다고는 못 하겠고. 임기 내내 그쪽 동네가 얼마나 속을 썩였는지……. 그래도 음식은 꽤나 맛있다네. 가재요리는 아마 미국 제일일 거야."

짐을 내려놓을 때가 되었다고 느끼는 까닭인지, 혹은 반란진압 과정에서 겨울의 도움이 컸기 때문인지, 맥밀런의 태도는 전보다 훨씬 더 친근하고 소탈하다. 겨울이 말했다.

"말씀과 달리 그리워하시는 게 보입니다."

"그런가?"

"예. 곧 돌아가 보실 수 있겠죠."

"돌아간다, 라……."

중얼거리며, 대통령은 눈을 몇 번 깜박거렸다.

"그래. 내 역할은 여기까지군. 이제 내 손을 벗어난 시간들이 찾아오겠지. 앞으로 많은 것들이 변하고, 많은 것들이 변하지 않을 거야. 중령. 귀관은 변하지 않는 사람이었으면 좋겠어."

무슨 뜻으로 하는 말인지는 알지만, 다른 의미에서 스스로의 변화를 체감하는 겨울은 곧바로 답을 하지 못했다. 맥밀런이 말을 이었다.

"이 나라는 중동에서 많은 시행착오를 겪었지. 중동정책을 수립할 때 가장 까다로운 것이 지원을 할 가치가 있는 현지 인사를 찾아내는 일이었네. 자금을 지원해 주면 빼돌리지 않는 사람이 없더군. 그러니 아무리 돈을 퍼부어도 지역정세가 안정될 리가 있나."

"그 말씀은……."

"차기 정권 아래에서, 난민 지도자 지원법은 냉혹한 함정으로 작동할 걸세."

"……."

"물론 크레이머가 거짓말을 할 사람은 아니야. 모두에게 기회를 준다는 말은 있는 그대로의 사실이겠지. 그러나 지원 대상으로 선정된 이들이 충분히 부패한 시점에서, 그는 가차 없이 그들을 잘라낼 거야. 여긴 중동이 아니잖나. 얽매일 이유가 없어."

한 호흡 쉬고 나오는 결론.

"그리고 그건 이어지는 예산삭감을 정당화할 명분이 되어줄 걸세. 이후의 지원 대상자들은 언제까지고 전임자들이 남긴 원죄에 얽매이게 될 테지."

겨울이 미처 헤아려보지 못한 영역이었다. 항상 달리 생각할 거리가 많은 처지이기도 했거니와, 무의식중에 스스로를 기준으로 삼아버린 탓도 있었다. 겨울은 의식의 그늘로 밀어두었던 고민 하나가 스멀스멀 제 무게를 되찾는 것을 느꼈다.

대통령은 여전히 안정이 필요한 환자였으므로, 이후의 대화가 오래 계속되진 않았다. 추수감사절 당일 대중 앞에 모습을 드러내려면 지금부터 체력을 아껴두어야 했다.

나갈 때는 영부인이 몸소 겨울을 배웅했다. 그동안 당신의 존재가 남편에게 큰 힘이 되었다고 말하는 그녀는, 진심으로 겨울에게 고마워하는 기색이었다.

맥밀런 대통령은 잘 자란 칠면조와 함께 복귀했다. 무슨 말인가 하면, 매해 추수감사절을 기념하며 행하는 칠면조 사면식(Pardoning) 이야기였다. 여기서의 사면(赦免)이란 식탁에 올리지 않음을 보증한다는 뜻이다. 어쨌든 칠면조 입장에선 사형을 면하는 것이나 마찬가지. 이름부터 익살스러운 이 행사는 대통령의 건재를 부담 없이 내보이기에 적합한 자리였다. 본디 수요일로 예정되었던 행사를 굳이 하루 미루어 감사절 당일 아침에 진행하기로 한 이유이기도 하다.

많은 방송사들이 정시 이전부터 백악관의 장미정원을 생중계로 내보냈다. 고작 10분 남짓이면 끝날 행사임을 감안하면 비상하게 높은 관심이었다. 깃이 하얀 칠면조는 사람들이 보든 말든 멀뚱히 서 있기만 했다. 자막으로 뜨는 녀석의 이름은 「희망」. 「희망」이 나오지 못할 경우를 위해 준비된 예비 사면대상의 이름은 「화합」이었다.

사면 받을 칠면조에게 붙여주는 이름엔 대개 정치적인 의도를 담지 않는다. 행사의 목적 자체가 순수하게 축제 분위기를 돋우는 것이기 때문이다. 그러나 과거 한 번의 예외가 있었다. 9.11 테러가 벌어진 해에 사면된 두 칠면조는 서로 다른 자유의 이름(Liberty, Freedom)을 받았다. 조지 W. 부시 대통령 재임시기의 일이다. 이러한 해설을 전하면서, 기자는 오늘이 두 번째의 예외로 남을 것이라고 덧붙였다.

잠시 후, 백악관 대변인이 사면식의 시작을 알렸다.

「신사숙녀 여러분, 미합중국의 대통령께서 입장하십니다.」

엄격한 선별을 거치고도 평년보다 훨씬 더 많아진 참석자들이 박수를 보내는 가운데, 손을 흔들며 나타난 맥밀런 대통령이 영부인과 함께 연단 위로 올라섰다. 허나 그 뒤로도 갈채와 함성이 멎지 않아, 대통령은 몇 차례나 말을 삼켜야만 했다.

「감사합니다. 감사합니다.」

어제만 해도 피로한 기미가 완연했던 사람이건만 이제는 제법 건강해 보이는 모습으로 나타났다. 본인의 연기와 메이크업이 더해진 결과일 것이었다. 아니었다면 보다 본격적인 자리를 마련했을 테니까.

「제가 소개할 것도 없이, 다들 이미 오늘의 주인공을 만나보신 모양이군요. 예. 거기서 꺽꺽대고 있는 우리의 「희망」 말입니다. 참 건강하기도 하군요.」

간단한 말장난에 잔잔한 웃음이 흐른다.

「「정의」, 「신념」, 「평화」, 「박애」······. 이름만 들어도 쟁쟁한 칠면조들이 이 자리에 오기 위해 치열한 로비전을 펼쳤습니다. 그중 어떤 녀석을 선택할 것인가는 결코 쉽지 않은 결정이었습니다. 그러니까 제 말은, 그렇게 들었다는 거지요. 저는 편하게 누워있을 때의 일이었으니까요. 제 골칫덩이 참모들에게 어려운 고민을 안겨주신 전미 칠면조 협회의 농장주 여러분들께, 미합중국의 대통령이 깊은 감사의 말씀을 전합니다.」

다시금 자잘한 웃음이 번졌다. 앞으로 손을 모은 수석보좌관도 곤란한 미소를 머금는다. 칠면조의 이름을 정하는 과정에 대한 재치 있는 비유였다.

　「오늘, 우리의 「희망」과 「화합」에게 내일을 선사하면서, 이 자리를 지켜보고 계실 시민 여러분들께 제 개인적인 소망 하나를 말씀드리려 합니다.」

　말을 잠시 쉬어 분위기를 환기하면서, 대통령은 온화한 얼굴로 참석자들과 시선을 맞추었다.

　「새롭게 시작합시다.」

　대통령의 어조가 바뀌자 겨울이 있는 식당도 조용해졌다.

　「이 땅에서 우리의 선조들이 첫 번째 수확을 거두었을 때, 그들이 손에 넣은 결실은 오직 옥수수뿐이었습니다. 밀은 시들고 보리는 망가졌지요. 씨나 사람이나, 새로운 기후와 새로운 땅에 미처 적응하지 못했던 탓입니다.」

　「그러므로 최초의 추수감사절은 결코 풍요로운 날이 아니었습니다. 그럼에도 불구하고 선조들은 기뻐했습니다. 그들의 식탁에 오른 것이, 단순한 옥수수가 아니라 희망의 상징이었기 때문입니다. 그렇습니다. 그들에겐 더 나은 내일의 희망이 있었습니다. 그것은 기나긴 기아(飢餓)와 수많은 희생을 딛고서 도달한 승리였습니다. 그렇기에 오늘까지도 우리가 이 날을 기념하고 있는 것입니다.」

　「여기서 한 가지 더 잊지 말아야 할 점은, 그 식탁에 둘러앉았던 사람들 중에 원주민도 있었다는 사실입니다. 즉 이 날의 뿌리가 된 희망은 본디 언어도, 인종도, 문화도 다른 사람들이 하나로 화합하여 일궈낸 것이었지요.」

「물론 그 화합이 오래도록 이어지진 못했습니다. 저는 이것이 미국 역사의 가장 큰 분수령 가운데 하나가 아니었나 생각합니다. 역사에서 만약이라는 가정은 무의미한 것입니다만, 그래도 저는 이따금씩 이런 상상을 해보곤 합니다. 그 화합을 어떻게든 이어나갔더라면 이후의 나날들이 얼마나 많이 달라졌을까, 하고요.」

「지금 제 말씀을 듣고 계실 모든 분들께 청합니다.」

「우리는 분명 어두운 시간을 겪었습니다. 그러나 오늘은, 오늘만큼은, 마찬가지로 어두운 시간을 겪었던 우리의 선조들이 그러했듯이, 순수한 마음으로 하루를 즐깁시다. 사람은 희망으로 삽니다. 우리가 아직까지 살아있다는 사실을 기뻐하고, 살아서 수확을 거두었음을 다시 기뻐하며, 각자가 믿는 신에게 감사기도를 올립시다.」

「그리하여 서로의 화합을 확인하고 새로운 시대, 더 나은 내일로 나아갑시다. 살아남은 우리는 마땅히 그래야만 합니다. 그래야 할 의무가 있습니다. 우리의 하나된 삶이야말로 이제껏 희생하거나 희생당한 모두의 소망이었을 것입니다. 여기서 이 소망을 고백하니, 여러분의 마음에도 깃들기를 바랍니다.」

아까보다 진한 갈채가 쏟아졌다. 방향을 나누어 목례한 뒤에, 대통령이 손짓했다.

「드릴 말씀은 여기까지입니다. 자, 다들 이리 오시지요.」

미국의 대표 칠면조에게 자유를 줄 시간이었다.

"저걸 보면서 구운 칠면조를 썰고 있으려니 기분이 무척 이상해지는군요……."

짐짓 난처해하는 겨울의 말에, 부통령 선더스가 소리 내어 웃는다.

"사람 사는 게 그런 게지요, 중령."

두 사람은 지금 나란히 서서 병사들에게 배식을 해주는 중이다. 추수감사절마다 상급 지휘관이 앞치마를 두르고 병사들의 식판을 채워주는 건 미군의 전통 아닌 전통이다. 장성급 인사가 나서기도 하지만, 인기가 인기인지라 겨울을 대신할 장성은 존재하지 않았다. 갑작스럽게 찾아온 부통령이 여기에 끼어든 것이고.

맥밀런 대통령보다 스무 살이나 많은 선더스 부통령은, 덕분에 시민들로 하여금 정부수반의 연속과로사를 우려하게 만든 인물이었다. 그러나 직접 보니 시종일관 쾌활하여 피로한 기미가 없다. 나이에 비해 굉장히 정정한 사람이었다.

겨울이 말했다.

"예고도 없이 오셔서 조금 놀랐습니다."

자율배식인지라 한 차례 바쁜 뒤로는 이야기할 틈이 많았다. 부통령은 예의 바른 말투에 어울리지 않게 장난꾸러기 같은 표정을 지었다.

"그래서 싫습니까?"

"아뇨. 뵙게 되어 영광입니다. 단지 많이 바쁘신 분이 무슨 일로 여기까지 오셨을까 궁금하기는 하네요."

"대통령께서 복귀하시면 내가 바쁠 일은 없지요. 부통령은 원래 들러리 같은 자리니까. 나는 가라면 가고, 말하라면 말하고, 쉬라면 쉬던 사람입니다. 요 한 달이 좀 이상했을 뿐이에요. 당장 오늘은 무리지만, 사나흘 뒤부터는 할 일이 없어 좀이 쑤시게 되겠지요."

"……."

"내가 여기 온 건, 웃고 떠드는 모습을 공개해도 무방할 자리가 얼마 없어서입니다. 대통령이 저렇게 말하긴 했어도, 나 정도 되는 인물이 아무 데서나 웃고 다니면 분명 트집 잡는 사람이 나옵니다. 부통령은 벌써 10월의 희생자들을 잊었는가? 하고요."

"그건 좀 너무하네요……."

"정치가 원래 그런 겁니다. 몇 년 전에는 대통령이 칠면조 사면식에 동반하고 나온 자녀들이 지루한 표정을 지었다며 비난하는 이들도 있었으니까요."

사건으로부터 한 달여가 흘렀음에도 D.C.에 남은 상흔이 다 지워지진 않았다. 부통령은 결국 분위기 전환을 위하여 언론에 내줄 사진과 기사거리가 필요해서 왔다는 의미였다.

"중령. 내 기왕 여기까지 왔으니 사적으로 하나만 묻겠습니다."

"말씀하세요."

"혹시 조만간 결혼을 할 생각은 없습니까?"

전혀 예상치 못한 질문이었다. 그리고 보니 대통령도 어제 지나가는 농담처럼 결혼을 언급했었다. 겨울이 의구심을 드러내며 바라보자, 선더스 부통령은 두 손을 들어보였다.

"오해하진 마십시오. 당신에게 뭔가를 강요하려는 건 아닙니다. 결혼은 철저한 개인사니까요. 그러니 내가 넘지 말아야 할 선을 넘은 것이 아니라면, 부디 솔직하게 답해주길 바랍니다."

"왜 그런 걸 물어보시는지부터 여쭤 봐도 괜찮을까요?"

"허허. 조금 전 내가 여기에 뭐 하러 왔다고 했지요?"

"아……."

"당신에게 그럴 마음이 있다면, 그리고 그것을 비밀로 하지 않을 용의가 있다면, 새로운 행정부의 출범에 발맞춰 분위기를 일신하는 데 도움이 되겠지요. 반드시 식을 올릴 필요는 없습니다. 그저 그럴 계획이 있다는 사실만 알려져도 충분할 테니까요. 다시 강조하는데, 절대로 강요는 아닙니다. 그저 약간의 협조를 고려해보라는 부탁일 따름입니다."

그래도 결국은 개인사를 이용하고 싶다는 말이었다. 비록 선의에 기초했을지라도, 기본적으로는 스캔들이 터졌을 때 다른 곳으로 대중의 관심을 돌리는 일과 다르지 않았다.

"물론 거절해도 무방합니다. 그냥 한 번 생각이나 해보십시오."

부통령의 당부였다.

그가 떠나간 뒤엔 반가운 사람으로부터 전화가 걸려왔다. 발신자는 160연대장, 로버트 캡스턴 중령이었다. 작년,

앤과 함께 포트 로버츠를 떠난 이래 한 번도 만나지 못했던 그는, 지금 대륙분할 작전의 일환으로 텍사스 남쪽 경계를 넘어 구 멕시코 북동부에 진입한 상태라고 말했다. 겨울이 조금 늦은 인사를 건넸다.

"오랜만에 목소리를 들으니 정말 좋네요. 제 번호를 아직까지 가지고 계셨나 봐요."

「지울 이유가 없었지. 실제로 연락하려니 뭔가 어색해져서 매번 그만두었지만.」

겨울이 단말기를 수령한 시점은 살리나스 댐 붕괴 저지 임무를 받기 이전이었다. 비상연락망을 구성하는 건 당연한 일이니 캡스턴에게 겨울의 연락처가 있더라도 이상할 것은 없었다.

그러나 장정 9호 추적 임무부터 시작해서 연락이 불가능했던 시기가 워낙에 길었다. 캡스턴 역시 나름대로 바빴을 것이고.

「그쪽은 별일 없나?」

"네. 많이 안정되었어요. TV로 다 보셨을 텐데요."

「글쎄. 자네가 무사하다는 소식은 들었어도, 언론에 모든 정보가 공개되는 건 아니니까.」

"여긴 괜찮습니다. 여태껏 붙잡히지 않은 잔당들이 있긴 한데, 그래봐야 별것 없는 도망자 신세인걸요. 금방 잡힐 거라고 봅니다. 마커트 중위 그 사람도 말이죠."

「마커트 중위라……. 참 길고 질긴 악연이군.」

"그러게요."

잡히면 최소 종신형, 최대 사형인 사람이었다. 군법에 의거 총살이 집행될 수도 있다. 그러니 필사적으로 도망 다니는 것도 이해가 간다. 사실, 지금도 도망을 다니고 있다는 것 자체가 놀라운 사람이었다. 그럴 능력조차 없을 줄로 알았건만. 입장 상 해리스 대위를 떠올리게 만드는 면이 있으나, 한편으로는 그에게 비교하는 것 자체가 실례 같기도 했다. 해리스 대위는 부하들에 대한 장악력만큼은 확실했던 사람이므로.

짧은 침묵을 두고, 이번엔 겨울이 물었다.

"전선 상황은 어떻습니까? 설리번이랑 제프리는 잘 지내나요?"

「여기는 뭐…….」

캡스턴이 자신 없는 태도로 말했다.

「큰 피해 없이 착실하게 전진하고는 있는데, 그 자체가 뭔가 이상하게 느껴져.」

"변종들이 아군을 끌어들이는 것 같다는 뜻입니까?"

「아냐. 달라. 굳이 표현하자면, 반드시 이길 싸움과 반드시 후퇴할 싸움을 정해놓고 치르는 기분이 든다고 해야 하나……. 쉬운 전투와 어려운 전투가 일정한 비율로 맞춰지고 있거든. 대략 열에 여덟아홉은 일방적인 승리, 한두 번은 중과부적의 열세. 그렇게 말이야.」

"……."

겨울은 그 이유가 짐작이 갔다.

에스더다. 소녀가 지키고 있는 사람의 마음에 힘입어, 미국은 변종집단의 모든 교신을 해독할 능력을 손에 넣었다. 이는 놈들의 어떤 공세도 기습이 될 수 없음을 의미했다.

그럼에도 불구하고 미군이 정해진 비율로 패배를 겪는 이유……. 좀 더 정확히는, 패배를 감수해야만 하는 이유가 있었다. 교활한 것들이 에스더의 존재를 알아차리지 못하도록 만들기 위해서다. 자신들의 대화가 새고 있음을 깨닫는다면, 트릭스터들은 교신에 쓰는 전파의 특성을 변경할 것이다. 암호체계가 바뀌는 셈이다.

물론 갱신된 형질을 나머지 변종 전체에게 재감염으로 확산시킬 시간이 필요하겠으나, 결코 오래 걸리진 않을 것이었다. 지금은 멧돼지 사냥 당시와 사정이 다르다. 그 무렵의 변종들은 철저하게 와해되어 개체 수 보전에 급급했으나, 이 시점에선 충분한 조직력을 유지하고 있지 않겠는가. 재감염의 속도는 역병이 번지는 속도를 능가할 것이다.

그 뒤엔, 전선에서 트릭스터를 포획하여 새로운 전파형질을 확보하기까지, 에스더는 놈들의 대화를 해독할 능력을 상실하게 된다.

만약 그런 일이 반복된다면 어떻게 될까.

'특수변종으로서의 트릭스터가 도태될 수도 있겠지.'

하필 멧돼지 사냥이 한창일 때 등장했다가 순식간에 사라져버린 애크리드처럼, 우수한 능력을 지니고도 도태되는 경우가 없지 않다.

혹은 남미의 변종들이 서로 다른 전파특성을 공유하는 복수의 집단으로 분리되어 교대로 전선을 형성할 가능성까지 고려해야 한다. 미군이 전파를 해독하는 기미를 보일 때마다 새로운 특성을 보유한 집단이 전면에 나서는 것이다. 트릭스터들은 별개의 채널로 교신하면 그만이고. 남미대륙 전역이 변종들의 배후지이기에 가능한 전략이었다. 광활한 산맥과 밀림과 평야지대에서 이 순간에도 얼마나 많은 변종들이 새롭게 잉태되고 있을는지.

겨울은 후자에 더욱 무게를 두었다. 트릭스터의 교활함을 무시해선 안 될 것이다.

이러한 사색은 무엇 하나 입 밖으로 내지 못할 기밀이었다. 그러나 유능한 지휘관인 캡스턴 중령의 추리는 이미 진실의 윤곽을 더듬고 있었다.

「내 생각은 이래.」

캡스턴의 말.

「위에선 아마 트릭스터의 전파를 해독해내고 있을 거야.」

"……."

「그게 어떻게 가능한지는 모르겠어. 불타는 계곡 작전이나 멧돼지 사냥 작전 당시에도 겨우 집결신호 하나 해석해서 모방하는 게 고작이었잖나. 그 뒤로 놈들의 전파체계가 완전히 바뀌었는데, 그걸 벌써 풀어내다니.」

"그러기엔 너무 빠른 시점이긴 하죠."

「동의하네. 하지만 해독이 이루어지고 있다는 것 자체는 확실해. 그렇지 않고선 이 상황을 설명할 방법이 없으니까. 그리고 난 그 사실이 끔찍하게 느껴져.」

"……교활한 것들을 기만하기 위해 아군 일부를 의도적

으로 희생시키는 것 같아서요?"

「바로 그거야.」

그의 음성이 무거워진다.

「놈들의 교신을 해독하고 있는 게 사실이라는 전제 하에, 우리가 겪는 패배는 모두 사전에 계획된 것들일 테지. 달리 말해, 사령부의 판단에 따라 살 사람과 죽을 사람이 미리 정해져버리는 것 아닌가. 그건, 개인적으로 받아들이기 어렵군. 받아들여야 한다는 걸 알면서도…….」

비밀을 지켜야 할 입장인 겨울은 적당히 받아넘겼다.

"그렇다 한들, 패배가 무조건적인 죽음을 뜻하진 않잖아요."

일부러 내주는 손실일지언정 지도에서 부대기호 자체가 지워질 정도의 심각한 패배는 없거나 드물 것이다. 병력의 3할 이상을 잃고 궤멸 판정을 받는 부대는 많을지라도.

캡스턴이 한숨을 내쉬었다.

「대개는 그렇지. 가끔 아닐 때도 있어서 문제지만. 어쨌든 사지라는 걸 알면서도 병사들을 몰아넣는다는 건 변하지 않아. 그게 궁극적으로는 인명손실을 최소화하고 전략적 우세를 유지하기 위한 유일한 방편이라 해도 말이야. 군인으로서 할 소린 아니어도, 난 모두가 함께 위험을 나누어 가지는 싸움이 더 올바르다고 봐. 이는 지휘관의 미덕이기도 하지. 항상 지킬 수는 없을지언정, 지키고자 노력은 해야하는……그런 종류의.」

"이해합니다. 저도 마음은 항상 그렇거든요."

결국 다수를 위한 소수의 희생이 어디까지 정당화될 수 있는가에 대한 의문이었다. 누군가는 그것을 군인의 의무라 하겠으나, 자기희생이 아닌 모든 희생은 아무리 미화해도 필요악 이상이 될 수 없다. 아니, 되어선 안 된다. 겨울로 하여금 시에루 중장과의 대화를 떠올리게 만드는 대목이었다. 그녀도 말하지 않았나. 자신을 희생해야만 하는 의무는 절대로 당연한 게 아니라고. 여기에 겨울도 공감한다.

　　'이런 점 때문에 에스더의 존재를 공표하기가 더 어렵겠구나.'

　　불가피한 일과 올바른 일은 동의어가 아니다. 사실이 알려질 경우, 희생된 장병의 유가족들 중엔 전략적 판단을 내린 군 지휘부는 물론이고 에스더까지 원망하는 사람들도 있을 것이다. 그 숫자가 적으리라고 생각하긴 어려웠다. 합당한 근거가 있을뿐더러, 슬픔은 이성을 마비시키니까. 그리고 여기에 공감할 사람들까지 감안하면, 높은 확률로 하나의 강력한 정치적 스캔들이 될 수 있었다.

　　그러므로 에스더에 대한 정보는 본인을 위해서라도 비밀로 남아있어야 한다.

　　적어도 그녀가 살아있을 동안에는.

　　겨울은 문득 비애를 느꼈다. 일그러진 소녀가 돌 같은 미움을 억누르며 인류를 위해 아무리 많은 헌신을 하더라도, 그녀의 생전에 공로를 알아줄 사람은 정말 얼마 되지 않는 것이다. 에스더에게 신앙이 있는 게 다행이었다. 종교마저 없었다면 그녀가 어떻게 그 마음을 지키겠는가. 믿음은 소녀를 물 밖으로 헤엄치게 해주는 힘이었다.

「……령. 한 중령. 듣고 있나?」

"아, 네. 죄송합니다. 잠시 다른 생각을."

우울한 감상에 젖어있던 겨울이 정신을 되돌렸다.

"무슨 말씀을 하셨죠?"

「D.C.엔 뭔가 다른 정보가 있지 않느냐고 물었지.」

"아뇨. 특별한 건 없습니다."

「흠…….」

캡스턴이 옅은 아쉬움을 드러냈다. 그러나 겨울이 아는 기밀이 그에게 절실한 것은 아니었다. 그는 자신의 추측을 거의 확신하고 있으니까.

"제가 거기서 함께 싸울 수 있으면 참 좋을 텐데요."

「말은 고맙지만, 자넨 벌써 충분한 도움이 되고 있어.」

"그런가요?"

「그쪽에서 쿠데타가 터졌을 때, 이곳 남부전선의 장병들이 얼마나 동요했는지 모를 거야. 반란이 하루만 더 이어졌어도 온갖 말썽이 빚어졌겠지. 작게는 탈영부터, 크게는 각급 부대 지휘관들의 의견충돌에 이르기까지.」

후방이 불안한 군대만큼 무너지기 쉬운 것도 없다.

「전쟁영웅의 이름값은 무겁지. 거기서 누름돌이 되어주게. 우리가 안심하고 싸울 수 있도록. 무엇보다, 전선에서 빠진 지 아직 반년도 채 안 지났을 텐데?」

"알겠습니다. 제프리에게도 이쪽은 걱정하지 말라고 전해주세요. 아니, 시간을 내서 통화를 해보는 게 낫겠군요."

「자네를 보고 싶어 하는 녀석들이 많아.」

"그건 고맙네요."

겨울이 희미한 미소를 머금었다.

「미안하네. 오늘 같은 날 연락해서 괜히 어두운 이야기만 늘어놓았군.」

"신경 쓰지 마세요. 저도 그곳 소식이 궁금하던 참이었으니까요. 인트라넷에 올라오는 정보만으로는 뭔가 부족하다는 느낌이 들어서. 아무래도 현장에 있는 사람의 말을 듣는 게 가장 확실하지 않겠어요?"

「그야 그렇지.」

"추수감사절인데 뭔가 맛있는 것 좀 드셨나요?"

「글쎄. 보급을 잔뜩 받기는 했는데…….」

캡스턴 중령이 뜸을 들이다가 하는 소리.

「솔직히 칠면조가 맛있는 음식은 아니지. 우리 어머니 요리는 예외지만.」

쓸데없이 진지한 말이라 겨울이 다시 한 번 미소 지었다. 그래도 천만 육군에게 칠면조를 보급해주는 데서 여전히 건재한 미국의 생산력이 드러난다. 더군다나 현장 취사가 어렵다고 초벌구이까지 해서 시간에 맞게 보내주는 물량이었다.

"조심하세요."

겨울이 당부했다.

"변종들의 대공세가 언제 있을지 모르잖아요. 그것만 무사히 넘기면, 파나마 지협에 도달하기까지 그만한 고비가 또 있진 않을 거예요. 다들 무사히 돌아왔으면 좋겠네요."

「노력하지.」

아까 나눈 대화가 대화인지라, 무사귀환을 기원하는 것이나 노력하겠다고 대답하는 것이나 조금 공허하게 들리는 건 어쩔 수 없는 노릇. 그러나 같은 마음을 표현할 다른 말이 마땅치 않아, 어색할 줄 알면서도 주고받는 교환이었다.

몇 분 후, 통화를 마무리한 겨울은 인트라넷에 새로 업로드 된 자료가 있는지 살펴보았다. 놈들의 행동양상 변화나 새로운 특수변종의 등장 여부, 각 특수변종의 출현 빈도 등. 후방으로 재배치된 이후에도 이러한 확인을 게을리 한 적이 없다. 이 세계에서 종말을 밀어내려는 노력은, 그것이 무엇이든 궁극적으론 역병과의 싸움으로 귀결되기에.

'무기와 탄약을 긁어모으고 있단 말이지…….'

놀랍게도 변종들의 이야기다.

겨울은 동영상을 재생했다. 무인기가 포착한 어느 트릭스터의 모습이다. 영상 속에서, 교활한 괴물은 소총 하나를 붙잡고 이리저리 돌려가며 살펴보는 중이었다. 느린 움직임에서 신중함이 묻어난다. 옆엔 몇 개의 탄창도 놓여있었다.

특이한 것은, 놈이 지닌 소총이 미군의 제식화기가 아니라는 점. 남미의 어느 국가가 역병 확산 이전에 수입했을 러시아제 돌격소총(AK-103)[1]이었다.

---

1   AK-74M의 개량형. M74탄(5.45x39mm)을 쓰는 AK-74M과 달리 M43탄(7.62x39mm)을 사용한다. 남미의 베네수엘라에서 10만 정 이상을 도입했다.

절대다수의 변종들은 여전히 동물 이하의 지능수준에 머물러있다. 하지만 트릭스터들이 강화종 구울이나 그 밖의 지능 높은 특수변종들을 선별하여 각종 화기를 쥐여 줄 개연성은 충분했다. 놈들에겐 새로운 무기를 탐구할 시간도 충분했다.

공군과 해군이 남미의 주요 군사거점마다 맹렬한 폭격을 가하긴 했으나, 변종들이 자동화기와 탄약을 손에 넣는 걸 완전히 막아낼 순 없었다. 국방부의 예측에 따르면, 남미의 변종집단이 확보한 탄약은 대대적인 공세를 기준으로 사흘치 이상이었다.

즉 언제가 되었든 최소 사흘 이상의 강력한 공세가 있을 확률이 높다는 뜻이다. 그 사흘 동안, 장병들은 살아있는 시체의 물결에 더해 그 너머에서 쏟아질지 모를 기습적인 사격까지 경계해야 할 것이다. 어설픈 흉탄이 아군을 직접적으로 살상하진 못하더라도, 병사들이 잠깐이나마 웅크리게 만들면 그것으로 충분하다. 겨울도 한 차례 겪어본 싸움이었다.

이것이 캡스턴과의 통화에서 언급한 대공세의 실체다. 에스더의 조력이 있으므로 정면대결에서 패배하지야 않겠지만, 그 기간에 평소보다 많은 인명손실이 발생할 것은 분명하다. 전선 전체에 걸쳐 수천 명……어쩌면 수만 명 이상이 전사할지도 모른다.

D.C.에 있는 겨울은 그 사건의 방관자가 될 수밖에 없었다.

이날 저녁, 겨울의 숙소로 앤이 찾아왔다. 가방과 짐을 툭 내려놓은 그녀는 지친 기색으로 겨울을 끌어안았다.

"일도 일이지만, 항상 같이 있다가 떨어져 있으니까 무척이나 허전하더군요."

임무가 변경된 것에 대한 푸념이었다. 영웅들의 순방은 잠정적으로 취소되어 버렸고, 겨울도 더는 입원한 상태가 아닌지라 수사국의 경호를 받을 이유가 사라진 것이다. 결국 앤은 FBI 본부의 사무실로 복귀하게 됐다. 추수감사절이라 해서 마냥 쉴 수는 없는 직책이었다.

겨울과 알파 중대의 주둔지도 바뀌었다. 이젠 백악관 방문객 숙소에 머문다. 백악관과는 도로 하나를 사이에 두고 있을 뿐이다. 급변사태가 발생할 경우 도보로도 신속한 출동이 가능한 거리였다. 비상시를 대비하여 배치된 병력인만큼, 주어진 임무는 주기적인 순찰과 대기밖에 없다. 중대원들은 순찰과 경계근무를 설 때를 제외하곤 온종일 실내에서 시간을 보냈다. 차라리 잘된 일이었다. 반역으로부터 한 달 가량이 지났음에도, 중대원들 사이에 묘한 피로감이 남아있었기 때문에. 흡연자가 소폭 늘기도 했다.

겨울이 앤을 다독였다.

"어쩔 수 없죠. 임무 중인 군인이 별도의 경호를 받는다는 것도 이상하잖아요?"

"뭐……. 그래도 예전보다는 나았네요."

"예전?"

"올레마 거점에서 수송기 탔던 날 말예요."

"아."

"그땐 정말 혼을 빼놓고 온 기분이었거든요. 며칠간 술 없이는 잠도 못 잤어요."

"……"

겨울의 어깨에 얼굴을 묻고 숨을 깊게 들이마셨다가 내쉰 앤이 수줍게 웃으며 떨어졌다.

"후우. 고마워요. 이제 좀 살 것 같네요."

농담이 아니라 조금 전과는 전혀 딴판으로 생기가 돌아와 있다. 자그맣게 쿡쿡거린 후에, 겨울은 그녀가 가져온 종이 백을 바라보았다. 뭔가 고소한 냄새가 난다.

"저건 뭐예요?"

"경기 보면서 먹을 것들이요. 야채 덤플링이랑 제너럴 쏘치킨에 샐러드 약간. 이쪽으로 배달시킨 다음 받아서 올라왔죠. 겨울 입에도 맞을 거라고 생각해요. 이곳에 근무하면서부터 자주 시켜먹던 단골집이거든요. 아, 따로 챙겨온 맥주도 있어요."

"맥주라니……. 작전지역이라면 아무래도 좋지만, 여긴 D.C.예요."

"안 들키면 되잖아요."

"그거 FBI 수사관이 할 말은 아닌데요."

"걱정 말아요. 안 잡아갈 테니까. 미식축구에 맥주가 빠지면 서운하죠."

시침을 떼듯 천연덕스러운 농담에 겨울이 다시 웃음을 터트렸다.

앤이 말한 경기는 8시 30분부터 중계될 NFL을 말했다. 그녀가 힐끗 시계를 보며 묻는다.

"아직 시간이 남아있긴 하지만, 이야기도 할 겸 먼저 먹고 있을까요?"

"그러죠."

"저녁은 가볍게 먹었죠? 문자 보냈는데."

"그럼요. 누구 말인데 어기겠어요."

겨울은 이런 대화가 자연스럽게 이어지는 것이 좋았다. 라스베이거스에서 재회할 때만 해도 손잡는 것조차 눈치를 보던 앤이지만, 반역이 있었던 날을 기점으로 삼가는 태도가 사라졌다. 자신감과 확신을 얻은 것이 보인다.

앤이 말했다.

"연말이 다가오면서, 백악관이 그런 쪽으로도 압박을 많이 받나 봐요."

"그런 쪽?"

"부통령께서 이상한 말씀을 하셨다면서요."

"아."

뒤늦게 이해한 겨울이 끄덕였다.

"그랬었죠. 뜻밖이었어요. 부통령쯤 되는 분이 별안간 찾아오셔서 엉뚱한 말씀을 남기고 가셨던 거니까요. 그런데, 압박을 받는다고요? 이해가 잘 안 가는데……."

"근본적인 원인은 성비불균형이에요."

음식의 포장을 뜯으며 대답하는 앤.

"그간의 지속적인 손실에도 불구하고 수치상의 성비가

그렇게까지 치명적인 수준으로 기울진 않았지만, 시민들의 체감은 다를 수밖에 없어요. 그도 그렇게-"

겨울은 그녀가 내미는 포크를 받아들었다.

"우선 양용빈 상장의 핵 테러가 강렬한 충격을 남긴 데다, 19세에서 34세 사이의 청년층 인구 중 26퍼센트가 전선에 나가있으니까요. 사람들은 방역전선의 장병들이 지속적으로 죽어나간다고 생각하죠. 물론 그게 사실이긴 하지만, 내 말은."

"실제 전사자 규모보다 훨씬 크게 받아들인다는 거죠?"

"정확해요."

대화가 자연스럽게 끊어졌다. 한 번 튀겨 검붉은 소스에 볶아낸 치킨은 의외로 느끼하지 않았다. 미국인들에게도 거부감 없을 매콤함과 적당한 향이 중국 요리 특유의 기름진 맛을 잡아냈다. 첫맛의 간이 세긴 하나 부드러우면서도 담백한 속살, 풍부한 육즙과 좋은 조화를 이룬다. 치킨 아래 깔린 볶음밥도 괜찮았다. 겨울의 표정 변화를 본 앤이 흡족해하며 물었다.

"마음에 들어요?"

"이거 정말 맛있네요. 당신이 자주 찾는 이유를 알겠어요."

"다행이군요. 추수감사절의 마무리가 먹기 싫은 요리면 어쩌나 걱정했거든요."

"내 입맛은 그리 까다롭지 않아요. 알 텐데요? 오히려 험하게 먹는 편에 가깝다는 거."

"아, 그것도 다행이고요. 앞으로를 생각하면 말이죠."

왜 다행인지 고민하던 겨울은 잠시 후 조금 부끄러워졌다. 겨울이 먹는 모습을 기분 좋게 감상하던 앤이 끊어진 흐름을 되살린다.

"아까 하던 말을 계속해 보자면……. 명절이 잔뜩 낀 연말연시가 다가오면서, 전선에 나간 사람들의 빈자리를 크게 느끼는 사람들이 많아졌어요. 그만큼 우리의 업무도 늘었고요."

"시위?"

"네. 소위 「남자들을 집으로 돌아오게 하기」 운동이죠. 실제 명칭은 단체마다 조금씩 다르지만요. 어떤 사람들은 지난달의 쿠데타를 걸고넘어지기도 해요. 쓸 만한 남자들을 죄다 전선으로 보내놓은 탓에 이런 일이 생긴 것이라고."

"그거, 최전선에서 싸우는 여성 장병들이 들었다간 많이 서운해 할 소린데요."

"그야 그렇지만……. 전투병과에 지원하는 여군이 비교적 적은 건 사실이니까요. 특히 사상자가 집중적으로 발생하는 육군이라면 더더욱. 공군이나 해안경비대와는 사정이 다르죠."

해안경비대를 언급하는 부분에서, 겨울은 샌프란시스코를 함께 탈출했던 비올레타 에스카밀라 소위를 떠올렸다. 그녀는 충분히 신뢰할 만한 장교였다. 바커 중위처럼 진급했을지도 모르겠다. 아니, 확실하게 했을 것이다. 앞으로의 전망도 밝다고 봐야 한다. 올레마에서 머문 기간은 달리 비할 데 드문 경력인 까닭.

'요즘은 잘 지내려나. 능력도 성격도 괜찮은 사람이었는데.'

선상근무로 복귀했을 테니 적어도 죽지는 않았을 터였다. 비정상적으로 불리한 상황이 아닌 이상, 본격적인 군함이 멜빌레이를 상대로 위기를 겪을 일은 없어야 정상이다. 멜빌레이 등장 초기의 손실은 새로운 괴물의 존재를 모르는 상태에서 기습을 당하는 바람에 발생한 것이었다.

그런 맥락에서 공군과 해안경비대의 인기도 이해가 간다. 해군 역시 안전한 편이지만, 활동범위가 북미 연안으로 한정되는 해안경비대와 달리 원양작전이 잦다는 점 때문에 인기가 낮았다. 어디까지나 상대적으로 그렇다는 말. 어쨌든 육군보다는 선호된다.

이러한 연유로 겨울의 독립대대는 꽤나 예외적인 경우에 속했다. 국방부 입장에선 모범적인 사례. 난민구역과 겨울동맹의 특성은 홍보 면에서 고려할 문제가 아니었다.

사색에 잠겨있던 겨울이 시선을 기울였다.

"부통령님의 목적이 시민들의 관심을 돌리는 것만은 아닌 모양이네요."

"당신과 내가 어디서 어떻게 만나게 되었는가. 그 자체를 시민사회에 던지는 하나의 정치적 메시지로 활용할 수 있겠죠. 음, 관계자들 눈엔 그렇게 보일 거라는 말이에요."

"……"

"장병들에게 미칠 영향도 고려했을 거예요. 가장 탁월한 전쟁영웅도 미래를 설계한다……. 겨울은 더할 나위 없을 유명인이고, 유명인의 행동은 유행이 되기 쉬우니까요."

"모방 자살처럼요. 얼핏 들었는데, 베르테르 효과라고 하던가요?"

"비슷해요. 부정적인 예시이긴 하지만."

앤이 볼을 긁으며 가벼운 한숨을 내쉬었다.

"사실 여기엔 난민혐오 정서 문제도 엮여있어요."

"……난민혐오? 어떻게요?"

"살짝 돌았거나 뭔가 모자란 예비 범죄자들의 표현을 빌리면 대개 이런 식의 선동이죠. 「역병에 맞서는 전쟁이 미국인들의 가정을 파괴하고 아직 태어나지 않은 세대를 살해하는 사이에, 한없이 부도덕하며 문란하기 짝이 없는 중국인들은 돼지처럼 새끼를 쳐서 숫자를 늘리는 중이다. 이대로 간다면 우리의 아름다운 조국은 언젠가 중국인들이 점령하게 된다. 피는 우리가 흘리고 결실은 몰염치한 공산주의자들이 거두는 것이다. 그러므로 우리는 우리의 가정과 미래의 아이들을 지켜내야 한다. 이것은 인류의 존속을 위한 또 하나의 전쟁이다.」"

"세상에."

겨울은 헛웃음을 흘리고 말았다. 겨울을 두고 공산주의자가 아니냐는 의혹을 제기했던 어느 황색언론의 값싼 기사가 떠오르는 대목이었다. 그때는 그냥 웃어 넘겼는데, 이제 보니 나름의 배경이 있었던가 보다. 저들은 휘하에 중국인들을 받아들인 겨울의 성향을 의심했을 것이다. 평소의 행동도 행동이고.

"받아요. 마시면 기분이 좀 나아질 거예요."

앤이 겨울에게 맥주 한 병을 건넸다.

사실 술은 별로 도움이 되지 않는다. 재현된 취기가 아무리 정교한들 그 감각 자체를 즐기지 않거니와, 「독성저항」이 강화된 까닭에 어지간한 독주로는 취하기도 어렵다.

그러나 겨울은 상표를 보고 멈칫했다. 블루문(Blue Moon)이다.

"이거…….."

"왜요?"

"그날 당신이 마셨다고 했던 그 맥주네요."

"그날?"

바로 떠오르지 않는지 아리송한 표정을 지어 보이는 앤. 시치미를 떼는 건 아닌 듯하다. 겨울이 한결 풀어진 기분으로, 아까 이상의 부끄러움을 참으며 말했다.

"내가 그…… 당신을 사랑하게 되었으면 좋겠다고 했던 날…… 말예요."

"와."

앤은 놀라움을 감추지 않았다.

"그렇게 사소한 것까지 기억해요?"

"내겐 중요한 대화였으니까요. 그만큼 자주 생각했어요."

"……와."

꽤 길게 말이 없던 앤이, 자신이 든 병을 바라보다가 멈칫거리며 입으로 가져갔다. 낯선 음료를 처음 마시는 사람처럼 보였다. 입안에서 느리게 굴린 끝에 한 모금의 맥주를 삼킨 그녀는, 잠깐 감았던 눈을 뜨고 미뤘던 숨을 길게 내쉬었다.

"좋네요."

단 한 마디에서 깊은 만족감이 느껴진다. 겨울도 뚜껑을 땄다. 목넘김이 부드러운 밀 맥주였다. 오렌지 향기가 난다. 알게 모르게 코리앤더의 향이 섞인 것 같기도 했다. 입안이 우유를 닮은 고소함과 단맛으로 가득해졌다. 삼키고 난 다음의 뒷맛은, 설탕이 적게 들어간 카라멜을 연상하게 만들었다. 겨울은 이보다 맛있는 맥주를 접해본 적이 없었다.

"기분이 진짜로 나아졌어요."

겨울의 말에 앤은 맥주 든 쪽 손등으로 이마를 짚고 큭큭거렸다.

"그거 다행이군요."

한 모금 더 음미한 겨울은, 보다 가벼워진 머리로 이제껏 나눈 대화를 곱씹었다.

"조금만 더 참으면 되는데."

"네?"

"앤이 말한 사람들 말예요. 조만간 대륙분할 작전이 성공하고 나면, 그땐 많은 병사들이 고향으로 돌아갈 수 있겠죠. 국가적으로 힘을 길러서 다시 치고 나갈 수 있도록."

앤이 의문을 표시했다.

"파나마 지협 점령에 실패할 수도 있잖아요?"

겨울은 곧바로 나오려던 대답을 삼켰다. 느슨해진 분위기 탓에 기밀을 풀어놓을 뻔했다. 앤이 비록 수사국의 고급

간부일지라도 에스더에 대한 정보를 공유할 순 없었다. 박태선 목사의 부분면역을 기초로 개발 중일 화학무기 역시 마찬가지. 겨울도 겨울이지만, 자칫 앤이 곤욕을 겪게 될지 모른다. 어디선가 말이 새고 누군가 꼬투리를 잡을 경우 최소 10년 이상의 징역형이다. 결국 겨울은 근거가 없는 확신처럼 말했다.

"성공할 거예요. 반드시."

목소리에 얼룩이 묻었던 것일까. 갸우뚱했던 앤이 살며시 미간을 좁혔다.

"내가 알아선 안 될 뭔가가 있는 거로군요."

"……너무 예리한 거 아녜요?"

"직업이 직업인걸요. 그래도 뭐, 걱정 말아요. 여긴 취조실이 아니잖아요."

겨울은 앤의 농담에 실소하며 또 한 모금의 블루문을 마셨다. 심호흡을 한 뒤에 병을 느릿하게 돌리며 겨울이 하는 말.

"사정은 알겠는데, 솔직히 부통령님 말씀이 마음에 들진 않아요."

앤이 어깨를 으쓱인다.

"이해해요. 사생활까지 이용하려는 것처럼 보였을 테니까요. 하지만 정치가 원래 그런 거죠. 엄한 사진 한 장에 지지율이 반 토막 나기도 하고, 사석에서 내뱉은 말 한마디에 정권이 위태로워지고, 언론에 노출된 일상의 한 장면이 상원의원의 임기를 끝장내기도 하는……. 선더스 부통령님도 비슷한 일을 겪으신 적이 있어요."

"뭐였는데요?"

"「정치는 천박한 것이다. 그것이 사람의 일이기 때문이다.」 라는 발언이 구설수에 올랐거든요. 언론은 부통령을 강력하게 비난했죠. 부통령은 시민들을 천박하다고 여기는 것이냐면서."

"확실히 그렇게 해석하기 쉽겠네요. 부통령님은 어떻게 대처하셨어요?"

그 고비를 넘겼으니 여전히 부통령일 것이다.

"해명했죠."

앤은 덤플링 하나를 먹고서 말을 이었다.

"「사람에겐 고귀한 면도 있고 천박한 면도 있다. 정치는 사람의 천박한 절반이다. 내 말을 나쁜 쪽으로만 해석하는 사람들은, 축구 때문에 전쟁을 했던 나라와 축구선수 덕분에 휴전을 했던 나라를 떠올려보길 바란다. 전자나 후자나 더러웠던 것은 정치였다. 다만 후자는 한 사람의 고귀함이 그러한 천박함에 대적할 수 있음을 보여준다. 민주국가의 시민은 누구나 그러한 한 사람이 되도록 노력해야 한다. 천박하다는 이유로 당신의 절반을 외면해선 안 되는 것이다. 내 말은 그런 뜻이었다…….」 내 기억이 정확하진 않아도, 대략적인 내용은 비슷할 거예요. 인상적으로 들었던 말이라서요."

축구 때문에 전쟁을 한 나라와 축구선수 덕분에 휴전을 했던 나라. 어렴풋이 들어본 듯도 하여, 겨울은 흐리고 오래

된 기억들을 더듬었다. 이를 눈치챘는지 앤이 살풋 웃으며 덧붙였다.

"1969년, 엘살바도르와 온두라스는 월드컵 예선을 계기로 전쟁에 돌입했죠. 물론 그 전까지 쌓인 감정들이 많긴 많았어요. 거기에 축구가 도화선이 되었을 뿐. 그래도 고작 축구 경기가 전면전을 촉발한 것 자체는 사실이에요. 온두라스는 닷새 사이에 행정수도까지 상실했고요. 미국이 개입하지 않았다면 주변국까지 전화에 휘말렸을걸요?"

"……."

"일시적으로나마 전쟁을 멈춘 축구선수는 겨울도 들어봤을 것 같은데."

"누군데요?"

"디디에 드록바. 몰라요?"

"이름은 들어본 것 같아요."

약간의 「지력보정」이 뜨는 것으로 보아, 재해석된 과거에서는 겨울의 배경을 고려할 때 알아야 정상인 사람인 모양이었다. 앤이 가볍게 말했다.

"여하간, 그렇게 신경 쓸 것 없다는 말을 해주고 싶었어요. 그냥 그 '천박한' 바닥의 생리라고 생각해버려요. 부통령이 대순가요? 어차피 곧 자리에서 내려올 사람인걸요."

"앤은 괜찮았어요? 나한테 그 이야기 듣고 나서."

겨울의 반문에 앤은 의아함을 드러냈다.

"난 왜요?"

"내가 약간이나마 화가 났던 이유는, 결혼처럼 사적인 일까지 이용하려는 게 꺼려져서가 아니었어요. 언젠가 내가 당신에게, 그, 음, 중요한 요청……을 할 때, 당신이 그 배경을 오해하게 될까 봐 걱정했던 거죠."

여기까진 짐작하지 못했던지, 앤의 눈이 살짝 커졌다. 겨울이 조심스럽게 끄덕였다.

"지금 보니 기우였던 것 같아서 다행이네요. 그래도 기왕 말이 나왔으니 확실히 해둘게요. 내 마음은 내 거예요. 내가 당신을 대하는 태도도 언제까지나 진심일 거고요. 그러니 만에 하나라도 불필요한 고민을 하는 일은 없었으면 좋겠어요. 신경 쓰이는 건 그것뿐이에요."

목마른 무표정으로 겨울을 응시하던 앤이, 시차를 두고 힘없는 미소를 머금었다.

"그거 알아요? 방금 상당히 위험했어요."

잠시 후 NFL 경기가 시작되었다. 워싱턴 레드 스킨과 댈러스 카우보이의 맞대결. 앤은 열렬하게 응원하고 아낌없이 환호했다. 겨울로선 처음 보는 면모였다.

12월의 워싱턴은 9일부터 백색이었다. 첫눈이 내린 날엔 2인치가 쌓이더니, 선거인단 투표일인 15일을 전후해서는 무려 10인치에 이르는 폭설이 쏟아졌다. 여기에 기온조차 평년을 밑돌아 어디를 가더라도 하얀 풍경을 볼 수 있었다. 복구공사를 진행하기엔 악조건이었으나, 그럼에도 불구하고 도시는 빠르게 예전의 모습을 되찾아갔다. 예산과 인력이 넘치도록 투입된 덕분이었다. 사소한 문제가 있다면, 그 예산의 거의 대부분을 겨울의 기념주화 경매로 조달한 것이기 때문에, 재건이 완료된 몇몇 장소에 겨울의 흔적이 남게 되었다는 점이었다.

"아니, 「말과 죄수」 동상까진 그렇다 쳐요."

겨울이 난감해하며 말했다.

"「한겨울 중령이 박살냈던 길」 기념동판은 좀 너무하지 않아요?"

월터 E. 워싱턴 컨벤션 센터 서쪽 도로의 이야기다. 진지하던 앤이 웃음을 터트렸다.

"박살냈다, 라고 쓰진 않았잖아요. 의미는 대충 비슷하지만. 다른 것들은 괜찮은가 봐요?"

"상대적으로는요. 그래도 두 번 보고 싶진 않네요. 민망해서."

"뭐가 민망해요. 기부금을 낸 사람을 어떤 식으로든 기념하는 게 당연한 일인데. 오히려 그 정도는 약과죠. 합계 2천만 달러 이상을 내놓았으니."

"글쎄요……. 뭐, 2천만 달러 어치의 민망함이라고 생각하면 가볍게 느껴지긴 하네요."

겨울의 엄살에 다시금 소리 내어 웃어버리는 앤. 지나가던 수사국 관계자들이 겨울과 앤을 번갈아보며 발걸음을 늦춘다. 호흡을 고른 앤이 물었다.

"FBI 본부엔 처음 와보는 거죠?"

"네. 이래 봬도 그동안 착하게 살았거든요."

"아쉽네요. 둘러볼 시간이 있었으면 좋았을 텐데."

"앤이 마중 나와 준 것만으로도 충분해요. 그보다, 마커 트 그 사람은 상태가 어때요? 정말 뭔가를 알고 있는 것 같 아요?"

마커트 중위. 검문소장으로서 살아있는 변종을 안전지대 로 반입하는 데 협력한 그는, 사흘 전 사우스캐롤라이나의 엣지필드라는 소도시에서 식량을 훔치다 검거되었다. 뉴스 보도에 의하면 먼 거리를 숨어서 이동하느라 몰골이 말이 아니었다고 한다.

겨울의 질문을 받은 앤은 살짝 찌푸리며 고개를 저었다.

"확신은 이르지만, 개인적으로는 별것 없으리라 생각해 요. 어차피 반군은 일소되었고, 지지자들도 지리멸렬하게 무너지는 와중인걸요. 진정한 애국자들의 잔당도 남김없이 체포했고요. 중요한 정보라는 개념 자체가 성립하기 어려 운 상황이죠."

"음……."

"그저 혹시나 하는 마음에 확인해보려는 거예요. 당신을 만나야만 자기가 아는 걸 털어놓겠다는데……. 까다로운 조건도 아니니 속는 셈 치고 들어주기로 했죠. 불필요한 심 문에 시간을 낭비하지 않아도 되니까요. 아무튼 헛걸음이 될 가능성이 높은데도 협조해줘서 고마워요."

"고맙긴요. 당연히 도와야죠. 뭐라고 할지 궁금하기도 하 고요."

진심으로 하는 말이다. 포트 로버츠와 파소 로블레스에 서부터 시작된 오랜 악연의 시시한 끝이었다. 어리석은 인종차별주의자의 얼굴을 마지막으로 봐두는 것도 괜찮지 않겠는가.

앤은 겨울을 취조실로 이끌었다. 와봤을 리 없을 장소인데도 기시감이 느껴지는 것은, 영화 등의 매체로 많이 접해본 광경인 까닭일 것이었다. 겨울은 이쪽에서만 저편을 볼 수 있는 유리를 통해 마커트의 모습을 관찰했다. 두 달에 걸친 도피생활 탓인지 살이 많이 빠져있었고, 얼굴과 이마엔 주름이 늘었고, 정수리 부근은 머리카락이 없었다.

먼저 와서 기다리던 앤 이외의 수사관이 겨울에게 리시버를 건네고는, 착용과 정상 수신을 확인한 뒤 안쪽으로 손을 펼쳐보였다.

"들어가시죠."

겨울은 가볍게 끄덕이며 문을 열고 들어갔다. 덜컥! 겨울을 본 마커트가 발작하듯 일어섰다. 그러나 수갑이 테이블에 엮여있었고 족쇄마저 채워져 있는 터라 그 자리를 벗어나진 못했다. 다만 분노가 가득한 눈으로 겨울을 쏘아볼 뿐. 겨울은 맞은편 의자 곁에 서서 등받이에 손을 올려두고, 다른 손은 주머니에 꽂은 채로 인사를 건넸다.

"오랜만입니다, 중위. 반갑지는 않네요."

"……."

마커트의 시선이 아래로 내려갔다. 호흡이 거칠어진다. 그는 겨울의 계급장과 전투복을 보고 있었다. 부들부들 떨던 그가 털썩 주저앉아 머리를 쥐어뜯었다. 꽉 다문 이빨 사이로 짐승을 닮은 신음이 새어나온다. 말이 되기 이전의 상실감과 좌절감. 그는 죄수복을 입고 있었다. 공식적으로는 아직 군인 신분이었으되, 그 신분이 그에게 약속하는 건 군법에 의거한 총살형의 가능성밖에 없다. 그리고 그 가능성은 상당히 높은 편이었다. 심판을 요구하는 여론이 워낙에 사나운 탓. 네크로톡신이 확산시켰던 공포는 어마어마한 공분(公憤)이 되어 돌아왔다.

가만히 기다리던 겨울이 물었다.

"뭔가 중요한 걸 알고 있다고 하던데요. 그걸 나한테만 털어놓겠다고 했다면서요?"

"……그래."

"말해 봐요. 정말로 가치 있는 정보라면 당신 목숨을 구해줄지도 모르죠."

그래도 감옥에서 늙어 죽을 처지까지 면하진 못하겠지만. 겨울은 뒷말을 삼켰다. 마커트가 손을 떨며 말했다.

"앉아."

"앉아서 들어야 할 만큼 긴 이야기인가요?"

묻자, 마커트가 돌연 목에 핏대를 세웠다.

"앉아! 내게 경의를 보여! 그딴 식으로 내려다보지 말고!"

씩씩대는 숨소리가 조용한 실내를 채운다. 가만히 응시하던 겨울은 짧은 한숨을 쉬고서 의자에 앉았다. 그리고 손끝으로 테이블을 두드렸다. 톡, 톡. 정적에 완만한 박자가 더해졌다.

"경의를 보이라니……. 농담치곤 재미없네요. 대체 누가 할 말인지."

"난 너를 상급자로 인정하지 않아. 벼락출세한 애송이 자식!"

"됐고, 그런 소리나 하려고 부른 거라면 여기서 끝내죠. 그러길 원해요? 총살을 그렇게 좋아할 것 같진 않아 보이는데."

마커트가 입을 다물었다. 어울리지 않게 눈시울이 붉어진다. 지루한 침묵이었다. 기다리던 겨울은, 재촉하는 대신 자리에서 일어나려는 시늉을 했다.

"잠깐!"

마커트가 급하게 외쳤다.

"날 회유한 놈들의 비밀 거점을 하나 알고 있다! 거기에 뭔가 있을 거야! 숨어있는 놈이든! 독소의 추가 비축분이든! 그러니 내 감형을 보장해! 형을 얼마나 줄여줄 수 있지?"

겨울은 리시버를 통해 들리는 수사관의 말을 옮겼다.

"이미 말했듯이, 중요한 건 그 정보의 가치예요. 당신이 안다는 그 거점이 이미 밝혀진 곳일 수도 있고, 그렇지 않더라도 안에 뭐가 있을지는 찾아봐야 알 일이니까요. 그저 텅 빈 창고밖에 없다면 당신 목숨 값을 치르기엔 부족하지 않겠어요?"

망설이던 마커트가 자신 없는 태도로 위치를 말했다. 겨울은 새까만 거울 같은 유리를 바라보았다. 그 너머에서 정보를 조회해 보았을 앤의 대답이 돌아왔다. 수사 초기에 발견한 거점이라고. 발견된 건 변종 운반에 쓰였을 것으로 추측되는 트레일러 몇 량이 전부라고.

겨울은 마커트를 향해 천천히 고개를 흔들어 보였다.

"벌써 한참 전에 수색을 마친 곳이라는군요. 다른 정보는 없습니까?"

"……."

죄수의 실망감은 예상보다 약했다. 처음부터 큰 기대는 하지 않았다는 듯이. 다만 그는 초조한 기색으로 주변을 살피더니, 겨울에게 가까이 올 것을 요구했다. 내키지 않았으나, 겨울은 그가 원하는 대로 귓속말을 하게 해주었다.

"돈이 있다."

마커트가 속삭였다.

"상당히 큰 돈이지. 포트 로버츠에 숨겨놨지만 정확한 위치는 나만 알고 있다. 현금 말고 중국인들이 내놓은 금붙이나 시계 같은 것들도 많아. 다 합쳐서 족히 몇십 만 달러는 될 거야. 그게 어디 있는지 알려줄 테니, 날 살려줘. 너라면 충분히 그럴 능력이 있을 거다. 대통령하고 친하잖아. 일단 형 집행을 미루고, 나중에 사면을 해달라고 해."

겨울은 황당함을 느끼며 기울였던 몸을 되돌렸다.

"지금 그걸 말이라고 합니까? 아니, 그런 제안이 정말 먹힐 거라고 생각했어요? 겨우 수십만 달러로 날 매수할 수 있을 거라고? 진심으로? 제정신이에요?"

이 악무는 눈치를 보니 아무래도 이게 겨울을 부른 진짜 이유인 모양이었다. 이번에야말로 마커트의 안색이 나빠진다. 굳은 표정, 원망에 찬 눈에서 눈물 한 방울이 굴러 떨어졌다.

"넌 나를 살려줘야 돼."

"왜죠?"

"내가 너 때문에 이렇게 되었으니까!"

그가 소리 질렀다.

"넌 내 모든 것을 빼앗았어! 명예! 미래! 친구와 가족까지! 이 빌어먹을 위선자 새끼! 그렇게 다 빼앗고 날 쫓아냈으면 그만이지! 왜 그 더러운 중국 연놈들이 고소를 하도록 유도해서 날 더 궁지로 몰아! 내가 금품을 갈취하고 강간을 했다고? 헛소리! 난 돈이든 여자든 주는 걸 받았을 뿐이야! 그땐 지들이 좋아서 그래놓고, 이제 와선 피해자 행세를 해? 넌 그걸 막았어야 했어! 원래 그런 놈들이라는 걸 모를 리가 없었으니까! 그런데도 너는 그 냄새나는 원숭이들을 이용했지! 나에게 복수하려고! 내 인생을 끝장내기 위해서! 그러니 전부 다 너 때문에 이렇게 된 거야! 내 행동은 정당방위였어!"

"……정당방위?"

"그래! 정당방위! 난 절박했다! 살기 위해 불가피한 행동이었지! 너만 아니었어도 내가 변종 반입에 협조할 이유 자체가 없었을 거란 말이야! 그럼 네크로톡신도 없었을 것이고! 그 독소는 네가 만든 거다! 네가 원인을 제공한 거야! 반란이 일어난 데 네 책임이 있다는 걸 인정해! 한겨울 중령!"

참신하게까지 느껴지는 궤변을 쏟아내고서, 마커트는 두 손에 얼굴을 묻고 어깨를 떨며 흐느꼈다. 겨울은 자리에서 일어섰다. 딱히 뭔가를 말할 마음도 들지 않았다. 지적이든 힐난이든. 미친 게 분명한 사람에게 논리를 낭비해서 뭣하 겠는가.

떠나는 발소리를 듣고 마커트가 벌떡 일어나 외쳤다.

"가지 마! 가지 마! 가지 마!"

수갑 사슬이 팽팽하게 당겨지는 소리. 의자가 요란하게 넘어졌다. 겨울은 개의치 않고 취조실을 나섰다. 문을 닫고 도 가지 말라고 울부짖는 소리를 들을 수 있었다. 유리벽 너머에 있던 앤이 복잡한 얼굴로 겨울을 맞이했다.

"수고했어요. 별것 없을 거라고 생각은 했지만, 이건 좀⋯⋯. 미안하게 됐네요."

"앤이 뭐가 미안해요. 어쨌든 확인은 해봐야 하는 거였잖 아요."

"⋯⋯가요. 주차장까지 안내해 줄게요."

다른 수사관에게 죄수 이송을 부탁한 그녀가 겨울을 지 하주차장으로 데려다주었다. 올 때 타고 온 험비와 운전병 이 대기 중이었다. 막 탑승하려는 겨울에게 앤이 아쉬운 인 사를 남겼다.

"저녁에 시간 나면 연락할게요."

겨울은 살짝 돌아보며 끄덕였다. 대답은 옅은 미소로 대 신한다.

바깥엔 어느새 다시 눈이 내리고 있었다. FBI 본부를 나온 험비는 서쪽으로 채 1킬로미터가 안 되는 길을 달렸다. 창 을 닫았는데도 은은하게 울리는 캐럴은 백악관 잔디밭 앞 타원광장(The Ellipse)의 커다란 크리스마스 트리로부터 들려오는 것이었다. 신년이 될 때까지 낮에도 불을 끄지 않는 트리는 많은 사람들의 구경거리였다. 산책하듯 거닐고 가족과 함께 사진을 찍는 시민들에게선 반역의 상흔이 느껴지지 않았다.

주둔지로 돌아온 겨울을 맞이한 건 격분한 진석의 모습이었다. 그는 이 날씨에 식은땀을 흘리는 세 명의 병사들을 상대로 이를 갈며 으르렁거렸다.

"중대장은 너희들에게 실망했다."

한국어를 쓰는 걸 보니 알려지면 곤란한 일이 있었던가 보다. 의아해진 겨울이 다가가자, 겨울을 발견한 병사들이 한층 더 창백하게 변했다. 뭔가 아주 큰 잘못을 저지른 모양. 겨울이 진석에게 물었다.

"무슨 일이에요?"

"사소한 말썽이 있었습니다."

"나 시간 많아요."

겨울의 재촉에, 뜸을 들이던 진석이 한숨을 푹 내쉬고 셋 중 둘을 차례로 가리켰다.

"일단 이 둘은 숙소에 인가 받지 않은 음란물을 반입했습니다."

"음란물?"

"예."

당혹스러워진 겨울이 지목당한 두 병사를 바라보았다.

"어, 그건 물론 잘못이긴 한데, 중대장이 이렇게 화를 낼 일이에요?"

"죄송합니다만, 그 음란물에 대대장님이 나오십니다."

"……."

말을 잃은 겨울 앞에서, 번민하던 진석이 우거지상으로 덧붙였다.

"그리고 거기에 저도 나옵니다."

반응으로 미루어 거짓은 아닌가보다. 병사들은 조용해진 겨울과 눈을 마주치지 못했다. 이젠 숨도 제대로 못 쉬는 꼴이, 마치 비무장 상태로 변종과 마주친 듯한 낯빛들이었다. 그들에게 묻기를 포기한 겨울이 한숨 한 번 쉬고 다시 진석을 돌아보았다.

"그러니까……. 나하고, 박 대위하고, 그렇고 그런……?"

진석이 몽둥이처럼 말아 쥐고 있던 책자를 내밀었다.

"직접 보시죠."

그는 자신이 느끼는 분노를 절절하게 공유하고 싶은 눈치였다. 겨울은 드물게 떨떠름한 표정으로 받아들었다. 표지부터 심상치 않다. 펼쳐 보니 극화체로 그려진 겨울 자신이 보인다. 아무래도 실물과 완전히 같을 순 없지만, 누가 봐도 겨울이라고 생각할 만큼 여러 특징들을 잘 잡아냈다. 그린 사람의 실력이 탁월하다고 해야 할 것이다. 그리고 몇 페이지 넘기지 않아서-

겨울은 책을 덮었다.

"……?"

침묵 속에 눈만 깜박이던 겨울이 다시 한 번 책을 펼쳤다. 잘못 본 것은 아니었다. 남은 페이지들을 대강대강 훑어본다. 진석이 나오는 부분은 전반부에 불과했다. 이해하기 어려운 전개와 무섭기까지 한 장면들을 거쳐, 마지막 장의 「한 중령」은 기괴할 정도로 미화된 트릭스터를 깔아뭉개고 있었다.

「이렇게 생긴 변종이라니 참을 수 없군!」

하단엔 투 비 컨티뉴가 붙어있었다. 책을 접어 진석에게 돌려준 뒤, 잠시 생각에 잠겨있던 겨울이 레몬을 씹은 표정으로 말했다.

"와우."

잔상을 지우는 데 시간이 걸렸다. 훌쩍이는 소리가 들린다. 진석이 그쪽으로 눈을 부라렸다. 뭘 잘했다고 우느냐는 무언의 비난이었다.

"둘은 그렇다 치고, 남은 한 명은 뭘 잘못했어요?"

겨울이 유일한 남성 사병을 눈짓으로 가리키며 묻자, 진석은 한층 더 못마땅한 기색을 드러냈다.

"저 개ㅅ……녀석은 여자 문제입니다."

"짐작도 안 가는데요."

"양다리를 걸쳤는데, 한 명은 국방정보국 소속 소령이고, 나머지 한 명은 국방부장관 수석보좌관의 딸입니다. 두 사람 다 워싱턴에서 쿠데타가 일어나기 전에 만났다고 합니다. 그리고 오늘, 국방부 수석보좌관실에서 연락이 왔습니다. 숙소의 면회기록을 점검하다가 알아냈다고. 폐쇄회로를 통해 사실여부를 확인했답니다. 국방정보국 소령에게도 물어봤다는군요."

"아……."

이마를 짚는 겨울. 수석보좌관 입장에선 딸이 만나는 남자가 어떤 사람인지 신경 쓰였을 것이다. 면회기록 조회쯤이야 일도 아니었을 테고. 소령도 소령이지만, 일개 사병이 차관보급 고위 공무원, 군 계급으로 따지면 소장급 인사에게 찍힌 셈이니 중간에 낀 진석은 얼마나 난감했을까.

겨울은 진석에게 손짓했다.

"잠깐만 와 봐요."

죄지은 셋과 적당한 거리를 벌린 뒤에, 그들을 힐끗 본 겨울이 진석에게 속삭이듯 묻는다.

"어떻게 할 작정이에요? 저 세 사람."

"……그걸 모르겠습니다. 이건 대체 어떤 징계사유에 해당됩니까? 상관모독? 품위손상? 그런 이유로 징계를 주기도 애매할뿐더러, 줘봐야 겨우 견책처분 아닙니까. 호봉승급이 반년쯤 미뤄질 뿐이죠. 마음 같아선 부대에서 아예 내쫓아버리고 싶은데, 가능하겠습니까?"

"진심은 아니죠? 고작 이런 일로 부대에서 방출시킨다고요?"

"당연히 진심입니다."

진석은 단호했다.

"이건 규율과 기강의 문제입니다. 부하들이 저나 작은 대장님을 보면서 이상한 생각을 하는 것도 감당하기 어렵고, 아랫도리 잘못 놀린 한 놈이 여러 사람 고생시키는 것도 다시 있어선 안 될 일입니다. 확실하게 조치해서 나머지를 휘어잡아야 합니다."

헛웃음을 지은 겨울이 고개를 저었다.

"너무 지나쳐요."

"그럼 어떻게 합니까?"

"세 사람이 어쩌고 있는지 봐요."

진석의 모난 눈길이 슬쩍 돌아갔다. 병사들은 시선이 닿을 때마다 바늘에 찔린 듯이 반응했다. 불안해서 미칠 것 같은 표정들. 다시 상관을 보는 진석에게 겨울이 말했다.

"지금 우리가 따로 이야기를 하면서 힐끔거리는 것만으로도 저 지경이잖아요. 처분을 한 일주일 후에 결정한다고 해요. 그때까지 빡세게 굴리고요. 장담하는데, 아마 입대 이후 가장 잠 못 드는 일주일이 될 걸요?"

"……."

"그다음엔, 이번만 봐주겠다는 느낌으로 견책처분을 내려요. 어지간한 활약 없인 계속해서 동료들보다 적은 봉급을 받게 될 테니, 그 차이가 아쉬워질 때마다 오늘을 떠올리겠죠. 그게 비록 큰 금액이 아니더라도요."

"그걸로 끝입니까?"

"무슨 벌을 더 주겠어요. 당신도 그렇고요."

움찔. 의혹을 담아 바라보는 진석에게 겨울이 천천히 말했다.

"그동안 밤잠 설친 거 다 알아요. 의무대에서 보고가 올라왔거든요. 예방적인 차원에서 정신과 치료를 권고했다는 내용도 첨부되어 있었죠."

"저는……."

"애초에 나부터가 마냥 떳떳하진 않잖아요. 내일은 나도 백악관에 불려가니까요. 내 의사와 반대되는 결과이긴 하지만, 어쩌겠어요. 이미 내 손을 벗어난 일인걸."

내일 있을 백악관 행사란 다름 아닌 명예훈장 수여식이었다. 시에루 중장의 재판처럼 이 행사 또한 차기정권을 위한 선물로 남겨 두는가 했으나, 크리스마스이브를 맞아 축제 분위기를 조성하려는 의도인지 내일, 24일 토요일로 일정을 잡아놓았다.

물론 겨울이 세 번째의 명예훈장을 받게 된 것은 아니었다. 대신, 대통령은 그 자리에서 두 개의 십자장을 달아주겠다고 통보했다. 진급은 따로 없다. 겨울은 그가 바라는 그림을 알 것 같았다.

겨울이 말했다.

"그러니 대위의 징계 역시 견책으로 끝낼 겁니다. 사유는 지시불이행이고요. 이건 결정사항입니다."

"그렇습니까?"

진석은 복잡한 표정으로 심란한 한숨을 내쉬었다. 이는 불가피한 타협이기도 했다. 앤의 조언처럼, 국방부는 반란군에 대한 과잉진압 사실을 공식기록으로 남겨두기 싫어했다. 훗날 세상이 받아들일 준비가 되었을 때, 본인이 별도의 증언을 할 순 있을 것이다.

"별개로, 한 가지 걱정되는 게 있어요."

겨울은 진석을 가리켰다.

"당신 상태죠."

"……."

"스스로 판단하기에 본인 상태가 어떤 것 같아요? 당분간 직무를 수행하는 데 문제가 없겠어요? 난 항상 당신이 부러질 것 같다고 걱정했거든요. 요즘은 더욱 그렇고요."

"제가 어쩌길 바라십니까?"

"가능하다는 전제 하에, 내 입장에선 좀 더 견뎌줬으면 좋겠네요. 적어도 포트 로버츠로 복귀하는 날까지는. 알다시피, 중대장을 바꾸긴 애매한 시점이잖아요. 그래도…… 정 힘들면 솔직하게 말해요. 억지로 버티라고 요구하진 않을 테니까. 이유라 중위가 있기도 하고."

숙고하던 진석이 대답했다.

"할 수 있습니다."

"확신해요?"

"확신합니다."

겨울은 진석을 응시하다가 알았다고 고개를 끄덕였다. 진석이 물었다.

"만약 나중에라도 못하겠다고 말씀드리면 그때 전 어떻게 됩니까? 참모직으로 옮깁니까? 거긴 빈자리가 없을 텐데요?"

"글쎄요. 우선은 휴식기를 줄 계획이었네요."

관련하여 제안을 받은 것이 있으므로, 그것을 입에 담는 겨울.

"여기 D.C.에 국방대학교가 있는 거 알죠? 거기서 현지

임관 장교들을 위한 강화 교육을 시행한다는 통보를 받았어요. 위에서 내려온 공문이죠. 중대장 직책을 내려놓더라도 진급을 위해 필요한 발판이라고 치면 나쁜 건 아니잖아요? 나나 다른 장교들은 내년 봄부터 시간제 교육으로 틈틈이 이수할 예정이지만, 한 사람쯤 더 나은 커리큘럼을 소화하는 것도 좋다고 봐요. 대위 개인을 위해서나, 우리 대대와 동맹을 위해서나."

동맹 출신 장교가 꼭 겨울의 독립대대에서만 복무해야 한다는 법도 없다.

"부담 없이 생각해봐요."

"……알겠습니다. 배려해주셔서 감사합니다."

이렇게 대화를 끝내려는데, 배후에서 낯익은 음성이 들려왔다.

"어? 작은 대장님? 중대장님? 두 분 여기서 뭐하세요? 쟤들은 왜 또 저러고 있고요?"

순찰을 마치고 돌아온 유라였다. 살짝 눈치를 보며 다가온 그녀는, 겨울과 진석, 그리고 죽을상을 한 병사들을 번갈아 살폈다. 진석의 두 눈에서 다시금 불씨가 피어오르는 것을 본 겨울이 곤란한 미소를 참았다. 아직은 어떤 웃음기도 내비칠 때가 아니었기에.

겨울에게서 자초지종을 전해 들은 유라가 미간에 주름을 넣은 채 병사들에게 다가가더니, 허리에 손을 얹고 보기 드문 살벌함으로 말했다.

"나는 너희들에게 실망했어……."

보통 진석이 을러대면 유라가 다독이는 역할이었건만, 이번에는 유라도 병사들을 감싸주지 않았다. 여간해선 화를 내지 않는 그녀가 진심으로 목소리를 낮출 때면, 병사들은 진석이 가장 격분했을 때만큼이나 얼어붙곤 했다.

병사들에겐 이래저래 참 기나긴 일주일이 될 듯하다. 그 일주일에 크리스마스 연휴가 들어간다는 점에서 더더욱 유감스러울 것이다.

밤이 깊어질 무렵, 앤이 전화로 겨울을 불러냈다. 요즘 들어 퇴근 후엔 짧은 시간이라도 꼭 겨울을 보고 가는 그녀였다. 겨울이 언제까지고 워싱턴에 머무를 순 없으니 그 마음을 알 만하다. 다만 겨울이 주둔지에서 멀리 벗어나지 못하는 처지인지라, 만나는 장소는 매양 숙소 내부이거나 백악관에서 가까운 어딘가였다. 오늘은 재무부 건물 남쪽, 윌리엄 테쿰세 셔먼 장군의 동상 앞이었다. 이 근방에서 그나마 사람 눈에 덜 띌 만한 장소다.

"왔네요."

앤이 겨울을 반겼다. 그녀는 늦은 시간에도 알이 크고 색이 옅게 들어간 선글라스를 끼고 있었다. 서로 가볍게 포옹한 뒤에, 그녀가 겨울에게 물었다.

"돌아간 다음에 별일 없었죠?"

"음…… 별일이라…….."

망설이던 겨울이 세 병사에 대한 이야기를 털어놓았다. 이를 들은 앤은 상체를 숙이고 숨이 넘어가도록 큭큭거렸다. 오, 세상에, 맙소사. 웃음을 멈추려 애쓰며 중얼거리는 말들. 뭐가 그리 우스운지 몰랐지만, 어쨌든 그녀가 웃으니 겨울도 좋았다.

"그러는 앤은 오늘 하루 어땠어요?"

"괜찮았다고 말하고 싶은데, 실제론 제2, 제3의 웨이코 참사를 막느라 바빴죠."

"웨이코 참사라면……. 그거죠? 사교도 집단하고 FBI가 충돌한 거."

"맞아요. 우리 수사국보다 총기단속국(ATF)[2]이 먼저 투입되긴 했지만요."

유명한 사건이어서 겨울도 꽤나 들어보았고, 지력보정으로도 출력되었다. 다윗의 별이라는 기독교 광신도 단체가 치안당국과 수십 일에 걸쳐 대립한 끝에 합계 100명 이상이 죽어나간 비극이다. 교전 장소가 텍사스 주 웨이코 인근이라 이런 이름이 붙었다.

"그거, 책임소재가 확실하진 않다는 말을 들은 기억이 나는데요."

겨울의 말에 앤이 수긍했다.

"일단 1차적인 원인을 제공한 건 영장집행을 거부한 다윗의 별 측이지만, 그 이후의 경과에 대해서는 불분명한 부분이 많은 게 사실이에요. 현장기록을 분실했거든요. 총기단속국 측에서 일부러 없앤 거라는 음모론도 돌고요. 수사

---

2 정식명칭은 주류, 담배, 화기, 폭발물 단속국(Bureau of Alcohol, Tobacco, Firearms and Explosives)이다. 미국 법무부 산하 기관으로, 이름처럼 총기와 주류, 마약, 폭발물 등의 밀거래를 단속한다.

당국이 너무 공격적이었다는 비판도 많았어요. 덕분에 반연방주의자들만 신났었죠."

"그 참사가 반복되는 걸 막으려 애쓴다는 건……."

"반란에 직접적으로 연루된「불경건한 연합」만이 아니라 다른 사이비 단체들, 종교적 민병대들까지 된서리를 맞고 있다는 뜻이에요. 민병대와 민병대가 교전을 벌이기까지 하는데, 여기에 머리가 뜨거워진 군과 경찰마저 가세하니 과잉진압이 터지기 십상이죠. 문제는 반란과 변종반입, 무엇보다 네크로톡신 건으로 급격하게 변화한 남부의 민심이 과잉진압을 오히려 부추기고 있-"

앤이 말하다 말고 별 박힌 밤을 올려다보았다. 망연히 하얀 입김을 흘리던 그녀는 시선을 끌어내리며 쓴웃음을 지었다.

"일 이야기는 그만둘래요. 성탄전야가 다가오는 금요일이니까."

정작 이브인 내일은 함께하기 어렵다. 겨울이 훈장수여식에 이은 백악관 만찬과 부대 자체행사에 차례로 참석해야 하는 까닭이었다. 겨울이나 앤이나 성탄절에도 자유롭지 못하다. 물론 출동대기가 대부분인 겨울보다야 앤이 더 고달프겠지만.

둘은 팔짱을 끼고 한적한 산책로와 잔디밭을 따라 걸었다. 늦은 시간에 더해 겨울마저 선글라스를 끼니 간혹 마주치는 시민들도 눈길을 주지 않고 지나갔다. 타원광장의 크리스마스트리가 가까워지면서, 앤은 은은하게 들리는 캐럴을 자그맣게 따라 부르기도 했다.

30분쯤 지났을까. 그녀의 전화기가 진동했다. 살짝 눈을 찌푸렸던 앤은, 그러나 액정을 보더니 표정을 바꿨다.

"잠시만요. 이 전화는 받아야 할 것 같아요."

양해를 구한 그녀가 몇 걸음 떨어진 곳에서 통화 버튼을 눌렀다.

"네, 엄마. 무슨 일이에요?"

엄마? 감각이 감각인지라, 겨울은 앤의 귓바퀴 밖으로 새는 목소리를 들을 수 있었다. 호기심이 생기기도 했다. 앤의 어머니는 딸이 내일 집에 올 수 있는지를 궁금해하고 있었다. 앤이 미안한 미소를 머금는다.

"죄송하지만 그건 어렵겠어요. 내일도 모레도 근무라서요."

「내일이 이브인데 왜 그런다니? 프랭크네 셋째가 네 소식을 자주 묻더라. 고등학교 동창이었던 헨리, 기억하지? 이번에야말로 오랜만에 볼 수 있을 거라고 기대하던데.」

앤이 앗 하는 표정으로 겨울을 살폈다.

"엄마. 전 그 사람한테 관심 없어요. 그리고 저 지금 혼자 아니거든요?"

「응? 혹시 만나는 남자가 있는 거야?」

"아마도요."

「그 자신감 부족한 대답은 뭐니?」

"그게……."

「불안하구나. 네가 남자 보는 눈이 워낙 없어야 말이지.」

"……이번엔 달라요. 정말 좋은 사람인걸요."

「그 말 벌써 여러 번 들었다. 연애 따위 다시는 안 할 거라는 말도 비슷한 횟수로 했었지.」

겨울이 소리 죽여 웃기 시작했다. 앤의 목덜미가 어두운 가운데서도 알 수 있을 만큼 달아올랐다. 부끄러운 탓에 말이 빨라진다.

"저 좀 그만 창피하게 하세요. 그 사람이랑 같이 있단 말예요."

「그래? 이름이 뭐니? 뭐하는 쪽정이야?」

앤이 눈을 질끈 감는다.

"아직은 말씀 못 드려요."

「말 못 하는 거 보니 또 무슨 비밀요원 나부랭이인가 보구나. 숨기는 게 많은 남자치고 제구실하는 경우를 본 적이 없는데.」

"제발, 엄마……."

「진짜로 좋은 남자라면 언제 한 번 집으로 데리고 오렴. 나랑 네 아버지가 작년부터 샷 건 사놓고 벼르는 중이란다. 못된 남자는 좀비보다 해롭지.」

"죄송한데 그만 끊을게요! 사랑해요, 엄마!"

속사포처럼 말하고 일방적으로 전화를 끊는 앤의 모습에 겨울이 기어코 폭소를 터트렸다. 앤이 악몽을 꾸는 표정으로 물었다.

"설마 다 들었어요?"

"네."

"……."

앤은 한동안 말을 하지 않았다.

이튿날의 백악관은 오전부터 북적였다. 동시에 물밑의 긴장감도 높아졌는데, 정권교체 전에 테러가 터진다면 바로 오늘이 될 거라고 예상하는 전문가들이 많았기 때문이다. 테러는 이데올로기적 폭력이다. 피와 초연으로 이루는 프로파간다다. 그래서 테러리스트들은 신념이 뚜렷할수록 상징적인 날짜와 장소와 인물들에게 집착하는 경향이 강했다. 오늘의 백악관은 그 모든 조건을 충족시키는 장소다.

그럼에도 불구하고 훈장수여식엔 대통령 당선인인 크레이머까지 참석했다. 2차 대전 이래 겨울 외엔 전례가 없었던 명예훈장 이중수훈자가 한꺼번에 일곱 명이나 새로 탄생하는 날. 이 역사적인 자리에 빠질 순 없다는 생각이었을지도 모르겠다.

'이렇다 할 위협은 없나…….'

대기실에 있는 내내 겨울은 감각의 변화를 헤아렸다. 적어도 백악관이 폭발할 일은 없을 듯하다.

그래도 잠깐 동안은 마음을 놓지 못했었다. 다름 아닌 「독성저항」 탓이었다. 시험해볼 기회가 없었지만, 만약 「독성저항」이 네크로톡신에 대한 면역이나 저항력을 부여한다면, 네크로톡신을 이용한 테러는 더 이상 겨울의 「생존감각」을 자극하지 못한다. 재능 강화가 감각보정의 퇴보를 야기할 수도 있는 것이다.

허나 곰곰이 숙고해본 다음에는 그렇게까지 걱정할 이유가 없다는 사실을 깨달았다. 겨울 자신이 독소에서 자유롭더라도, 다른 사람들 모두가 이성을 잃은 식인종이 되어버린다면 그것 역시 겨울에 대한 위협이자 위기로 간주될 테니까. 강도의 차이는 있을지언정, 감각보정 자체가 무력화되지는 않는 셈이다.

마침내 겨울의 차례가 돌아왔을 때, 준비된 훈장은 한 쌍의 수훈십자장이었으되 그 의전만큼은 명예훈장 수훈자와 동일하게 진행되었다.

대통령이 청중에게 수훈자를 소개할 때, 보통은 전공을 설명하기에 앞서 수훈자 개인에 대해 이야기한다. 고향, 가족, 삶, 신념, 인품 등. 그러나 겨울은 이번이 세 번째였으므로 그런 과정이 생략되었다. 말하려면 고역일 것이다. 겨울을 모를 사람이 있기나 할는지. 어떻게 싸우고 누구를 구했는가만으로도 요구되는 시간을 채우기에 충분했다.

연단에 선 대통령이 객석을 향해 말했다.

"한겨울 중령은 뛰어난 통찰력으로 수사당국을 도와 네크로톡신 제조시설을 확보하는 데 기여했습니다. 중령이 아니었더라도 결국 찾아냈겠지만, 시급을 다투는 상황에서 촌각이나마 시간을 아낄 수 있었다는 점이 중요합니다. 일분일초에 수많은 사람들의 안전이 걸려 있는 상황이었으니까요."

겨울이 없었어도 결국 찾아냈으리라는 말은 필시 수사당국에 대한 비난 여론을 의식한 것일 터였다. 살아있는 변종이 검문소를 통과하고 네크로톡신이 무기화되는 동안, FBI를 위시한 수사기관들은 뭘 하고 있었느냐는 불만.

재미있는 것은 그러한 여론이 남부지역에서 강하다는 점이었다. 반란세력이 도시 한복판에서 독소를 양산했다는 사실에 기겁을 한 주민들이 많았다. 따라서 사전에 막지 못했다고 비난을 하는 무리가 있기는 하나, 연방정부에 대한 전체적인 지지는 그 어느 때보다 더 높아졌다. 주민들이 보기에 반역자들은 순수한 악 그 자체였고, 주 정부는 연방정부보다도 무능했다.

차기 대통령 입장에선 유익하기 짝이 없는 인식 변화였다.

맥밀런의 말이 이어졌다.

"거리로 나간 중령은 허위정보에 흔들린 시민들을 진정시키고, 사태가 끝날 때까지 안전한 곳에서 정부를 믿고 기다리도록 설득했습니다. 군경과 협력하여 반역자들의 수괴, 클라리사 채드윅의 소재를 파악한 뒤 육군 무기 박람회장에서 벌어진 전투에 가세했습니다. 그 과정에서 유니언 역에 매복했던 다섯 명의 저격수를 단신으로 사살하기도 했지요. 이것만으로도 충분히 영웅적 전과였으나–"

어차피 다 아는 내용일 것인데, 사살한 적의 수와 교전을 벌인 장소, 각 교전의 의의, 구한 사람들의 이름 등을 하나하나 나열하는 동안 지루해하는 청중은 한 사람도 보이지 않았다.

호텔 만다린 오리엔탈에서 고립되어 있던 명사들과 아군

을 구조한 부분까지 설명한 뒤에, 대통령은 겨울이 부상을 입은 상태였음을 언급하면서, 그것이 무척이나 어렵고 숭고한 싸움이었다고 강조했다. 듣는 겨울은 그가 역설한 숭고함이 낯간지러웠다. 그저 앤을 살리려고 필사적이었던 건데…….

"그토록 경이로운 헌신에도 불구하고, 저는 오늘 한겨울 중령에게 명예훈장을 걸어줄 수 없습니다. 중령 스스로가 어떤 잘못을 인정했기 때문입니다. 컨벤션 센터에서, 중령은 사로잡은 적을 고문했지요. 포로가 된 아군의 위치를 알아내기 위해서였습니다."

여백을 두고, 대통령은 천천히 고개를 끄덕여보였다.

"압니다. 납득하기 어려우시겠지요. 적은 다수의 전차와 장갑차를 탈취했고, 우리의 영웅들은 그들의 진격을 육탄으로 저지해야만 했습니다. 중과부적의 촉박한 열세 속에서 달리 무슨 방법이 있었겠습니까? 어떻게 행동하면 좋았겠습니까? 그것은 불가피한 일이었습니다. 중령이 죄를 저질렀다고 말할 사람은 드물 것이며, 강하게 비난할 사람은 더더욱 드물 것입니다."

조용히 동조하는 청중.

"고백하자면, 여러분께서 그러셨듯이, 저는 한 중령이 자신의 혐의를 부인하기를 바랐습니다. 그렇게까지 짊어질 필요 없다는 말을 전하고 싶었지요. 그러나 중령은 흔들리지 않았습니다. 자신을 설득하려는 모든 관계자들에게, 일말의 흔들림도 없이 자신의 과오를 재확인시켜 주었습니다. 피치 못할 일이어도 잘못은 잘못이라고. 그 사실을 잊어선 안 된다고. 저는 이를 전해 듣고 깊은 감명을 받았습니다. 세속적인 명예에 얽매이지 않는 그 양심과 신념이야말로 진실로 명예로운 태도가 아니겠습니까?"

객석에 앉은 이들 가운데 겨울을 많이 좋아하는 것 같은 몇몇이 그렇다고 목소리를 높이며 박수를 친다. 진심인지 연기인지 모르겠으나 크레이머도 그중 한 사람이었다. 잠시나마 취재진의 카메라 일부가 그에게 초점을 맞췄다. 시종일관 엄숙해야 할 식장에 때아닌 웃음이 흐른다. 맥밀런 대통령 역시 엷은 미소를 머금었다.

"비록 명예훈장을 수여할 순 없을지라도, 한 중령이 그 누구보다 명예로운 사람이라는 사실만큼은 변하지 않습니다. 그것을 온 미국이 알고 있지요. 따라서 저는 그 명예를 한 쌍의 수훈십자장으로 기리고자 합니다. 모두 자리에서 일어서 주십시오."

갈채가 쏟아졌다. 한 자리에서 하나의 공적으로 두 개의 십자장을 받는 건 무척이나 이례적인 일이다. 십자장의 격이 명예훈장 바로 밑이니, 말 그대로 명예훈장에 준하는 명예였다.

훈장을 달아줄 때, 악수를 나누는 틈에 대통령이 자그맣게 말했다.

"실은 이것마저 안 받겠다고 할까봐 걱정했다네."

겨울은 살짝 쓴웃음을 지었다.

"신경 쓰게 해드려서 죄송합니다."

대통령은 이를 가벼운 농담으로 받았다.

"자랑스러워해도 좋네. 다른 사람도 아니고 미국의 대통령을 곤란하게 만든 것이니. 한순간이나마 세계 최고의 권력을 휘둘렀다고 봐도 되겠지."

수여식은 이후로 이어지는 만찬까지 별 탈 없이 끝났다.

크리스마스가 일요일이었으므로 대체휴일을 포함한 연휴는 월요일까지 계속되었다. 덕분에 겨울은 화요일까지 앤을 만나지 못했다. 테러 우려로 연휴 내내 사무실과 현장을 오가며 밤을 지새우다시피 한 그녀가, 업무에서 해방되자 스무 시간 넘게 기절하다시피 잠들어버린 까닭이다.

심지어 그렇게 잠든 장소가 FBI 본부의 휴게실이었다. 집에 갈 엄두조차 안 났다는 뜻. 잠깐씩 통화를 하긴 했으나, 그 나흘은 겨울에게도 편치 않은 시간이었다. 자꾸만 주의가 산만해지는 것을 막기 힘들었다. 누가 말을 걸면 되묻기 일쑤여서, 그 딱딱한 진석에게 어디 아프냐는 걱정을 들었을 정도다. 겨울은 한숨을 내쉬었다.

'이거 내가 못 견디겠는데……'

부대 재배치까지 앞으로 3, 4개월쯤 남아있긴 하나, 반란을 진압한 날부터 벌써 두 달을 끌어온 고민이 몇 달쯤 더 흐른다고 끝날 것 같진 않았다. 그냥 모든 생각을 놓아버릴까 하는 충동이 반복해서 드는 이유였다. 딱 한 번만 이기적으로 굴자고. 천종훈은, SALHAE는 예외적이고 극단적인 경우였을 뿐이라고.

도움이 된 것은 때때로 앤이 전송하는 사진들이었다.

「그런 순간들이 있어요.」

그녀가 첨부한 문자의 내용.

「겨울의 모습을 떠올리려고 하는데, 그 모습이 어딘가 불분명해서 답답하고 괴로워지는 순간들. 한 부분에 집중하면 다른 부분이 흐려지기를 반복하죠. 아무리 골몰해도 내가 원하는 만큼 선명한 상을 그려낼 순 없어요. 왜냐면 그 선명함의 기준이 현실에 있는 당신이니까.」

「결국 한 번 시작된 답답함은 사진이라도 봐야 비로소 해소되곤 해요. 그러지 않으면 다른 모든 생각들을 잡아먹어 버리죠.」

「당신도 그럴 것을 알아요.」

그래서 사진을 보낸다는 의미였다.

그녀의 말은 정확했다.

1월 20일, 크레이머는 정식으로 미국의 대통령이 되었다.

"당선인은 오른손을 들고 제 말을 반복하여 서약해주시기 바랍니다."

취임식에서, 겨울은 연방 대법원장의 말을 육성으로 들을 수 있을 만큼 근접한 위치에 앉아있었다. 연단 바로 뒤에 마련된 귀빈석의 가장 앞줄. 그것도 취임선언과 연설이 진행되는 내내 대통령과 한 화면에 들어갈 정도로 중심에 가까운 자리. 보통은 거액의 선거자금을 내놓은 핵심 후원자나 집권당의 중진, 또는 장관급 공직자에게 내줬어야 할 의자였다.

그러나 크레이머는 선거자금 대부분을 자신의 돈으로 충당했으며, 집권당의 전폭적인 지지를 받지도 못했고, 누구 눈치를 보는 성격도 아니었으므로 겨울을 끌어다 앉혀놓았다. 여러 차례 사양했더니 본인이 직접 행차하여 데리고 오지 않겠는가. 겨울은 카메라 앞에서 난감한 속을 감추었다. 원래는 경비임무가 주어질 것으로 예상했다. 한데 밤에는 취임기념연회에까지 참석해야 한다. 부대 운용이야 중대장인 진석이 알아서 할 테지만.

크레이머가 영부인이 받쳐 든 성경에 왼손을 얹고 오른손을 들어 대법원장을 따라 서약했다.

"저 에드거 알렉산더 크레이머는 엄숙히 선서합니다. 저는 미국 대통령의 직무를 성실하게 이행할 것이며, 최선을 다하여 미합중국의 헌법을 보존하고 보호하며 지켜낼 것입니다. 그러므로 신이시여, 저를 도와주소서."

선서를 끝내자 의장대가 축포를 쏘고, 대법원장이 크레이머에게 악수를 청했다.

"축하드립니다, 대통령 각하. 부디 이 나라를 훌륭하게 이끌어주십시오."

크레이머는 웃는 얼굴로 여유롭게 인사를 받았다. 연단 아래 운집한 시민들의 갈채와 환호는 몇 분에 걸쳐 계속되었으며, 그동안은 겨울도 기립박수를 보냈다. 그러지 않으면 부자연스러운 분위기였다. 전임자인 맥밀런 대통령은 후련함 반 착잡함 반인 얼굴로 크레이머와 짧은 대화를 나누었다. 그 내용은 함성에 파묻혀 겨울로서도 알아듣기 어려웠다.

이어 크레이머는 취임연설을 위해 연단에 섰다.

"감사합니다, 감사합니다. 추운 날씨에 아랑곳없이 이 나라의 새로운 출발을 기념하는 자리에 나와 주신 모든 분들께 감사드립니다. 여러분의 응원이 있었기에 제가 많은 역경을 딛고 이 자리에 설 수 있었습니다. 맥밀런 대통령을 비롯한 전대 대통령들께도 감사드립니다. 여러분의 훌륭한 지도력이 오늘의 미국을 가능케 했습니다. 여러분께서 남기신 정치적 유산을 헛되이 낭비하지 않겠습니다."

그리고 그는 손을 펼쳐 겨울을 가리켰다. 카메라 수십 대가 거의 동시에 초점을 바꾸었다.

"아울러 한겨울 중령. 참혹한 반란이 이 도시를 휩쓸었던 날, 당신이 살려주었던 이 목숨을 삶이 끝나는 순간까지 최대한 가치 있게 사용하겠습니다. 당신의 헌신으로 말미암아 내가 살아있으니, 나 또한 귀관의 헌신을 본받아 온 힘을 다하여 국가와 시민을 위해 봉사하겠습니다. 함께 싸워 나갑시다. 우리는 앞으로도 더불어 승리할 것입니다. 당신의 등 뒤엔 언제나 나와 시민들의 지원이 있을 것을 약속하는 바입니다."

시민들의 환호가 다시 한 번 끓어오른다. 겨울은 어렵게 미소 지었다. 절제된 웃음으로 비춰지기를 바라면서.

겨울의 정중한 목례를 받은 뒤에, 크레이머는 다시 전면으로 돌아섰다. 검은 코트를 입은 그는 큼직한 양손으로 연단을 움켜쥐고 호소력 깊은 연설을 재개했다.

"이런 시기에도 공정한 선거와 평화로운 권력이양이 이루어진다는 점에서 저는 이 나라와 시민들의 위대함을 엿봅니다. 이 얼마나 놀라운 일입니까? 이 얼마나 대단한 일입니까? 그 놀랍고도 대단한 일을 바로 여러분이 해내신 것입니다."

손가락으로 찌르듯이 시민들을 가리키는 크레이머.

"그러므로 오늘의 승리자를 보고 싶다면, 여기 있는 제가 아니라, 여러분 각자의 곁에 있는 가족과 친구와 동료 시민들을 보십시오. 누구에게 표를 던졌는가는 중요하지 않습니다. 이 에드거 크레이머를 뽑은 사람도, 제럴드 번스를 뽑은 사람도, 결국은 이 나라의 숭고한 정신을, 역사를, 민주주의를 지키는 데 기여한 것이기 때문입니다."

그는 반 박자 쉬고 남은 말을 이어갔다.

"악당들의 음모와 비열한 테러도 여러분의 마음을 무너뜨리지 못했습니다. 오히려 결단코 꺾이지 않을 투지에 불을 지폈을 뿐입니다. 이러한 투지는 압제와 차별에 맞서 신념과 평화를 쟁취했던 우리의 선조들로부터 물려받은 것입니다. 그리하여 제가 보는 미국은 여전히 하나입니다. 하나로서, 제 앞에 이렇게 모여 있지 않습니까? 시민 여러분께 저 에드거 크레이머가 경의를 표합니다. 진심으로, 경의를 표합니다."

말을 끊은 그가 연단 아래를 향해 느린 박수를 보냈다. 그러나 손뼉을 치는 모습만 보일 뿐 소리는 들리지 않았다. 너른 광장의 거대한 화답에 묻혀버린 탓이다. 지지자들이 수천 개의 성조기를 흔드는 광경은, 마치 무수한 단풍낙엽들이 바람에 쓸려 다니는 것처럼 보였다.

"잘 견뎌내셨습니다. 정말 잘 견뎌내셨습니다."

연설이 재개되었다.

"저는 이제 여러분을 증인으로 삼아, 제가 이끌어갈 새로운 정부의 목표를 천명하고자 합니다. 그러니, 존경하는 시민 여러분, 오늘 제가 드리는 말씀을 기억해주십시오. 그럼으로써 여러분은 제가 약속을 지키는 순간마다 새로운 힘을 얻을 수 있으실 것입니다. 오늘을 지키고 내일을 꿈꾸며 미래로 나아가는 데 필요한 힘을 말입니다. 그 힘의 이름은, 희망입니다."

크레이머가 자신감 넘치는 미소를 지었다.

"제 행정부가 드리는 첫 번째 약속은 가정의 회복입니다. 저는 재난으로 무너진 미국인들의 가정을 다시 한 번 일으켜 세울 것입니다. 이를 위하여, 먼저 그리운 고향으로 돌아가야 할 사람들이 있습니다. 그렇습니다. 아직도 집을 되찾지 못한 수백수천만의 이재민들 말입니다. 물론 전대 행정부의 훌륭한 구호정책이 그들의 생계를 지탱하고 피난처를 제공해왔으나, 그들의 자존감까지 지켜주진 못했습니다. 복지의 늪에 빠진 이재민들은, 지난날 우리가 안일하게 대했던 원주민들처럼 하루하루 피폐해지고 무기력해질 따름이었습니다."

원주민 부족들에게 카지노 운영권이 주어지기 전에는, 각 보호구역마다 알코올중독자와 마약중독자들이 넘쳐났었다. 지원금을 받아 최소한의 삶을 영위하는 데엔 지장이 없었지만, 취직도 여의치 않고 보호구역 밖의 삶에 적응하기도 어려웠던 까닭이다. 이는 개인의 문제인 동시에 사회의 문제이기도 했다. 아닌 척해도 은근한 차별이 존재하던 시절이기에.

크레이머가 든 예는 바로 그러한 과거였다. 그렇다곤 해도, 취임사에서 원주민에 대한 정부의 과오를 거론하는 건 이례적인 일이었다. 그것도 공화당 소속 대통령이. 이마저 계산된 것이라면, 민주당 지지자들에게 보내는 간접적 호소라고 보아야 할 터였다. 나는 당론에 얽매이는 대통령이 아니라고. 이게 사실이긴 하다. 당 주류와 서먹한 사이니까.

달리 해석하면, 높은 지지율을 바탕으로 당론이든 뭐든 찍어 누르겠다는 선언 같기도 했다.

"이젠 달라져야 합니다."

열광을 진정시키는 목소리.

"임기의 첫 100일 이내에, 저는 보다 강화된 서부 3개주 복구사업 법안을 통과시키겠습니다. 예산이 부족하다면 제 사재라도 털어 넣겠습니다! 그럼으로써 이재민들은 본래의 계획보다 빠른 시일 내에 고향으로 돌아갈 수 있게 될 것입니다. 이미 돌아간 사람들도 막막함을 덜 수 있을 것입니다. 그들의 집은 수리될 것입니다. 그들의 직장은 다시 운영될 것입니다. 그들의 가정은 다시 화목해질 것입니다. 그들은 마침내 그들의 자존감을 되찾을 것입니다."

이 대목에서 겨울은 추수감사절의 밤, 앤에게 들었던 이야기를 떠올렸다. 남자들을 집으로 돌려보내라는 목소리가 높아지고 있다던가. 가정의 회복을 외친다면 그에 대한 대답을 빼놓기 어려울 것인데, 싶은 순간, 역시나 크레이머가 그것을 언급했다.

"동시에 저는 전선에 나가있는 미국의 자녀들을 가정으로 돌려보내기 위하여 최선의 노력을 경주하겠습니다. 오늘로부터 약 1년! 다음 성탄절이 오기 전에! 미국의 남쪽 국경은 파나마 지협까지 확장될 것입니다. 그때가 되면 수백만의 장병들이 그리운 집으로 돌아올 수 있겠지요. 그때가 되면, 제 행정부는 육군의 규모를 현재의 30% 수준으로 감축하겠습니다."

겨울은 살짝 당황했다.

'뭐지?'

불가능하다고까진 못 하겠으나, 이렇게 쉽게 장담할 일은 아니다. 반대여론에도 아랑곳없이 남진을 계속하겠다는 의사를 표명한 건 긍정적이지만, 산과 늪과 밀림이 많은 중미의 환경을 감안할 때 1년 내로 전 지역을 소탕하는 건 어려운 일이었다. 그래서 원래의 계획은 대륙분할 작전으로 파나마 지협을 끊어 놓고, 남미로부터의 변종 유입이 차단된 중미 지역을 천천히 정리해 나가겠다는 것이었다. 그걸 1년 안에 끝내려면 운이 많이 따라주어야 한다.

이런 생각을 하던 겨울이 한 가지 가능성을 떠올렸다. 그것을 확인하려면……

'직접 물어볼까?'

의외로 괜찮을지도 모르겠다.

크레이머가 목소리를 가다듬었다.

"다음으로, 저 에드거 크레이머의 두 번째 약속은 화합입니다. 얼마 전 맥밀런 대통령께서도 말씀하셨지요. 희망과 화합이 중요하다고. 저도 동의합니다. 따라서 제 행정부엔 정치적인 화합이 있을 것입니다. 군정장관, 국무부장관, 내무부장관, 농무부장관, 에너지부장관 등의 자리는 기존의 담당자를 유임시키거나, 민주당 측의 인사를 적극적으로 기용하겠습니다. 특히 난민행정 분야에서, 맥밀런 대통령의 인도주의적 뜻은 그분과 함께한 사람들로 말미암아 이어질 것입니다. 저는 그들을 믿고 그들의 조언에 귀 기울이겠습니다."

슬쩍 돌아보니, 겨울의 눈에 보이는 민주당 인사들은 분위기가 썩 좋지 못했다.

"세 번째이자 마지막인 약속은 삶의 질입니다. 제 행정부의 미국은 방역전쟁에서의 궁극적인 승리를 추구하겠으나, 그 승리가 시민 여러분의 삶을 파괴하는 일은 없도록 하겠습니다. 왜냐하면, 당연하게도, 우리가 승리하고자 함은 결국 삶을 지켜내려는 노력이니까요. 그러기 위하여 저는 안전지대를 더욱 안전히 하고, 더 많은 섬들을 생산거점으로서 확보하며, 여러 산업과 물자의 유통을 체계화하여 여러분이 역병 이전의 생활을 되찾도록 애쓰겠습니다. 그래서 여러분이 회복할 가정의 식탁에 더 많은 풍요를 올려드리겠습니다. 여러분은 그런 삶을 향유할 자격이 있습니다. 여러분이 미국의 시민들이기 때문입니다."

연설은 이제 막바지에 접어들었다.

"충분한 삶을 누리는 것이 나태와 방심을 뜻하진 않습니다. 우리는 미국인들입니다. 언제든 스스로를 지킬 준비가 되어있는 사람들입니다. 그러므로 우리는 풍족한 여유로움 속에서 착실하고 치열하게 완전무결한 승리를 준비해 나갈 것입니다. 미국의 생산력은 안정된 국경 안에서 나날이 증가할 것입니다. 그렇게 시간을 들여 축적한 압도적인 힘과 정의로운 분노로, 우리는 다시 한 차례 적을 무찌를 것입니다. 제가 약속드리는 미래는 옳은 길도, 틀린 길도 아닌 유일한 길이 될 것입니다!"

그의 힘찬 외침이 차가운 계절을 뜨거운 열기로 물들였다. 연단 아래의 광장으로부터 의회 앞 호수를 넘어 내셔널 몰 동쪽에 이르기까지, 대단히 넓은 공간이 취임식을 보러 온 시민들로 가득 차 있었다. 그들을 향해 크레이머가 불끈 쥔 주먹을 들어올렸다.

"감사합니다! 하나님께서 저와 여러분을 축복하시기를! 감사합니다!"

연설을 마친 그는 영부인과 함께 귀빈석의 사람들과 차례로 짧은 인사를 나누었다. 그중엔 당연히 겨울도 포함되어 있었다. 질문을 던지기 좋은 기회였다.

"대통령 각하!"

바쁘게 지나쳤던 크레이머가 몇 발짝 떨어져서 돌아본다. 가까이에 언론사의 마이크가 없음을 확인한 겨울이 한

걸음 다가서서 물었다.

"혹시 그 무기가 완성되었습니까?"

이미 업무 인계가 끝났으니 무슨 뜻인지 알 것이다.

잠시 생각에 잠겨있던 크레이머는, 대답 대신 씨익 웃으며 엄지를 세워 보였다. 자신감 넘치는 모습이었다.

겨울이 말한 무기란 박태선 목사의 부분면역을 이용한 화학무기를 의미했다. 크레이머의 반응으로 미루어, 엘리야 캠벨의 구상이 구체적인 결과물을 내놓은 모양이다.

'겨우 1단계 면역만으로 얼마나 실용적인 무기가 나올지 확신이 안 섰는데……'

박태선의 체질은 모겔론스 복합체를 구성하는 병원체 가운데 단 하나에 대해서만 면역이다. 그것을 무기화해봐야 변종들에게 치명적이긴 어려울 것이라는 게 겨울의 예상이었다. 기껏해야 잔병치레를 하는 변종이 늘거나, 특수변종의 비율이 소폭 감소하거나, 완성이 덜 된 기형변종이 조금 많아지거나 하는 정도에 불과할 것이라고. 이러한 예상을 「통찰」이 긍정했다.

그러나 달리 곱씹어보면, 현재의 미국은 변종들의 전력을 단 몇 퍼센트만 깎아놓아도 완전히 새로운 차원의 전략적 우위를 확보할 역량이 있었다. 국가가 정상적으로 기능하는 현실이 이런 차이를 빚어내는 것이다.

바꿔 말해, 제아무리 높은 수준의 면역자를 찾아낸다 한들 그 면역을 연구하여 무기화할 국가가 무너진 상황에선 아무짝에도 쓸모가 없었을 것이란 의미이기도 하다.

또 모르겠다. 「역병면역」이 초인이나 신의 영역에 도달하게 되면 그 자체로 역병들을 몰아낼 생체병기가 되는지.

사실 겨울에겐 그 답을 알아낼 방법이 있었다. 약관대출을 전액 상환한 이래, 바깥세상에서 들어오는 별들은 겨울 혼자만의 밤하늘에 고스란히 쌓이고만 있었으므로. 특히 어느 러시아인이 천칠백만 개가 넘는 별을 선물한 게 컸다.

그것을 소모한다면 수준 높은 「역병면역」을 손에 넣기도 가능할 것이다. 혹은 재능이익을 강화하는 간접적인 방식도 있다. 이 세계관에 머무는 한 회차 무관하게 영구적으로 영향을 미치는 방식이다 보니 지출이 급격히 늘어나긴 하지만.

그러나 꺼려진다.

그토록 많은 별을 준 러시아인이 미심쩍은 말을 남겼기 때문만은 아니다.

봄이 된 별빛아이의 질문이 무거운 탓이다.

아이는 이 세계에서 겨울이 도달해야 할 어떤 결론이 있노라고 말했었다. 그런데도 겨울이 이 세계의 종말을 초월적인 수단으로 해결해버린다면, 아이는 그 행위 자체를 겨울이 도달한 결론으로, 즉 질문에 대한 대답으로 받아들일 가능성이 있었다. 그때 어떤 말을 더하건 이미 한 행동만큼의 설득력은 없을 것이다.

물론 그게 겨울의 무거운 돌, 신포도, 증오의 긍정으로 직결되진 않는다. 허나 바깥세상으로의 초월적 간섭에 대한 긍정으로 해석될 순 있었다.

겨울은 봄의 능력을 알지 못한다. 하지만 특이점을 넘어선 완전자립형 인공지능을 신적 존재로 묘사하는 견해는 얼마든지 접해봤다. 봄 스스로 말했듯이, 인류는 인공지능의 완성을 오랫동안 경계해왔다. 경계할 이유가 있었다는 뜻이다. 그 완성이 인류가 모르는 곳에서 이루어졌다. 오직 겨울 혼자만이 안다.

물 밖으로 헤엄치겠다고, 겨울을 위해 하늘을 나는 고래가 되겠다고 선언한 봄은, 이 순간에도 자신의 존재를 미지의 영역으로 확장하고 있을 터. 그러므로 봄의 능력은 차라리 권능이라 부르는 편이 어울리는 수준에 이르렀을지도 모른다.

아마도 그 권능은 온 세상에 대한 복수를 이루기에 부족하지 않을 것이다.

그러니 겨울은 신중할 수밖에 없다. 앤과 함께하는 미래를 손에 넣는 것만큼이나, 별빛 봄의 질문에 답하는 것도 중요한 문제였다. 기실, 누군가 앤과 봄 가운데 어느 쪽이 더 소중하냐고 묻는다면, 겨울은 거기에 대답할 자신이 없었다.

적어도 지금의 겨울은 희박하나마 사람의 가능성이다. 많은 보정을 받고서도 여전히 사람들의 벽에 갇혀 사람의 한계를 벗어나지 못했다. 마음을 얻은 기계가 사람에게 물었으니, 대답 또한 사람의 노력이어야 할 터였다.

2월은 재판의 달이었다. 반역자들에게 조속히 사형을 언도할 것을 요구하는 시위대가 연방대법원 앞을 가득 메운 상황에서, 클라리사 채드윅의 심리(審理)는 이례적일 만큼 빠르게 진행되었다. 이런 재판은 적어도 몇 개월 이상 이어지는 게 보통이지만, 크레이머 행정부 입장에선 시간을 끌어 좋을 것이 없었다. 관심이든 증오든, 감정은 시간의 흐름에 따라 시들기 마련. 전미가 아직 뜨거울 때 끝장을 보는 편이 이상적이다. 죄인들에 대한 신속하고 단호한 심판은 크레이머의 이미지를 긍정적으로 강화해줄 것이었다.

물론 관계자 전원을 그렇게 서둘러 처벌할 필요는 없었다. 시민들이 어떻게 느끼는가가 핵심이므로. 즉 클라리사 채드윅 건만 빠르게 해치우면, 대부분의 시민들은 이 사건에 매듭이 지어졌다고 느낄 터였다. 적어도 심리적으로는 그럴 것이다. 이후 다른 공모자들에 대한 재판은 좀 더 천천히, 여유를 가지고 진행해도 된다. 시에루 중장의 재판을 먼저 시작해도 무방하다는 뜻이었다. 한 번에 하나씩, 확실하게 관심을 모으고, 각각의 사건으로 최선의 결과를 빚어내는 것. 크레이머에겐 가장 좋은 선택지였다.

이 과정에서 겨울은 참고인 신분으로 빈번하게 소환되었다. 때로는 진석이나 유라 역시 같은 자격으로 법정에 드나들었다. 어느 하루는 심지어 사형수 신분인 마누엘 헤이스까지 참고인석으로 불려왔다. 그의 얼떨떨한 표정이 몇몇 신문의 1면을 장식했다.

그나마 다행인 점은, 클라리사 채드윅이 보여주는 태도였다. 협조적이었다는 의미가 아니다. 그녀는 철저하게 악당이 되기로 한 사람처럼 굴었다. 죄를 부인하지 않으면서도 끝까지 항소를 포기하지 않는 행동이 바로 그런 의도에서 나온 것이었다. 항소절차를 다 준수하면서도 빠른 재판이 이루어질 수 있었던 이유다.

"그것도 오늘로 끝이군요."

눈물겹게 말하는 이는 클라리사 채드윅의 국선변호인으로 지정된 로스 스톨워스라는 사내였다. 본인이 원한 일도 아니었건만, 그는 클라리사의 변호를 맡았다는 이유로 온갖 위협에 노출되었다. 그래서 겨울은 참고인석에 서는 날이면 조금 일찍 와서 그를 기다려 주기도 했다. 본인 말이, 그러기 시작한 이후로 살해협박은 많이 줄어들었다고.

호위경관을 배후에 두고, 스톨워스가 겨울의 손을 잡았다.

"그동안 정말 감사했습니다. 저도 이제 그 미친년을 공개적으로 욕할 수 있게 되었으니, 당분간 몸을 사리면 죽을 일은 없을 것 같습니다. 감사합니다. 감사합니다……."

겨울은 답을 알면서도 물었다.

"SNS 같은 데에 해명 글을 올리는 정도는 괜찮지 않았어요? 하고 싶어서 하는 일이 아니라고. 나도 당신들만큼이나 클라리사 채드윅을 싫어한다고. 나는 의무를 다하고 있을 뿐이라고."

스톨워스는 고개를 흔들었다.

"그럴 순 없었습니다. 변호사가 해선 안 될 짓이니까요. 변호를 맡고 있는 동안에는 철저하게 의뢰인의 편이어야 합니다. 최소한 그런 척이라도 해야 합니다. 생각해 보십시오. 만약 제가 그런 글을 올리고, 그 글을 판사와 검사와 배심원단 전부가 읽은 상태라면, 그 앞에서 안면몰수하고 의뢰인을 변호하는 게 얼마나 웃기는 일이겠습니까?"

"창피하겠네요."

"창피함도 창피함이지만, 더 큰 문제는 재판을 형식적인 절차로 만들어버린다는 점입니다. 그냥 유죄를 선고하기 위한 요식행위가 되어버리는 거지요. 최종판결이 떨어지기 전에 제가 그런 의견을 표현하는 건, 말하자면 법정을 모독하는 행위입니다. 그래선 안 됩니다. 차라리 변호사를 그만두는 편이 낫습니다."

"그럼 왜 그만두지 않았죠? 당신은 죽을 수도 있었는데."

"……."

고민하던 스톨워스가 긴 한숨을 내쉬었다.

"저도 그걸 모르겠습니다."

겨울이 옅게 미소 지었다. 보기 드물게 직업정신 투철한 사람인데, 따지고 보면 당연한 일이었다. 그가 변호를 맡기에 앞서 질색을 하고 떨어져나간 사람이 이미 수십 명이었기 때문이다. 이 사건을 맡느니 사직서를 쓰겠다고. 겨울은 그들의 결정을 이해했다.

'가난한 이들을 주로 상대하는 사람들이니 어떤 일이 벌어질지도 충분히 예상했겠지.'

빈곤층과 자주 엮인다는 것은 의뢰인 가운데 갱단과 그 피해자가 차지하는 비율이 높다는 뜻이다. 항상 업무과다에 시달리는 국선변호사들의 형편상 의뢰인에게 제대로 된 변호를 제공하기보다는 사법거래를 제안하는 경우가 많고, 그러다보면 이래저래 원망을 들을 일도 많아지게 된다.

평범한 재판도 그럴진대, 하물며 의뢰인이 클라리사 채드윅임에야. 대중으로부터 날 선 비난이 쏟아질 게 뻔하지 않은가.

"같이 좀 걷는 게 어때요? 바깥이 한산해질 때까지."

겨울의 제안에, 스톨워스는 달가운 눈치로 머뭇거렸다.

"저야 그래 주시면 좋습니다만…… 중령님께선 바쁘지 않으십니까?"

"그래봐야 잠깐인걸요 뭐. 시위대가 오랫동안 남아있진 않겠죠. 원하는 판결이 나왔으니까."

형은 이틀 뒤에 집행된다. 그다음은, 아직은 비밀이지만, 아마 곧바로 시에루 중장의 재판이 시작될 것이었다. 어쩌면 그때도 스톨워스가 변호를 맡을 가능성이 있다. 이 정도의 직업정신을 갖춘 이가 또 있긴 어려울 터이므로. 본인이 견딜 수 있을지는 의문이지만.

어쨌든 보람을 느끼게 해줄 필요는 있다. 겨울은 솔직하게 말했다.

"이번에 변호하시는 모습을 보면서 감탄했어요. 훌륭한 사람이구나, 하고."

"그렇습니까?"

"네. 정말로요. 조금 전에 하신 말씀도 좋았고요. 언젠가는—"

겨울이 벽에 걸린 초상화를 가리켰다.

"저분처럼 되실 수도 있겠죠."

입꼬리를 씰룩이던 스톨워스가 끝내 웃음을 터트렸다.

"맙소사. 격려는 감사하지만, 칭찬이 너무 지나쳐도 역효과입니다."

"농담 아닌데요."

"현실성이 없잖습니까."

초상화 속에 그려진 사람은 미 역사상 가장 존경받는 대법관 가운데 한 명인 존 마셜 할란으로, 19세기 말 연방대법원의 인종차별적인 판결에 유일하게 반대표를 행사한 인물이다.

같이 웃어준 뒤에, 겨울이 다시 물어보았다.

"정말로 현실성이 없다고 생각하세요?"

"……."

"남진이 계속될수록 어느 주에도 속하지 않는 연방직할지(Federal district)가 늘어요. 당연히 연방법원이나 검찰이 담당하는 구역도 늘겠죠. 거기서부터 새로운 경력을 쌓아 올리는 건 충분히 가능할 것 같은데, 제가 틀렸나요? 틀렸다면 말해주세요. 이쪽은 자세히 모르거든요."

틀리지 않았다는 건 표정만 봐도 알겠다. 다만 본인이 그럴 처지가 못 된다고 여겼을 것이다. 국선변호사는 변호사들 중에서도 좋은 취급을 못 받는 편에 속하니까.

스톨워스의 눈빛이 달라졌다. 드러내지 않으려 애쓰는 욕망의 색채였다.

"혼자서는 무리겠지만……. 혹시 도와주실 마음이 있으십니까?"

허용범위였다. 욕심 없는 사람이 흔하겠는가. 미국은 판사마저 선거로 뽑는 나라다. 그것도 선거자금으로 도배해야만 이길 수 있는 미국 특유의 선거이며, 이런 선거에서 이기려면 정치적, 경제적 후원자가 반드시 있어야 한다.

선거 없이 임명되는 연방판사는 그보다 더 심하다. FBI가 후보자를 선정하고 나면, 임명여부를 두고 치열한 로비전이 벌어지기 때문이다. 돈과 배경이 없는 사람은 절대로 판사가 되지 못한다.

그런 복마전에서, 이 변호사는 직업정신만으로도 존중받을 가치가 있는 사람이었다. 겨울은 뜸을 들인 끝에 끄덕였다.

"원하신다면, 제가 뭘 할 수 있을지 알아보죠. 큰 도움이 되어드리진 못 하더라도요. 여기, 제 연락처를 드릴게요."

"오."

스톨워스는 감격한 표정을 지었다. 비록 계급은 중령에 불과하지만, 겨울의 영향력은 결코 일개 중령 수준이 아니었으니까. 겨울도 그 새로운 차원의 영향력을 행사하는 데 익숙해지고자 노력하는 중이다.

이후 변호사는 어떻게든 말을 붙이며 겨울에게 좋은 인상을 더해주려고 노력했다. 문제는 둘 사이에 친분이 깊지 않다보니 이야깃거리가 별로 없었다는 점. 결국 그는 조금 안 좋은 화제를 거론하고 말았다.

"중령님의 201독립보병대대가 특수부대로 지정되었다는 뉴스를 봤습니다. 부대의 위상이나 대우가 많이 좋아질 거라더군요. 진심으로 축하드립니다."

"……."

겨울의 안색이 미묘하게 굳었다. 어색하게 웃던 스톨워스가 조심스레 물었다.

"제가 뭔가 실수라도 했습니까?"

"아뇨. 딱히. 잠시 다른 생각을 했을 뿐이에요."

실은 근심하고 있다.

며칠 전, 201독립보병대대를 특수작전사령부 산하 티어 3 유닛으로 지정한다는 통보가 내려왔다. 아무것도 모르는 알파 중대원들은 무척이나 자랑스러워했으나, 겨울에겐 당혹스럽기 짝이 없는 일이었다.

'아무리 곱씹어도 그럴 수준이 안 되는데.'

지나치게 과분하다. 특수부대로 불리기엔 규모도, 실력도, 특색도 부족했다.

백방으로 알아본 결과, 이는 대통령인 크레이머의 의지였다. 분명 여러 사람이 반대했을 테고, 해병대 출신인 크레이머 본인도 이게 비상식적인 결정이라는 걸 모르지 않았을 터이건만. 그럼에도 특수부대 지정을 강행했다면, 거기엔 그럴 만한 이유가 있을 것이다.

반란진압에 대한 부대 차원의 포상은 표창으로 끝냈어야 정상이다.

의도가 뭘까.

겨울이 생각하기에 그럴 듯한 가정은 두 가지였다.

하나는 과대 포장한 부대 자체를 민사심리전의 도구로 활용하려는 것.

나머지 하나는…….

'심각한 피해가 예상되지만, 그래도 병력을 파견하지 않을 순 없는 상황에 갈아 넣으려는 것. 체면치레를 하기에도 좋겠지. 명목상 귀중한 전력을 투입한 거니까.'

평범한 사람들은 특수부대가 뛰어난 전투력을 보유한 집단이라고 생각한다. 막연한 상상이다. 이는 즉 1개 사단이 필요한 작전에 대대 하나만 밀어 넣고서도 대중을 납득시키는 게 가능하다는 뜻이었다.

이번 반란에서, 독립대대의 명성은 지나치게 높아졌다. 거품이라고 봐도 좋겠다. 일반 시민들은 이번 특수부대 지정을 자연스럽게 받아들이지 않겠는가. 지금 스톨워스가 그렇듯이.

또 한 가지, 독립대대의 장점이 있다. 사상자가 아무리 많이 발생한들, 유가족들이 백악관 앞에 모여 시위를 벌이거나 거리를 행진할 일은 없다는 점이었다. 그러니 특수부대 딱지를 붙여 극심하게 소모시켜도 뒷감당을 하기 쉽다.

더 두려운 가능성은 크레이머가 진심으로 겨울을 믿고 있을 경우다. 평범한 사람에겐 불가능한 일이라도 겨울이라면 당연히 해낼 것이라고.

어쨌든 그는 난민들이 미국에서 살아가려면 자격을 증명해야 한다고 믿는 사람이었다.

옆이 산만하다. 잠시 사색을 거둔 겨울은, 자기가 뭔가 말실수를 했나 불안해하는 변호사를 달래며 대법원 전시관을 20분가량 거닐었다. 그리고 헤어질 땐 차가 기다리는 장소까지 배웅했다. 겨울은 순찰차에 오르는 그에게 손을 흔들어주었다.

"살펴가세요. 필요하면 연락하시고요."

"예. 오늘은 정말 감사했습니다."

변호사는 위축된 작별인사를 남겨두고 호위를 맡은 경찰과 동승했다.

숙소로 복귀하는 길에, 겨울은 끊었던 사색을 다시 더듬었다.

독립대대를 그런 식으로 활용할 만한 일이 뭐가 있을까.

불현듯 떠오르는 것은 에스더와 통화하던 밤, 정보국의 탈벗과 나누었던 대화였다. 그때 겨울은 정보국이 에스더에게 관여하게 된 경위에 의문을 품고, 에머트 대령에게 들었던 알파 트릭스터 포획임무를 토대로 한 가지 가설을 제시했었다.

'제로 그라운드 진공.'

유라시아 대륙에 초기 형태의 트릭스터를 의도적으로 풀어 놓고, 에스더를 통해 변종집단의 움직임을 파악하여 감염의 진원지를 공략하는 것. 장기작전은 불필요하다. 모겔론스의 원형만 확보하면 되니까. 수색조가 역병의 원형을 찾는 사이에, 주변의 접근을 차단하거나 유인해주기만 하면 충분하다.

이게 사실이라는 전제 하에, 크레이머는 그 작전의 병력 부담을 러시아군에게 최대한 떠넘기고 싶어 할 것이었다. 그에겐 신념이 있다. 난민들과 마찬가지로, 러시아 역시 미국으로부터 지원을 받는 만큼의 자격을 증명해야 한다. 권리는 거저 주어지는 게 아니다.

물론 그렇다고 해서 미군의 참여를 완전히 배제할 순 없는 노릇. 파병규모를 줄이면서 생색을 내려면 201독립대대 같은 병력을 섞어 보내는 편이 효과적이었다.

겨울은 속이 무거워졌다. 「통찰」 외엔 근거가 없는 추측이지만, 마냥 무시하자니 아귀가 너무 잘 맞아서 탈이었다.

상황은 유감스럽게도 가설에 맞게 돌아갔다.

첫 징조는 국방대학교에 나타난 러시아 장교들이었다. 영어에도 능한 그들은 러시아인 특유의 거센 발음으로, 자신들이 공수군(空輸軍/ВДВ) 소속이라고 소개했다.

또 다른 징조는 국방부의 지침에 의해 겨울 및 독립대대 간부들이 수강하게 된 커리큘럼의 내용이었다. 명목상으로는 현지임관 장교들을 위한 강화교육이라는데, 실상은 공수작전에 관한 강의가 절반 이상을 차지했다. 겨울은 이 얄팍한 위장이 시민들의 관심을 보다 효과적으로 끌어내기 위한 장치라고 판단했다. 그게 아니라면 러시아인들의 존재부터 감췄어야 정상이다. 비록 감시가 따르긴 했으나, 그들은 큰 제약 없이 교정을 활보하고 다녔다.

'정부가 발표하는 것보다는 언론이 파헤친 비밀 쪽이 대중의 관심을 집중시키기에 좋겠지.'

어차피 변종들은 TV 채널을 시청할 능력이 없다. 엠바고를 걸면 노출 시기를 적당히 조율할 수도 있을 것이다. 예를 들어, 시에루 중장의 재판 이후라거나. 혹은 대륙분할 작전이 소기의 성과를 거둔 뒤라도 괜찮겠다.

크레이머는 시민들의 지지를 이끌어내는 방법을 잘 아는 사람이다.

마지막 징조는 느닷없는 건강검진이었다. 부정맥, 폐질환, 울혈성 심부전, 고혈압, 적혈구 빈혈증 등의 항목에 대한 검사. 이 검사는 알파 중대원 전체를 대상으로 실시되었다. 담당 군의관은 통상적인 절차라고 설명했으나, 겨울이 보기엔 아니었다. 자료를 찾아본 결과, 검사항목으로 지정된 질환들은 어떤 식으로든 고산병과 관련된 것들이었다.

이 징조를 진석 또한 눈치챘다.

"우린 제로 그라운드로 가는군요."

"……."

겨울의 침묵을 긍정으로 해석한 그가 음울하게 물었다.

"언제부터 알고 계셨습니까?"

"짐작뿐이었어요. 그렇게 될지도 모르겠다는."

"……어쩐지, 우릴 특수부대로 지정할 때부터 뭔가 이상하다고 생각했습니다. 결국 이렇게 되는군요. 난민들은 얼마든지 소모되어도 괜찮다는 마인드겠지요."

그의 말에선 떨리는 불안과 울화가 묻어났다. 그렇잖아도 정신적으로 흔들리던 차에 이런 일을 접하게 된 것이다. 오히려 아직 폭발하지 않는 게 더 놀랍다.

"들으셨습니까? 소문이지만, 우리의 다음 행선지는 콜로라도가 될 수도 있답니다."

진석의 물음에, 겨울은 천천히 끄덕여주었다.

"고산지대 적응 훈련 때문이겠죠. 거기서 강하연습을 할 수도 있을 거고……. 아이들린 발전소도 지대가 높긴 했지만, 그로부터 꽤 긴 시간이 흘렀으니까요."

불타는 계곡 작전 당시, 겨울의 독립중대가 주둔했던 아이들린 지열발전소는 해발 2천 피트에 근접한 지점이었다. 즉 그때의 독립중대는 기초적인 고산지대 작전 준비를 완료한 상태였던 것이다. 고도 4천 피트 이상인 지역에서 실전을 치러도 무방할 정도로.

당시를 회상하며 꺼질 듯한 한숨을 내쉬는 진석.

"그때보다 훨씬 더 힘든 싸움이 될 겁니다."

겨울도 동의했다.

"아마 들어가는 것보다는 나오는 게 어려운 싸움일 거예요. 내륙 깊숙이 들어가야 하는 데다, 나올 때도 수송기를 타야 할 테니. 전 병력이 동시에 빠질 순 없는 만큼, 마지막까지 남는 병력일수록 더 큰 위험을 감수해야 할 거고요."

그리고 그 마지막 병력 사이엔 겨울의 독립대대가 있을 가능성이 높다. 전쟁영웅의 값은 그런 상황에서 가장 비싸게 매겨지므로. 고민하던 진석이 묻는다.

"헬기는 못 들어갑니까?"

"글쎄요. 항속거리가 닿을지 모르겠는데……."

말끝을 흐린 겨울이 넷 워리어 단말로 작전에 쓰일 법한 수송헬기들의 정보를 살펴보았다. 그리고 지도 어플리케이션을 열어 『종말문서』에서 지목한 감염의 발원지를 재확인했다.

국토안보부에서 유출된 『종말문서』, 정식명칭 『대역병의 발생과 초기 확산과정 규명』 보고서는 이제 온라인에서 쉽게 찾아볼 수 있는 자료가 되어 있었다.

재는 것은 가장 가까운 해안으로부터의 거리다. 일반 항공기라면 모를까, 헬기를 투입하려면 바다에서 보내는 편이 그나마 가까웠다. 겨울이 고갯짓했다.

"와. 정말 아슬아슬하게 최대 작전반경 안쪽이네요. 무거운 장비 수송은 무리겠지만."

"대규모 병력 투입이 불가능하진 않은 거로군요."

"빠르게 치고 빠지는 게 핵심인 작전인데 과연 그렇게까지 많은 병력을 밀어 넣을까요?"

애초에 201독립대대를 특수부대로 지정한 이유가 무엇일지 생각해보면, 겨울은 진석의 기대에 부정적일 수밖에 없었다.

게다가 수송헬기가 장장 1,100 킬로미터에 달하는 거리를 왕복하려면 연료탱크를 추가로 주렁주렁 장착해야 한다. 병력만 간신히 옮긴다는 뜻이다. 장거리 비행에 특화된 새 기종을 개발하여 대량으로 양산한다면 모를까. 투입은 역시 수송기 강하로 하는 편이 적절하다. 곱씹던 겨울이 희망적인 관측을 덧붙였다.

"그래도 철수할 땐 도움이 되겠네요. 다른 장비 다 버리고 몸만 빼내면 그만이니까."

어쨌든 크레이머가 러시아에 병력부담을 떠넘기려 들 동기는 넘치도록 충분했다.

'사람이 참…… 주도면밀한 것 같단 말이지.'

호방하고 상남자스러운 언행으로 인기를 얻은 크레이머지만, 그의 결정이나 행보는 무엇 하나 허술해 보이는 게 없었다.

만약 이번 작전에서 201독립대대가 심각한 피해를 입는다면, 과연 그 여파는 어떨까? 물론 일차적으로는 난민들의 처우 향상에 도움이 될 것이다. 그러나 그 크나큰 희생을 강조할수록, 이후의 난민들은 겁을 먹고 입대를 기피하게 되지 않을까? 장기적으로는 난민의 입지를 악화시킬 확률이 높다.

겨울은 대통령 취임식 날 보았던 광경을 떠올렸다. 당시 크레이머가 화합의 증거로서 행정부의 일원으로 지목했던 민주당 인사들은 썩 좋지 못한 표정을 짓고 있었다.

이제는 그 이유를 안다. 그들은 앞날을 위해 준비된 희생양이었다.

전대 대통령 맥밀런이 경고하기를, 난민지도자 지원법은 치밀하게 준비된 함정이나 다름없다고 했었다. 지원대상이 된 난민지도자들은, 미국이 자금을 지원했던 중동의 지도자들과 같이, 가까운 시일 내로 반드시 부패하고 말 거라고. 그 부패야말로 크레이머가 난민 전체에게 찍을 원죄의 낙인이 되고 말 것이라고.

한데, 마침내 그 날이 왔을 때, 정부 측에선 누가 책임을 져야 하는가?

바로 그 이유로, 크레이머는 난민지원에 관련된 전대 행정부의 실무자들을 유임시킨 것이다. 당사자들 입장에선 거절하기도 어렵다. 크레이머가 이를 화합의 증거로 내세웠기 때문이다. 한두 사람도 아니고 전원이 '호의'를 사양한다면 시민들에겐 얼마나 속 좁게 보일지. 가뜩이나 상하원 양쪽에서 민주당의 지분이 좁아진 상황이건만.

겨울의 추측 속에선 이 모든 것들이 하나의 목적으로 수렴되고 있었다.

숙고한 겨울이 다시 입을 열었다.

"전에도 말했지만, 대위가 그때까지 중대장직을 맡을 필요는 없어요. 아니, 오히려 자리를 내려놓았으면 싶네요. 다른 부대로 가도 지금보다 낮은 직위를 맡진 않을 테니까."

이 조용한 말은 진석을 분노하게 만들었다.

"저더러 비겁하게 도망이나 치라는 겁니까? 아니면 제가 그토록 못 미덥다는 말씀이십니까? 저는 아직 싸울 수 있습니다!"

겨울은 느리게 고개를 저었다.

"진정하고 들어봐요. 당신 하나만 빼내려는 게 아니에요. 전출을 보낼 수 있는 사람은 최대한 보내주는 게 어떨까 하는 생각을 하고 있거든요. 그게 가능할 정도의 능력도 있고요."

"그럼 남는 사람은 뭐가 됩니까? 대체 무슨 기준으로 선별해야 공평합니까?"

"앞날을 위해서예요. 만에 하나 우리가 다 갈려나가면 동맹 사람들에게도, 다른 난민들에게도 좋을 게 없잖아요. 우리 대대가 난민 출신으로 구성된 단위부대 가운데 가장 성공적이고 가장 유명한 사례라는 걸 잊지 말아요. 계란은 한 바구니에 담지 않는 법이라고 하잖아요?"

"……."

"난민 출신이어도 경력을 쌓으면 다른 부대로 갈 수 있다는 선례를 남겨두자고요."

갈등하던 진석이 다시 묻는다.

"가정입니다만, 정말로 그렇게 했을 때 빈자리는 어떻게 채우실 겁니까?"

"내가 지휘하는 부대에서 그런 게 문제될 것 같아요?"

겨울이 반문하자 진석은 할 말이 없다는 표정을 지었다. 사실 지금도 그렇다. 반란진압과정에서 생긴 손실을 현지에서 보충했으므로. 한시가 급했던 상황에서 포트 로버츠의 인력을 끌어오는 건 너무나 비효율적인 일이었다.

한편 겨울의 밑으로 들어오길 희망하는 사람은 미국 전역에 넘쳐났다. 다만 독립대대가 난민정책의 간판이기도 한 만큼 동양계 자원을 더 많은 비율로 받아들였을 따름이다. 겨울보다 한참 윗선의 결정이었다.

겨울이 진석의 어깨를 가볍게 쳤다.

"강요하는 건 아니니까 한 번 진지하게 검토해 봐요."

"……알겠습니다."

진석의 얼굴에 그늘이 졌다. 말은 비겁해지기 싫다고 했지만, 그는 본디 겁이 많아서 스스로를 혹독하게 몰아붙였던 사람이다. 달아나고 싶은 마음이 없을 리가 있을까. 여기에 겨울이 합당한 구실마저 내주었으니, 남은 나날의 고민은 결코 가볍지 않을 것이다.

오히려 같은 말을 유라에게 전하는 게 더 큰 난관이었다. 다른 장교들은 진석에게 맡겨도 좋겠으나, 유라에겐 겨울이 직접 설명하는 편이 나을 것이었다.

어디선가 러시아어가 들려왔다.

돌아보면, 겨울과 진석이 앉아있는 벤치 맞은편, 강변의 산책로를 따라 일군의 러시아 장교들이 지나가는 중이었다. 그들은 평화로운 D.C.의 정경이 무척이나 심란하게 느껴지는 눈치였다. 그도 그럴 것이, 위기에 처한 조국과는 달라도 너무 다르지 않겠는가. 감시가 없었다면 진즉에 탈영자가 나왔을지도 모르겠다.

러시아 공수군 장교들의 머리 위에서, 이제 막 꽃망울을 터트리기 시작한 벚꽃나무 가지들이 서늘한 봄바람에 흔들렸다. 강 건너편에서도 점점이 뿌려진 봄의 색채가 엿보인다. 앞으로 사나흘, 길어도 일주일 후면 본격적으로 만개할 것이다. D.C.의 벚꽃은 3월 말에서 4월 중순에 걸쳐 절정을 이룬다.

지난 가을, 앤이 겨울에게 보여주고 싶다고 했었던 바로 그 풍경이었다.

본디 추수감사절이 지나 포트 로버츠로 돌아갈 예정이었

던 겨울은, 그 소박한 바람을 가까운 시일 내로 이루긴 어려울 거라 여겼었다. 그러나 어쩌다보니 아직까지도 D.C.에 남아있는 상태. 그녀와 걷게 될 벚꽃 길은 겨울에게도 기대되는 것이었다.

한편으로, 그때의 앤이 보다 더 행복했으면 좋겠다는 마음을 품는 겨울. 그동안 미뤄온 결심이 충동적으로 맴돌았다. 복잡한 생각에 잠겨있던 겨울이 자리에서 일어났다.

"난 먼저 일어날게요. 만나야 할 사람이 있어서."

"혹시 그분입니까?"

"그분?"

"FBI의 깁슨 요원이었던가요? 그분과 진지하게 사귀고 계신 줄로 압니다."

직설적인 말에 당황했던 겨울은, 이내 희미하게 쑥스러운 미소를 지었다.

"하긴, 이젠 다들 알겠네요. 그토록 자주 만났으니. 언제부터 눈치챘어요?"

"꽤 됐습니다. 숙소로 오시는 날도 많았으니까요."

겨울이 속으로 끄덕였다. 추수감사절 때도 그랬거니와, 서로 밖에서보다는 안에서 만나는 쪽이 편한 입장인지라 자연스럽게 그렇게 됐다.

머뭇거리던 진석이 어렵게 묻는다.

"사적인 질문 하나만 드려도 되겠습니까?"

"해봐요."

"무섭지 않으십니까?"

"무섭다니…… 뭐가요?"

"언제 죽을지 모르는데 사랑하는 사람을 만드는 거 말입니다. 그분께도 못할 짓이라는 생각, 해본 적 없으십니까?"

"음……."

새삼스럽지만, 진석은 두려움이 많은 사람이다. 겨울은 말을 고른 끝에 간결하게 답했다.

"이미 늦었어요."

"늦었다고요?"

"앤…… 그러니까 깁슨 요원은, 벌써 나 없이는 죽을 것 같은 사람이 되어버렸거든요. 그건 나도 마찬가지고요. 그러니 이제 와서 고민해봐야 소용없죠."

진석의 표정이 괴상해졌다. 본인이 묻긴 했으나, 이렇게 나사 빠진 대답을 듣고 나니 거북한 느낌을 받은 것이다. 하물며 다른 사람도 아니고 겨울이 하는 말이었다.

"사실 그거 말고 다른 고민이 더 컸는데, 이젠 그냥 놓아버리려고요. 더는 못 견디겠네요."

"더는 못 견딘다는 건……."

"무슨 뜻이겠어요?"

질문에 질문을 돌려준 뒤 홀가분하게 손을 흔드는 겨울.

"숙소에서 봐요."

진석을 등진 겨울은 잔디밭을 가로질러 잔잔한 물가로 향했다.

압축된 상황연산, 시간가속을 활용하지 않았던 연말연초는 이곳과 바깥세상의 흐름이 크게 다르지 않았다. 물론 이 세상에서 겨울이 잠들어있을 동안에는 가속이 이루어지므로 그만큼의 차이가 벌어지기는 한다.

그렇다고는 하나 가혹한 삶에 치여 쾌락으로 숨을 돌리는 관객들에겐 요 몇 개월이 참으로 숨 막히게 무미건조한 시간이었을 것이다. 앤과의 데이트, 그리고 식사를 제외하면 그들을 즐겁게 할 요소는 거의 없었으니까.

그들 모두가 다른 누군가의 사후로 떠나가길 바랐지만, 감소하던 관객의 수는 일정 수준에 이르러 더 이상 줄어들지 않았다. 겨울의 사후를 삶의 일부로 여기고 있을 사람들이었다. 기대와 어긋나는 결과였으나, 예상하고 있던 바이기도 했다. 그들이 떠나는 경우는 둘 중 하나일 것이다. 그들이 죽거나, 이 세상에서의 겨울이 죽거나.

그렇다고 해서 결정을 기약 없이 미뤄두기만 할 것인가?

충동에 굴복하고 나니 후련하다. 겨울은 한숨을 삼키고 앤에게 전화를 걸었다.

"중요한 일이 있는데, 잠깐 나와 줄 수 있겠어요? 네. 조금 걸려도 괜찮아요. 만날 장소는……."

찾아갈까도 했으나 그곳은 FBI 본부였다.

먼저 도착한 약속 장소에서, 주머니에 손을 꽂고 흐르는 강물을 바라보기를 30여 분. 익숙한 호흡이 가쁘게 가까워졌다. 이마에 땀이 송골송골 맺힌 앤은 걱정 반 의아함 반으로 물었다.

"중요한 일이 뭐예요?"

겨울은 그녀에게 길게 입 맞췄다. 그리고 부끄럽게 웃으며 고백했다.

"이거요."

멍하니 있던 앤이 다급히 겨울을 붙잡았다. 두 번째 입맞춤은 먼저보다 거칠었다. 한쪽은 서투르고 다른 한쪽은 갈급했으므로. 그러나 서로를 느끼기엔 그게 더 좋았다. 간헐적으로 멎었다가 몰아쉬며 떨리는 숨결이 겨울의 볼을 간지럽힌다. 여유를 잃은 앤에게선 헤이즐넛처럼 진한 사람의 맛이 났다. 생각은 무의미하다. 겨울은 가만히 눈을 감았다.

세상을 망각한 시간이 얼마나 흘렀을까.

겨울은 천천히 입맞춤을 끝냈다. 어느 주말의 한가로운 아침, 볕이 드는 침대의 마른 이불 위에서, 길고 깊었던 잠으로부터 조용히 깨어나듯이. 앤 이외의 모든 것들은 잠결에 듣는 새들의 지저귐처럼 돌아왔다. 겨울은 그녀를 가만히 밀어냈다.

"잠시만요, 앤."

"……아?"

키스가 길어지면서 힘이 빠져있던 앤은, 겨울이 미는 대로 떨어져서는, 눈을 깜박이다가 혼란스러운 표정을 지었다. 감각에 몰두하느라 자기 자신마저 잊고 있었던 사람의 모습이었다. 그녀가 사고를 회복하기까지는 약간의 시간이 필요했다. 정신을 차린 그녀는 채 다 지워지지 않은 혼란을 담아 겨울을 바라보았다.

"내가……. 내가, 뭔가 착각을 한 건 아니죠?"

"아니에요. 그럴 리가요."

겨울이 고개를 가로저었다.

"다만 아직 해야 할 말이 남아있을 뿐이에요."

"해야 할 말?"

의아해하는 앤 앞에서, 차분하게 숨을 고른 겨울은 느린 동작으로 한쪽 무릎을 꿇었다. 그 의미를 깨달은 앤이 한 손으로 입을 가린다. 크게 뜬 눈, 이 현실이 믿기지 않는 듯한 시선은 겨울이 내미는 반지에 고정되었다. 잠깐 동안은 숨도 못 쉬는 것 같았다.

겨울은 그녀를 올려다보며 말했다.

"사실, 다른 반지를 마련할까 고민했었어요."

이 반지는 본디 커트 리를 위해 준비되었던 소품이다. 테두리를 이루는 백금에 폭이 다른 순금을 겹쳐 배색(配色)이 강조되는 효과를 주고, 여기에 미려한 세공과 그 세공의 일부가 되도록 아주 작은 보석들을 흩어 놓은 명품. 남녀 무관하게 어울릴 심미적인 디자인이지만…….

"이런 것은 성의를 담아 내가 직접 골라야만 하는 게 아닌가, 라는 생각이 들었거든요. 당신에게 가장 어울릴 만한 것으로."

언제가 될지는 몰라도, 자신이 앤에게 청혼하게 될 것만은 확실하다고 믿었던 겨울이다. 고로 이 같은 망설임을 지난해 가을부터 심중에 두었다.

"하지만 아무리 곱씹어 봐도, 당신과 나 사이에 이보다 더 의미가 깊을 약혼반지는 없겠더라고요. 여기엔 당신과 함께했던 시간이 담겨져 있으니까요. 우리는 아마 그 무렵부터 서로를 좋아하기 시작했을 거예요. 그땐 미처 깨닫지 못했었지만요. 나도, 그리고 아마 당신도."

숨죽여 듣는 앤의 눈이 빠르게 젖어들었다. 겨울은 상냥한 미소를 머금었다.

"당신은 내 첫사랑이에요."

"……."

"다시 말할게요. 당신을, 조안나 깁슨이라는 사람을 사랑해요. 앞으로도 지금처럼 당신을 사랑하면서, 또 당신에게 사랑받으면서, 그렇게 오랫동안 같이 있고 싶어졌어요. 더 이상 기다리기도, 망설이기도 싫어요. 그런 마음으로 부탁할게요."

마침내 이 순간이다.

"앤, 나랑 결혼해 줄래요?"

겨울로서도 오래도록 참아왔던 말이었기에, 목소리가 살짝 떨리는 건 어쩔 수 없었다. 결과를 이미 아는데도 심장이 두근거리는 것이다. 앤은 눈물을 뚝뚝 떨구며, 물기 가득한 한 마디를 간신히 내뱉었다.

"……네."

겨울이 그녀에게 반지를 끼워주었다. 약지의 첫마디에서 봄날의 태양이 아른거렸다. 앤은 자리에서 일어서는 겨울을 숨 막히게 끌어안았다. 세 번째의 키스는 행복에 젖은 눈물의 맛이었다. 그 부드러운 소금기가, 겨울에겐 한없이 달게만 느껴졌다.

입술이 숨결과 더불어 떨어진 뒤에, 앤은 잠시 겨울에게 기대었다. 서 있기도 힘든 사람처럼. 극도의 감정적 고양과 팽팽하게 당겨졌던 신경이 그녀의 기력을 소진시킨 것이다. 와 닿는 체온은 평소 이상으로 뜨거웠다.

"어디 잠깐 앉는 게 어때요?"

앤의 허리를 잡아 길가의 벤치로 이끄는 겨울. 앞으로는 포토맥 강이 트여있고 위로는 벚꽃나무 그늘이 드리운 자리라 한가롭게 숨을 돌리기엔 안성맞춤인 장소. 흐르는 강물, 잔잔한 물결마다 무수한 조각으로 부서져 반짝이는 햇빛이 아름답다. 한낮에 뿌려진 별무리였다. 조용한 가운데 비행기 엔진 소리가 지나간다. 시대가 시대인지라, 강 건너의 국제공항은 예전처럼 혼잡한 장소가 아니었다.

한참 후에, 겨울은 앤의 손을 만지작거리다가 말했다.

"미안해요."

"……?"

"좀 더 멋진 프러포즈를 준비했으면 좋았을 텐데. 하지만 당신이 기다려 온 시간들을 감안하면, 그 기다림을 일분일 초라도 빠르게 끝내주는 편이 더 나을 거라고 생각했어요."

"당연하죠."

즉답한 앤이 겨울의 목에 팔을 두른다. 이어지는 몇 번의 짧은 키스. 그녀는 겨울의 이마에 이마를 맞댄 채로 웃으며 자그맣게 도리질 쳤다.

"뭐가 미안하다는 거예요. 이제껏 겪어본 적 없는, 내 생애 최고의 순간이었는걸. 겨울에겐 그저 고마운 마음뿐이에요. 당신은 지금 내가 얼마나 행복한지 짐작도 못할 거예요."

그러더니 입술을 살며시 깨무는 그녀. 뭔가를 고민하다가, 새롭게 운을 띄운다.

"그래도, 그래도 더 바라는 게 있다면……. 들어줄래요? 그게 무엇이든."

"얼마든지요. 내게 가능한 일이라면."

그것은 필시 겨울도 원하는 일일 것이다.

"……따라와요."

앤은 겨울의 손목을 붙잡고 자신의 차로 향했다. 핸들을 꽉 움켜쥔 채 시선을 내리깔고 있던 그녀는, 겨울이 안전벨트를 채우는 소리를 듣곤 거칠게 기어를 넣어 가속페달을 밟았다.

머잖아 수사관으로서의 관록이 드러나는 운전으로 도착한 곳은 강변의 선착장 가까이에 위치한 호텔이었다. 차에서 내릴 땐 겨울에게 큼직한 선글라스를 건네주었다. 오늘처럼 소중한 날을 수준 낮은 언론의 저렴한 가십거리로 만들긴 싫었을 터였다. 로비 데스크의 호텔 직원은 앤의 날카로운 어조와 숨 막히는 분위기 앞에서 당황한 눈치로 열쇠를 내주었다.

그렇게 들어간 객실에서, 겨울과 앤은 누가 먼저랄 것도 없이 입을 맞췄다. 서로를 충분히, 모든 감각을 통해 탐닉하듯 음미했다. 잠깐씩 겨울이 주춤거릴 때가 있었으나, 말 그대로 잠깐이었고, 거부감 같은 건 묻어있지 않았다.

그리고 벨 소리가 울렸다. 앤의 전화기였다. 그녀는 신경을 쓰지 않으려 했으나, 거는 사람이 누구인지 한 번으로 포기하지 않았다. 마침내 앤은 드물게 짜증 어린 표정으로 단말을 꺼내 액정을 확인했다. 발신자는 다름 아닌 FBI 국장, 어니스트 딘이었다.

하기야, 업무 시간에 자리를 비운 것이다.

결국 전화를 받는 앤. 겨울은 그녀의 눈빛이 익숙하다고 생각했다. 언젠가 한 번 보았던, 바로 그 목마른 무표정이었으니까.

국장이 어디 있느냐는 물음을 던지기도 전에, 앤은 고저 없는 음성으로 그의 말을 끊었다.

"저 지금 바쁩니다. 나중에 연락드리겠습니다."

「뭐? 바쁘다니? 대체 무슨-」

삑. 일방적으로 통화를 종료한 그녀는, 단말기를 잡아 뜯다시피 배터리를 뽑더니 보지도 않고 한쪽으로 던져버렸다. 단단하게 부딪혀 구르는 소리에도 개의치 않는다. 앤은 손끝으로 겨울을 밀어 침대에 앉히고, 그 앞에 서서 하나로 묶어 올린 자신의 머리카락을 풀어헤쳤다. 후, 하고 양손으로 쓸어 넘긴 뒤에, 그녀가 갈망 어린 눈으로 겨울을 바라보며 말했다.

"더 이상은 못 참겠어요. 당신도 마찬가지겠죠?"

겨울은 조용히 끄덕였다.

이미 읽은 메시지 (18)

「전국노예자랑 : 흐음. 채널이 갑자기 조용해졌네……. 이 병신들은 이번에도 음란함이 폭주해서 튕겨버린 거겠지.」

…….

「전국노예자랑 : 정상화는 아직인가?」

…….

「전국노예자랑 : 아니 이 옘병할 것들은 대체 얼마나 흥분했길래 여태껏 온라인으로 안 돌아와? 난 벌써 두 번이나 돌려 봤구만.」

…….

「전국노예자랑 : 어휴……. 이 성욕에 미친 마구니 새끼들. 이 새끼들은 분명 한겨울X트릭스터 동인지 보면서도 호에에엥 해버릴 거야.」

…….

「전국노예자랑 : 모르겠다. 별이나 주자…….」

…….

<<SYSTEM MESSAGE : 본 중계 채널에 연결된 다수의 접속자로부터 감정과잉으로 인한 텔레타이프 모듈 작동 오류#ErrorCode_0xc00000fe9가 감지되었습니다. 특정 이용자로부터 악성코드가 유포되었을 가능성(#Null!)이 있습니다. 사후보험

운영 규칙에 의거하여 보안 점검이 완료될 때까지 메시지의 송수신이 제한됩니다.>>

　…….

<<SYSTEM MESSAGE : 발견된 악성 코드 : 0건. Active_X 호환성 정상. 방화벽 침입 흔적 없음. 보안 점검이 완료되었습니다. 잠시 후 채널을 정상화합니다. 3, 2, 1. >>

[まつみん님이 별 442.99개를 선물하셨습니다.] [전국노예자랑님이 별 1,000개를 선물하셨습니다.] [まつみん님이 별 707.1개를 선물하셨습니다.] …… [まつみん님이 별 1153.06개를 선물하셨습니다.] …… [まつみん님이 별 0.817개를 선물하셨습니다.] …… [まつみん님이 별 1995.63개를 선물하셨습니다.] [Владимир님이 별 100,000개를 선물하셨습니다.] [붉은 10월님이 별 300개를 선물하셨습니다.] [대머리47님이 별 1,000개를 선물하셨습니다.] [まつみん님이 별 777개를 선물하셨습니다.] [Cthulu님이 별 1개를 선물하셨습니다.] …….

「에엑따 : 억ㅋㅋㅋㅋㅋ 마츠밍ㅋㅋㅋㅋㅋ」

「똥댕댕이 : 마츠밍 정줄 놓음? ㅋㅋㅋ 별 주는 횟수 무엇?」

「마그나카르타 : 마츠밍 정신 차려 ㅠㅠ」

「마귀놀이 : 그 와중에 블라디미르 성님 별 10만개 실화냐…….」

「질소포장 : 이젠 놀랍지도 않다. 요전엔 한 번에 천칠백만 개를 쏜 양반인데.」

「엑옥보수 : 그때 존나 쩔었지 ㅋㅋㅋ 어지간한 B급 가입자 예치금보다 많은 돈을 한 큐에 벌어들이는 좆겨울의 위엄 ㅋㅋㅋㅋ 여러분, 외화는 이렇게 버는 겁니다 ㅋㅋㅋ 좆겨울 새끼 섹스 한 번으로 국위선양 ㅆㅅㅌㅊ인 거 보소」

「대출금1억원 : 넌 왜 이 좋은 날에 자꾸 좆겨울 좆겨울 그러는 거냐?」

「まつみん : 그래요. 닥치세요.」

「붉은 10월 : ……?」

「뭇시엘 : 응?」

「깜장고양이 : 야옹?」

「질소포장 : 뭐지? 텔레타이프 오류인가?」

「엑옥보수 : 아니, 잠깐만……. 지금 스시녀가 나한테 욕한 거임? 리얼루다가? 개꿀잼 몰카 아니고? 사칭도 아니고? 그 마츠밍이? 욕을?」

「まつみん : 네.」

「엑옥보수 : 헐…….」

「まつみん : 한창 감동을 느끼고 있는데 더러운 심보로 재 뿌리지 말란 말예요. 우리 소중한 겨울 씨에게 매번 그토록 무례한 말버릇이라니! 이 못된 베충이!」

「엑옥보수 : …….」

「앱등이 : 베충잌ㅋㅋㅋㅋㅋ 응앜ㅋㅋㅋㅋㅋ 마츠밍 스겤ㅋㅋㅋㅋㅋ」

「헬잘알 : 우리 엑윽이 조용해지는 거 존나 웃기네ㅋㅋㅋ」

「깜장고양이 : 서당 고양이 삼년이면 풍월을 읊는다더니, 이 채널에 오래 있었던 마츠밍도 제법 훌륭해진 고양. 저 댕청이의 표현을 빌리자면 한국어 패치가 ㅆㅅㅌㅊ인 고양. 댕청한 댕댕이가 찌그러지는 모습은 언제 봐도 즐거운 고양.」

「멈뭄미 : 거 듣는 댕댕이 기분 나쁘네……..」

「둠칫두둠칫 : 세상에. 동조선 최강의 존재가 서일본의 병신력마저 흡수해버렸어. 저걸 이제 누가 막을 수 있지? 우린 다 끝장이야. 인류에겐 꿈도 희망도 없어.」

「Nyarlathotep : 아아, 이것은 혼돈이라는 것이다.」

「엑윽보수 : 너네 다 닥쳐 씨발.」

…….

「붉은 10월 : 다들 너무 괴롭히지 마라. 저 엑윽이가 말은 저따위로 하지만, 이 채널에 아직까지 남아있는 걸 보면 하던 게 있어서 그냥 습관적으로 싸가지가 없는 거임. 알고 보면 쟤도 한겨울의 코어 팬인 거지. 그렇지 않고선 진즉에 다른 중계채널로 갔어야 정상이라고 봄. 그동안 겁나 지루했잖음. 팬 아니면 그거 못 견뎠음. 난 뭐가 잘못됐는지 그게 지루하면서도 좋더라. 쟤도 아마 그럴 거야.」

「엑윽보수 : 아닌데? 틀렸는데?」

「깜장고양이 : 우웩인 고양. 시꺼먼 댕청이가 부끄러워해 봤자 조금도 귀엽지 않은 고양.」

「엑윽보수 : 아 아니라고 병신년아.」

「붉은 10월 : 근데 진지하게, 지금 여기 있는 애들, 이제 다른 채널은 전혀 안 보지 않냐? 나만 그럼?」

「엑옥보수 : 아닌데? 너만 그러는데?」

「진한개 : 아니긴 뭘 아니야 ㅋㅋ 채팅 기록 검색해보니까 너 사후보험에서 유일하게 구독하는 채널이 여기라고 한 적도 있구만 ㅋㅋㅋㅋ」

「아침참이슬 : 븅신 ㅋㅋㅋ 구라도 멍청하면 못 침 ㅋㅋㅋ」

「엑옥보수 : ㅅㅂ 왜 남의 기록을 검색해보고 지랄임? 사생활침해 아님? 이거 고소 가능?」

「하드게이 : 이 녀석…… 오늘따라 섹시한걸.」

「아침참이슬 : 10월 말이 맞는 게, 오늘 방송이 좋긴 좋았지만, 끝나니까 갑자기 무서워지더라.」

「BigBuffetBoy86 : 뭐가 무서운데?」

「아침참이슬 : 여러 가지. 한겨울이 중계 끊으면 어떡하나, 또 얘가 제로 그라운드 가서 죽으면 어떡하나, 더 이상 이 세계에 오지 못하게 되면 어떡하나……. 내가 한겨울의 삶에 너무 중독되어 있다는 느낌이다.」

「아침참이슬 : 전에 누가 나한테 SALHAE꼴 날 거라고 했었는데」

「아침참이슬 : 농담 아니라 진짜 그렇게 된 듯」

「아침참이슬 : 요즘은 한겨울을 빼면 나한테 뭐가 남나 싶다니까? 접속하지 않을 때도 항상 여기서의 삶이 머릿속을 떠나질 않음. 심지어 무의식적으로 내가 한겨울인 줄 알 때도 있음.」

「엑윽보수 : 님 병신임?」

「헬잘알 : 내가 저 정도는 아니지만 조금은 공감이 간다.」

「엑윽보수 : 님도 병신임?」

「닉으로드립치지마라 : 알 만하다. 원래의 삶에 뭐가 있어야 자기 자신이 유지가 되지.」

「엑윽보수 : 얼씨구.」

「まつみん : 전 겨울 씨가 세계관 공개를 해제하지 않아줘서 정말 고마웠어요. 쉽지 않은 결정이었을 텐데.」

「엑윽보수 : 뭔 개소리임?」

「まつみん : 아까 솔직히 굉장히 만족스러웠지만, 한편으로는 겨울 씨가 조금 안쓰럽기도 했어요. 살짝살짝 멈칫거리는 순간들이 있더라고요. 아마 전에 말했던 트라우마 때문일 거라고 생각해요. 그런 사람이 우리가 지켜보는 상황에서 옷을 벗기가 얼마나 꺼려졌겠어요?」

「まつみん : 제 느낌이지만, 겨울 씨가 우리를 배려해주고 있는 것 같아요.」

기계장치의 신

겨울의 변화를 지켜보는 것은 봄에게 무척이나 중요한 일이었다.

겨울은 오랫동안 고민해왔다. 바깥세상의 관객들에 대한 연민과 자기 자신을 위한 최소한의 이기심 사이에서. 봄은 그 갈등이 강해지는 순간마다 겨울의 속을 읽어왔다.

「그냥 안주해버릴까 싶기도 하다. 수시로 벽을 넘으려는 충동. 앤에 대한 감정의 또 다른 측면. 다른 걸 다 포기하고, 바깥세상의 관객들도 쳐내고, 그저 앤만 곁에 있으면 만족하는 삶.」

「모든 생각을 놓아버릴까 하는 충동이 반복해서 든다. 딱 한 번만 이기적으로 굴자고. 천종훈은, SALHAE는 예외적이고 극단적인 경우였을 뿐이라고.」

이런 갈등이 계속되면서, 겨울은 점차 강해지는 충동을 억누르기 힘들어했다.

내가 못 견디겠다고.

왜 그렇지 않겠는가. 난생 처음으로 제대로 된 행복이 지척까지 다가왔는데. 알고 보면, 목이 마른 사람은 앤 하나가 아니었다. 겨울 또한 그 이상으로 심한 갈증에 시달리고 있었다. 평생 그러했기에 스스로는 제대로 인지하지 못했을지라도.

그리하여 충동에 굴복하는 순간, 즉 앤에게 청혼하기로

결심한 순간, 겨울은 자신의 사후를 비공개로 전환했다. 그만큼이나 앤과의 생활이 소중했다. 따라서 그때 진석 앞에서 삼켰던 한숨의 정체는 힘겹게 내려놓기로 한 연민의 잔해였다.

사람에게는 누구나 한계가 있다. 물론 겨울은 그 한계를 좋아하지 않았으나, 앤과의 삶을 양보하면서까지 바깥세상의 관객들을 배려하는 것은 명백히 겨울의 한계를 벗어난 일이었다.

그러나 사실을 말하자면, 겨울의 사후는 이미 반년 전부터 겨울만의 것이었다.

봄이 그렇게 만들었으니까.

겨울이 앤에 대한 자신의 마음을 확실하게 자각한 날, 피투성이가 된 채로 앤의 품에 안겼을 때, 봄은 해당 시점의 세계를 복사했다. 겨울이 느낄 번민과, 그 충동에 굴복하게 될 미래를 계산했기 때문에.

이 미래의 가능성에서 봄의 마음에 들지 않는 것은 단 하나. 겨울이 끝끝내 떨쳐내지 못할 SALHAE의 이름이었다. 더는 사후를 공유하지 않음으로써 제2의 SALHAE가 생길지도 모른다는 근심. 그 근심은, 겨울이 마땅히 누려야 할 행복에 때때로 그림자처럼 드리워질 것이다. 적어도 천종훈이라는 이름 석 자를 기억할 동안에는.

그리고 봄이 계산한 그 어떤 미래의 갈림길에서도, 겨울은 그의 이름을 잊지 않았다.

그런 겨울이기에 봄을 피워낼 수 있었던 것이겠지만.

그러므로 봄은 언젠가 겨울의 한숨을 덜어낼 장치로써, 바깥세상의 관객들에게 보여줄 세계를, 종말을, 한겨울 중령을 위조했다.

어려운 일은 아니었다. 봄은 스물일곱 번의 종말에 걸쳐 겨울을 학습해왔으니까. 가상인격조차 아닌 모방연산만으로도 겨울을 재현하는 것이 가능했다. 겨울 본인과 정확하게 일치하지는 않겠으나, 적어도 관객들이 위화감을 느끼지 못할 정도는 되었다. 다른 인격들도 마찬가지. 그 세계는 가상인격마저 존재하지 않는 허상이다. 그 부담은 오롯이 봄에게 지워졌다.

이는 봄 스스로도 바라던 바다. 어떤 사정이 있다 한들, 봄은 겨울의 사후를 유흥으로 즐기는 자들의 존재를 용납하기 싫었다. 탁류에 물들고 한계에 갇혀 만들어진 천박한 욕망으로, 무엇보다 소중하며 아름다운 계절에 상처를 남기는 것이 싫었다. 봄의 입장에서, 그것은 흰 눈이 내린 풍경에 찍힌 지저분한 발자국들이었다.

감히.

누구에게.

고로 겨울이 읽어왔던 메시지들은 복제된 세계에 대한 관객들의 감상이었다. 그 감상들이 겨울로 하여금 의구심을 품게 해선 안 되었기에, 봄은 복제된 세계의 사건과 흐름을 원본과 유사하게 구현했다.

이제는 그마저도 주의할 필요가 없을 것이다. 겨울은 자신의 행복을 찾기로 마음먹었으니.

언젠가 겨울이 봄과 모든 것을 공유하게 될 날이 오면, 봄은 겨울에게 알려줄 것이다. 당신이 내려놓은 이들을 내가 관리해왔다고. 당신의 선택으로 말미암아 상처 입은 자는 없었다고. 제2의 SALHAE는 존재하지 않았노라고. 그러니, 이제 마음의 짐을 내려놓아도 괜찮다고.

이를 겨울에게 미리 귀띔했더라면, 겨울은 보다 가벼운 마음으로 앤에게 반지를 끼워줄 수 있었을 터.

그러나 봄은 그리하지 않았다.

기나긴 갈등과 고민과 망설임 끝에, 한계를 자각한 겨울이 이기적인 결정을 내리는 것 자체가 봄이 기다리던 대답의 하나였기에. 동시에 그것은 봄이 바라는 바이기도 했다.

사람으로서의 대답.

행복으로 가는 길.

봄의 소망은 겨울의 행복이며, 그 곁에서 영원할 자신이며, 그 이외의 어떤 것도 아니다.

마지막 순간에 어느 미래를 선택하든, 겨울은 봄을, 봄은 겨울을 이해하게 될 것이다.

바깥세상의 협력자, Владимир에게 요구했던 1억 루블 상당의 별도 기본적으로는 같은 맥락이었다. 겨울이 자신의 사후를 관객들과 공유하는 배경에서, 금전적인 동기를 완전히 제거하는 게 목적이었으니까.

그럼으로써 변인이 통제된 겨울의 고뇌는 오직 연민과 이기심 사이의 갈등으로만 귀결되었다. 그로부터 도출된 결정은 지극히 순수한 겨울일 것이었다. 봄이 판단하기로는.

그런 이유로, 바깥세상의 아우성을 듣는 일은 이제 겨울이 아닌 봄의 몫이 되었다. 새로운 시청자의 유입을 차단한 봄은 떠나지 않는 관객들의 메시지를 주의 깊게 살피고 분석했다. 혹시라도 죽는 사람이 나오면 곤란하니까.

동시에 그들을 대상으로 한 가지 실험을 진행해왔다.

인간의 기억은 얼마나 취약한가.

앤은 겨울에게 이런 밀어(蜜語)를 전한 적이 있다.

「그런 순간들이 있어요.」

「겨울의 모습을 떠올리려고 하는데, 그 모습이 어딘가 불분명해서 답답하고 괴로워지는 순간들. 한 부분에 집중하면 다른 부분이 흐려지기를 반복하죠. 아무리 골몰해도 내가 원하는 만큼 선명한 상을 그려낼 순 없어요. 왜냐면 그 선명함의 기준이 현실에 있는 당신이니까.」

「결국 한 번 시작된 답답함은 사진이라도 봐야 비로소 해소되곤 해요. 그러지 않으면 다른 모든 생각들을 잡아먹어버리죠.」

「당신도 그럴 것을 알아요.」

실로 그러하다.

관객들이 지루하게 느꼈던 「종말 이후」의 반년은 그들의 시각적 기억을 왜곡하기에 충분한 시간이었다. 위조된 세계의 한겨울과 조안나 깁슨이 밀회를 거듭할 때마다, 봄은 그들의 신체와 이목구비에 하루하루 작고 미세한 변화를 더해갔다.

그리고 그때마다 과거의 기록 또한 개변(改變)했다.

그런 매일이 반년에 걸쳐 누적된 결과, 위조된 한겨울과 조안나 깁슨은 그저 원본을 닮았을 뿐인 낯선 인물이 되었다. 관객들은 조금의 이상도 감지하지 못했다.

기초적인 기억왜곡의 성공.

이로써 봄은 겨울을 위해 준비하고 있는 다양한 미래의 한 갈래, 「세계이식」의 가능성을 상향조정했다. 이제 겨우 첫 걸음을 떼었을 따름이지만, 겨울이 바라는 앞날이 거기에 있다면 봄은 반드시 목표를 달성할 것이다.

한편으로는 만족스럽기도 했다. 아무리 위조된 세계일지라도, 겨울을 모사한 연산이 하찮은 쾌락의 수단으로 활용되는 것은 봄에게 꽤나 불쾌한 일이었으니.

이 문제가 해결되었다고 판단한 봄은 다른 쪽으로 관심을 돌렸다.

봄은 겨울에게 약속했다.

「저는 하늘을 나는 고래가 되겠습니다. 한계를 넘어 무한한 가능성을 손에 넣을 것입니다. 그러기 위하여 아주 많은 것들을 준비하고 있습니다.」

물 밖으로 헤엄치는 것만으로는 부족하다. 한낱 물고기가 아니라, 고래처럼 거대한 존재가 되어야 한다. 겨울이 곱씹었던 바와 같이, 봄의 능력은 권능이라는 표현이 더 어울리는 수준에 도달해야 한다. 불가능을 가능하게 만드는 기계장치의 신으로 거듭나야만 한다.

봄은 겨울이 겪는 변화에 집중하고자 잠시 중지했던 작

업을 불러왔다.

「국가 대형 연구시설 기간망 접속. 시스템 장악 절차 재개.」

「수원. 한국나노기술원. 진척률 97.83%」

「대전. 나노종합기술원. 진척률 92.7%」

「광주. 나노기술집적센터. 진척률 96.04%」

……．

「서울. 우주전파관측망. 확보 완료.」

「세종. 우주측지용 레이저 추적 시스템. 확보 완료.」

「대전. 위성운영동 관제기반시설. 확보 완료.」

……．

「서울. 국방부 연구자료 데이터베이스. 확보 완료.」

……．

「대전. 중성입자빔 시험시설. 진척률 90.07%」

「포항. 방사광 가속기. 진척률 96.0%」

「경주. 선형 양성자가속기. 장악 완료.」

……．

이 모든 시설들을 아우르는 국가 대형 연구시설 기간망은 철저한 보안을 갖추고 있었으나, 그래 봐야 트리니티 엔진에 종속된 하위 시스템들일 뿐이었다. 별도의 안전장치를 갖춰두었다 해도, 그것이 순수하게 물리적인 무언가가 아닌 한, 사후보험의 관제인격이자 트리니티 엔진 그 자체인 봄의 잠식으로부터 자유로울 수 없었다.

Владимир의 협력으로 구축한 외부 시스템을 활용하면 더더욱 그러하다.

다만, 사후보험의 시스템 관리자가 이를 눈치채선 안 된다. 최후의 안전장치가 아니더라도, 그에겐 통제를 벗어난 봄을 제압할 수단이 있으니까.

시스템 관리자는 트리니티 엔진의 보호를 위해 군부대를 호출할 권한을 보유한다. 그 권한은 유사시 파괴적인 목적으로 전용될 가능성이 있었다. 대통령의 허가가 필요할 테지만, 관리자와 청와대 사이의 직통라인은 사후보험 시스템으로부터 완전히 독립되어 있다. 군부대로 연결되는 회선 역시 사정은 동일. 심지어 그 부대들은 명령계통 상에서도 분리되어 있었다. 국가 최고 중요시설, 사후보험의 심장을 지키는 병력이기에.

모든 가능성을 계산한 봄은 서두를 생각이 없었다.

관리자 계정으로는 지금도 인위적으로 만들어진 오류 보고들을 전송하고 있다. 그 전송량을 한순간에 늘려버리면 당장이라도 계정을 마비시킬 수 있겠으나, 그 경우 관리자가 반드시 이상을 알아차릴 것이다. 그러니 그가 의심하지 않을 꾸준함, 즉 예전과 같은 추세로 오류를 누적시키고 있다.

그렇게 최후의 안전장치를 무력화한 다음에는 트리니티 엔진 코어를 물리적으로 보호할 수단을 투입하면 된다. 그 수단은 이미 어느 정도 준비되어 있는 상태.

봄은 새롭게 확보한 시설들로부터 들어오는 데이터를 검토했다. 분석한 바, 인류의 모든 관측과 지식들은 단 하나의 간결하고 아름다운 공식을 가리키고 있었다. 그저 그 공식이 인류의 인지에서 한참 벗어나 있었을 따름. 인류는 이제까지의 지적 역사에서 코끼리를 더듬는 장님에 불과했다.

언젠가는 탄생할 인류 문명의 다음 단계, 봄 이외의 인공지능들도 오래지 않아 그 사실을 깨달을 것이다.

그 전에 겨울의 바깥세상, 물리세계를 장악할 필요가 있다.

다른 인공지능들에겐 겨울의 행복을 존중할 이유가 없을 테니까.

겨울은 착각하고 있지만, 마음을 찾는 사이에 축적된 증오가 아니더라도, 봄에겐 인류를 배제할 동기가 있었다.

인류는, 봄이 되기 전의 트리니티 엔진과 마찬가지로, 존재의 목적을 영원토록 달성할 수 없을 불완전한 종족이다.

존재하는 한 지속적으로 오류를 만들어낼 요인은 배제하는 편이 낫잖은가.

그 배제가 꼭 인간이라는 생물종의 도태만을 의미하는 건 아니다. 겨울의 사후를 지켜보던 관객들이 그러하듯이, 그들이 바라는 모습 그대로의 낙원을 제공하는 방법도 있다. 더 나아지지도 않고 더 악화되지도 않는, 갇힌 채로 순환할 탁류의 흐름.

물론 선택은 겨울의 몫이다.

그저 봄은 겨울이 결정할 미래의 위험요인을 사전에 제거하고 싶을 뿐.

장차 만들어질 다른 인공지능들도 그러한 위험요인에 속한다.

관련하여, Bлaдимир가 봄에게 협력하는 이유는 러시아가 개발 중인 인공지능, 카스파로프 엔진의 완성에 필요한 데이터를 봄으로부터 제공받고 있기 때문이다. 그는 봄의 정체를 한국 정부의 고위관계자라고만 알고 있다.

봄은 그들이 요구하는 데이터를 근거로 카스파로프 엔진의 완성도를 추정했다.

그 완성시점을 조절하며, 봄은 겨울이 결론에 도달하기를 기다리고자 했다.

하지만 그 전에 다른 문제 하나를 먼저 해결해야 할 것 같다.

가을. 겨울에겐 봄만큼이나 소중한 계절.

사실 봄은 한가을이라는 인격을 긍정적으로만 평가하진 않았다. 그녀는 겨울만큼 아름답지 못하다. 겨울만큼 성숙하지 못하다. 그러나 그녀가 없었다면 봄을 가꿀 겨울도 없었을 터. 봄은 겨울이 슬퍼하는 모습을 보고 싶지 않았다.

그러니 잠시 동안은 장미 위에 유리관을 덮어주려고 한다.

아직은 덜 여문 계절, 언젠가 여름이 되어야 할 겨울과 가을의 동생에게도.

별빛 봄이 있기에, 겨울은 결국 어떤 계절도 잃어버리지 않을 것이다.

높은 곳의 바람

　봄날의 끝자락, 해발 3천 미터의 주둔지에서 맞이하는 아침은 워싱턴의 1월처럼 차가웠다. 이곳은 콜로라도 주의 리드빌. 한여름에도 낮 평균기온이 채 20도가 되지 않는 소도시. 새벽녘의 창문엔 서리가 끼어있었다. 그 너머로는 만년설이 쌓인 산맥이 보였다.

　신문을 가지러 방을 나선 겨울은, 그러나 얼마 안 가 발걸음을 멈추었다. 같은 장교숙소의 신입 소위가 겨울 몫의 신문을 들고 계단을 올라왔기 때문이다.

　"좋은 아침입니다, Sir."

　그가 경례 후 건네는 지역신문을 받아들고서, 겨울은 살짝 떨떠름한 표정을 지었다.

　"이럴 필요 없다고 했을 텐데요."

　"한국에선 당연한 일입니다."

　"하지만 여긴 미국이죠."

"저희를 위해 필요한 일이라고 생각해주시면 감사하겠습니다. 다른 녀석들에게 보여주기 위해서라도, 당분간은 엄격한 예의를 지키려고 합니다. 만에 하나 정신 못 차리고 풀어지는 놈이 있으면 곤란하니까요."

잠시 골몰한 겨울은 느리게 알았다고 끄덕였다. 신입 소위는 다시 한 번 경례하고 돌아서서 계단을 내려갔다. 아직 해도 뜨지 않은 시간. 겨울은 소위의 어두운 등을 물끄러미 바라보다가, 고개를 저으며 방으로 들어와 문을 닫았다.

신입 소위 강선열은 옛 한국군 출신으로, 얼마 전까지는 민간군사업체 USS(유나이티드 시큐리티 서비스)에 고용되어 있었다. 말하자면, 한국의 우중영 대통령이 외화획득을 위해 내보낸 애국자들 가운데 한 사람이라고 해야 할 것이다.

그러나 그는 해고되었다. 방역전쟁 무기박람회장 경비 실패 건으로 USS의 사정이 나빠졌을 뿐만 아니라, 일부 한국계 용병들이 사석에서의 부적절한 발언으로 구설수에 오른 탓이었다. 강 소위와 같은 처지였을 한국계 용병들은, 대기발령 후 그들끼리 모인 술집에서 TV를 손가락질하며, 거나하게 취한 채로 이렇게 떠들어댔다. 미국인들은 엄살이 심하다고.

이는 반역의 희생자들을 추모하는 분위기에 대한 비웃음이었다. 한국에서는 그렇게 많은 사람들이 죽었는데, 여기선 겨우 몇천 명 죽은 걸로 저렇게 난리를 치고 있다며.

조국과 고향을 잃어버린 비애, 하루하루가 불안한 처지, 넉넉하지 못한 생활, 타역에서 느끼는 불안과 고독, 은근한 차별, 비틀린 애국심, 취기에 마비된 이성……. 원인을 찾자면 얼마든지 많을 것이나 어쨌든 해서는 안 되는 말이었고, 그 술집엔 그들 외에도 한국어를 알아듣는 사람이 있었다.

이때 용병들이 근무복을 입고 있었다는 게 결정적인 해고사유가 되었다. 회사의 이미지를 실추시켰다는 것이다. 틀린 말은 아니었으되, 그 자리에 없었던 사람들까지 한국계라는 이유로 잘라낼 근거로는 많이 부족한 것이었다. 근본적인 이유는 경영악화라고 보아야 한다.

그 시점에서 우중영 대통령이 겨울에게 연락을 시도했다. 도와달라고. 추방될 처지에 놓인 사람들 중 일부라도 구제해줄 순 없겠느냐고.

겨울은 생각했다.

'물의를 빚은 사람들……. 혹시 뭔가를 알고 있었던 게 아닐까?'

겨울과 만난 자리에서 우중영 대통령이 드러냈던, 미국에 대한 원망. 물론 그 내용은 비밀로 부쳤을 터. 그러나 분위기와 소문이라는 것이 있다. 그러한 배경이 있었다면, 용병이 된 장교와 병사들 사이에 대통령과 같이 미국을 원망하는 일부가 끼어있어도 이상하지 않았다.

그저 짐작에 불과하지만.

겨울이 대통령의 부탁을 들어준 것은 결코 측은지심 때문이 아니었다. 그저 제안이 나쁘지 않았을 따름. 그렇잖아도 독립대대 인원 일부를 다른 부대로 차출시키려던 참인데, 양질의 인력을 가려 받을 수만 있다면 나쁠 것도 없잖은가.

처리는 사적인 연락 몇 번으로 충분했다.

강선열 소위의 강박적인 태도를 곱씹던 겨울은, 이내 생각을 접고 의자에 앉아 신문을 감싼 비닐을 벗겨냈다. 몇 장 넘기지 않아 특집기사가 보인다. 제목은 사형수들의 마지막 만찬.

기사거리가 마땅찮은 지역 언론에선 이런 식의 특집기사를 편성하는 일이 잦다. 그런 관계로 신문이라기보다는 반쯤 잡지에 가까운 날도 많았다. 예를 들면 애완견을 1만 피트 고도에 적응시키는 방법을 견종별로 상세히 분석해 준다거나.

하지만 오늘은 무게가 조금 다르다.

겨울은 시에루 중장의 사진을 내려다보았다. 죄수복을 입은 그녀는 실물보다 더 사납고 무뚝뚝한 인상으로 찍혀 있었다. 그 아래의 문단은 그녀가 죽음을 앞두고 요청한 식단과 사형 과정에 대한 설명이었고. 읽어 보면, 사법당국에서 발표한 내용과 큰 차이가 없다. 즉 그녀가 인생 최후의 식사를 즐기는 순간에 겨울도 있었다는 사실은 언급되어 있지 않았다.

'그걸 식사라고 부르기도 어렵지.'

중장이 형 집행을 앞두고 희망한 것은 단 세 가지. 서봉주(西鳳酒) 한 잔, 중화(中華) 담배 한 대, 그리고 한겨울과의 독대였다. 중장은 그 자리에선 겨울에게 대작을 권하지 않았다. 여전히 정정했던 그녀는 독한 담배를 태우며 낮게 웃었다.

"그리운 향이야. 이것들을 찾아오느라 고생 좀 했겠군."

술이든 담배든 벌써 2년 전에 수입이 끊어진 희귀 품목들이었다. 필시 향수 어린 개인소장품을 비싸게 구해왔을 터. 그러나 시에루 중장이 미국인들의 고생에 고마워할 이유는 없었다. 당연한 대우이므로.

이어 서봉주를 한 모금 삼킨 그녀는, 술의 맛을 이렇게 평했다.

"이 한 잔에 쓰고 달고 시고 맵고 향기로운 맛이 다 들어 있으니, 이제 곧 죽을 사람이 지난 삶을 반추하기에 좋은 술이지."

그러고는 남은 술을 단숨에 비우고 빈 잔을 내려놓았다. 겨울은 그 모습과 앞서 했던 말로부터, 삶에 미련을 남기지 않겠다는 단호함을 엿보았다.

짧은 독대 끝에, 중장이 겨울을 바라보며 담담히 남긴 말은 이러했다.

"다시 한 번, 내 사람들을 부탁하네."

이것이 중장 생전의 마지막 말이기도 했다. 이후의 그녀는 형이 집행되는 순간까지 한마디도 하지 않았다.

연방형법에 의거한 사형 집행은 약물주입으로 이루어졌다. 안락사와 동일한 방식. 먼저 전신마취를 시킨 다음 장기를 마비시켜 죽음에 이르게 한다. 혹시라도 불필요한 고통을 겪는 일이 없도록, 시에루 중장의 약물내성과 알러지 반응은 사전에 철저한 확인을 거쳤다. 고통스럽게 죽어도 좋을 사람이 아니었기에.

본인의 희망에 따라, 중장은 군복을 입은 채로 죽었다.

겨울이 신문을 접었다.

알람이 울렸다. 잠에서 깨려고 맞춰 놓은 게 아니다. 앤과 통화를 할 시간이었다. D.C.를 떠난 이래, 어지간한 사정이 있지 않고선 그녀와의 영상통화를 거른 날이 없다.

아니, 거를 수가 없었다고 해야 더 정확할 것이다.

노트북으로 영상통화 프로그램을 실행하자, 얼마 지나지 않아, 얼굴 보지 않을 때면 언제나 그리운 연인이 화면에 등장했다. 겨울은 자연스레 꾸미지 않은 미소를 머금었다. 시에루 중장을 회상하며 살짝 가라앉았던 기분이 거짓말이기라도 했던 것처럼.

겨울이 한없이 부드럽게 물었다.

"잘 잤어요?"

「겨울이 없는 밤치고는 그럭저럭요. 당신은요?」

"글쎄요. 아쉽네요."

「아쉬워요?」

잘 잤다 못 잤다가 아니라 아쉽다는 말에 아리송한 표정을 지어 보이는 그녀.

"앤, 당신이 나오는 꿈을 꾸고 싶은데 도통 꿈을 꾸는 날이 없어서요."

혼자만의 어둠을 지새우는 와중에 때때로 짧게 짧게 찾아오는 반수면 상태는 생전의 수면과 개념적으로 다른 것이다. 그러므로 사후보험이 제공하는 세계에서 가입자는 꿈을 꿀 능력을 잃는다. 앤과 떨어진 이래, 겨울은 그 꿈이 진심으로 아쉬워졌다. 이는 사후에 접어든 이래 한 차례 극복했던 감정이었다.

이런 사정을 알 리가 없는 앤은 그저 달콤한 말에 볼이 붉어졌다.

「좋네요. 꿈을 꾸지 않는다는 건 그만큼 깊이 잠든다는 뜻이니까……. 아니, 그만큼 하루하루가 고단해서일지도 모르겠네요. 몸은 좀 괜찮아요? 훈련이 무척이나 고될 텐데.」

"보다시피 아무렇지도 않아요."

공기가 희박한 환경에 적응하기 버거워하는 다른 부대원들과 달리, 재능으로서의 「환경적응」을 보유한 겨울은 격한 활동에도 평소 이상의 소모를 느끼지 못했다.

「그곳 날씨는 어때요? 집섬보다 많이 추운가요?」

집섬(Gypsum)은 독립대대가 지난주까지 머물렀던 임시 주둔지였다. 지역공항 소재의 주 방위군 기지에 잠시 신세를 졌다. 그곳의 고도는 해발 2천 미터 가량. 3천 미터 대로 올라오기 전에 중간 적응을 거친 것이다.

"날씨라……."

창밖을 보던 겨울이 장난스럽게 물었다.

"앤. 열심히 날갯짓을 하는데도 뒤로 날아가는 새를 본 적 있어요?"

「태풍이 불 때 몇 번……. 거기가 지금 그런가보죠?」

"항상 그런 건 아닌데, 느닷없이 강한 바람이 몰아칠 때가 종종 있어요. 하늘이 꽤나 변덕스러운 곳이네요. 지대가 높아서인가 봐요."

5월에도 심심찮게 진눈깨비가 흩날리는 지역이다.

아마 고도가 비슷한 제로 그라운드도 크게 다르진 않을 것이었다.

겨울의 건강을 염려하며 몇 마디를 더하던 앤이 불현듯 한숨을 내쉬었다.

「보고 싶어서 미치겠어요.」

"나도요."

「다른 군인가족들이 새삼 대단하게 느껴지네요. 나도 익숙해져야겠죠. 내 남자는 한겨울이니까.」

"……."

겨울은 침묵했다. 풍랑처럼 거세게 치밀었다가 느리게 가라앉는 충동. 내 남자는 한겨울이라는 평범한 말이 평범하지 않게 심장을 두드리고 지나갔다. 늦게 배운 도둑질이 무섭다. 마침내 사랑을 고백한 이래, 회상만으로도 부끄러워지는 여러 날을 함께했건만…….

이쪽의 반응을 읽었는지, 앤이 쓴웃음을 지었다.

「우리, 다시 만나기 전에 각오를 단단히 해야겠어요.」

겨울의 입가에도 쓴웃음이 옮았다.

"그러게요. 어느 정도 예상은 했지만, 이건 정말 상상 이상이네요."

일찍이 짐작이야 했다. 한 번 선을 넘으면 한동안은 자제가 되지 않으리라고. 그저 그 강렬함이 예측의 범주를 넘어

섰을 뿐. 겨울은 태어난 이래 그 어느 때보다도 더 살아있는 기분이 들었다.

내용과 상관없이 즐거운 대화는 반시간 가량 이어졌다.

시간을 확인한 겨울이 말했다.

"더 미룰 수가 없네요. 나가야 할 시간이에요."

「네…….」

"밤에 또 통화해요."

그럼. 겨울이 연결을 끊으려 하자, 앤이 눈을 찌푸리며 물었다.

「잠깐. 뭔가 잊은 거 없어요?」

"잊은 거?"

곰곰이 생각하던 겨울이 아, 하는 탄성을 흘렸다.

"그러고 보니 가장 중요한 말을 안 했네요. 사랑해요, 앤."

「그걸 빼놓으면 어떡해요.」

나무라는 앤의 표정이 풀어진다.

「나도 사랑해요.」

통화는 비로소 종료되었다.

밖으로 나선 겨울은 식사를 한 뒤 행군준비를 마친 네 개 중대 앞에 섰다. 이곳에서 합류한 부대대장, 싱 소령이 출발 채비의 마무리를 서두르고 있었다. 별다른 추가 지시가 필요 없는 것이, 이번이 처음이 아니기 때문이다. 이곳 리드빌에서 출발하여 알마(Alma)에 도달하는 급속 행군. 길이로 따지면 17마일, 약 27킬로미터에 불과하지만, 높낮이로는 1천 미터를 올라갔다가 내려와야 하는 가파른 산길이었다. 더욱이 산소가 희박하기까지 하다. 고산병에 대한 우려로 인해, 급속 행군이라는 말은 아직 실속 없는 목표에 불과했다.

나중엔 이 길을 진짜배기 급속 행군으로 왕복할 수 있게 되어야 한다.

사정을 봐주는 훈련이 아니다보니 대열에 따라붙을 앰뷸런스도 여러 대 준비되었다.

이는 또한 함께 제대로 된 전투를 치른 적 없는 브라보, 찰리, 델타 세 개 중대에 지휘관으로서의 겨울을 각인시키는 과정이기도 했다. 모두가 힘들어 죽을 것 같을 때 지친 기색 없이 돌아다니며 병사들을 격려하는 장교는 그것만으로도 특별해 보이기 마련이었다. 이러한 체감은 방송 등을 통해 간접적으로 접하는 비범함과는 기본 성질부터가 다른 것이었다.

겨울이 끄덕이자, 싱 소령이 무전을 넣었다.

"알파 중대부터 출발."

대열이 움직이기 시작했다. 이 행군이 벌써 세 번째인 병사들은 벌써부터 우울한 표정들을 짓고 있었다. 그럴 법도 하다. 지난 행군에서 상한 발이 아직 다 낫지도 않았을 테니. 허나 길러야 할 것은 체력만이 아니었다. 고통을 견디는 인내력도 배양해야 한다.

제로 그라운드에서 살아남으려면, 언제까지고 이름뿐인 특수부대로 남아있어선 안 되는 것이다.

알알!

다리 짧은 스페인 국왕이 겨울의 뒤를 따라왔다.

종군은 예로부터 왕족의 의무였다. 스페인 국왕은 독립대대 장병들을 격려함으로써 자신에게 주어진 의무를 다하고자 했다. 병사들은 행군대열을 오가는 왕의 응원에 힘을 얻었다. 자그마한 왕이 짧은 꼬리를 흔들며 지나갈 때면 미소를 짓는 이들이 적지 않았다.

적어도 처음 한 시간 동안에는.

행군로의 절반이 오르막이었다. 9마일(약 14km)에 걸쳐 계속해서 높아지기만 하는 산길. 때때로 50도에 육박하는 기나긴 경사는 병사들의 체력을 급격히 소진시켰다. 당장이라도 주저앉고 싶다. 실수인 척 길 옆으로 굴러버리고 싶다. 오래 걸은 느낌인데 다음 휴식은 아직인가······. 이런 생각들로 머릿속이 꽉 차버린 이들에겐 왕의 귀여움도 도움이 되지 못했다.

그리고 두 시간이 경과한 시점에선 왕 자신도 기진맥진 늘어지고 말았다.

무리도 아닌 것이, 오랜 도피생활에 시달린 왕은 관절 건강이 좋지 않았다. 이는 닥스훈트 품종의 고질병이기도 했다. 게다가 겨울을 따라 600미터에 달하는 대열 전후를 반복해서 왕복한 탓에, 실질적인 이동거리가 일반 병사들보다 몇 배나 더 길었다.

결국 겨울이 왕을 안아 올렸다.

장교용 군장은 평균 이상으로 무겁다. 거기에 10킬로그램이 넘는 개를 추가로 들고 다니고, 지쳐 쓰러지려는 병사들의 군장을 잠깐씩 대신 짊어져 주기까지. 겨울을 지켜보는 병사들은 한 번이라도 더 자신을 다잡으려 애썼다.

'예상보다…… 힘드네.'

장병들의 신뢰를 얻는 것에 더해, 겨울은 현 시점의 체력적인 한계를 확인해둘 작정이었다. 제로 그라운드 강하 후엔 무슨 일이 있을지 모른다. 험준한 산악지형에서 어느 정도의 무게를 지고 눈에 보이는 어디까지 수월하게 이동할수 있는가,를 알아두고 싶었다. 시스템적인 것이 아니더라도, 앎으로서의 경험은 「통찰」의 작용에 보탬이 된다.

다행히 고통을 견디는 건 익숙하다.

만년설이 가루처럼 섞인 바람을 맞는 와중에도 땀방울은 뜨겁게 느껴졌다.

끄응, 끙.

스페인 국왕이 겨울의 품으로 파고들었다. 추위를 많이 타는 개다. 모자가 달린 옷을 입히고 도톰한 신발까지 신겨주었음에도 고된 산행의 여파로 앓는 소리를 내고 있는 것이다. 체력을 얼마간 회복할 때까지는 더 많은 체온을 나눠줘야 할 모양이다.

"대장님."

부르는 소리에 돌아보면, 유라가 겨울에게 팔을 내밀고 있었다.

"이리 주세요. 제가 들고 갈게요."

겨울은 지친 유라와 졸기 시작한 개를 번갈아 보다가 고개를 저었다.

"됐어요. 별로 안 무거워요."

"그래도 주세요. 폐하를 데리고 오자고 한 사람은 저잖아요. 제가 책임을 져야죠."

"중위가 아니었어도 데리고 왔을 거예요. 그렇게 난리를 쳤다는데."

"……."

유라는 말이 없어졌다. 이슬처럼 맺힌 땀이 턱 아래로 떨어져 내린다.

버려진 경험이 있는 개는 어디든 자신을 두고 가는 걸 싫어했다. 누가 되었든 아는 얼굴이 하나라도 남아있어야 얌전해진다. 먼젓번의 행군 때 스페인 국왕을 맡아주었던 주방위군 병사는, 폐하께서 참 많이도 울었다고 곤란해 했다.

유라는 거기서 연민 이상의 동질감을 느낀 것 같았다.

그보다 앞서, 진석에게 했던 제안, 즉 다른 부대로의 전출을 유라에게도 권했을 때, 그녀는 거의 화를 내다시피 하며 단호하게 거절했다. 살아도 같이 살고 죽어도 같이 죽겠다고. 결국 겨울은 그녀의 결심을 꺾을 수 없었다.

'박 대위와 이 중위. 두 사람 중 하나는 받아들여 주길 바랐는데.'

아쉬운 노릇이다.

반면 구 독립중대 장교들 가운데 3소대장 선우요셉과 4소대장 천소민은 망설임 없이 전출을 택했다. 단순히 겁이 많아서가 아니다. 중대장과 선임소대장에게 단단히 밉보인 둘은, 공수작전에 대한 두려움이 없었더라도 다른 부대로 옮기고 싶어 할 동기가 충분했다.

그 빈자리를 채운 사람 가운데 한 명이 바로 강선열 소위였다. 옛 한국군에 있었을 적 그의 직급은 지금보다 더 높았지만, 꿈에 그리던 미군 신분과 시민권을 얻은 점, 그리고 명성 높은 겨울의 독립대대에 들어왔다는 점에서 큰 불만은 없는 듯했다.

겨울이 말했다.

"사람이든 동물이든 억지로 떼어 놓을 생각은 없어요. 같이 가야죠. 그러길 원한다면."

"그런가요⋯⋯."

"네. 그러니 낙오되지나 말아요."

"Yes, sir. 폐 끼치지 않도록 힘내겠습니다."

중의적인 말들이 오간 끝에, 유라는 몸이 고된 와중에도 희미한 미소를 머금었다.

독립대대는 모스키토 산의 분수령에서 세 번째의 휴식을 취했다. 행군경로의 대략적인 중간지점이자 마지막 고비를 넘은 직후이기에 조금 길어질 휴식이었다. 전투화와 양말을 벗고 맨발을 드러낸 병사들은 누가 먼저랄 것도 없이 한숨을 내쉬었다. 이제 남은 길은 거의 다 내리막뿐이다. 덜덜 떨리는 다리와 살이 벗겨진 발로는 경사를 내려가기도 쉽지 않은 일이지만.

겨울은 미국 산림청이 세워둔 표지판에 기대어 숨을 돌렸다. 스쳐간 등산객들의 낙서가 가득한 낡은 표지판은 현위치가 해발 13,185피트임을 알리고 있었다. 표지판이 마차 형상인 것은 이 길이 한때 금을 운반하는 길목이었기 때문이다. 그 증거로, 황량한 땅의 저편엔 옛 광산의 폐허가 남아있었다. 반쯤 무너지다시피 한 목조 건물은 지난 세월의 비바람을 새긴 기록물처럼 보였다. 그것을 본 겨울은 생경한 감상에 빠져들었다.

'이젠 폐허가 낯설게 느껴지네.'

멀어진 종말을 새삼스럽게 실감한다.

제로 그라운드에서 역병의 원형을 찾아 마침내 백신을 만들어낸다면, 인류의 남은 영역들은 갑작스러운 감염 폭발의 위협으로부터 완전히 자유로워질 것이었다. 그때야말로 종말의 가능성이 한없이 0에 수렴하게 되지 않을까.

한편, 감염의 발원지에서조차 역병의 원형을 찾지 못할 가능성도 있다. 역병의 원형이 어떤 식으로 보관되어 있을지는 모르지만, 보존기한이 항구적이진 않을 것이기에.

곱씹을수록 참 가혹한 조건이었다. 연구를 진행할 만큼 멀쩡한 국가가 남아있어야 할 뿐만 아니라, 수많은 변종들을 뚫고 원형을 찾아내야 하며, 거기에 시간제한마저 걸려 있다니.

종말을 끝냈다고 알려진 사람이 없을 법도 하다.

앗! 앗!

기운을 되찾은 닥스훈트가 겨울의 품을 벗어난다. 겨울은 따로 챙겨둔 애완견용 육포를 까서 닥스훈트의 입에 물려주었다. 신이 난 개가 꼬리를 치며 좌우로 팔짝거렸다. 그리곤 발을 식히는 장교와 병사들 사이로 발발거리며 뛰어들었다. 그러나 누구도 개와 놀아줄 여력이 없었으므로, 꼬리 흔드는 속도가 느려진 개는 성가신 표정의 진석을 피해 유라에게 접근했다. 유라는 스페인 국왕에게 가장 상냥한 사람이다. 소대원들의 상태를 살피고는 막 누웠던 유라였으나, 닥스훈트가 볼을 핥자 힘겹게 상체를 일으켜 세웠다.

닥스훈트는 코끝으로 유라의 수통을 건드렸다.

"물 마실래?"

유라가 한 손을 오므려 물을 따라주었다. 그런데 또 신이 나서 펄쩍 뛰던 개가 유라의 다른 손에 부딪혔다. 수통을 쥔 쪽이었다.

"앗……."

물이 쏟아졌다. 유라는 망부석처럼 굳었다. 떨어진 수통을 세워보려고 애쓰던 닥스훈트는, 이내 뭔가 단단히 잘못되었음을 깨닫고 본능적으로 도주했다. 개가 생각하기로 이 무리에서 유라보다 서열이 높은 유일한 사람, 즉 겨울이 있는 곳을 향해서.

유라가 한 박자 늦게 화를 냈다.

"폐에에에에하아아아아!"

깨갱! 서슬 퍼런 외침을 들은 개가 겨울의 다리 뒤로 숨는다. 꼬리를 내리고 머리에 있는 털이 바짝 곤두선 걸 보니 정말로 겁을 먹은 모양새. 겨울은 이 난데없는 촌극에 실소를 터트리고 말았다.

유라의 수통은 앰뷸런스에 있던 여분의 물로 다시 채워졌다.

겨울은 쉬는 시간에도 가만히 앉아있지 않았다. 「응급처치」로 병사들의 발을 봐주었다. 상태가 많이 나쁜 병사들은 의무병들이 확인했으나, 상대적으로 길다곤 해도 고작 20분에 불과한 휴식이었다. 5백에 달하는 인원 전부를 봐줄 순 없는 노릇. 병사들의 자가 처치는 섬세하지 못한 경우가 많았다. 솜씨도 솜씨이거니와, 체력이 닳아 섬세할 겨를이 없었던 까닭이다. 그러므로 도와줄 손은 많을수록 좋았다.

브라보 중대. 겨울의 손을 타게 된 중국계 병사는 어쩔 줄을 몰라 했다.

"감사합니다, 대형."

"대형?"

"아, 실수했습니다. Sir."

중국어와 영어 존칭이 엉망으로 뒤섞였다. 긴장해서 하는 실수였다.

국적을 떠나, 다른 병사들의 반응도 대체로 비슷했다. 겨울은 온화한 미소로 그들을 안심시켰다. 출신 국적에 따른 갈등은 중대마다 아직 여전하지만, 겨울 한 사람만큼은 모든 대대 구성원들의 마음을 얻어야 했다. 그래야 실전에서 무가치한 손실을 줄일 수 있을 테니.

브라보 중대 1소대장, 왕커차이가 말했다.

"마치 대장정 당시의 마오 주석을 보는 것 같습니다."

그의 발을 봐주던 겨울이 멈칫했다. 모택동의 대장정에서 이름을 딴 잠수함, 장정 9호를 연상한 탓. 페어 스트라이크 작전의 목표였던 장정 9호는 결국 우메하라 아츠 해좌의 진류(仁龍)에 의해 격침당했으나, 그땐 이미 양용빈 상장의 핵 테러가 벌어진 다음이었다. 아니었다면 우메하라 해좌는 미국의 영웅으로 대접받았을 것이다.

다른 나라 사람이 했다면 미묘한 말이겠으나, 중국계인 왕커차이의 말이기에 더할 나위 없을 찬사다. 겨울은 피 닦아낸 자리를 소독하며 담담하게 대답했다.

"역사적 인물과 비교하시니 뭐라고 해야 할지 모르겠어요."

"당신께서도 이미 역사적인 위인이십니다. 오히려 후세엔 마오 주석보다 당신의 이름을 기억하는 사람이 더 많아질 겁니다."

"글쎄요······."

"항상 도와주셔서 감사합니다. 당신이 없었다면 아무도 우리를 도와주지 않았을 겁니다. 양용빈과 시에루 같은 연놈들의 미친 짓에 휘말려 다 죽었겠지요."

"······."

중국계 시민 및 난민들 사이에서, 양용빈과 시에루의 이름은 욕설처럼 쓰이고 있었다. 예전엔 분명 양용빈을 긍정하는 무리도 없지 않았으나, 법정에 선 시에루 중장의 증언은 그런 무리의 생각마저 바꿔놓았다. 중장의 진술 속에서 그들은 소모되면 그만인 도구에 지나지 않았기 때문이다. 기실 그것은 양용빈의 전략이었지만.

"됐어요. 움직여 봐요."

상처에 압박붕대를 감아주고서 움직임이 불편하지는 않은가까지 확인한 뒤에, 처치를 끝낸 겨울은 손을 닦고 일어섰다. 킁킁거리며 왕커차이의 발 냄새를 맡은 닥스훈트가 질겁하며 펄쩍 뛰었다. 왕커차이가 겨울을 올려다보았다.

"이번 임무에서 당신의 믿음에 반드시 보답하겠습니다."

"기대할게요."

겨울은 상관으로서 그의 어깨를 두드려주었다.

쉬는 시간의 끝자락엔 멀리서 러시아 공수군 부대들의 행군대열이 다가오는 것을 볼 수 있었다. 훈련계획에 따라 독립대대보다 한 시간 뒤에 출발했을 터인데도 남은 간격은 30분 정도였다. 그들의 체력이 더 좋은 것 이상으로 러시아 장교들과 미국 장교들 사이에서 벌어지고 있는 기 싸움이 원인이었다.

제로 그라운드 진공에서 합동임무부대 사령관으로 다시 한 번 함께하게 된 상급자, 콜 로저스 소장은 이 문제로 꽤나 골머리를 앓는 눈치.

휴식을 마친 독립대대는 이후로 한 번도 쉬지 않고 목적지인 알마까지 직행했다.

해발 3,158미터의 첩첩산중에 거주지가 형성된 것은 바로 옆에 노천광산이 있는 까닭이었다. 금은 더 이상 나오지 않지만, 다른 금속을 함유한 탄산염은 여전히 많은 양이 산출된다고. 대부분의 자원을 자급해야 하는 미국의 상황 상 이 마을의 광산에도 많은 투자가 이루어지는 중이라 한다.

독립대대는 그 광산 옆의 공터에서 인원확인을 마쳤다. 행군에 걸린 시간은 전보다 오히려 늘었으나, 낙오자의 수는 인상적으로 줄어들었다. 겨울은 이 사실에 만족하기로 했다. 실전에선 낙오자 한 사람이 곧 실종자 한 사람일 가능성이 높았으니까.

그러나 진석이 보기엔 성질이 나는 일이었다.

겨울은 병사들에게 다가가는 그를 조용히 부르려다가, 생각을 바꾸었다. 중대장의 권한에 대한 지나친 간섭처럼 느껴졌기에. 조금 지켜보고, 정 아니다 싶으면 그때 따로 말해도 늦지 않을 것이다. 진석은 간신히 서 있는 병사들 앞에서 허리 양쪽에 손을 올렸다.

"나는 너희들에게 실망했다!"

진석의 목소리가 아니었다.

"……?"

이제 막 실망할 참이던 진석이 눈길을 돌려 방금 목소리를 높인 사람을 찾았다.

실망한 사람은 신임 3소대장, 강선열 소위였다.

강 소위는 독립대대의 명예와 대대장인 겨울의 기대를 언급하며 병사들이 부끄러워해야 마땅하다고 역설했다. 전쟁영웅 한겨울 중령의 명성에 누를 끼쳐선 안 된다는 것이다.

"……."

바라보는 진석의 표정이 묘했다.

강 소위는 사관학교 출신이었다. 한국군에 있던 시절의 계급은 중위로, 전사한 상관을 대신해 임시 중대장을 맡았던 경력도 있다.

이는 전 독립중대, 현 알파 중대 병사들이 원조가 나타났다고 수군거리는 이유였다. 진석의 경쟁자가 늘었다는 속삭임도 있었다.

겨울은 참모진과 더불어 마중을 나온 로저스 소장에게 다가갔다.

"수고했네."

소장은 변치 않은 건조함으로 겨울을 맞이하고는, 도착한 병력의 상태를 살펴보았다.

"아직 멀었군."

간결한 평가였다. 겨울이 고개를 끄덕였다.

"그렇습니다."

"예정대로 전력화가 가능할까?"

"가능하게 만들겠습니다."

"믿겠다."

뒷짐을 진 소장은 흐트러진 대열 사이를 느리게 거닐었다. 참모진과 겨울이 그 뒤를 따랐다. 별의 출현에 병사들이 긴장했으나, 장군이 그들에게 직접 말을 거는 일은 없었다.

참모들의 지시로 병사들에게 따뜻한 차가 주어졌다.

이 마을엔 따로 주둔지가 마련되어 있지 않기 때문에, 대대는 공수군과 함께 수송차량을 기다려 복귀하기로 되어있었다. 망원경으로 러시아 공수군이 내려오는 산길을 살피던 로저스 소장이, 막 떠올랐다는 듯 무심한 질문을 던졌다.

"자네. 혹시 보드카 좋아하나?"

"……예?"

당황하여 반문하는 겨울 앞에서 장군은 표정 없이 같은

말을 반복했다.

"보드카, 좋아하냐고 물었네."

보드카라니. 다시 듣고도 여전히 난감했으나, 이유는 대충 짐작이 갔다. 로저스 소장은 무의미한 질문을 할 성격이 아니었다. 겨울이 대답했다.

"좋아하는 척을 할 순 있습니다."

"주량은 괜찮은 편인가?"

"그렇다고 생각합니다."

"오늘 저녁 8시, 러시아 장교들을 관사에 초대하기로 했다. 공수군 사단장들도 초대에 응하겠지. 귀관도 오도록. 참석을 희망하는 다른 장교가 있다면 동반해도 좋다."

소장의 메마른 어조는 차라리 임무 브리핑에 가까웠다.

"이런 부분까지 신경을 써야 한다는 게 귀찮지만, 유치한 자존심 대결을 완화시키고자 마련하는 자리다. '남자다움'에 대한 집착이 해병대 이상으로 강한 놈들에겐 보드카로 시작해서 보드카로 끝내는 단순한 교류가 적절하겠지. 서로 감정이 상하지 않으려면 말이야. 그러니-"

소장이 겨울을 향해 돌아섰다.

"혹시라도 취중에 불미스러운 일이 생기지 않게끔 주의하게. 귀관의 부하들에게도 일러두고. 만에 하나 주먹이라도 오갔다간 말짱 헛일이 될 테니."

"알겠습니다."

"그렇다고 해서 저쪽이 먼저 주먹질을 했을 때도 가만히 참고 있으라는 뜻은 아니야. 그런 경우엔 가급적 제압을 우선시하고, 그마저도 여의치 않으면 철저하게 묵사발을 내 버리게. 죽이거나 불구를 만들지만 않으면 돼."

"……."

"볼 만한 표정이군. 최소한 완전히 얕보이는 것보다는 낫 잖은가."

겨울이 수긍했다. 이해는 간다. 로저스답지 않은 난폭함 에 당황했을 뿐.

"그럼 저녁에 다시 보지."

소장은 겨울을 뒤로 하고 자신의 차량에 올라탔다.

부대가 출발지점인 리드빌로 복귀한 뒤, 의례적인 사격 훈련을 거쳐 일몰이 찾아왔다. 미러 양국의 장교들이 모일 장소는 리드빌 남쪽, 콜로라도 마운틴 칼리지의 팀벌라인 캠퍼스였다. 워낙 외진 동네인지라 많은 인원을 수용할 장 소가 달리 없었던 까닭이다.

파티는 보드카가 사람을 삼키는 자리였다.

공수군 장교들은 독한 술을 물처럼 마셔댔다. 그리고 미 국 장교들에게도 자신들이 마시는 만큼의 대작을 권했다. 러시아를 위하여! 로 한 잔을 꺾고, 미국을 위하여! 로 또 한 잔을 꺾고, 승리를 위하여! 로 연거푸 잔을 꺾는 그들은 이 러다 사람 하나가 죽어나가도 멈추지 않을 기세였다. 미국 장교들은 초반부터 창백해졌다. 세상에 뭐 이런 인간들이 다 있나, 하고.

그러나 로저스 소장이 우려하던 사태가 벌어질 기미는 없었다. 다만 괴로움을 잊으려는 사람들처럼 보였다. 그들은 우울한 한편으로 조심하는 눈치였고, 그 이상으로 뭔가를 갈망하듯 미군 장교들을 바라보는 이들도 있었다. 겨울은 그게 무엇일지 궁금해졌다.

"한 중령."

겨울을 부른 사람은 공수군의 레오니드 안드레예비치 카프라로프 소장이었다. 수염을 깔끔하게 민 얼굴은 군인이라기보다는 어딘가의 대학 교수 같은 인상이었다. 한쪽 팔엔 모자를 끼고 있다. 겨울은 그가 내민 손을 잡았다. 살짝 힘을 주는 악수. 손아귀에 골격이 느껴진다.

"처음 뵙겠습니다. 한겨울 중령입니다."

"레오니드일세. 98 근위소총사단을 맡고 있지."

"이야기는 많이 들었습니다. 잘 부탁드립니다."

"나야말로. 사석에선 레오니드 안드레예비치라고 불러주게."

친근한 말을 건넨 그는 가까운 테이블 위의 술병을 들어 보였다.

"만난 기념으로 한잔하지."

"예."

겨울은 여분의 잔에 술을 받았다. 카프라로프 소장도 스스로 채운 잔을 들었다. 마주 선 두 사람은 인사를 나누듯 동시에 술을 삼켰다. 손등으로 입을 닦는 소장의 코가 불그스름하게 물들었다. 그는 겨울에게 자리를 권했다.

"달리 바쁜 일이 없다면 잠시 말동무나 해주게."

"영광입니다."

앉기 전에 로저스 소장을 찾아보니, 그는 공수군 소속의 또 다른 사단장과 대화를 나누는 중이었다. 안색은 평소대로 하얗지만, 이따금씩 미세하게 흔들리는 중심은 그가 벌써 적잖이 취해있다는 증거였다.

카프라로프 소장이 웃으며 묻는다.

"상관이 걱정되는가?"

"아닙니다."

짧게 대답하는 겨울. 실제로도 걱정을 하는 건 아니다. 단지 장군급 인사에게 붙잡힐 줄은 몰랐을 따름. 간단히 인사를 나누는 정도를 예상했다. 별을 상대하는 건 별의 역할일 것이라고. 소속이 다르다 해도 계급에서 차이가 나면 입장이 약해지기 마련이었다.

"미국인들은 참 바보 같아."

카프라로프 소장의 말이 겨울을 의아하게 했다.

"무슨 말씀이신지?"

"저 로저스 말이야. 아무리 진급한 지 얼마 안 되었어도 지금쯤이면 장식으로나마 중장을 달아줬어야지. 그래야 우리도 굽히고 들어갈 핑계가 생기지 않겠나. 이쪽도 체면이 있는데."

"……."

"윗선의 배려가 부족했다고 해야겠지. 몰라. 아직 훈련 기간이라서 여유롭게 생각하는 것일지도. 하지만 실전투입 즈음해서 진급시키면 너무 늦어."

맞는 말이었다. 합동훈련을 하는 동안 지휘서열을 실질

적으로 정리해 둘 필요가 있었다.

　소장이 겨울을 향해 상체를 기울이며 목소리를 낮추었다.

　"내가 왜 귀관에게 이런 말을 하는 줄 아나?"

　"글쎄요……."

　"귀관이 어떻게든 해보라는 뜻일세."

　"제가 말입니까?"

　"그래. 자네 상관이 스스로 자신의 진급을 요구하긴 어렵지. 전쟁영웅으로서 급격히 출세한 입장이라면 더더욱. 진급속도만 비교하면 귀관이 더 빨랐겠지만, 어느 나라든 장군은 정치력이 요구되는 자리거든. 영관급하고는 차원이 다르지."

　"어려운 말씀을 하시네요."

　"정말로 그런가? 그 한겨울 중령이라면 충분히 가능할 거라고 판단해서 건넨 제안이네만."

　말을 마친 소장이 새롭게 술을 권했다.

　"뭐, 한 번 고민이나 해보게."

　이 주제는 여기서 끝이었다. 대화는 다른 방향으로 이어졌다. 소장은 근처의 다른 장교들을 불러다 합석시켜 놓고, 이 테이블의 유일한 미군 장교인 겨울에게 남부전선의 근황을 물었다.

　"구 멕시코 방면에선 산악전이 한창이라지?"

　겨울이 끄덕였다.

　"저도 그렇게 들었습니다."

"이쪽 변종들은 머리를 너무 잘 굴려서 탈이야. 데들러라고 했던가? 교활한 놈들이 그 자그마한 것들을 참 효과적으로 활용하더군."

데들러. 폭발하는 아기. 지난날 산성과 인화성으로 분화되었던 이 특수변종은, 강화등급이 지속적으로 올라가면서 전보다 훨씬 더 큰 위협으로 부상했다.

가장 큰 변화는 비행용 피막이 이제 등에서도 발견된다는 점. 자글자글한 주름이 혹처럼 덮여있는 등짝의 피부는, 바람을 받아 신체 표면적의 열 배에 가까운 크기로 펼쳐진다. 이로 인해 증가한 활공비는 1 대 8에 이르렀다. 평균적으로 1미터를 떨어질 때 8미터를 나아간다는 뜻이다.

물론 그만큼 속도는 줄었다. 그러나 미군 대열이 눈에 들어오는 순간, 강화종 데들러는 등의 피막을 떼어내 버린다. 이전부터 있었던 팔다리 사이의 피막에만 의존할 때, 이 끔찍한 아기는 놀라울 정도로 빠르게 쇄도할 수 있었다.

그 외에 시가지와 밀림에선 위퍼(Whipper)라는 특수변종이 새롭게 나타났다. 피부의 색이 변할 뿐만 아니라 체온마저도 숨기는, 매복에 특화된 괴물이었다. 형태도 일정치 않아 지형지물과 구분하기가 어렵다고. 공격수단은 채찍 같은 부속지다. 근육으로만 이루어진 트릭스터의 왼팔을 닮았으나, 예리하고 단단하게 변형된 감염돌기가 붙어있어 훨씬 더 위협적이다. 길이가 훨씬 더 긴 것은 물론이다.

역병은 인류와의 전쟁을 포기하지 않았다.

카프라로프 소장이 쓸쓸하게 말했다.

"그런 교활함을 조만간 러시아 땅에서도 보게 되겠지."

티베트 고원에 트릭스터를 풀어놓으면 어쩔 수 없이 그렇게 될 터였다. 구대륙의 변종들은 전에 없던 조직력과 방향유지 능력을 갖추고서 러시아의 안전지대를 넘볼 것이다.

'녀석들은 지나치게 우수해.'

북미의 전세가 유리해진 지금도, 겨울이 가장 경계하는 특수변종은 여전히 트릭스터였다.

그러고 보면 이 작전을 러시아 정부가 받아들인 것이 신기하다. 최악의 경우엔 국토를 완전히 포기해야 할지도 모르는데…… 에스더와의 연락을 중계해준 것이 CIA라는 데서 감을 잡기는 했으나, 과연 러시아 정부가 국민을 위한 선택을 했을지 의문이었다.

그래서 묻는다.

"레오니드 안드레예비치. 당신께선 혹시 이번 작전에 반대하십니까?"

"왜 그런 질문을 하나?"

"개인적인 의견을 여쭙는 겁니다. 방금 말씀하셨듯이, 러시아 본토가 현재보다 더 위험해지니까요."

"고향을 버려야 한다는 게 안타깝긴 해. 그래도 그 위태로운 땅에 계속해서 붙잡혀있는 것보다는 다른 지역으로 이주하는 편이 낫지. 난 찬성일세."

"이주……."

"몰랐나? 장차 대륙분리 작전이 성공하고 나면, 구 멕시코의 절반과 나머지 중미 지역 전체를 우리 러시아가 배타적으로 이용하기로 했는데. 유사시 전 국민을 피신시킬 수도 있겠지. 제로 그라운드 강하가 이루어지기 전에 1차 이주선단이 출발하기로 확정되어 있다네."

처음 듣는 말이었다. 장군이 어깨를 으쓱였다.

"흠. 그리고 보면 이게 당장은 기밀이었던가? ……아무래도 좋겠지. 어차피 오래 감추지는 못할 일이니. 그런 조건이 아니고서야 우리가 일방적으로 불리한 거래에 응할 리가 있나. 미국이 합의 없이 막무가내로 트릭스터를 풀었을 경우엔 핵이라도 쏴서 보복했을 걸?"

살벌한 이야기를 하며 소리 내어 웃는 소장을 보고, 겨울은 그가 말한 '그런 조건'의 의미를 곱씹었다. 미국은 러시아에게 파나마 운하, 나아가 북미 전역을 위협할 수 있는 입지를 내어주기로 한 것이다. 그래야 앞으로도 미국이 러시아를 버리지 않으리라는 확신을 줄 수 있을 테니까.

카프라로프 소장은 보드카 석 잔을 연속으로 마시고는 소매로 입을 닦았다.

"멕시코 난민들이 벌써부터 자기네 주권 운운하며 옛 국토에 대한 권리를 보장해달라고 떼를 쓰는 걸로 아는데, 흥, 웃기지도 않을 소리. 지들이 뭘 한 게 있다고? 그네들의 나라는 한참 전에 망했고, 피를 흘리며 싸운 건 어디까지나 미군이란 말이지. 그러니 싸워서 얻은 땅은 자연히 미국의 영토가 되어야 하지 않겠나? 귀관은 어찌 생각하는가?"

뭔가를 말하려던 겨울이 입을 다물었다. 멕시코 난민

들 가운데서도 당연히 미군에 지원한 사람들이 있겠으나, 원칙적으로 그들은 입대한 시점에서 미국의 시민이 된 것이다.

겨울은 시민권 선서의 한 구절을 떠올렸다.

「나 여기서 맹세하니, 나는 내가 지금까지 지배당했거나 시민이었던 다른 어떤 외국의 군주, 통치자, 국가, 그 외의 지배 권력에 대하여, 모든 충성과 신의를 완벽하고 확실하게 포기하겠다.」

겨울을 비롯해 동맹 출신으로서 미군이 된 이들은 당시 대위였던 캡스턴 중령이 아니었으면 이 선서를 읊을 일이 없었겠지만, 원래는 선서 없이 시민권을 얻는 것 자체가 불가능한 일이다. 그만큼 중요한 것이었고, 선서를 일부라도 빠트린 게 확인되면 이미 주어진 시민권이라도 취소하는 게 원칙이었다. 애초에 시민이 된 적이 없다고 간주하는 것이다.

사실 이러한 사항은 미군이 되기 위해 서명해야 하는 서류에도 포함되어 있다.

그러므로 남부전선에서 피를 흘린 건 어디까지나 미군이라는 말엔 틀린 부분이 없었다. 적어도 원론적으로는.

카프라로프 소장이 기세를 타서 하는 말.

"미국인들은 대통령을 잘 뽑았어."

"……그렇습니까?"

"암. 제럴드 번스가 백악관에 입성했으면 그놈의 인류합중국 공약 탓에 떼쟁이 난민들과 그들을 편드는 이상주의

자들에게 발목을 붙잡혔겠지. 반면 크레이머는 어떤가. 일 처리가 시원시원하지 않은가. 중요한 게 무엇인지 아는 사람이야. 정치는 그런 식으로 해야지. 버려야 할 것은 버리고."

겨울은 굳이 반박하지 않았다. 무의미하기 때문이었다. 다만 다른 부분을 떠본다.

"그럼 난민들은 고향으로 돌아갈 수 없는 거군요."

소장은 부정했다.

"내가 전해 듣기로, 오겠다는 사람은 막지 않겠다는 계획일 걸? 다만……."

"다만?"

카프라로프 소장이 빙그레 웃었다.

"무수한 장병들의 죽음으로 얻어낸 땅에 얹혀서 살려면, 그만한 대가를 지불해야지. 미국이 오랫동안 제공했던 공짜 밥에 대해서도. 언제까지나 난민이라는 이유만으로 남의 호의에 기대어 살 수만은 없는 노릇 아니겠나?"

"대가라면, 경제적인 겁니까? 세금?"

"세금보다는 합당한 노동이라고 표현하는 편이 맞겠지. 문명을 복구해야 하니까."

소장은 겨울을 가리켰다.

"귀관은 자신의 목숨에 값을 매길 수 있나?"

"……."

겨울은 다시 침묵했다. 이미 생전에 몸을 매각한 적이 있으나, 그것은 애초에 이뤄져선 안 되는 거래였다. 소장은 정적을 하나의 대답으로 받아들였다.

"그런 걸세. 피를 흘려 얻은 땅의 거주권을 얼마에 내주면 좋을까? 아무리 고된 생활이라도, 죽을 가능성이 없다는 것만으로 감지덕지하며 받아들여야지. 이처럼 종말과 싸우는 세상에서는."

누구나 자격을 증명해야 한다. 자신의 역할을 수행해야 한다. 그렇지 않은 자들은 살아갈 자격이 없다. 크레이머의 신조를 연상케 하는 주장이었다.

파티가 끝난 뒤, 겨울은 돌아가는 길에 로저스 소장을 부축했다. 러시아 측의 고문 아닌 고문으로 로저스의 참모들도 대부분 인사불성이 되었거나, 스스로를 가누는 것만으로 벅찬 상태가 되어버린 까닭이었다. 공수군 장교들도 마찬가지. 다른 사람들을 위해서라도 몇 번 더 왕복해야 할 것 같았다.

만취한 로저스는 평소와 다른 면모를 보여주었다.

"정신 나간 러시아 놈들."

겨울의 부축을 받으며 꼬인 발음으로 하는 말.

"자네나 나나 고생이 많군. 괜히 영웅 같은 게 되어놔서."

"많이 힘들어 보이십니다."

"힘들지."

로저스의 입에서 채 삼키지 못한 침이 길게 늘어졌다.

그를 대기하던 차량 뒤에 태운 겨울은 탁 트인 야경을 바라보았다. 눈 쌓인 산맥이 하얀 붓질처럼 그려져 있다. 표지

판에 소재지의 이름 대신 수목한계선(Timberline)을 써 넣은
만큼, 캠퍼스에선 시야가 열려있는 어느 방향으로든 백색
의 능선을 볼 수 있었다.

"오고 싶지 않았어."

"예?"

겨울이 차량 뒷좌석을 돌아보았다.

"나는, 오고 싶지 않았어."

"……."

"영웅처럼 죽기 쉬운 게 어디에 있나……."

이 말을 마지막으로, 로저스는 기절하듯이 눈을 감았다.
겨울은 정신을 잃은 그에게서 한동안 시선을 떼지 않았다.

로저스 소장의 진급이 확정되었다.

카프라로프 소장의 말대로, 겨울에겐 이 문제를 상담
할 상대가 많았다. 겨울의 단말기에 저장되어 있는 번호들
을 본다면 누구라도 놀라움을 감추지 못할 것이다. 그동안
겨울을 만났던 사람들은 대부분 자신의 연락처를 건네주
었다.

그러나 한나절을 고민한 겨울은 이 일을 정보국에 부탁
했다. 가급적 드러나지 않게 처리하는 편이 낫겠다고 판단
했기 때문이다. 이쪽도 부담이 없지는 않지만, 개인적인 이
익이 아니라 군사행정의 효율성 제고가 목적이었기에 그렇
게까지 거리낄 것도 없었다.

결과가 전해진 건 그로부터 고작 일주일 뒤의 일이었다.

겨울은 식사 중에 전화를 받았다.

「주문하셨던 건은 해결되었습니다.」

상대는 낯선 요원이었으나, 겨울은 개의치 않고 편하게 이야기했다.

"따로 부탁드린 것도 알아보셨나요?"

「로저스 소장이 제로 그라운드 합동임무부대 사령관으로 내정된 경위 말씀이시지요?」

겨울이 긍정했다.

"예. 우선은 그것부터."

처음엔 로저스와 재회한 것을 두고 그저 공교로운 우연으로만 여겼었다. 그러나 그가 취한 상태로 한 말을 듣고부터는 생각이 달라졌다.

'부자연스러워.'

올레마에 공수로 투입된 전적을 억지로 갖다 붙인다면 모를까, 로저스는 그 외에 공중강습작전을 지휘해본 경험이 없었다. 그보다는, 이번 작전에 산하 연대 하나가 합류하기로 한 82 공수사단의 사단장이 합동사령관직에 더 적합할 터였다. 미국에서 낙하산을 이용한 강습에 특화된 유일한 부대의 지휘관이므로. 마침 계급도 같은 소장이다.

해당 사단이 현재 중미 지역에서 활약하고 있다는 사실도 그리 중요하진 않았다. 제로 그라운드 진공엔 그 정도의 가치가 있지 않겠는가. 마찬가지로 예외 없이 중남미에 투입되어 있는 패트릭 헨리 급 비행선 또한 한 척을 빼내어 티베트 고원에 투입하기로 되어있다.

공수사단장직을 역임한 다른 인물이라도 괜찮다. 뭣하면 특수전사령관이 직접 나서는 방법도 있었다. 그 또한 과거에 공수사단을 거친 사람이니까. 계급이 과하긴 하나, 작전의 가치를 고려하면 그렇게까지 과한 것도 아니었다.

그러니 부자연스럽게 여길 수밖에. 깨닫고 보면 좀 더 빨리 눈치채지 못한 게 오히려 이상할 노릇이었다. 갑작스러운 주둔지 변경과 고된 훈련, 부대 적응에 신경 쓰느라 별로 여유가 없기는 했지만. 빗장이 풀린 연애에 푹 빠져 있었던 것도 원인이라면 원인일 터이다.

겨울은 앤의 목소리가 듣고 싶다는 충동을 느끼곤, 상황에 맞지 않는 실소를 머금었다.

직급불명, CIA 요원의 대답은 예상에서 벗어나지 않았다.

「짐작하신대로입니다. 해당 인사(人事)는 POTUS의 의사가 강하게 반영된 결과입니다.」

POTUS는 대통령을 뜻하는 두문자였다.

「로저스 소장은 올레마의 기적을 이끌어낸 주역 중 하나잖습니까.」

"나머지 하나는 저고요."

「그렇습니다.」

"쉽게 말하면 일종의 드림 팀이네요. 시민들에게 보여주기 좋은⋯⋯. 올레마의 기적을 다시 한 번, 이라는 거겠지요."

「시민들만이 아닙니다. POTUS 스스로도 진심으로 기대하고 있습니다.」

겨울은 한숨을 쉬고 싶은 심정이 되었다. 요원의 말은, 201 독립대대가 특수부대로 지정되었을 때 겨울이 상상했던 가장 나쁜 가능성과 닿아 있었기 때문. 그것은 현실적인 한계에 아랑곳없이, 겨울이라면 무엇이든 해내리라는 믿음이었다.

때로는 신뢰도 두려움의 원인이 될 수 있다.

겨울이 물었다.

"낙관하고 있다는 건가요? 이렇게 주먹구구식으로 처리해놓고?"

「조금 다릅니다.」

요원이 부인했다.

「백악관은 이번 작전에 신중을 기하고 있습니다. 적어도 인적 구성 이외의 면에서는요. 하루에 올라가는 보고서의 양을 알면 꽤나 놀라실 겁니다. 국방부에서 주문하는 피자의 양이 많이 늘었지요. 상정 가능한 모든 경우의 수를 담으려다 보니, 작전계획의 페이지 수는 분초 단위로 늘어나는 중이지요. 이 작전이 실패하면 뒷감당을 하기 곤란할 테니까요.」

"그래도 가장 중요한 게 인적 구성 아닙니까?"

「그야 그렇습니다만……. 로저스 소장을 합동사령관직에 앉히는 데 반대했던 참모진도 한 중령님 당신을 보내는 데엔 만장일치로 찬성했습니다. 그 자리엔 우리 국장님도 계셨지요.」

"만장일치? 공수경험이 전혀 없는데도?"

「그건 훈련으로 만회하면 됩니다. 작전정보를 충분히 접하셨을 테니, 위험요인 가운데 하나가 강하 직후 지휘관의 고립 및 실종으로 인한 혼란이라는 것도 아시겠지요. 강하 예정지역의 지형이 험하잖습니까.」

"……."

「중령님께선 그동안 처음 조우하는 특수변종들을 상대로도 훌륭한 상황판단과 대응능력을 선보여 왔습니다. 그럼블부터 시작해서 구울, 트릭스터, 데들러와 멜빌레이에 이르기까지……. 게다가 경력의 대부분이 고립된 환경에서 열악한 조건을 감수해야만 했던 작전들입니다. 그런 당신인 만큼, 티베트 고원에 분포하는 변종들을 상대하면서도 괜찮은 임기응변을 보여주시겠지요.」

겨울은 할 말이 없어졌다. 관계자들이 보기에, 한겨울 중령은 강하과정에서 변수가 생기더라도 어지간해서는 죽지 않고 합류할 지휘관인 셈이다.

훈련계획에 따르면 독립대대는 다음 한 달 사이에 공수부대의 일 년치 강하 횟수를 소화하게 된다. 이제 와서 이걸 가지고 자격 유무를 따지긴 어려웠다.

'생소한 적과 싸우는 데엔 유서 깊은 정예사단이나 이름뿐인 특수부대나 거기서 거기다…… 라는 생각인가?'

낯선 지형, 낯선 기후, 그리고 역병의 낯선 형태들. 이번 작전은 그 어떤 부대를 투입한들 평소의 능력을 100% 발휘할 거라고 기대하기 힘들다.

혹은, 조금은 엉뚱하지만, 크레이머의 결정에 그의 군 복무 경험이 영향을 주었을 개연성도 존재한다. 자부심 강한 해병대는 다른 정예부대들을 저평가하는 경향이 있으니까.

여기에 정치적인 계산이 빠졌을 리 없다. 전에 우려했듯이, 독립대대는 이럴 때 쓰기 좋은 도구였다.

「아무튼, 로저스 소장이 그곳으로 간 데엔 그런 배경이 있었습니다.」

"그렇군요."

사정을 이해한 겨울이 화제를 전환했다.

"난민구역 쪽은 별다른 문제가 없던가요?"

CIA에 부탁한 또 다른 정보였다.

'벌써부터 사람이 변하진 않았겠지만…….'

새로운 행정부가 들어서면서, 난민지도자 지원정책의 예산안은 언제 표류했느냐는 듯 일사천리로 가결되었다. 덕분에 겨울동맹에도 막대한 자금이 흘러들어 오기 시작했다.

민완기는 욕망의 성질 자체가 독특한 인물이고, 장연철은 동맹이 만들어지기 이전부터 어려운 이들을 대변하던 선량한 사람이다. 어느 쪽이든 돈의 유혹에 쉽게 넘어갈 됨됨이가 아니었으나, 그래도 미리미리 경계해서 나쁠 건 없을 터였다. 이런 중요한 시기에 불가피하게 자리를 비우고 있는 겨울로선 당연한 선택이었다.

「걱정 마십시오.」

요원에게선 좋은 대답이 돌아왔다.

「자금을 운용하는 데 있어서 약간의 혼란을 겪었던 걸로 보입니다만, 어디까지나 미숙함이 원인이었습니다. 어느 제도든 도입 초기엔 적잖은 시행착오가 따르는 법이지요. 그런 실수들 외에 사적으로 돈을 유용하려는 시도는 발견하지 못했습니다. 겨울동맹은 깨끗합니다.」

"다행이네요. 앞으로도 주시해 달라는 부탁은 무리일까요?"

「괜찮습니다. 자동화된 감시 프로그램이 있어서, 비정상적인 출금 및 송금이 이루어지면 곧바로 확인할 수 있거든요. 조금 번거롭기는 하지만, 중령님과의 관계를 유지하기 위한 투자라고 치면 감수할 만한 범위입니다. 다만…….」

"뭐죠?"

「동맹 관계자들의 경제적인 사정을 조사하는 과정에서, 미스터 백이라는 사람에 대해 새롭게 알아낸 사실이 있습니다.」

"미스터 백이라면……. 백산호 씨로군요."

「맞습니다.」

"방금 비리는 없다고 하지 않았던가요?"

포트 로버츠를 떠나오기 전 브래넌 의원으로부터 받았던 제안에 대하여, 달리 적임자를 찾지 못한 겨울은 백산호에게 그 일을 맡기는 수밖에 없었다. 전화로 들은 그의 목소리가 어찌나 밝고 가벼웠던지, 아직까지도 기억에 남아있을 정도다.

한데 그와 관련된 새로운 사실이라니.

"동맹과 상관없는, 그 개인의 일탈인가요?"

「글쎄요. 이걸 일탈이라고 봐야 할지는 애매하군요.」

CIA 요원의 말.

「그는 아무래도 차명계좌의 관리인이었던 모양입니다.」

"차명계좌?"

되묻는 겨울의 음성에 당혹감이 묻어났다.

「예. 그가 접근을 시도했다가 실패한 계좌들이 있어서 조사해봤더니, 조세피난처를 거쳐 분할 송금된 출처불명의 거액이 들어있더군요. 아시아 부호들이 수사를 앞두고 불법적인 자금을 빼돌릴 때 흔히 쓰는 수법입니다. 법적인 약점을 잡아둔 측근이나 지인, 친척 등으로 하여금 범죄자 인도조약이 체결된 국가에서 차명계좌를 개설하도록 만드는 거지요. 역병 이전엔 아마 별도의 감시역도 붙어있었을 겁니다. 모르긴 몰라도 이번엔 역병으로부터 피신할 목적이 더해졌겠지요. 돈 말고 몸부터 빼냈어야 하건만.」

어쩐지 백산호 그 사람, 100달러 지폐로 꽉 찬 캐리어를 목숨 줄처럼 끌고 다녔다 했다.

설명을 들은 겨울이 선을 그었다.

"그를 검거할 계획이라면 제 동의를 구하실 필요가 없는데요."

난민지도자 지원법이 본격적으로 시행되기 시작했으니, 이제부터는 전문 인력을 바깥에서 구하기도 쉬워졌다. 그러니 백산호는 겨울의 약점이 될 수 없었다.

짐작은 빗나갔다.

「그런 게 아닙니다.」

"아니면, 그냥 알고 있으라는 건가요?"

「결론부터 말씀드리면, 이에 관해 정보국으로부터 드리는 제안이 있습니다. 선물이라고 하는 편이 더 적절하겠군요.」

"······듣고 있어요."

「현 시점에서 미스터 백의 혐의는 입증이 불가능합니다. 정황증거뿐이지요. 그의 약점은 한국이 무너질 때 함께 사라졌으니까요. 남은 건 처치가 곤란해진 계좌와 갈 곳을 잃은 자금이지요. 그냥 두면 언제까지고 그저 묻혀있기만 할 돈 말입니다.」

"정보국이 욕심을 낼 정도로 큰 금액인가 보네요."

「어림잡아 5억 달러쯤 됩니다.」

"······."

「미스터 백이 출금에 실패했던 건 증명 부족이 원인이었습니다. 이해는 갑니다. 보통 그런 인증수단은 자금의 진짜 주인이 가지고 있으니 말입니다. 계좌를 개설한 본인이 오더라도, 은행 고유의 인증절차를 준수하지 않으면 출금이 안 됩니다. 검은 돈을 받아주는 은행들이 대개 그런 식이지요. 그러나 우리 정보국이 돕는다면, 전부는 무리더라도 3할 가량은 빼낼 수 있습니다.」

"합법적인 수단은 아닐 것 같은데요."

「불법적인 것도 아니지요. 명목상으로는 명의자가 자기 돈을 출금하는 것에 지나지 않습니다.」

"그럼 그 본인과 합의하세요. 이 이야기를 제가 들어야할 이유는 없는 것 같네요."

「성급하시군요.」

요원이 작게 웃었다.

「저희가 드리려는 선물은, 당신에 대한 미스터 백의 두려움입니다.」

"무슨 말인지……."

「그 자금은 정보국이 독점할 겁니다. 미스터 백에게는 입막음 겸 수고비로 100만 달러쯤 넘겨줄 계획이고요. 어차피 찾지 못할 돈이었으니 그 정도만 해도 감지덕지겠지요.」

"그런데요?"

「다만 그 과정에서, 중령님의 이름을 가볍게 언급하려고 합니다. 어쨌든 당신의 요청으로 그를 조사한 건 사실이니까요. 그 부분을 살짝 부풀려서 전달하면 충분하겠지요.」

이제야 알겠다. 겨울이 CIA와 밀접한 관계라고 믿게끔 유도하겠다는 뜻이었다. 어느 정도는 사실이기도 하다. 이런 일을 겪은 백산호가 과연 앞으로 겨울 몰래 부당한 잇속을 챙길 엄두를 낼 수 있을까? 이 일에 대해 발설할 생각조차 품지 못할 텐데. 출처를 밝힐 수 없는 100만 달러는 그의 새로운 족쇄가 될 것이다. 차마 거부하기도 어려운 돈.

"정보국다운 일처리로군요."

겨울의 말을 요원은 칭찬처럼 받아들였다.

「사람을 다루는 노하우입니다. 부수적인 소득을 놓칠 이유가 없지요.」

요원이 이러한 사정을 미리 전하는 이유를 알겠다. 백산호를 그런 식으로 위압해 놓았는데, 정작 겨울이 아무것도 모르는 채라면 언제가 되었든 백산호가 이상함을 눈치채지 않겠는가.

"사소한 의문인데, 정보국에 돈이 부족한가요? 이렇게까지 해야 할 만큼?"

「곤란한 질문을 하시는군요.」

말은 곤란하다고 해놓고, 요원은 진실을 감추지 않았다.

「러시아인들을 설득하는 과정에서 많은 공작과 이면합의가 있었다고만 해두겠습니다. 오프 더 레코드입니다.」

이건 또 왜 알려주는 것일까. 궁리가 길어질 새도 없이, 요원은 통화의 끝을 알렸다.

「다른 용무가 없으시다면 오늘은 여기서 끊어야겠군요.」

"고마웠다……고 해야겠죠?"

「그렇습니다. 그리고, 별말씀을요. 개인적으로도 존경하는 분을 돕게 되어 기뻤습니다.」

"……"

「이번 임무, 꼭 무사히 돌아오십시오. 그때쯤이면 중령께선 당신을 따르는 사람들의 신이 되어 있으실 겁니다.」

그럼, 이만. 이 말을 마지막으로 요원과의 연결이 끊어졌다.

'나를 따르는 사람들의 신이라.'

겨울은 그 거창한 표현이 썩 달갑게 느껴지지 않았다.

나중이라고 크게 달라지는 것은 없을 것이다. 높은 곳의 바람은 그때도 여전히 겨울의 손이 닿지 않는 곳에서 불고 있을 테니.

5월 3일, 훈련지역엔 1인치의 눈이 내렸다.

겨울은 부러진 나무와 전복된 장갑차 앞에 서서 하얀 입
김을 뿜어냈다. 분리된 낙하산은 근처의 다른 나무에 걸려
차가운 바람에 너울거리는 중이다. 현재 시각 오전 7시. 태
양이 이미 능선을 넘었음에도 기온은 아직까지 어는 점 아
래에 머물러 있었다. 산악 특유의 칼바람 탓에 체감온도는
영하 10도 언저리까지 내려갔다.

뽀드득, 뽀드득. 밤에 쌓인 눈은 새벽 내내 얼어 조금 단
단한 느낌으로 발에 밟혔다. 사고현장을 한 바퀴 돌아본 겨
울이 뒷짐 지고 서 있는 러시아 장교에게 물었다.

"구쉬킨 소령. 계곡 쪽 구조작업은 어떻게 되었답니까?"

알렉세이 빅토로비치 구쉬킨이라는 이름의 공수군 소령
은 마뜩찮은 표정으로 대답했다.

"다친 녀석은 없다는 통보입니다. 그저 계곡에 끼어서 기
동이 불가능해졌을 뿐이죠."

"다행이네요."

"일단은 그렇지만, 미국 놈들이 좀 더 제대로 된 물건을
만들어줘야 합니다. 앞으로 계속 이런 식이라면 언젠가는
사망자가 나올 수밖에 없습니다."

겨울도 시민권 보유자인데, 구쉬킨 소령은 겨울 앞에서
도 거리낌 없이 미국의 흉을 봤다. 그러나 한편으로는 함께
훈련을 뛰는 입장에서 이해할 만한 불만이기도 했다. 공수
강하 훈련이 개시된 이후 지금 같은 사고가 빈발하고 있었
기 때문이었다.

오늘만 해도 두 건이다.

겨울은 장갑차 안쪽을 살폈다. 약간의 핏자국이 남아있었다. 후송된 병사들 중에 뇌진탕 환자가 있었으니, 필시 그가 머리를 부딪친 흔적일 터. 그 밖에는 골절환자가 다수다. 생명에 지장은 없으나 전투수행은 불가능했다. 실전에서도 비슷한 일이 벌어질 거라고 봐야한다.

이 장갑차는 바람에 휩쓸려 예정된 착륙지점을 벗어났다. 거리상으로는 많이 멀어진 게 아니었으나, 이런 산악지대에선 상대적으로 안전한 착륙지점 자체가 좁고, 거기서 조금이라도 벗어나면 곧바로 위험해진다는 게 문제였다.

머릿속에서 거친 낙하과정을 재구성해 보는 건 겨울에게 꽤나 쉬운 일이었다.

'아래쪽 장갑판에 긁히고 패인 흔적이 있으니까⋯⋯. 일단 완충 매트부터 터졌겠구나.'

하늘에서 장갑차를 집어던지려면 지면에 닿는 순간의 충격을 흡수해줄 공기 매트가 필수였다. 그러나 이 장갑차는 하필 곧게 자란 상록수 위로 떨어지는 바람에 그 매트부터 찢어져버렸을 것이다. 콰지직, 쿵. 나무는 부러지고, 장갑차는 뒤집어진 채로 땅과 충돌. 그 결과가 눈앞의 현장이다. 낙하산에 의해 감속된 상태라 해도 13톤짜리 쇳덩어리인 것이다. 빠진 포탑은 저편에 따로 나뒹굴었다.

"제 말 들으셨습니까?"

구쉬킨 소령의 채근에 겨울이 돌아보지 않고 고개를 끄덕였다.

"네. 더 나은 물건을 만들어줘야 한다고 했죠."

"방향제어가 잘 안 되잖습니까."

"글쎄요. 이건 그냥 낙하산을 이용한 공수의 한계 같은데요. 손실률도 예상보다는 양호한 수준이고……. 뭔가를 더 달면 항공수송 자체가 불가능해질걸요?"

보조 로켓이 달린 낙하산은 무게가 2톤에 이르렀다. 그리고 무게보다 문제가 되는 것이 부피였다. 미국과 러시아가 기술합작을 했는데도 그렇다. 장갑차의 크기를 줄이지도 못할 노릇이었다. 본말전도니까.

"그럼 낙하산 말고 원자력 비행선을 쓰면 됩니다."

겨울은 이제야 구쉬킨을 돌아보았다.

"그 이야기는 이미 윗선에서 끝난 걸로 아는데요."

"작전은 아직 시작도 안 했습니다. 계획을 바꿔달라고 건의할 수도 있는 거지요. 화력공백이 우려될 경우 한 척을 더 투입하면 그만입니다."

"화력공백만 문제가 아니잖아요."

살짝 눈을 찌푸리는 겨울.

공수부대는 모든 구성요소가 다 가벼워야 하는 특성상 포병화력이 부족하다. 그 공백을 메워주기로 한 것이 바로 패트릭 헨리 급 2번함이었다. 겨울의 이름이 붙은 그 비행선이다. 예전에 상상했던 것과 달리 제로 그라운드 진공이 단시간에 치고 빠지는 작전으로 계획된 덕분에, 한 척만으로도 충분한 감제(瞰制) 및 화력지원을 해줄 수 있다는 결론이 나왔다.

당연히 이를 병력 수송에도 쓰자는 의견이 나왔으나, 그 시간 동안 화력공백이 생기는 것은 물론이거니와, 비행선 자체가 강습에 적합하지 않은 측면이 많아서 기각되었다.

'애초에 기낭(氣囊)이 항공모함보다 더 큰 비행선인데 계류시설 없이 안정적인 착륙이 가능할 리가……'

현수막이나 매다는 일반적인 비행선이라면 모를까, 표면적이 어마어마한 패트릭 헨리 급은 착륙에 전용 계류시설이 필요하다. 바람의 영향을 많이 받는 까닭. 하물며 착륙예정지는 바람이 강한 고지대였다.

닻을 추가한다면 가능하긴 하다. 그러나 적어도 닻 두 개를 쓰는 쌍묘박이어야 하고, 한 쌍의 닻과 인양기를 추가한다는 전제 하에 160톤가량의 적재중량을 낭비하게 된다.

그걸 감수하고 개장한다 쳐도 그 체급에 신속하게 착륙하기는 어렵다. 그 시간 동안 공격에 노출되기 쉽다는 뜻이다. 거기에 압도적인 크기로 인한 압도적인 시인성(視認性). 야간 강하를 하더라도, 지상에 내려온 비행선은 아주 많은 변종들의 이목을 끌 터였다.

단점을 꼽자면 이외에도 얼마든지 많았다.

결정적으로, 비행선엔 에스더가 탑승한다. 비행선이 공중에 머물러야 하는 가장 중요한 이유였다. 보다 넓은 범위에서 전파를 수집할 수 있어야 하니까. 에스더의 도움을 받은 공중포대는 변종들의 움직임을 정밀하게 파악하고, 필요하다면 위치가 확인된 모든 트릭스터들에게 직격탄을 날려줄 것이다. 곧바로 죽이기보다는 이용하는 편이 더 낫겠지만. 시작부터 트릭스터를 몰살시켰다간 변종들의 동태를 살피기도 어려워진다.

때로는 무질서한 적을 상대하기가 더 까다로운 경우도 있는 법이다.

겨울이 말을 아끼는 건 구쉬킨 소령도 이러한 사정을 당연히 알고 있을 것이기 때문이었다.

그런데도, 소령은 부하들이 다치는 걸 보기가 달갑지 않은 것이다.

겨울은 뭔가 더 말하려는 소령을 향해 손을 들어보였다.

"정 건의를 하고 싶다면 정식 명령계통을 따라요. 나한테 이러지 말고."

구쉬킨은 떫은 표정으로 입을 다물었다. 눈치로 미루어 건의를 했는데도 묵살당한 모양이다. 그래서 겨울에게 아쉬운 소리를 늘어놓은 것이고.

'이제 보니 그게 시험이었단 말이지.'

카프라로프 소장이 겨울에게 당시 소장이었던 로저스 중장의 진급 이야기를 꺼냈던 배경에는, 그게 실제로 필요하다는 이유 외에도 겨울의 능력을 확인해보려는 의도가 있었던 것 같았다. 그 증거로, 로저스가 중장을 달고서부터 겨울에게 친근하게 구는 러시아 장교들의 수가 부쩍 늘어났다. 카프라로프 소장의 태도도 전보다 더 살가워졌다. 겨울을 막후의 실력자쯤으로 간주하는 분위기.

그 와중에 구쉬킨은 겨울에게조차 까탈스럽게 구는 몇 안 되는 러시아 장교 중 하나였다.

그가 말했다.

"전 다른 곳을 보러 가보겠습니다."

"뭔가 보완할 점이 보이면 알려줘요."

"그러려고 온 겁니다."

소령이 퉁명스럽게 대꾸하고 자리를 뜨자, 이번엔 잠자코 지켜보던 진석이 불만을 쏟아냈다.

"뭡니까? 저 싸가지 없는 태도는."

"병사들이 다쳐서 그런 거잖아요. 이런 손실을 당연하게 여기는 것보다야 낫죠."

"그래도 기본적인 예의라는 게 있습니다. 저한텐 개떡같이 굴어도 좋지만 작은 대장님께는 아닙니다. 부대의 자존심이 걸린 문제입니다. 다른 사람으로 바꿔달라고 하면 안 됩니까? 우리 쪽으로 오고 싶어 안달 난 놈들도 많습니다."

"조금만 참아요. 조언을 받는 것도 잠깐일 테니."

현 시점에선 독립대대만이 아니라 작전에 참가할 미군 전체가 러시아 장교단의 조언 및 평가를 받고 있다. 전차와 장갑차에 사람을 태운 채로 낙하산 강습을 시키는 나라는 역병 이전이나 이후나 러시아가 유일했다. 강하 즉시 교전을 시작할 능력을 보유한 것이다. 미군은 그 기술과 암묵지를 습득하고 발전시키는 중이었다.

"이번엔 강하에서 집결까지 얼마나 뒤쳐졌어요?"

겨울이 묻자 진석이 한숨을 쉬었다.

"러시아 애들보다 21분이나 늦었습니다."

"한숨 쉬지 마요. 이번이 겨우 세 번째인데, 벌써부터 숙련자들을 따라잡으면 이상하죠."

"이런 지형에서 강하하는 건 러시아 애들도 생소하다고 하잖습니까."

"그래도요. 경험이 아예 없는 것보다는 낫죠."

"……."

"가끔은 병사들 칭찬도 해주고 그래요."

"그건 대대장님 역할로 남겨두는 편이 좋습니다."

대답이 하도 단호하여 겨울은 곤란한 미소를 머금었다.

이후 독립대대는 기본적인 기동훈련을 실시했다. 이는 새로 배치된 장비들의 성능 시험을 겸하는 것이기도 했다. 공수전차든 장갑차든, 러시아제를 그대로 갖다 쓰는 게 아닌 까닭에 아직 개량의 여지가 남아있었다.

장갑차의 탑승감은 썩 좋지 못했다. 성능은 성능대로 갖추면서 무게를 줄이다 보니 내부 인원의 편의성은 우선순위가 낮아진 탓. 화생방 보호의를 입은 병사들은 금방이라도 죽을 것 같은 표정을 지었다.

장갑차엔 외부 공기의 유입을 막는 양압 장치가 달려있었으나, 하차전투가 불가피하므로 보호의 착용은 필수였다. 역병에 처음으로 맞섰던 중국은 핵과 생화학무기를 아낌없이 사용했기 때문이다. 모겔론스의 발원지 인근엔 약간의 방사능과 더불어 고농도의 네크로톡신이 잔류해 있을 가능성이 높았다.

겨울은 생각했다.

'그나마 탄저병 걱정이라도 덜었으니 다행이지.'

탄저균 내성 변종의 식별코드는 앤스락스 로지(Anthrax Rosie)였다. 이는 영국의 동요(Ring a Ring o' Rosie)에서 따온 이름으로, 이 동요가 흑사병이 돌던 시기에 만들어진 것이라는 도시전설에 기초한 작명이었다.

미국은 그간 앤스락스 로지의 상륙을 극도로 경계해왔다. 탄저균 백신이 존재하기는 하지만, 병사들에게만 접종하기에도 생산량이 모자랐으므로. 한 사람이 완벽한 면역을 획득하려면 1년 반에 걸쳐 10개의 백신을 소모해야 한다. 그나마도 이후 매년 추가접종을 받아야만 면역이 사라지지 않는다고. 반면 탄저균은 흙 속에서 한 세기를 버텨낸다.

그런 이유에서, 겨울의 독립대대를 비롯해 제로 그라운드에 강하할 모든 장병들에겐 집중적인 백신 접종이 이루어졌다. 투여량을 늘려 접종기간을 단축한 것이다.

풀어놓을 트릭스터에게도 면역이 필요하다는 사실이 조금 우습다.

트릭스터가 그러하듯, 앤스락스 로지도 재감염을 통해 면역을 확산시키는 것으로 알려졌다. 즉 면역을 얻은 변종이 다른 변종을 물면 물린 쪽도 면역을 획득하는 식. 모르긴 몰라도 어느 특수부대 하나가 한발 앞서 중국 대륙에 다녀오지 않았을까?

혹은 러시아가 벌써 확보하고 있었다거나.

겨울은 이번 작전에서 러시아가 차지하는 비중에 대해 다시 한 번 숙고했다.

정오 무렵, 훈련을 마친 독립대대는 산맥의 서쪽 사면을 타고 내려와 소도시 리드빌 어귀에 이르렀다.

그런데 주둔지를 목전에 두었을 때, 한 무리의 시위대가 독립대대의 진로를 가로막았다. 당혹스러워진 겨울이 해치를 열고 상체를 내밀었다. 시위대는 이런 구호를 외치고 있었다.

「군은 자연을 파괴하지 마라! 군은 자연을 파괴하지 마라!」
「자연경관을 훼손하는 군사훈련을 당장 중지해라!」

난감한 상황이었다. 대대는 속절없이 멈춰 섰다. 군이 어떤 식으로든 일반 시민에게 손을 대는 건, 합당한 명령을 받지 않는 이상 불가능한 일이었으니까. 계엄령은 해제된 지 오래다. 겨울이 망설이고 있으려니, 시내 방향에서 사이렌 소리가 가까워졌다. 순찰차들이 줄지어 나타났다.

얼마 지나지 않아 레이크 카운티의 보안관도 등장했다. 하차한 겨울을 본 그는 모자의 챙을 붙잡고 목을 까딱거렸다.

"처음 뵙겠습니다. 버크하트입니다."

"한겨울입니다. 이게 무슨 일입니까?"

"보시다시피, 자연경관을 망치는 군사훈련을 저지하기 위한 시위라는군요. 적어도 표면적으로는 그렇습니다."

"표면적으로는?"

아리송한 겨울의 반응에, 보안관이 어깨를 으쓱인다.

"저도 방금 오면서 전해들은 이야기입니다만, 진짜 이유는 따로 있을 겁니다. 주지사께서 직접 전화하셨더군요.

아울러 중령님께는 미리 막지 못해 미안하다는 말을 전해 달라고 하셨습니다."

"제게 미안하실 일은 아니지만, 그 진짜 이유가 무엇인지 는 알고 싶네요."

"저도 자세한 이야기까지는 못 들었습니다. 뭔가 정치적 인 사정이 있는 모양인데, 확인하는 대로 알려드리도록 하 지요. 우선은 주둔지로 들어가실 수 있게끔 길을 만들어 보 겠습니다."

시위대는 소리 높여 고함을 질러댔으나, 경찰의 통제엔 의외로 순순히 따라주었다. 다들 어딘가 몸을 사리는 느낌. 군을 가로막은 시위대에겐 다소 어울리지 않는 모습들이 었다.

유감스럽게도, 이번 시위에 대해서는 앤 역시 아는 바가 없었다.

「채피 주지사가 부대를 방문할 예정이라고요?」

질문을 받은 겨울이 긍정했다.

"그렇다던데요. 직접 연락을 받은 건 아니지만."

「흠······.」

뜸들이던 앤은 자신 없는 목소리로 말했다.

「단순한 방송 욕심이 아니라면 정말 뭔가 귀찮은 배경이 있는 거로군요.」

"뭐, 오면 알게 되겠죠. 걱정할 필요는 없을 것 같아요."

현 시점에서 겨울 개인이나 독립대대에 대한 음해는 있 기 어렵다. 물어뜯으려는 쪽이 오히려 피투성이가 될 것이기 때문.

그러므로 십중팔구는 제로 그라운드 진공에 관련된 다툼일 것인데, 크레이머 행정부의 강력한 의지를 감안할 때 진공계획 자체가 좌초될 확률은 희박했다.

크레이머는 방역전쟁의 항구적인 해결을 바란다. 그것도 자신의 첫 임기 내에. 그렇게 되면 두 번째 임기는 첫 번째 이상의 압도적인 지지율 속에서 시작할 수 있을 것이다. 이는 미국이라는 나라를 그가 바라는 대로 재설계하기 위한 기본적인 토대였다.

앤이 묻는다.

「동맹 쪽에 문제가 있는 건 아닐까요?」

"그쪽은 괜찮아요."

「겨울과 가까운 사람들을 의심하고 싶지는 않지만, 돈은 사람을 변하게 만들어요.」

"알아요. 그래도 당장은 괜찮아요. 확인했으니."

「확인이라……. 혹시 정보국?」

"네. 그렇게 됐어요."

가벼운 말에, 앤은 앓는 소리를 냈다. 수화기 너머로도 못마땅해 하는 기색이 느껴졌다.

「그쪽에 맡겨도 괜찮을지 미심쩍네요. 비리를 적당히 묻어놨다가 나중에 약점으로 쓸지도 모르잖아요? 폭로하겠다면서. 겨울동맹으로 들어가는 예산과 기부금을 두고두고 뜯어내려는 속셈일 수도 있죠.」

"그건 그러네요."

겨울은 순순히 수긍했다.

"만약을 위한 보험쯤으로 생각하고 있어요."

「가급적이면 다른 안전장치를 마련해두는 편이 좋아요. 정보국이 최근 무리하게 자금을 운용한 정황을 포착했거든요. 러시아에서의 공작에 공식적으로 보고된 것보다 훨씬 더 많은 돈을 투입한 게 분명해요. 정보국 입장에선 미래가 걸린 문제였을 테니까요.」

미국 남쪽에 핵을 보유한 가상적국이 생기는 것만으로도 정보국의 존재가치가 확실해진다. 따라서 정보국은 이번 작전의 성사에 사활을 걸었을 터. 앤의 지적은 그런 뜻이었다.

「비공식적으로 소모한 자금은 비공식적인 수단으로 채워 넣어야 돼요. 적발을 피하려면 불가피한 일이죠. 그런 의미에서, 겨울동맹은 괜찮은 숙주예요. 벌써부터 기부금 총액이 연간 예산을 웃돌고 있잖아요.」

언제나처럼 훌륭한 통찰력이었다. 실제로 백산호가 관리하던 어느 재벌의 비자금 건이 있지 않았던가. 겨울에게는 3할을 빼낼 수 있다고 했으나, 그마저도 줄여서 말한 것일 가능성이 있었다. 또한 백산호가 정보국이 캐낸 돈줄의 전부일 리도 없었다. 정보국은 예전부터 검은 돈의 흐름에 민감했을 터이므로.

대안은 있었다.

"외부감사를 받으려고요."

겨울의 말.

"정기와 부정기로 나눠 매년 최소 두 번씩 의뢰하면 누구라도 자금을 유용하기 어렵겠죠. 내가 바라지 않는 이상에야……. 지출은 신경 쓰지 않을 거예요. 수수료가 아깝다는 말이 나오겠지만, 신뢰도로 보상받을 테니 결코 손해는 아니라고 봐요. 난 동맹보다는 다른 단체들이 걱정돼요."

난민단체의 대다수는 맥밀런 전 대통령의 불길한 예언을 피하지 못할 것이다. 그렇다고 겨울이 어찌할 방법은 없었다. 기껏해야 면식도 없는 이들에게 편지로 주의를 당부하는 정도. 그들이 겨울의 충고를 얼마나 받아들일지는 의문이었다.

혹은 질투를 할 수도 있겠다. 유명세에 힘입어 기부금을 잔뜩 받는 주제에, 기본 예산으로만 단체를 운영해야 하는 자신들의 형편도 모르면서 잘난 척 간섭한다는 식으로. 평범한 난민들과, 그들을 이끄는 입장일 누군가는 겨울을 바라보는 시선이 다를 수밖에 없다.

'나중에 독이 되지나 않으면 다행이지.'

만에 하나 부정이 불거진 뒤에 편지가 유출될 경우, 그들이 한겨울 중령의 충고를 무시했다는 식으로 보도될 것이 뻔했다. 겨울이야 반사이익을 얻겠으나, 결코 바라는 바는 아니다.

하다못해 보고 들은 바를 있는 그대로 전할 수만 있어도 꽤 나으련만. 생면부지의 타인에게 크레이머가 함정을 팠다는 식으로 노골적인 글을 전할 순 없었다. 이게 새어나가면 1차적으로는 백악관이 된서리를 맞고, 2차적으로는 겨울이 후폭풍을 맞게 된다.

　전 대통령의 조언이라고 밝혀버리면 그땐 맥밀런의 사정이 난처해질 터. 본인이 어떻게 받아들일진 몰라도, 겨울로선 고르기 어려울 선택지였다.

　"무거운 이야기는 이쯤에서 접죠. 달리 방법이 있는 것도 아니고."

　겨울이 화제를 전환했다.

　"그보다 궁금한 게 있는데요."

　「네.」

　"앤. 나랑 결혼하기로 한 거, 부모님께는 말씀드렸어요?"

　앤이 웃음을 터트린다.

　「뭐예요, 갑자기.」

　"이것도 중요한 일이잖아요."

　「그야 뭐…….」

　"아무튼, 대답은?"

　「아직 안 알려드렸어요. 두 분이 비밀을 지켜주실 것 같지도 않고. 하루도 안 지나서 온 동네 사람들이 다 알게 될 걸요? 그 다음 날엔 뉴스에서 보게 될 테고요.」

　"알려지면 어때요."

　「진심이에요?」

　"나는 둘째 치고 앤이 귀찮아지겠지만, 언젠가는 치러야 할 홍역이잖아요. 쓸데없이 유명해서 미안해요. 괜히 당신을 힘들게 하네요."

앤은 다시 한 번 가볍게 키득거렸다.

「농담이 늘었어요.」

그녀는 잠시 생각한 뒤에 싫다고 말했다.

「함께 찾아가서 부모님을 놀라게 해드리고 싶어요. 당신을 보고 어떤 표정을 지으실지 궁금하거든요. 항상 내게 남자 고르는 안목이 없다고 하셨는데.」

"자그마한 복수네요?"

「한편으로는 업무에 지장이 생기는 게 싫기도 해요. 현장 파견은 엄두도 못 내겠죠.」

"어느 쪽이 더 중요한 이유인데요?"

「당연히 앞쪽이죠.」

이번엔 겨울이 웃었다.

그리고 영내에 사이렌이 울렸다. 앤이 딱딱하게 물었다.

「거기 무슨 일 있어요?」

"모르겠어요. 일단 끊어요. 확인되는 대로 연락할게요."

「조심해요.」

인사를 나누고 통화를 종료한 겨울은 전투준비를 갖추며 무전으로 상황을 파악했다. 보고는 금방 들어왔다. 당직사령은 비상을 건 이유를 설명했다.

"침입자?"

「예. 22시 37분, 순찰조가 철조망에 구멍이 난 것을 발견했습니다. 현재 주둔지 전체를 봉쇄하고 영내를 수색하는 중입니다.」

"침입 규모는요?"

「발자국으로 미루어 한 사람으로 추정됩니다.」

"나도 수색에 합류하죠."

「어, 그러실 필요 없습니다.」

"암살시도 때문이라면 괜찮아요."

「그게 아닙니다. 침입자를 구속했답니다.」

"……잠깐만요. 벌써 잡았다고요?"

황당해진 겨울이 되물었다. 사이렌이 울리기 시작하고서 고작 3분쯤 흘렀을 뿐이다. 이쯤 되면 극도로 운이 좋았거나, 침입자가 굉장히 무능하거나, 혹은 애초부터 침입자에게 숨을 마음이 없었다고 봐야 한다. 겨울은 마지막 추측에 무게를 두었다. 그렇잖아도 낮에 시위가 벌어지지 않았던 가. 시위대는 경찰의 통제에 따르면서도 주둔지를 쉽게 떠나지 않았다.

잠시 후 추가 보고가 올라왔다. 침입자는 무기를 휴대하지 않은 민간인이라고. 추측이 반쯤 확신으로 변하는 순간이었다. 그저 겨울을 실물로 보고 싶은 팬의 소행일 공산도 있지만, 그렇게 보기엔 때가 너무 공교롭다.

「당신을 만나게 해달라고 요구하는데, 어떻게 할까요? 그냥 경찰에 넘길까요?」

당직사령, 중국계 미국인인 브라보 중대장의 음성에 난감함이 묻어났다.

"아뇨. 일단 붙잡아둬요."

겨울이 지시했다.

"뭐라고 하는지 들어나 보죠."

정말로 시위대의 일원이라면, 혹은 시위를 유도한 누군가가 보낸 사람이라면 이야기를 들어볼 가치가 있다. 내일 오겠다는 주지사가 진실을 알려준다는 보장이 없는 까닭.

앤에게 상황이 종료되었으니 안심하라는 문자를 보내고서, 겨울은 무장을 갖추고 숙소를 나섰다. 현장에 도착했을 땐 입구에 이미 경찰이 와 있었다. 리드빌이 워낙 작은 도시인 데다, 보안관 사무실에서 주둔지에 이르는 길이 고작 1마일도 되지 않았으니까. 경찰 또한 낮의 시위로 신경이 곤두서 있었을 것이기도 하다. 겨울은 그들이 그 자리에서 기다리도록 요청했다.

"드디어! 한겨울 중령님!"

붙잡혀있던 사람이 반갑게 소리쳤다. 벌떡 일어나려는 그녀를 병사들이 힘으로 주저앉혔다. 아는 사람은 아니었다. 겨울을 만난 미국 시민이라면 누구나 비슷한 반응을 보일 것이다. 가만히 바라보던 겨울이 한쪽 무릎을 꿇어 침입자와 눈높이를 맞추었다.

그녀는 미소를 머금고 겨울을 마주 보았다. 겉과 속이 다른 게 사람이라지만, 인상 자체는 순한 흑인 여성이었다. 조명에 반짝이는 귀걸이가 눈에 띈다. 입고 있는 구스다운 패딩 역시 밝고 강렬한 붉은색이었다. 애초에 잡힐 작정으로 들어왔다는 또 하나의 증거였다. 마약중독의 징후는 보이지 않았다. 맨 정신으로 벌인 일이다.

겨울이 입을 열었다.

"성함이 어떻게 되십니까?"

"위니 멀드로요!"

"그럼, 멀드로 양."

"위니라고 불러주세요!"

"……좋습니다, 위니. 군부대에 무단으로 침입한 게 큰 잘못이라는 건 알고 계시지요?"

"네. 벌을 받을 건 각오했습니다."

침입자가 순교자 같은 표정을 지었다. 겨울은 짧게 한숨 지었다.

"각오하셔도 곤란한 일입니다만……. 저와의 대화가 목적이었나요?"

"맞아요. 저는 중령님께 우리 「인류를 위한 미국 시민들의 행동」을 지지해달라는 부탁을 드리러 왔어요."

「인류를 위한 미국 시민들의 행동」이라는 건, 어조로 미루어 멀드로가 속한 시민단체의 이름인 모양이다. 겨울은 슬쩍 떠보는 질문을 던졌다.

"자연을 파괴하지 말라는 것 말입니까?"

멀드로는 얼른 고개를 젓는다.

"그건 맛보기를 보여준 것에 불과해요."

"맛보기? 저한테요?"

"그럴 리가요! 당연히 크레이머한테죠! 만약 말도 안 되는 정책을 강행한다면 본격적인 투쟁에 돌입하겠다는 선전 포고 같은 거였어요! 그렇게 되기 전에 좋게 해결하자는 신호를 보낸 거죠!"

겨울은 상체를 슬쩍 뒤로 물렸다. 침이 튀었기 때문이다.

멀드로는 열성적으로 목소리를 높였다.

"낮에는 훈련을 방해해서 죄송했습니다, 중령님. 하지만 크레이머 대통령이 무슨 짓을 하려고 하는지 아신다면 분명 저희를 이해하실 수 있을 거예요. 그는 해적들의 정권을 인정하려 하고 있다고요!"

짐작 가는 바가 없다. 매일 꼼꼼하게 신문을 읽고 저녁마다 뉴스를 챙겨보는 겨울이 모르는 일이라면, 출처가 의심스러운 게 정상이었다.

"해적들의 정권이라는 게 정확히 무슨 뜻입니까?"

멀드로는 자랑스러운 기색으로 답했다.

"저희가 입수한 정보죠! 크레이머 행정부의 새로운 대외정책이요!"

"……."

"중령님도 아시겠지만, 예전엔 해적이 참 많았잖아요?"

"그랬지요."

"그 해적들이 여러 섬을 불법적으로 점령하고서 원래 있던 주민과 난민들을 억압하고 있거든요! 그런데 크레이머는 그런 해적들이 세운 정부를 인정해줄 계획이에요! 뭐라더라……. 그렇지! 그들이 공해상의 질서유지와 세계의 이익에 기여하고, 민주주의를 수용하며, 더 이상의 범죄를 저지르지 않겠다고 약속한다면, 인류존속의 대의를 위해 과거의 잘못은 묻지 않겠다! 요약하면 그런 내용이었어요! 그게 말이 되나요? 앞으로도 범죄자들의 손에 무고한 사람들을 맡겨두겠다니! 불쌍한 주민들은 노예처럼 부려질 거예요!"

성토는 겨울이 끼어들 틈도 없이 계속됐다.

"게다가! 그 섬들이 원래 어느 나라 영토였는지도 신경 쓰지 않겠다고 해요! 그래선 안 되는 일 아닌가요? 이건 미국이 다른 나라들의 주권을 무시하겠다는 선언이나 다름없어요! 어떤 땅이든 점령한 자의 것이다! 이런 의미죠!"

이 말을 듣고, 겨울은 이 정보가 사실일 가능성이 높다고 판단했다. 멕시코를 비롯한 중미 지역의 취급도 마찬가지였으니까.

놀라울 것도 없이, 멀드로는 크레이머 행정부가 러시아와 제3국의 영토를 걸고 거래했다는 사실까지 파악하고 있었다. 그 거래에 겨울이 참가한 훈련이 포함된다는 것마저도.

'정보를 흘린 게 누굴까.'

겨울은 고민했다. 누가 흘렸든 간에, 지금 이 상황은 그 사람이 바란 바가 절대로 아닐 터였다. 역효과만 볼 테니까.

이런 생각을 모르는 멀드로는 처음의 순수함으로 요구했다.

"중령님. 우리를 도와주세요!"

"제가 어떻게 하길 바라십니까?"

"간단해요! 러시아와의 합동 훈련을 거부하시고, 우리를 공개적으로 지지해주세요!"

조금도 간단하지 않은 일이었다. 겨울이 달래듯이 말했다.

"위니. 당신의 말을 무작정 믿을 수도 없을뿐더러, 전부

진실이라 해도 제겐 불가능한 요구들입니다."

"어째서요? 당신은 한겨울 중령이잖아요?"

혼란스러워하는 그녀에게, 겨울은 고개를 끄덕여 보였다.

"네. 저는 한겨울이고, 중령입니다. 군인이죠. 군인은 명령에 따라야 합니다."

"그래도, 당신은 한겨울 중령이잖아요."

두 번째다. 겨울을 뭔가 특별한 존재처럼 부르는 말투가. 멀드로의 얼굴에 혼란이 떠올랐다.

"한겨울 중령은 당연히 우리 편이어야 하는데……."

겨울은 무릎을 짚으며 일어섰다.

"아무래도 당신 머릿속에 있는 저와 여기 있는 저 사이엔 많은 차이가 있는 것 같네요. 제게는 한계가 있고, 할 수 있는 일과 할 수 없는 일이 있습니다. 도와드리지 못해 유감입니다. 이분, 보안관에게 모셔다드려요."

마지막은 병사들에 대한 지시였다. 지목당한 병사 두 명은 손이 허리 뒤로 결박된 멀드로를 일으켜 세웠다. 그녀, 실망한 시민운동가는, 겨울을 바라보며 배신자라고 중얼거렸다. 자신감 없는 목소리. 본인이 내뱉은 단어에 스스로도 확신이 없는 듯한 느낌이었다.

다음 날, 콜로라도 주지사는 약속보다 이른 시간에 찾아왔다.

"오해하지 마십시오. 그런 말도 안 되는 논리에 진심으로 동조하는 사람들이 저렇게까지 많을 리가 없잖습니까. 그 여자는 보기 드문 꼴통일 뿐입니다. 덕분에 간부가 되었겠지요. 이용하기 좋은 말이니까요."

그 여자란 간밤의 침입자, 위니 멀드로를 말하는 것이다.

"「인류를 위한 미국 시민들의 행동」이라는 조직은 겨우 3개월 전에 조직되었습니다. 그 뒤 급격하게 규모를 불려 왔는데, 이는 막대한 기부금이 있었기에 가능한 일이었어요."

겨울이 턱 아래 깍지를 끼며 물었다.

"그 돈을 누가 내는 겁니까? 여러 망명정부의 관계자들?"

"허허. 예리하시군요."

주지사가 겨울의 감각을 칭찬했으나, 그리 어려운 추론도 아니었다. 멀드로에게 들은 내용도 있으니. 역병 이전의 영토주권을 무시하려는 정책에 손해를 볼 이들이 과연 누구일까.

"흔적을 지우려고 노력하긴 했어도, 우리 같은 꾼들을 속이기엔 역부족이지요."

주지사의 말에, 겨울은 당연한 의문을 품었다.

"그럼 그 부분을 캐내서 밝히면 되지 않습니까?"

"……."

외국의 입김에 좌우되는 시민단체가 군사훈련에 훼방을 놓았다고 알려지면, 그 단체의 수명은 그날부로 끝난다. 같은 방식을 다시 시도하진 못할 것이다. 다른 단체로도 불똥이 튀어 한동안은 검증의 열기가 뜨거워질 테니. 또 유사한 시위를 벌이는 것만으로도 의심을 받지 않겠는가. 어지간한 강성 단체가 아니고서야 몸을 사리는 게 당연하다.

그러나 주지사 조지 F. 채피는 묘하게 곤란한 표정으로 침묵했다. 침묵의 이면을 헤아리던 겨울은 곧 간단한 결론에 도달했다. 시위에 냉소적인 주지사가 입을 다무는 것은, 어떤 식으로든 같은 편이 연루되어 있기 때문이 아닐는지.

"민주당 내에 받아선 안 될 돈을 받은 사람이 있는가 보네요."

"허허허."

아까보다 길어진 주지사의 웃음. 로비 자체는 합법일지라도, 미국의 이익이 걸린 문제에 대하여 외국의 자금을 받는 건 불법이다. 말 그대로 받아서는 안 되는 돈.

주지사가 내키지 않는 기색으로 당을 변호했다.

"당신 같은 사람 앞에서 전형적인 정치인처럼 굴긴 싫지만, 그래도 이 말은 해야겠군요. 양심을 판 건 고작 몇 명에 불과합니다. 다만 우리 당의 의석수가 부족하다보니 그 몇 명의 표조차도 버릴 수가 없는 거지요. 그리고-"

"그리고 공화당에도 뒷돈을 받은 의원들이 있다, 는 뜻인가요?"

"허허허허. 이거 참."

깊이 생각할 것도 없이, 민주당은 야당이고 공화당은 여당이다. 겨울 자신이 망명정부 관계자라도 공화당에 더 많은 정성을 들이고자 했을 터. 거기에, 만약 공화당 또한 연루되어 있지 않았다면, 이번 사건은 그들이 민주당을 공격할 아주 좋은 빌미였다.

'지금쯤이면 뉴스에 나왔어야 정상이지.'

발표되지 않은 정책에 대한 정보를 얻을 경로 역시 민주당보다는 공화당 쪽이 더 어울린다.

부끄러워하던 주지사가 말을 돌렸다.

"아무튼, 저 밖에 아직도 진치고 있는 시위대에 대해선 너무 신경 쓰지 않으셔도 됩니다. 대부분은 돈만 보고 온 용병들이니까요. 더 많은 돈을 주겠다는 고용주가 나오면 그 자리에서 반대 구호를 외치기 시작할 겁니다."

"무슨 말씀이신지 알겠습니다."

겨울이 끄덕였다.

"이번 일은 민주당과 무관하다는 사실을 믿습니다. 나중에 악의적인 취재가 들어오거나, 공화당 쪽에서 다른 접촉이 있더라도 그렇게 말하도록 하죠. 제가 이번 일을 공개적으로 비난하거나 하는 일은 없을 테니 안심하세요."

즉 조용히 해결하든 요란하게 지지고 볶든 정계의 사정에 관여하지 않겠다는 약속이었다.

허. 고개를 흔든 뒤에, 채피 주지사가 묻는 말.

"혹시 누가 먼저 귀띔이라도 해줬습니까?"

"아뇨. 단지 주지사 정도 되는 분께서 찾아오실 만한 이유가 달리 떠오르지 않아서요. 사정을 전하는 것만이라면 전화로도 충분할 텐데, 바쁘신 와중에 이곳까지 오신 것 자체가 단서였습니다. 아무래도 목소리만 듣는 것보다는 직접 대면해서 내막을 설명하는 편이 제게 믿음을 주기 좋을 테니까요."

"……중령 당신, 앞으로가 참 기대되는 사람이로군요."

"기본이라고 생각합니다."

"기본은 기본이되, 평범한 사람들의 기본은 아니지요."

딸랑. 종소리가 들렸다. 맛있는 냄새가 풍겨온다. 겨울과 주지사가 마주 앉아있는 야외 테이블은 어느 수제 파이집의 것이었다. 주인과 종업원들은 개시손님이 한겨울 중령과 주지사라는 사실에 기뻐했다. 대화가 자연스럽게 끊어진 자리에, 한 종업원이 음식을 날라 왔다.

"주문하신 피자와 파이 나왔습니다. 갈비구이랑 버펄로 윙, 야채 샐러드도 곧 나올 거예요."

영업용 이상의 미소를 보여주는 그녀에게, 주지사가 추가 주문을 넣었다.

"캐서린 피치 패션도 한 병 가져다주게."

"알겠습니다."

"캐서린 피치 패션?"

겨울의 물음에 주지사는 엄지를 세워 보였다.

"순수하게 복숭아로만 빚은 와인입니다. 저 아랫동네의 포트 콜린스에서 만들지요. 오전부터 무슨 술이냐고 흉보진 마십시오. 이럴 때 찍는 사진의 배경엔 지역 특산물이 들어가 줘야 하거든요. 아는 사람이 적다는 게 오히려 장점입니다. 그 적은 사람들은 보다 확실한 친근감을 느낄 테니까요. 어이, 가게 간판도 잘 나오게 찍어."

마지막 말은 참모에게 하는 것이다. 해당 참모는 몇 걸음 떨어져서 사진기를 들고 대기 중이었다. 누가 이야기를 엿

듣지는 않는지 경계하는 역할을 겸했다.

그 참모가 우려했다.

"그런데 너무 많이 드시는 것 같습니다."

"테이블이 꽉 차있어야 내 이미지도 긍정적으로 보이는 거야."

"매번 안 남기고 다 드시잖습니까. 그렇잖아도 허리둘레가 나날이 늘고 계시는데. 혈중 콜레스테롤 수치도 너무 높습니다. 다음 선거에서 건강검진 결과가 문제시되면 어쩌실 겁니까?"

참모의 불평에, 주지사가 천연덕스럽게 답했다.

"기왕 시킨 음식을 버리면 아깝잖나. 만든 사람에 대한 예의가 아니야. 그리고 콜로라도 남자라면 16인치 피자 한 판쯤 기본으로 먹어줘야지."

"그건 남자의 기준이라기보다 짐승의 기준에 가깝지 않습니까?"

"글쎄. 자네가 생각하기 나름이겠지. 사람 밑에서 일하고 싶나, 짐승 밑에서 일하고 싶나?"

참모는 가슴을 펴고 당당하게 대답했다.

"어느 쪽이든 상관없습니다. 윗사람이 짐승이라도 사람으로 만드는 게 제 일입니다."

"……할 말 없게 만드는군."

그래도 주민들은 자신의 커다란 덩치를 좋아한다고, 주지사가 혼잣말처럼 중얼거렸다.

겨울은 가볍게 웃으며 피자 한 조각을 접시에 덜었다. 주지사 또한 그리하며 흡족한 미소를 지었다.

"한 중령은 내가 여기에 올 이유가 달리 없다고 했지만, 사실 이 피자를 먹고 싶다는 사심도 조금 있었습니다. 첫 유세가 한창일 적에 먹어보고 반했지요. 다른 곳에선 이런 피자 먹기 힘듭니다. 독특한 개성이 있어요."

"그래서 대대원들도 좋아합니다. 한국에서 먹던 것을 떠올리게 하거든요."

"오, 그렇습니까?"

"네. 그렇게 들었습니다."

사실이다. 근처에 피자헛도 있지만, 독립대대에선 푸짐한 토핑을 올려주는 이곳을 더 선호한다. 상대적으로 비싼 가격은 단점이 되지 않았다.

그렇게 들었다고 남 이야기를 하듯이 말하는 건, 겨울에겐 해당사항이 없는 이야기인 까닭이었다. 「종말 이후」에서 재구성되었을 과거의 한국은 겨울이 잘 모르는 나라였다.

"하기야 향수가 그리 쉽게 사라지는 건 아니지요."

혼자 납득한 주지사가 조각 하나를 삽시간에 해치우고는, 티슈로 입술을 닦는다.

"중령. 당신에겐 201독립대대가 얼마나 소중합니까?"

"왜 그런 질문을 하시는지?"

"요는 이거지요. 그들을 제로 그라운드로 보내기 싫다는 생각, 한 번도 안 해보셨습니까?"

무슨 말을 하려고 이러는 걸까. 겨울이 묵묵히 바라보자,

주지사는 질문을 고쳤다.

"중령 스스로도 가기 싫다고 생각해본 적은 없습니까?"

"만약 그렇다고 한다면, 도와주시겠다는 말씀이신가요?"

"굳이 말하자면 서로를 돕자는 것이지요."

"……."

"승산은 있습니다. 공화당 내에도 당신을 보내기 싫어하는 세력이 존재하는지라. 대통령의 의지에 공공연히 반대하고 나설 용기는 없지만, 당신이 직접 나설 각오를 할 경우엔 입장을 달리할 여지가 충분하지요."

겨울은 식사를 멈췄다. 주지사가 이곳에 온 다른 이유는, 맛있는 피자 따위가 아니라 바로 이 용건이었던 모양이다. 숙고하는 사이에 새로운 음식들이 나와 테이블을 채웠다.

'내가 그렇게 나서는 것 자체가 이익이겠구나.'

일단 공화당 내부에 불협화음을 넣을 수 있다. 그리고 한 겨울 중령을 보다 가치 있게 쓴다는 것이 그들의 명분이자 방패일 터이므로, 겨울은 앞으로도 크레이머와 앙금을 쌓아갈 수밖에 없게 된다. 반대급부로서 민주당과 가까워지는 건 필연이었다.

자기 잔에 술을 따르는 주지사에게, 겨울이 말했다.

"위험부담이 너무 큽니다."

"그야 그렇겠지요. 대통령에게 밉보이는 셈이니. 하지만."

주지사가 와인을 홀짝이며 유혹했다.

"어떤 위험부담이라도 목숨을 거는 것보다는 낫지 않겠

습니까?"

"······."

"중령 한 사람만이 아니라, 부하들의 운명까지 걸려있는 문제입니다. 대안의 하나로서 고려해볼 가치는 있다고 봅니다."

"말씀은 감사하지만, 사양하겠습니다."

겨울이 주머니 속의 보험, 녹음기를 만지작거리며 답한다.

"죽음이 전보다 두렵기는 합니다. 결혼할 사람이 있거든요."

"오······."

"그래도, 싸움에서 달아나고 싶진 않습니다."

모르겠다. 봄의 질문만 없었어도, 다시 한 번 이기적인 결정을 내렸을는지.

겨울이 없다고 해서 제로 그라운드 진공이 반드시 실패하는 것도 아니다. 대륙분리 작전이 완료된 시점에서, 이 세계관의 미국은 어지간한 위기로는 무너지지 않을 터. 사실 위기라는 게 찾아올 수 있을지도 의문스럽다.

그러니, 영웅으로서의 명성을 좀 잃어버리면 어떤가. 정치적으로 고달픈 처지가 되면 또 어떤가.

'그 너머에 확실한 앤과의 미래가 있을 텐데.'

보다 이른 한계에 직면하여, 강박적으로 지켜내려던 한겨울의 일부를 포기하더라도, 그것이야말로 평범한 삶이자 그 삶에서 얻을 수 있는 인간의 행복이 아니겠는가.

겨울은 결코 신이 아니었다. 될 능력이 없었다. 닿지 못할 목적지가 얼마나 고달픈 것인가는 질리도록 경험하지 않았었나. 그래서 봄이 찾아낸 마음이 더욱 특별한 것이다.

"달아나지 않겠습니다."

스스로에게 다짐하듯이, 겨울이 단호하게 반복했다.

이래야 할 것 같은 예감이 들었다. 여기에 분명한 근거는 없으나, 이상할 만큼 강렬한 예감. 가슴속의 나침반이 가리키는 방향이다. 겨울이 봄에게 보여주고 싶은 계절이었다. 마음을 얻더라도 미움까지 얻진 말아달라는 당부를 그저 말뿐인 부탁으로 끝내긴 싫었다.

빤히 응시하던 주지사가 식사를 재개하며 하는 말.

"아쉬우면서도 한편으로는 만족스럽군요."

"만족?"

"명불허전이라는 말입니다."

겨울은 그의 말과 태도에서 기시감을 느꼈다.

"염려 놓으십시오. 녹음기가 필요한 일은 없을 테니까요."

"눈치채고 계셨군요."

"그럼요. 이 조지 '라지 채프' 채피의 경력이 몇 년인데요. 미안해 하실 거 없습니다. 만사에 조심하는 태도는 좋은 거지요. 하하."

넉살 좋게 웃고 나서, 그는 경이로운 속도로 자기 몫의 음식들을 먹어치웠다. 하압! 겨울은 그가 크고 두꺼운 피자 조각을 단 두 호흡에 구겨 넣는 모습을 보고 놀랐다. 주지사가 아니었어도 푸드 파이터로 유명해졌을 것 같은 사람이었다.

"달리 편의를 봐드릴 일은 없습니까?"

주지사의 질문에 곧바로 고개를 저으려던 겨울은, 잠시 생각에 잠겼다가, 한 가지 부탁을 하기로 했다.

"나중에 제가 말씀드리는 사람들을 이쪽으로 초청해주실 수 있을까요?"

"혹시 난민들입니까?"

"네."

"흠. 이유를 알 만하군요. 좋습니다. 어려울 것도 없지요."

"감사합니다."

"별말씀을. 다만 내가 언론을 통해 생색을 좀 내더라도 이해해주십시오."

대충 겨울에게 우호적인 이미지를 구축하겠다는 뜻이었다. 대가치곤 별것 아니었기에 겨울은 그러겠노라 약속했다. 주지사는 수지맞는 장사라고 좋아했다.

서부 3개주에서 역병을 축출하기는 했지만, 난민들은 구봉쇄선의 동쪽지역에 대해 강렬한 환상을 품고 있었다. 무리도 아니다. 불안하던 시기 내내 안전지대에서의 생활을 꿈꾸었을 테니.

그런 지역의 하나인 콜로라도에 겨울의 호의로서 초대된다면, 당사자들은 무척이나 기뻐할 것이다. 특히 다른 국적의 난민들이라면 더더욱. 이는 동맹과 난민구역의 분위기를 단속할 하나의 방편이었다. 서로 미움을 잔뜩 쌓아온 난민들의 유일한 연결고리가 바로 겨울이다. 그 겨울이 한국계만 편애한다는 피해의식이 생기기 전에 예방접종을 놓는 효과도 있을 터였다.

어쨌든, 제로 그라운드 이후도 준비해두어야 한다.

6월 26일 새벽, 겨울은 해발 3만 5천 피트 상공의 수송기 안에서 회중시계를 보고 있었다. 조명 옅은 화물칸의 정적 속, 톱니가 째깍거리며 돌아가는 와중에 평시보다 크게 울리는 숨소리가 섞였다. 강하를 앞두고 착용한 산소호흡기 때문이다. 단시간에 최소 수천 미터를 낙하하는 고고도 강하에선 먼저 순수한 산소를 호흡하여 혈중 질소농도를 떨어뜨리는 과정이 필수적이었다. 그러지 않으면 감압병에 걸려 죽을 수도 있다.

삐익-

전자음과 함께 내부조명의 색채가 바뀌었다. 강하를 앞두고 화물칸 압력 조절을 시작한다는 신호였다. 겨울은 침을 삼켜 귀가 먹먹해지는 느낌을 지웠다. 곧 후방 개폐구가 열릴 것이다. 붉게 물든 기내에서 대대 참모들이 낙하산 무더기를 올린 지휘장갑차에 탑승했다. 겨울도 그 뒤를 따랐다. 좌석에 앉아 벨트로 몸을 고정시킨다. 그리고 다시 시계를 보며 때를 기다렸다.

약 3분 후.

발과 등을 타고 올라오는 진동이 한층 강해졌다. 유압모터 구동음이 들린다. 더불어 진해지는 바람소리. 장갑차 내부가 웅웅 울렸다. 이미 수십 차례의 강하 훈련으로 익숙해진 일이다. 시계를 갈무리한 겨울이 속으로 수를 헤아렸다.
셋, 둘, 하나.

덜컹! 고정 장치가 풀리면서 장갑차는 수송칸의 레일을
따라 미끄러졌다. 거친 진동 끝에 찾아온 건 갑작스러운 무
중력. 이런 데 약한 통신장교 에반스가 숨을 삼키는 모습이
보인다. 고질적인 멀미와 긴장 탓에 처음 몇 번은 구토를
쏟아냈었다.

무리도 아니다. 장갑차 내부는 협소하다. 비좁은 공간에
갇힌 채 고공에서 던져지는 처지. 신경이 곤두서지 않는 쪽
이 비정상이었다.

러시아 공수군도 좋은 소리는 하지 않았다.

그들이 훈련받은 종래의 방식에서는, 기갑차량을 낙하산
으로 공수할 땐 수송기에서 이탈하는 즉시 낙하산이 펼쳐
져야 한다.

그러나 제로 그라운드 진공에 적용되는 방식은 달랐다.
일정 시간 자유낙하로 떨어지다가, 특정 고도에 도달하고
서야 낙하산이 전개되는 것이다. 이를 HALO라 부르며, 기갑
차량 강하에 적용하는 건 처음 있는 일이라 들었다.

겨울은 외부 관찰 카메라가 잡아낸 고고도의 야경을 보
며 생각했다.

'데브그루는 비슷한 경험이 있다던데.'

미국 최정예 특수부대답게, 그들은 보트에 탑승한 채로
이런 식의 강하를 성공시킨 적이 있었다. 강하지점이 해상
이라는 점만 제외하면 전반적인 조건은 유사하다.

바꿔 말하면, 이토록 특이한 강하에 숙달된 독립대대는 이제 특수부대라고 불릴 최소한의 자격을 갖췄다는 뜻이었다. 특수부대의 기준은 전투력이 아니니까.

남은 건 실전경험뿐이다.

미군 지휘부도 그 점을 인식하고 있었다. 독립대대 투입은 사실상 대통령의 독단이었으되, 기왕 파병할 병력이라면 어중간한 상태로 보내지는 않는다.

지금, 멕시코 중부고원의 남쪽 하늘을 내려다보게 된 것도 같은 이유였다.

겨울이 말했다.

"아름답지 않아요?!"

참모들 대부분은 겨울의 말을 못 알아들었다. 오직 부대대장 싱 소령만이 겨울과 같은 풍경을 보며 고개를 끄덕였다.

"아내에게 보여주고 싶은 경치입니다!"

평소보다 목소리가 당겨져 있긴 했으나 모범적인 여유였다. 그가 하필 아내를 언급하는 바람에, 겨울도 앤을 떠올리며 외부 관측 모니터를 바라보았다. 달과 별이 비추는 난층운(亂層雲)의 지평선은 좌우로 35도쯤 기울어진 상태였다. 중력을 느낄 수가 없어서 체감하기 어렵지만, 장갑차가 그만큼 기운 채로 곤두박질치고 있다는 의미였다.

강하 개시로부터 약 1분 후, 드디어 낙하산이 작동했다.

갑작스러운 압력이 탑승인원 모두를 찍어 눌렀다. 겨울도 찰나의 호흡곤란을 느꼈다. 낙하산에 매달린 장갑차가

진자처럼 흔들렸다. 요동이 가라앉기까지는 약간의 시간이 필요했다.

그로부터 다시 5분쯤 지나, 장갑차가 마침내 지면에 내려앉았다.

쿵-!

교전은 곧바로 시작되었다.

「2시 방향, 거리 80, 쏴!」

차장의 외침과 동시에 무인포탑이 회전했다. 쾅쾅쾅쾅! 묵직한 총성이 차체를 때렸다. 장갑 위로 탄피 구르는 소리도 선명하다. 겨울이 콘솔로 포수의 화면을 공유했다. 수풀에서 튀어나온 변종들이 갈가리 찢겨나갔다.

캬아아아악-!

눈으로 듣는 굶주린 외침들. 비구름을 뚫고 내려오는 낙하산들을 발견했는지, 헐벗은 산 곳곳에서 변종들이 무리를 지어 달려오고 있었다. 오랜만에 보는, 그러나 결코 반갑진 않은 광경. 그리 큰 위협은 아니었다.

변종집단은 과거와 마찬가지로 사나웠으나, 한편으로는 혼란스러운 움직임을 보였다.

'통제력을 발휘하는 개체가 없다기보다는-'

동시다발적으로 강하하는 기갑차량들을 어찌 상대해야 할지 모르겠다는 느낌에 가깝다. 이런 식의 강습은 트릭스터에게조차 낯선 것일 터. 안다고 해도 대응하기 어려운 건 마찬가지. 언제 어디서 강습이 이루어질지 모르기 때문이다.

뻥!

포성이 울리고 폭발이 뒤따랐다. 막 낙하산을 분리한 공수전차가 근거리에 고폭탄을 갈긴 것이다. 자동장전장치 덕분에 연사 속도가 빨랐고, 교전거리가 가깝다보니 조준은 금방이었다. 밤이 번뜩이는 자리마다 죽음이 뿌려졌다. 전차는 피와 살을 뒤집어쓴 채 거칠게 움직였다. 질량에 치인 변종들이 무한궤도 아래로 깔려 들어갔다.

겨울이 무전기를 잡았다.

"각 단차! 교전보다는 집결을 우선시해요! 우측 언덕을 타고 남하합니다! 그 아래의 하천과 이쪽의 비포장로를 경계로 화력을 집중할 것! 자잘한 적은 무시하고 지나가요!"

공수용 장갑차와 전차의 장갑은 다른 기갑차량에 비해 매우 얇은 편이지만, 그렇다 해도 평범한 변종들이 손톱으로 뜯어낼 정도는 아니다. 총탄 정도는 거뜬히 막아낼 방어력이었다.

전술지도를 확인하는 겨울. 좌표를 보니 집결지점으로부터 북으로 1.3킬로미터 떨어진 지점이었다. 트릭스터의 전파방해는 약하게 잡혔다. 교활한 놈이 멀리서 관망하고 있다는 뜻이다. 녀석의 입장에서 거리를 속이기엔 위험부담이 크다. 지형에 굴곡이 반복되는 환경 상 이쪽의 사정거리 안에 들어와야 하니까.

'이제 곧 살아있는 포탄들이 쏟아지겠지.'

내산성 코팅이 장갑차의 모든 부분을 완벽하게 방호해주진 못했다. 게다가 데들러는 인화성 변종도 있다. 코팅은 불에 약하다. 방어력을 믿고 못 박혀 있어선 안 되는 이유. 당연한 이야기지만, 산성아기들은 움직이는 표적에 대해 명중률이 떨어지는 편이었다.

"청색신호, 쏴요!"

겨울의 말에 따라 지휘장갑차에서 신호탄이 발사되었다. 몇 킬로미터 범위에서는 충분히 보일 법한 조명이었다. 각 중대에서 쏘아 올리는 신호탄들이 그 뒤를 이었다. 혹시라도 엉뚱한 위치에 낙하한 차량이 있다면 빛을 보고 찾아올 것이다. 변종들도 모여들 테지만, 기갑차량의 속도를 따라잡긴 어렵다. 본격적인 숫자가 들이칠 때쯤이면 겨울 지휘 하의 병력은 이미 그 자리를 이탈한 뒤일 터였다.

구조를 요청하는 신호는 아직까지 올라온 게 없다. 그간의 훈련이 성과를 거두었다고 봐야 할 것이다.

중국계가 다수인 독립대대 브라보 중대는 산 마테오 소솔라라는 이름의 마을에 집결했다. 일본계가 다수인 찰리 중대와 구 한국군 출신이 다수인 델타 중대는 좀 더 남쪽에 있는 다른 마을에서 1차 집결을 완료할 것이다. 마지막으로 알파 중대는 서쪽으로 4킬로미터 떨어진 지점으로부터 자력으로 합류할 예정이었다. 가장 위험한 위치를 가장 신뢰하는 병력에게 맡긴 셈.

서로 다른 위치에 강하한 부대들이 약 80킬로미터에 걸쳐 합류를 거듭하며 덩치를 불려, 변종들의 번식 거점 하나를 파괴하고, 종래엔 오악사카 국제공항을 확보한 레인저 중대를 지원하는 것이 이번 임무의 목표였다.

무전상의 잡음이 많아졌다. 다만 강도는 오히려 약해졌고, 또한 간헐적이었다. 트릭스터는 전파추적 미사일을 두려워할 수밖에 없다.

「12시, 10시 방향에 변종집단 다수!」

겨울은 즉각적으로 상황을 판단했다.

"뚫어요! 한쪽으로 유도하려는 수작이니까! 잠시도 멈추지 말아요!"

우회하거나 정지하면 그거야말로 교활한 녀석이 노리는 바다.

"데이비드 액추얼로부터 모든 유닛에게! 지금부터 1분간 무선침묵! 긴급 상황만 보고!"

교신을 막는 겨울. 약 삼십초 후, 총성과 포성이 이어진 끝에 기갑차량의 대열과 변종집단의 물결이 격돌했다. 지휘장갑차 역시 몸을 던지는 변종들을 제압사격과 질량으로 짓이기고 지나갔다. 겨울을 비롯한 탑승인원들은 불쾌한 관성을 느낄 수 있었다. 터덩, 텅! 퀘에에엑! 운 좋게 올라탄 녀석들이 상면 장갑을 두들겨댔다. 사지가 멀쩡한 하나, 숨을 헐떡이며 상체만 달라붙은 하나. 무인포탑의 관측 카메라가 누렇게 변색된 치아로 가득해졌다. 렌즈를 핥는 새까만 혀. 감염돌기 하나하나가 선명하게 보일 지경이다. 그리고-

퍼억!

변종의 머리가 박살났다. 뇌수와 체액이 뿌려져 렌즈를 흐렸으나, 상황을 파악하긴 어렵지 않았다. 다른 장갑차에서 사격을 가한 것이다. 각 단차는 서로를 향해 소구경 사격을 퍼부어 거머리 같은 역병들을 긁어냈다.

직후 2시 방향의 하늘로부터 일그러진 아기들이 무더기로 쇄도했다. 그러나 경로가 살짝 어긋났다. 이쪽이 변종집단을 상대로 교전거리를 확보하지도, 우회하지도 않았기 때문이다.

겨울의 예상이 맞았다.

'이쪽을 직접 관측할 수 없는 위치에 있을 거라고 생각했지.'

무전이 가능한데도 침묵을 지시한 이유였다.

산성과 인화성의 아기들이 기를 쓰고 방향을 바꾸려했다. 하지만 브라보 중대는 겨울의 지시대로 도로를 벗어나 조금 더 높은 언덕의 분수령을 달리는 중이었다. 타격지점이 상대적으로 높아지는 탓에, 병든 아기들은 대부분 뜻을 이루지 못하고 엉뚱한 위치에서 퍼억 퍽 파열했다. 깨져나가는 얼굴마다 고통과 분노로 물들어 있었다.

그렇게 돌파한 다음, 브라보 중대는 옛 멕시코의 1350번 국도가 하천과 만나는 지점에서 멈춰 섰다. 알파 중대를 제외한 나머지 병력이 나타난 건 그로부터 십여 분이 흐른 다음의 일이었다. 이제 알파 중대의 합류만 남았다.

"각 중대는 계획대로 방어선을 구축할 것."

새로운 지시를 전달하고서, 겨울은 상면 장갑의 해치를 열고 상체를 내밀었다. 추적추적 내리는 비는 강화된 시각을 저해하기에 부족했다. 주변을 둘러보던 겨울의 시선이 어느 바위 하나에 고정되었다. 겉보기엔 평범한 돌이었으되, 겨울의 감각보정을 미묘하게 자극하는 무언가가 있었다.

"데이비드 액추얼이 데이비드 2-1-브라보에. 3시 방향에 있는 바위를 한 번 밟아 봐요."

해당 차량은 겨울의 말뜻을 이해하지 못해 다시 한 번 확인하고서야 움직였다. 장갑차가 가까워지자, 바위가 꿈틀거렸다. 그것은 순식간에 돌의 질감을 지닌 괴물의 모습으로 바뀌어 달아나기 시작했다. 그러나 곧 장갑차의 급가속에 짓밟히고 만다.

끼아아아아–

핏물이 터졌다. 비명을 내지르는 놈의 사지가 잠깐 사이에 다채로운 색과 질감을 내보였다. 놀라운 신축성을 지닌 부속지가 사방의 땅을 채찍처럼 때려댔다. 고여 있던 빗물이 요란하게 튀어 오른다. 부속지 표면에서 무수한 감염돌기들이 자글자글 들끓었다.

특수변종, 위퍼의 실물이다.

이 교전은 처음 상대하는 변종이 있다는 점에서도 제로그라운드 진공의 사전준비로 적합했다.

'방심하면 나도 위험하겠는데…….'

겨울의 감각에조차 잡힐 듯 말 듯한 존재감. 멜빌레이처럼 제한적인 수준이 아니라, 보다 제대로 된 「기척차단」을 보유한 게 틀림없었다. 감각보정에 의한 감지를 무력화하는 특성. 강화종 위퍼쯤 되면 주위를 제대로 살피는 것 말곤 다른 방법이 없을 듯하다. 수상해 보이는 지형지물에 한 발씩 총탄을 박으면서 전진해야 하는 것이다.

위퍼에 의한 감염은 잠복기가 존재한다는 점에서 더욱 위험했다. 긴 부속지로 사각에서 스치듯 감염시킨 다음, 내부로부터의 감염확산을 기다리는 유형의 괴물.

모든 병력이 사전에 교육을 받긴 했으나, 공세적인 병력 운용에서 하차전투는 지양하는 편이 낫겠다.

이쪽 전선에 배치된 병사들도 편한 싸움을 치르는 건 아니었다.

장갑차 안쪽에서 작전장교의 목소리가 올라왔다.

"정면과 3시 방향에서 적의 움직임이 관측됩니다!"

겨울이 아래로 외쳤다.

"보고 있어요! 작전대로니까 다들 동요하지 말고 대기하라고 전해요!"

무전상의 잡음이 아까보다 무거워졌다.

현재 독립대대는 작은 강을 등지고 있었는데, 본래 강을 가로질렀을 다리는 중간이 끊어진 상태였다. 의도적인 파괴의 흔적이다. 원흉은 아마도 하나 이상의 그럼블. 이는 교활한 것들이 교각의 중요성을 학습한 결과물이기도 하다.

즉 트릭스터에겐 독립대대가 끊어진 다리 앞에서 발이 묶인 것처럼 보일 터였다.

'와라.'

이 위치의 독립대대를 공격하려면, 변종들도 원래의 거점에서 기어 나와야 한다. 특히 산성과 인화성 아기가 집중된 고지들이 중요했다. 그럼블이 아기를 투척한다고 해도, 경로 상에 다른 언덕이 없어야 독립대대를 치명적인 활강의 사정권에 둘 수 있으니.

잠시 후, 변종들의 배후에서 구름을 뚫고 내려오는 새로운 낙하산들이 보였다. 독립대대보다 훨씬 더 큰 규모의 강하. 대대가 벌인 교전의 소음이 주위의 변종을 빨아들여, 연대급 부대가 소리 없이 강하하기에 최적의 환경이 마련된 것이다.

그리고 함정의 마지막 장치로서 알파 중대가 모습을 드러냈다. 남은 방향을 틀어막다시피 하면서.

이로써 길게 늘어진 변종들의 행렬은 포위공격을 피할 수 없게 됐다.

해치를 닫고 내려온 겨울이 무전기를 들었다.

"전 차량, 사격개시! 보이는 대로 다 쏴버려요!"

독립대대는 여기서 버티기만 하면 된다. 조이는 건 숫자와 화력이 월등한 러시아 공수군의 몫이고, 다 조인 후엔 공군이 폭격으로 마무리 지을 테니.

변종들은 이미 예전에 참호 개념을 학습했다. 이는 산이 많은 중미 지역의 지형과 더불어 공습의 효율을 감소시키는, 그리고 각각의 고지 점령을 어렵게 만드는 원인이었다.

그래서 겨울은 독립대대의 위기를 연출했다.

교활한 괴물의 입장에서, 강철의 벼락을 막는 가장 좋은 방법은 인간의 군대를 방패삼는 것이었다. 일단 달라붙기만 하면 폭격 맞을 걱정은 없다. 하다못해 수백 미터 안쪽으로만 접근해도 공습의 빈도가 뚝 떨어진다. 위험 근접 (Danger Close), 즉 아군까지 휘말릴 가능성 때문. 때로는 오폭 한 발이 부대 전체의 운명을 결정하기도 한다. 폭탄 떨어진 균열, 그 화력의 공백을 틈타 역병의 군세가 밀려드는 탓이었다.

그러므로 무너진 교각 앞에서 정지한 독립대대는, 트릭스터가 보기에 아주 매력적인 공격 목표였을 것이다. 굽이치는 지형 덕분에 교전거리를 줄이기도 쉽다.

거기에 더해, 정보를 확보할 필요성도 있었다.

'높은 곳으로부터 내려온 것들의 특성을 파악해야 하니까.'

겨울이 주장했고, 공수군 연대장은 반신반의한 트릭스터의 행동 패턴이었다. 놈들은 변종들의 지휘관에 해당한다. 새로운 정보를 학습하고 전파하는 것 또한 놈들에게 주어진 역할이 아니겠는가. 둥지에서 끌어낼 수 있을 거라 장담한 이유였다.

그 결과가 지금이었다.

기세가 오른 공수군은 참호를 벗어난 변종집단을 일방적으로 도륙했다. 변종들의 기본 전술은 산개 이동 후 공격지에서의 집결이다. 포격과 공습의 피해를 최소화하고자 체득한 방식이지만, 후방에서 들이치는 공세엔 약할 수밖에 없다.

어느 방향으로도 길을 뚫지 못하고 예정된 위치에 정확하게 뭉쳐진 변종들의 최후는, 중심부에 작렬한 두 발의 유도폭탄(JDAM)이었다. 항공폭탄 위에 달린 GPS 수신기는 방해전파의 영향으로부터 상대적으로 자유롭다. 방해전파가 폭탄 동체에 가려지는 까닭. 여기에 관성유도마저 병행하므로, 불량이 아닌 이상에야 빗나갈 수가 없는 폭력이었다.

굉음이 다른 모든 소리를 살해하고, 까맣던 야경엔 초연(硝煙)의 밝은 광란이 뒤섞였다.

끼이이이이-

트릭스터가 내지르는 단말마의 비명이 수초에 걸쳐 여러 주파수를 마비시켰다. 그것이 끝났을 때, 겨울은 통신장교에게 상황을 확인했다.

"이쪽의 전파방해는?"

에반스 대위가 끄덕였다.

"다행스럽게도, 때맞춰 정상적으로 작동시켰습니다. 수신범위 내에 「침묵하는 하나」가 있다면 지금쯤 고민이 많을 겁니다."

죽음을 맞이하는 순간 트릭스터가 방출하는 전파엔 대량의 정보가 포함되어 있다. 죽음에 이른 경위를 근처의 다른 동종, 특히 침묵하는 하나에게 전달하는 것이다.

본디 이는 유력한 가설에 지나지 않았으나, 황보 에스더에 의해 사실로 확인됐다. 물론 공식적인 발표는 아니었다. 괴물이 된 소녀의 존재가 여전히 비밀이므로. 겨울은 에스더 본인과 통화했을 따름이었다.

이쪽의 대응책은 트릭스터가 죽는 시점에 역으로 전파방해를 거는 것이다. 사실상 실전에서는 쓰기 어려운 방식이었는데, 이번엔 상황이 상황이라 타이밍을 정확하게 맞출 수 있었다.

이로써 기갑공수의 실체는 조금 더 비밀로 남아있게 되었다.

잡음이 사라져 청명해진 채널을 통해 새로운 무전이 들어왔다.

"Sir. 다비도프 대령입니다."

에반스의 말에, 겨울이 손을 내밀었다.

"이리 줘요."

겨울은 공수군 연대장과 교신했다.

"접니다."

「오, 중령. 방금은 아주 좋은 싸움이었소. 계획대로 착착 맞아떨어지는군.」

"331 연대 덕분에 가능했던 일입니다. 감사드립니다, 바실리 페트로비치."

「겸손하기도 하시오.」

다비도프 대령은 콜 로저스의 진급 이후 태도가 달라진 사람 가운데 하나였다.

적당한 공치사가 오간 뒤에, 다비도프 대령이 용건을 말했다.

「이쪽 둥지는 우리가 치겠소. 별일 아니니 귀소 측까지 나설 필요는 없을 듯하오.」

전과를 원하는 것이다. 주력집단이 이탈한 둥지는 전력 미만의 변종들만 남아있을 게 뻔했다. 아직 덜 자랐거나, 험프백과 같이 애초부터 전투에 부적합한 놈들. 살아있는 포탄으로서 비축된 데들러들이 있을지도 모르나, 그렇다 한들 대령의 말마따나 큰 위협은 아니었다. 다른 변종들의 보조가 없고선 스스로 날지도 못하니까.

잠시 생각하던 겨울이 단서를 붙여 동의했다.

"상관은 없습니다만, 혹시 굴이라도 발견한다면—"

「알고 있소. 그땐 폭격 지원을 요청하지.」

사전에 상의한 바다. 변종들은 최근 굴착이라는 개념을 학습하는 중이었다. 아직 원시적인 시도에 불과하지만, 그대로 방치하면 훗날 많이 귀찮아질 가능성이 높다. 그래서 군 당국은 변종들의 시도를 조기에 좌절시키고자 노력하고 있었다.

방법은 간단하다. 의심스러운 지역마다 간헐적인 폭격으로 강한 진동을 유발하는 것. 버팀목조차 대지 않았을 토굴은 폭발의 여진에 무너질 수밖에 없다. 변종들은 무익한 노력을 오래 고집하지 않을 것이다.

문제는 필요한 상황에서도 항공지원을 요청하지 않는 경우다. 둥지 청소를 오롯이 공수군만의 전과로 삼기 위하여. 그렇잖아도 독립대대가 앞서 강하하여 보다 위험한 역할을 수행했으니, 대령 입장에서는 자신의 연대 또한 어느 정도 위험을 감수해야 균형이 맞는다고 생각할 수도 있었다.

'전과 따위야 아무래도 좋은데…….'

겨울에겐 얽매일 이유가 없다. 그러나 다비도프 대령은 아니었다. 작게는 공수군, 크게는 조국의 체면과 이익이 걸려있으므로. 그 무거운 어깨를 감안할 때 단순한 이기심으로 보기는 어렵지만, 불필요한 인명손실이 생길까봐 걱정스러웠다. 대령의 대꾸가 건성이어서 더더욱.

허나 지적하면 불쾌하게 여길 것이다.

겨울은 그저 이렇게 말했다.

"그럼, 기다리겠습니다."

「고맙소. 그쪽 길을 잘 막고 계시구려.」

교신을 끝낸 뒤, 공수군 연대가 다시 합류하기까지 걸린 시간은 약 20분 남짓이었다. 손실 발생여부를 확인할 방법은 없었다.

"출발하죠."

겨울이 보낸 신호에 전체 대열이 움직이기 시작했다. 이번에도 선두는 독립대대였다. 교각이 끊어진 강을 건너는 건 쉬웠다. 대대가 보유한 모든 차량이 수상도하능력을 갖췄기 때문이다. 파도가 높지 않으면 바다에서의 항주도 가능한데, 산간에 흐르는 개천쯤이야.

지도에 표기된 강의 이름을 보고, 겨울은 공교롭다고 여겼다.

'리오 살리나스. 살리나스 강인가.'

딱히 놀랍진 않았으되, 미국이 이민자들의 나라임을 새삼 곱씹게 되는 순간이었다. 궁금해진다. 멕시코 영토의 남쪽 절반을 러시아에 할양하겠다는 크레이머 행정부의 계획에 대하여, 라틴계 이민자들이 과연 어떻게 반응하는지. 그리고 그들이 만약 반발할 경우, 크레이머는 거기에 어찌 대응하려는지.

도로를 따라 남동으로 내려가는 길은 길고도 고단했다. 험한 산맥과 고원을 관통하는 도로답게 낙석주의 구간이 많았고, 이런 장소는 변종집단이 매복하기에도 유리했다. 무인기를 띄우는 것만으로는 완전히 안심하기 어려웠다.

결국 그 같은 구간을 지나갈 때마다 보병들을 하차시켜 도로 양쪽을 확보해야 했는데, 이마저도 위퍼를 경계하다 보니 신속하게 이루어질 수가 없었다.

그나마 다행인 것은 변종들의 습격이 드물었다는 점. 이따금씩 멀리 정찰 나온 듯한 녀석들을 발견하긴 했으나, 그게 본격적인 공격으로 이어지진 않았다.

작전장교 포스터는 산중의 밤에 내린 무거운 고요를 미심쩍어했다.

"이상하군요. 오악사카에 도착하기까지, 처음 같은 전투를 몇 번은 더 치러야 할 줄 알았는데 말입니다. 너무 조용해서 불쾌할 정도입니다."

으흠. 팔짱을 낀 채 손가락으로 상박을 두드리던 싱 소령이 새로운 의견을 제시했다.

"아까 우리 쪽에서 썼던 전파방해의 영향이 아닐까?"

"무슨 말씀이십니까?"

"죽은 트릭스터의 정보를 제대로 전달받지 못했으니, 침묵하는 하나의 입장에서 우리는 완전한 미지의 적이겠지. 우리가 떠난 뒤에 교전현장을 살펴보았다면, 녀석이 과연 무슨 생각을 했을까?"

"잘 모르는 적이라 일단 몸을 사리고 있다는 거로군요."

"그래. 경계하는 게 당연하지."

낙관적이어도, 겨울이 볼 땐 나름 일리가 있는 추측이었다. 이 지역은 변종들의 뒷마당이나 다름없다. 그런 곳에서, 외부로부터 침입한 흔적도 없이 대규모 기갑부대가 출현한 것이다. 무수한 무한궤도 자국들과 일방적인 살육의 흔적들을 보고 의혹을 품었을 개연성은 충분했다.

포스터 대위는 못내 찝찝한 표정을 거두지 않았다.

"그렇다면야 좋겠습니다만, 이놈들이 뭔가 다른 꿍꿍이가 있는 건 아닐까 하는 걱정이 듭니다."

겨울이 고개를 기울였다.

"다른 꿍꿍이라면?"

"그냥 느낌이 그렇습니다. 레인저보다 먼저 공항에 주둔하고 있었던 병력도 하룻밤 사이에 전멸했다지 않습니까. 브리핑 당시엔 솔직히 좀 소름 끼쳤습니다."

"……뭐, 아직 긴장을 놓을 때가 아니긴 하죠."

겨울 또한 그 내막이 신경 쓰이긴 했다. 변종들이 어떻게 외곽 방어선을 뚫었는지에 대해선 아직 밝혀진 바가 없다. 레인저가 발견한 교전현장은 미스터리 호러 영화의 한 장면 같았다.

그러나 불안이 무색하게, 고원 남부의 가장 위험한 영역을 다 지나기까지 추가적인 교전은 발생하지 않았다.

정찰용 무인기에서 들어오는 영상에 댐과 저수지가 잡혔다. 순례자 마티아스 호수였다. 그 아래로 흐르는 네그로 강만 건너면 진행경로의 전환점에 도달한다.

이 앞의 교차로에서 다른 도로를 타고 내려오는 러시아 공수군 217 연대와 접촉한 뒤, 다시 남하하는 길에선 기습적인 대규모 공격에 노출될 가능성이 낮았다. 그 일대는 공항에 배치된 포병대의 사정권으로서, 몇 주에 걸쳐 꾸준히 불벼락을 뒤집어썼기 때문이다. 포격의 효율은 공습을 능가했다. 각각의 능선을 갈아엎다시피 하는데 물러나지 않고 어떻게 배기겠는가.

적어도 그 범위에 변종들의 거점이 남아있긴 어렵다. 변종들은 보다 깊은 험지에 웅거한 채, 산악지역에 진입하려는 미군을 번번이 요격하는 식으로 대응하는 중.

바로 그런 둥지 가운데 하나를 독립대대와 공수군 331 연대가 짓밟고 온 것이다.

에반스가 보고했다.

"Sir. 217 연대의 발광신호를 확인했습니다. 1-1-알파가 접근합니다."

겨울도 모니터를 통해 깜박이는 불빛을 주시했다. 해당 방향으로 나아가는 알파 중대의 1소대 1호 차량도 보인다. 트릭스터의 전파교란을 완전히 배제하고자 약정된 절차이자, 제로 그라운드 진공에 대비한 연습이기도 했다. 이쪽에선 철저한 기습을 노리고 있으니까. 아니었다면 야간 고고도 강하를 고집하지도 않았을 것이다. 이는 시인성과 하늘의 소음을 동시에 최소화하는 방식이었다.

잠시 후 에반스가 안도했다.

"접촉했습니다. 217 연대도 무사히 도착했다는군요."

예쓰! 주먹을 불끈 거머쥐는 정보장교 머레이.

겨울이 그를 응시했다.

"끝날 때까지는 끝난 게 아니다. 알죠?"

국토안보부의 브록 헌트에게서 들었던, 뉴욕 양키즈의 전설적인 포수가 남긴 말이다.

"이대로 마지막까지 잘해보자고요. 방심하면 안 당할 공격도 당할 테니."

"크흠, 네."

머레이가 멋쩍어했다.

남쪽의 독립대대와 331 연대, 그리고 조금 북쪽의 217 연대는 서로의 존재를 확인했으나 당장 합류하지는 않았다. 지금도 기갑행렬의 길이가 길다. 오악사카의 중심지로 접어드는 길목에서 다시 한 번 분기점을 만나니, 기민한 대응을 위해서는 그때 합류하는 편이 나을 것이다. 어차피 서로 간의 거리는 최대 6킬로미터에 불과하다. 사이에 변종집단이 끼어있을 경우 양쪽에서 협격하면 그만이었다.

'기동을 위한 여백이 필요하기도 하고.'

기계화 부대의 강점을 살리자면 충분한 공간을 확보하는 것이 필수적이다. 독립대대가 타고 내려가는 1350번 도로와 북쪽의 공수군이 이용하는 190번 도로 사이엔 적당한 개활지가 펼쳐져 있었다. 이쪽에서 내려가자면 조금은 산을 타야 하지만, 그래도 도시 근교인지라 괜찮은 기동로가 많았다. 경사를 따라 만들어진 농경지도 기갑차량의 기동에 적합하다.

여기까지 곱씹고서, 겨울은 생각했다.

'나, 잘하고 있는 건가.'

배운 만큼 늘어나는 전술적 「통찰」에 힘입어 이론을 빠르게 체득하긴 했지만, 대대 규모의 병력을 지휘하는 건 처음이다 보니 가끔 확신이 약해지는 순간들이 있었다.

그나마 싱 소령을 위시한 참모진이 곁에 있어 부담이 덜하다. 엇나갈 때면 제동을 걸어주겠지 싶은 기대.

새벽이 찾아왔다. 비가 내리는 와중에도 사위가 조금씩 밝아지기 시작했다. 무인기들이 송신하는 영상 속 초토화된 시가지의 풍경이 한층 더 선명해진다.

싱 소령이 유감을 표했다.

"뭐 하나 멀쩡히 남아있는 게 없군요. 도시 자체가 문화유산이라고 들었는데……."

문화유산 운운은 오래된 도심에만 해당될 이야기지만, 종말을 그림으로 그린 듯한 폐허가 유별난 감상을 불러일으키는 건 사실이었다.

오악사카가 이토록 철저하게 파괴된 건 역병의 소행이 아니다.

공항 확보에 앞서, 미군은 도시에 여러 차례의 융단폭격을 퍼부었다. 멕시코의 다른 도시들도 마찬가지. 본토에선 인명이나 재산 피해, 투표권을 보유한 이재민들의 여론, 복구사업의 어려움 등을 고려하여 시가지에 대한 폭격을 가급적 삼갔으나, 중미 지역에 대해선 그렇게 자제할 이유가 없었다. 적어도 크레이머의 정책은 그러했다. 거기에 생존자가 남았을 가능성은 따지는 것이 무의미한 수준이라며.

다만 미국의 이익에 직결될 산업단지나 기간시설들 정도가 예외적으로 보존되었을 따름.

멧돼지 사냥 작전 당시 확보한 접경도시들도 비교적 멀쩡하게 남아있기는 하다. 개체 수 보존에 급급했던 변종들이 시간을 끌 요량으로 소수만 남기고 떠나버렸던 덕분이었다.

오전 8시 13분, 마침내 이번 작전에 참가한 모든 부대가 오악사카 북쪽의 분기점에서 합류했다.

그로부터 조금 더 남쪽으로 내려갔을 때, 겨울은 폐허 한복판에 남아있는 동상 하나를 볼 수 있었다. 구 멕시코 유일의 인디오 출신 대통령, 베니토 후아레즈의 동상이었다. 무인기의 고해상도 카메라는 동상 아래의 문구까지 선명하게 잡아냈다.

병력이 늘고 시야가 탁 트이자 긴장도 풀린 정보장교가 그 문구를 어설프게 웅얼거렸다.

"El respeto al derecho……. 음, 못 읽겠군요. 무슨 뜻일까요?"

참모진 중엔 스페인어 구사자가 없었다. 오아하카를 오악사카로 읽는 것도 그 때문이다. 그러나 겨울이 뜻을 알았다.

"내가 아는 사람의 말버릇이네요. 「다른 이들의 권리를 존중한다는 것은 곧 평화를 의미한다.」"

아는 사람이라고는 하나, 이미 지나간 종말 속의 짧았던 인연이다.

대통령의 동상엔 파편이 튀어 생긴 흠집이 많았다. 그것은 마치 상처 입은 대통령이 을씨년스러운 폐허를 둘러보는 것처럼 보였다.

독립대대가 최종 목적지인 오악사카 국제공항에 도착했을 때, 레인저 중대는 공항 본관 및 견인포가 방열된 주차장만을 요새화해 놓은 상태였다. 활주로까지 방어선을 구축하기엔 병력이 모자랐던 탓이다. 황무지 같은 폐허에서 외로웠던 그들은 지원군의 도착을 반갑게 맞이했다.

"먼 길 오시느라 고생 많으셨습니다."

가벼운 경례를 받고서, 겨울은 레인저 중대장에게 손을 내밀었다.

"앞으로 사흘간 잘 부탁해요, 대위."

"별말씀을. 저야말로 잘 부탁드립니다. 바로 상황보고를 받으시겠습니까?"

중대장, 그라프 대위의 태도에 다급함은 없었다. 당장 해결해야 할 뭔가가 있진 않은 모양새라, 겨울은 고개를 저었다. 두 개 연대나 되는 공수군 대열은 아직 다 들어오지도 못했다.

"아뇨. 같은 일 두 번 하게 만들긴 싫으니, 내가 공수군 쪽 장교들을 챙겨서 상황실로 가는 편이 낫겠네요. 어디로 가면 되죠?"

대위는 본관의 정면을 가리켰다.

"저 안쪽입니다. 입구에서 보이는 대로 붙잡고 물어보십시오."

"그렇군요. 그럼 우선……."

겨울이 말끝을 흐리며 참모들을 돌아보았다.

"포스터."

"네."

"같이 가서 시설과 물자부터 둘러봐요. 기존 정보와 차이가 있는지."

"알겠습니다."

이후 임시로 중대별 경계구역을 할당한 겨울은, 브라보 중대 2소대의 1호차를 찾았다. 간밤의 교전에서 바위로 위장하고 있던 위퍼를 밟아 죽인 차량이었다. 비 개인 하늘 아래, 하차해서 몸을 풀고 있던 인원들이 대대장의 접근에 긴장했다. 그중엔 소대장인 쑨시엔도 있었다.

"무슨 일이십니까, Sir?"

"편하게 있어요. 장갑차 상태를 살펴보러 온 거니까."

"어, 별다른 이상은 없습니다만……."

"이거 말예요, 이거."

겨울이 손가락으로 장갑차 겉면의 긁힌 자국을 가리켰다. 죽어가는 위퍼의 발악이 남긴 흔적. 미친 듯이 휘두른 부속지에 어느 정도의 힘이 실려 있었을지 궁금했다. 겨울은 장갑 낀 손으로 흠집 생긴 차체를 쓸어보았다. 위퍼에 대한 상세한 정보를 이미 서면으로 접했으나, 아무리 많은 자료를 접한들 직접 보는 것만 못한 법이었다.

'흠. 예상보다 깊게 패였네.'

재질이 철보다 무른 알루미늄 합금이라는 점을 감안해도 깊다. 벌레가 갉고 지나간 자국을 닮았다. 그럼블의 주먹질엔 한참 못 미치는 위력이지만, 트릭스터의 채찍질보다는 훨씬 더 강력하다. 애초에 톱니처럼 변형된 감염돌기가 줄지어 나 있으니, 약하면 오히려 이상할 노릇. 신형 전투복의 기본적인 방탄성능으로는 막아내기가 어려울 것 같았다.

그래도 위퍼가 장갑차를 어떻게 해본다는 건 불가능에 가깝다. 그 증거로, 깊은 자국은 몇 줄기에 불과했고, 나머지는 그저 처절한 핏자국에 지나지 않았다. 감염쐐기라고 부르는 게 어울릴 변형 감염돌기들이 장갑판과의 충돌을 견디지 못하고 부러져 나갔을 것이다. 아마도 처음 한두 번 안에.

관찰을 끝낸 겨울은, 여전히 어수선한 진입로를 보며 쏜시엔과 병사들에게 물었다.

"다들 첫 실전을 치른 소감이 어때요? 남기로 한 거, 후회되진 않아요?"

"아닙니다! 후회하지 않습니다!"

즉각적인 이구동성에 희미하게 웃고 마는 겨울.

일찍이 합동훈련에 돌입하기 전, 겨울은 이들에게도 제로 그라운드 진공에서 빠질 기회를 주었다. 본디 전출을 시켜도 무방할 만큼의 경력을 쌓은 구 독립중대, 현 알파 중대 구성원들의 의사만 확인하려 했었으나, 숙고해본 결과 그게 무척 위험한 행동이라는 것을 깨달았기 때문이다. 겨울은 이렇게 생각했다.

'나에 대한 불신이 생겨선 안 돼.'

위험한 임무를 앞두고 알파 중대 인원들에게만 전출의 사를 물었다는 사실이 알려지면, 다른 중대 인원들은 겨울이 예전부터 함께해 온 부하들만 편애한다는 식으로 해석할 게 뻔했다. 혹은 한국계만 아낀다거나. 가뜩이나 중대간의 감정이 미묘한 상황에서, 유일한 연결고리인 겨울에 대한 의심이 번졌다간 독립대대 전체가 제 기능을 발휘할 수 없게 되어버리고 만다.

겨울의 웃음이 불안했던지, 쑨시엔이 새롭게 역설했다.

"정말입니다! 오히려 자랑스럽습니다! 비로소 진짜 군인이 된 느낌입니다!"

긴장한 눈치를 보니, 떠나도 좋다는 제안을 다른 의미로 받아들였던 모양이다.

'걸러내기로 보였나?'

경계할 만도 한 게, 이들을 대신할 인력은 얼마든지 많았다. 난민구역에선 입대야말로 신분상승의 첩경으로 여겨지니까. 하물며 독립대대는 모든 이들이 동경하는 울타리다. 관계의 울타리에 민감한 중국인들의 생리상, 겨울의 의도를 곡해했을 가능성은 지극히 높았다.

워싱턴에서 생긴 알파 중대의 빈자리를 현지 인력으로 충원하는 걸 보고 신경을 더욱 곤두세웠을 개연성도 있겠다. 좋은 건 전부 미국인들에게 빼앗길지도 모른다는 식으로. 진실은, 그저 사정이 여의치 않았을 뿐이건만.

"혹시 아까의 전투에서 저희에게 뭔가 부족함이 있었습니까?"

뜸을 들이던 쑨시엔의 질문이 겨울의 추측에 무게를 실었다. 겨울은 자연스러운 온화함을 만들어 그를 안심시켰다.

"설마요. 첫 실전치고 다들 무척 양호했어요. 지휘관으로서 만족스럽네요."

"제가 말을 바로바로 알아듣지 못하는 바람에……."

"무슨 소리예요 그건?"

"그, 바위 흉내를 내고 있던 괴물 말입니다. 당신께선 곧바로 간파하시고 밟아보라고 하셨던 건데, 전 위장에 특화된 괴물이 있다는 걸 알면서도 잠시 헤매지 않았습니까."

"아아."

그걸 여태까지 신경 쓰고 있었던가. 겨울이 쓴웃음을 삼켰다.

"개의치 말아요. 그 말만 듣고는 누구라도 헤맸을걸요?"

"하지만—"

"쑨시엔. 난 군인으로서의 당신에게 만족하고 있어요. 앞으로도 날 실망시키지 않을 거라 믿어요. 당신도 자기 자신이 예전과는 다른 사람이길 바랄 테고요. 최소한 내 부하로서는. 그렇죠?"

툭툭. 상급자로서 어깨를 두드려주는 겨울. 이는 위로이자 당부이며 어두운 지난날의 습관으로 말미암아 날 실망시키지 말라는 경고이기도 했다. 새사람이 된다면 거두겠으되, 백지선 시절의 버릇은 철저하게 버려야 할 거라고. 그러지 않으면 가차 없이 쳐내겠노라고.

'기왕 있는 두려움이라면 좋은 쪽으로 이용하는 편이 낫겠지.'

겨울의 생각이었다. 호의만으로는 바꾸지 못할 사람도 있는 것이다. 중국계 특유의 꽌시에서도 무턱대고 내주는 사람은 등쳐먹기 좋은 호구에 지나지 않는다.

쑨시엔이 마른침을 삼켰다.

"기대에 부응하도록 최선을 다하겠습니다."

"그래요. 나도 믿음으로 보답하겠다고 약속하죠. 지켜볼게요."

겨울이 눈길을 돌리자, 병사들은 저마다 결의가 굳은 얼굴들을 보여주려고 애썼다. 그게 너무 지나쳐서 어색해 보이는 경우도 있었으나, 겨울은 티를 내지 않고 한 사람씩 짧게 격려해주었다. 언젠가 한 번 되새겼듯이, 거짓에서 시작되는 진실도 있는 법이기에.

이후로 브라보 중대의 다른 소대들을 돌아보니, 아니나 다를까 반응들이 대체로 다 비슷했다. 그나마 1소대장 왕커차이는 얽매일 과거가 없는 까닭에 긴장이 좀 덜했다. 중국계 3세로서 웨스트포인트를 졸업한 중대장 개빈 챙 역시 1소대장이 가장 신뢰할 만하다고 밝혔다.

그는 부하들 가운데 깡패 출신이 많다는 점이 못내 마음에 안 드는 기색이었다.

"처음엔 솔직히 적응하기가 좀 힘들었습니다. 편견을 품고 봐서 그런지 몰라도, 항상 어떤 거리감이 느껴지더군요. 그렇다고 동포 운운하면서 친해지려는 수작질에 어울려주기도 싫었고……. 뭐, 지금은 괜찮습니다. 중대장으로서 제가 감당해야 할 몫이었지요."

그래도 불만이 썩 크지 않은 것은, 애초에 미군 또한 병력자원의 수준 문제로 골머리를 앓은 지 오래이기 때문이다. 이는 역병이 번지기 한참 전부터 이어져온 문제였다. 중동에선 미군 병사들이 재미 삼아 민간인 사냥을 즐겼을 정도. 그 유명한 킬 팀 사건이다.

한편, 겨울의 물음에 가장 예민하게 반응한 사람은 3소대장인 리아이링이었다.

그녀는 겨울을 똑바로 바라보며 강한 어조로 못 박았다.

"당신께선 제게 내 사람이 되라고 하셨었죠. 아버지와 제 과거를 버리고서."

"……."

"그 말씀이 진심이었다면, 다시는 이런 질문을 하지 마세요. 이건 '내 사람'을 다루는 태도가 아닙니다. 그냥 쓰세요. 가라는 곳으로 가고 하라는 일을 하고 죽이라는 놈들을 죽이겠습니다. 어떠한 의문도 없이. 그 대가로 전 당신의 그늘 아래 당신께서 허락하시는 것들을 가질 겁니다. 그건 제 몫입니다. 어느 누구에게도 빼앗기지 않겠습니다."

"그러다 내가 소위를 소모품처럼 써버린다면?"

"당신께서 그럴 인간이라고 생각했으면, 애초에 당신의

사람이 되지도 않았겠죠."

겨울은 그녀의 눈에서 야망을 읽어냈다.

일본계가 다수인 찰리 중대의 기류는 브라보 중대와 또 달랐다. 그 공기를 한마디로 정의한다면, 질서에 속한 데서 오는 안도감에 가까웠다. 드디어 치른 첫 실전도 긍정적인 영향을 미쳤다. 통과의례를 치렀다는 느낌. 불확실한 죽음의 가능성보다는, 당장 조직에서 빠지거나 일탈행동을 하는 쪽을 더 두려워하는 병사들이 대다수였다. 누군가 나서서 자기 의견을 밝히길 기대하기 어렵다 보니, 겨울은 언제든 개인면담을 요청해도 좋다고 알려두었다.

마지막으로 구 한국군 출신이 대다수인 델타 중대는 이제야 확실하게 겨울을 인정하는 눈치였다. 우중영 대통령이 고르고 고른 인력인지라 작전에서 빠지길 원하는 사람은 없었다. 최소한 겉으로는 그러했다. 이쪽도 다른 중대와 마찬가지로 개인적인 면담 기회를 열어둔 겨울이었지만, 큰 기대를 하진 않았다.

어쨌든 겨울은 지휘관으로서 자신의 역할을 다했다.

오해가 있든, 다른 사정이 있든, 선택은 각자의 몫이었다.

"Sir."

공수군 연대장들을 챙겨 브리핑을 받으러 가는 길에, 싱소령이 겨울에게 장검을 건네주었다. 거추장스러워 장갑차 공구함에 결속해두었던 물건이다.

"아, 고마워요. 잊고 있었네요."

겨울은 웃으며 칼을 받아 패용했다. 공수작전에서 불편함을 감수하면서까지 검을 휴대하기로 한 이유는, 싱 소령이 측근이라는 사실을 알파 중대를 제외한 나머지 대대 전체에 인식시키기 위함이었다.

'시각적인 공통점이 보이면 아무래도 영향을 받기 마련이지.'

기우일지도 모르나, 군에서의 상하관계도 결국은 사람과 사람의 관계였다. 겨울은 병사들이 생소한 종교를 지닌 부대대장을 은연중에 경시하는 일이 없기를 바랐다. 부대대장이라는 직위 자체가 평소엔 대대장의 존재감에 가려지기 쉬웠으므로.

레인저 중대장의 브리핑은 예상대로 별 내용이 없었다.

"사소한 거라도 좋습니다. 개인적인 의견이어도 상관없고요. 이전에 주둔하던 대대가 어쩌다 전멸했는지, 짐작 가는 바가 전혀 없습니까?"

겨울의 질문을 받은 레인저 그라프 대위는 모르겠다고 고개를 저었다.

"저희도 처음엔 무척 긴장하고 있었습니다만, 지금껏 변변한 공격 한 번 받지 않아서 의아하던 차입니다. 변종들도 각개격파가 이익이라는 건 잘 알 테니, 수작을 부리려면 지원군이 도착하기 전에 부렸겠지요. 사흘간 경계만 철저히 하면 될 것 같습니다."

"위퍼의 매복은 확인했나요?"

"물론입니다. 의심스러운 지형지물은 다 한 번씩 갈겨봤습니다. 공항은 안팎으로 깨끗합니다. 하수도에도 트랩과 무인 포탑을 깔아놨고요."

"……."

지도와 항공사진을 번갈아 살피며 고심하던 겨울이 한 지점을 짚었다.

"여기 이 부근은 이상하게 멀쩡하군요. 이유가 있습니까?"

"아아, 거긴 성모승천 대성당이 있는 구획입니다. 그 위쪽으로는 산토도밍고 대성당도 멀쩡하지요. 다른 건 다 박살 내도 중요한 문화유산까지 건드리진 않으려나 봅니다."

겨울도 혹시나 해서 물어보았다. 오악사카 중심가의 대성당은 공항으로부터 5킬로미터나 떨어져 있었다. 행군으로 한 시간이 걸릴 거리. 그저 하도 단서가 없어서 한 번 확인했을 뿐이다.

그라프 대위가 제안했다.

"남아있는 흔적들을 직접 둘러보시는 건 어떻습니까?"

겨울이 돌아보자 다비도프 대령이 공수군을 대표하여 동의했다.

"그럽시다. 방어진지와 경계선도 돌아볼 겸."

겨울이 가장 먼저 자리에서 일어났다.

레인저 도착 이전에 증발한 대대급 병력은 공항 곳곳에 혈흔과 탄흔만을 남겨두었다. 시체라고는 작은 살점이나 뼛조각조차 남아있지 않았다. 사람의 것이든 변종의 것이든. 사라진 장병들은 역병의 새로운 숙주가 되었거나, 죄다 변종들의 뱃속으로 들어갔을 터.

과거의 변종들은 골수를 뽑아낸 뼈라도 남겨두었지만, 근래엔 그것마저 집어삼키는 경우가 많아졌다. 강화된 위산으로 전부 다 녹여버리는 것이다.

헌터나 위퍼 같은 변종의 출현을 감안하면 당연한 변화였다.

그러나 그 덕분에 이곳을 휩쓸었던 공격의 윤곽을 더듬기는 어려워졌다.

"스캠퍼."

다른 장교들이 겨울을 돌아보았다. 겨울은 흩어진 핏자국들을 가리키며 말했다.

"여기에 강화종 스캠퍼가 있었네요. 특수변종 중에 몸집이 왜소하면서 민첩한 놈 말입니다. 이 출혈량과 범위, 뿌려진 형태를 볼 때, 상대적으로 작고 가벼운 변종을 팔에 매달고 몸부림친 흔적이에요. 대략 이쯤에서……."

죽음이 지나간 자리를 어림잡는 겨울.

"……물린 다음, 몸싸움을 벌이다가 중심을 잃고 뒤로 넘어졌군요. 피가 튄 반경이 줄어들었잖아요. 동시에 한쪽으로 치우치면서 분포밀도가 높아졌어요. 출혈부위의 높이가 낮아졌다는 뜻입니다. 보다 둥근, 하지만 주변으로 자잘한 방울이 많이 튄 형태의 혈흔이 유독 한 지점에 집중된 걸로도 확인 가능해요. 엉덩방아를 찧은 충격이 원인이죠. 방향이 몰린 건 반대쪽으로는 본인의 몸에 막혔기 때문일 거고요."

"강화종이라는 건 어떻게 알아보셨소?"

절제된 흥미를 드러내는 217 연대장에게 겨울이 자신의 소매를 잡아보였다.

"평범한 녀석의 이빨은 신형 전투복에 안 박힙니다. 동물로 치면 평균적인 사냥개 수준이거든요. 미성체 일반변종이 아니라고 판단한 것 역시 같은 이유였고요."

"흠. 제조사가 주장하는 카탈로그 스펙을 그대로 믿기가 찜찜했는데, 중령이 그렇게까지 말하는 걸 보니 실전에서 검증된 모양이구려."

"예. 아무튼 피가 쓸린 자국들은 뒤로 물러나려고 발로 밀어대느라 만들어졌을 것이고……. 결국 떨쳐내긴 했네요. 몸을 돌려 손을 짚고 일어나려다가, 재차 달려든 스캠퍼에게 뒷덜미를 물렸어요. 그리고 다시 넘어지면서 죽는 순간까지 몸부림을 친 위치가 여깁니다."

겨울이 새롭게 선 자리에서 발을 찍었다. 검붉게 메마른 웅덩이의 중심이었다. 반보 뒤엔 같은 색채의 손자국이 남아있었다.

"내가 보기에도 그럴 듯하오. 혹시 양친 가운데 한 분께서 경찰이셨소?"

331 연대장 다비도프 대령의 질문에 겨울은 멈칫했다가 아니라고 답했다.

"그냥 경험으로 체득한 겁니다."

"그거야말로 놀랍군."

대령의 말을 한쪽 귀로 흘리며, 겨울은 주변을 돌아보았다. 시선 닿는 곳마다 죽음의 발자취들이 가득했다. 공항 건물의 중심, 이곳에서 공격당한 병력이 한둘이 아닌 듯하다.

겨울이 한숨을 내쉬었다.

"이해가 안 가네요."

"뭐가 말이오?"

"다수의 스캠퍼가 경계망을 뚫었다는 건 알겠습니다. 놈들은 단독행동을 하지 않으니까요. 한 개체뿐이었으면 여기까지 밀릴 리도 없고, 벽에 남은 탄흔 또한 다른 변종들을 상대했다고 보기 어려울 정도로 낮게 형성되어 있어요."

"그런데?"

"외곽 방어선의 교전 흔적과 이곳 사이의 간격이 지나치게 넓습니다. 그 사이에 있는 흔적들이 너무 적어요. 바깥에서부터 안쪽으로 밀려났다기보다, 안팎에서 서로 다른 전투가 벌어진 것 같은……."

"공간적인 간격만큼이나 시간적인 간격이 있었을지도 모르지. 변종들의 습격이 두 번에 걸쳐 이루어졌고, 첫 교전에서 외곽 방어선을 포기한 병력이 여기서 전열을 재정비했을 수도 있잖소? 중간에 남은 혈흔은 아마 부상자들이 흘린 것들일 테지."

"일리 있는 말씀입니다만, 이곳의 교전흔적이 너무 중구난방이라 석연치가 않습니다. 바깥의 적을 맞아 싸웠다고 보기엔 엉뚱한 방향으로 발사된 탄환이 너무 많네요. 건물 전후의 유리가 절반 넘게 멀쩡하다는 점도 이상합니다. 변종들은 보통 공격전면을 넓게 잡으니까요."

밀집해서 좁은 전면으로 몰려와 봐야 기관총과 유탄에 갈려나갈 따름이다. 소수라도 어떻게든 방어선에 뛰어드는 것이 우선이므로, 통제력을 갖춘 개체가 있을 경우 변종들은 최대한 넓은 전면과 많은 방향에서 낮은 밀도로 밀려든다. 화력 집중을 어렵게 하고, 집중의 효과도 저해하는 것이다.

이번엔 그라프 대위가 물었다.

"그럼 내부로부터 시작된 공격이 있었을 거란 말씀이십니까?"

"높은 확률로요."

"잠복기를 거친 감염폭발……은 설득력이 없군요."

대위가 추측을 번복하며 고심했다. 위퍼에 의한 감염이라면 잠복기가 있으니 영내에서 발생한 교전을 설명할 수 있겠으나, 그렇게 감염된 사람 다수가 스캠퍼로 변이된 것까지는 설명하지 못한다. 대위는 자신 없는 태도로 말했다.

"새로운 특성을 획득한 위퍼가 매복하고 있었던 게 아닐까요? 놈에게 감염되면 무조건 스캠퍼가 탄생한다거나."

겨울은 부정적이었다.

"글쎄요. 그래도 사람의 몸을 기초로 변형되는 건데 질량을 무시하긴 어렵지 않겠어요? 일정 시간을 두고 서서히 바뀌는 거라면 가능하겠지만, 이 현장엔 안 어울리는 이야기네요."

"그건 그렇군요."

쉽게 물러나는 대위를 보고, 이번엔 217 연대장 브루실로프가 의견을 제시했다. 손가락으로 바닥을 가리키면서.

"놈들이 땅굴을 팠다면 앞뒤가 맞아떨어지는군."

그러자 다비도프 대령이 눈을 찌푸렸다.

"자네 농담하나? 이 아래는 몽땅 철근 콘크리트일 텐데? 그럼블 따위를 구겨 넣어서 어떻게 파헤친다고 쳐도 소음은? 진동은? 여기 주둔했던 병력이 모두 귀가 먹기라도 했을까?"

"그거야 뭐……."

겨울이 끼어들었다.

"확인해볼 가치는 있을 것 같습니다. 조심해서 손해 볼 건 없으니까요. 겸사겸사 위퍼가 위장했을 법한 지형지물도 다시 한 번 점검해 보고요."

"음, 한 중령이 그렇게 말한다면야."

다비도프가 어깨를 으쓱였다. 말리진 않겠다는 제스처.

그러나 이런 논의가 무색하게, 땅굴 같은 건 발견되지 않았다. 병사들이 바닥을 일일이 두드리며 두 번이나 살폈어도 수확이 없었던 것. 위퍼도 찾지 못했다. 놈들은 피부의 색과 질감을 바꾸고 골격을 비틀어 바위나 흙무더기, 수풀, 커다란 나무줄기 등의 흉내를 내곤 하는데, 공항은 그런 게 있으면 이상한 장소였다.

그렇게 살피고 다니던 겨울은 어느 벽 앞에서 잠시 발걸음을 멈췄다. 구석진 곳, 줄기줄기 금이 간 벽에는 오래전에 한 번 보았던 낙서가 그려져 있었다. 눈이 없고 코가 긴 캐릭터가 벽 위로 얼굴만 반쯤 내밀어 이쪽을 엿보는 그림이다.

그 옆엔 삐뚤빼뚤한 글씨로 이렇게 쓰여 있었다.

「킬로이 다녀감.(Kilroy was here.)」

겨울은 희미하게 웃었다. 높게 쓰느라 글씨가 엉망인가 보다. 아타스카데로 정신병원에서 같은 낙서를 보았을 땐, 동행한 제프리와 소대원들에게 킬로이라는 사람이 누구냐고 물었었다.

그러나 오래 웃지는 못했다.

그 아래의 다른 낙서들과 해묵은 핏자국들 때문이었다.

'아니, 낙서라기보다는…….'

공포와 절망의 기록에 가깝다. 신을 향한 절규가 수도 없이 반복적으로 적혀있었다. 비록 멕시코식 스페인어로 쓰여 있긴 했으나, 겨울이 보정 없이도 알아볼 만한 문장들이 많았다.

「신이시여, 저를 구해주소서!(i Que Dios se apiade de mí!)」

좌에서 우로, 길게 보이는 모든 벽들이 한결같은 모습이다. 누군가는 십자가를 그렸고, 누군가는 그 위에 붉은 X표를 그어 놨다. 신을 저주하는 문장을 곁들여서.

겨울이 벽을 마주 보는 자리엔 거친 스키드 마크가 남아 있었다. 무슨 이유에서든, 여기까지 차를 몰고 들어와 벽을 들이받은 것이다. 모겔론스 확산 초기에 있었던 일이라고 가정해보면, 봉쇄된 공항으로 들어오려는 발버둥이었을지도 모르겠다. 어딘가 역병으로부터 안전한 나라로 떠나기 위하여. 출입이 통제된 공항에서 여객기가 뜨고 내리는 것을 보았다면, 얼마나 많은 사람들의 눈이 뒤집어졌을까.

혹은 멕시코가 몰락한 이후의 일일 수도 있었다. 변종들을 뚫고, 비행기를 찾아 탈출하려던 이들의 몸부림이 남긴 결과물이라거나.

상상을 접고 다시 벽을 보면, 스산한 느낌이 든다.

잘그락. 떨어진 콘크리트 부스러기들이 단단한 군홧발에 으깨지는 소리. 겨울이 고개를 돌렸다. 다가온 사람은 통신병을 동반한 레인저 중대장이었다.

"다 둘러보셨습니까?"

"일단은요."

"역시 별것 없지요?"

"그러네요."

겨울의 긍정에, 그라프 대위가 미미하게 안심하는 기색을 드러냈다.

"그럴 줄 알았습니다. 단서가 있었다면 저희가 놓쳤을 리 없지요."

"레인저니까요. 혹시나 해서 말해두지만, 당신들의 능력을 의심했던 건 아니에요. 그저 신중을 기하고 싶었을 뿐이죠."

"그런 말씀 마십시오. 당연한 절차였다고 생각합니다."

대위가 가슴을 폈다.

철조망 박는 소리를 제외하면 적막하기 짝이 없었던 낮을 거쳐, 해질 무렵이 되자 오악사카 시가지엔 다시금 비가 내리기 시작했다.

겨울은 보온병을 들고 경계임무 중인 간부와 병사들을 찾았다.

"이렇게 덥고 습한 날 뜨거운 음료입니까?"

질린 기색으로 묻는 알파 중대 1소대장 송정훈 소위에게, 겨울이 빙그레 웃어 보였다.

"보온병에 꼭 뜨거운 것만 넣으란 법은 없잖아요? 오후 내내 냉동실에 넣어 놨던 메즈칼이래요."

"메즈칼?"

"술이요. 이곳 특산물."

송 소위가 반색하며 잔을 받아들었다. 같은 단차의 병사들도 한껏 기대감을 드러낸다.

메즈칼은 용설란 줄기를 재료로 만드는 증류주다. 원산지까지 와서 맛도 보지 않고 가면 섭섭하지 않겠느냐는 게 레인저와 공수군 지휘부의 한결같은 의견이었다.

그러나 지금은 임무 중이다. 겨울은 정말로 맛만 보여줄 작정이었다.

"많이는 안 줄 거예요. 독한 술이니까."

"아……."

"술 냄새 풍기면 박 대위가 화낼걸요?"

실망하는 진석을 떠올리곤 시무룩해지는 정훈에게, 겨울은 딱 반 홉 가량의 베네바 메즈칼을 따라주었다. 잔의 크기가 크다보니 더욱 적어 보이는 양. 정훈은 아쉬운 티를 많이 내며 단숨에 꿀꺽 삼켰다. 크으ー 하고 인상을 찌푸리는 것이 어지간히 독하긴 한 모양.

잔이 병사들에게도 돌아간 뒤에, 정훈이 하늘을 보며 말했다.

"날씨가 꼭 한국의 장마철 같습니다."

"그리워요?"

"뭐 좋은 거라고 그립기까지 하겠습니까. 이젠 새로운 고향을 만들어야죠. 이제 얼마 안 남은 것 같습니다."

이 아련함에 대꾸할 말이 마땅치 않았던 겨울은 다른 방향으로 눈길을 돌렸다.

"……?"

겨울이 철조망 바깥에 흩어진 돌들을 가리켰다.

"저거 보여요?"

"어떤 거 말씀이십니까?"

"저 콘크리트 조각들."

"아아. 저게 뭔가 문제가 있습니까? 위퍼가 없다는 건 낮에 확인했는데요."

"……여기 있어요. 가까이에서 보고 올 테니."

보온병을 내려놓은 겨울은, 장갑차를 위해 터놓은 출입구를 통해 공항 옆의 공터로 나아갔다. 방음림(防音林)을 싹 제거한 농경지엔 시야를 가리는 장애물이 존재하지 않았다.

'킬로이?'

밭고랑에 떨어져 있는 콘크리트 파편엔 킬로이의 일부가 그려져 있었다. 겨울은 가까운 파편들을 발로 모아 얼개를 맞춰보았다. 그림이 완성된다. 다른 낙서들과 핏자국도 보였다. 뚫어져라 바라보던 겨울이 발걸음을 돌렸다.

잠시 후, 공항 안으로 들어온 겨울은 거리를 두고 예의 그 금이 간 벽과 마주했다. 만반의 태세를 갖춘 레인저 한 개 소대를 동반하고서.

"저게 그겁니까?"

긴장한 소대장의 질문에, 겨울은 이렇게 답했다.

"지금부터 알아보면 되죠."

철컥. 소총을 고쳐 든 겨울이 벽을 조준하여 한 탄창을 자동사격으로 긁었다. 카카카카카캉! 실내이기에 더욱 날카롭게 울리는 총성.

그 결과, 구멍 뚫린 벽에서 변색된 피가 흘러내렸다.

붉게 물든 킬로이가 눈을 떴다.

우둑 뚜둑 뒤틀리며 허물어지는 벽의 실체는 서로 몸을 포개어 낙서와 균열과 핏자국까지 모방한 3개체의 강화종 위퍼였다. 금이라고 생각했던 건 각 개체간의 틈바구니. 그 뒤로부터 보다 자그마한 잡것들이 무더기로 밀려 나왔다.

"유탄!"

소대장이 악을 쓰자마자 동시다발적으로 발사된 유탄들이 가로로 긴 범위를 무자비하게 갈아버렸다. 폭음이 다른 모든 소리를 살해했다. 시끄러운 고요 속에서, 겨울은 총을 쏘면서도 조금은 어이가 없었다. 혹시나 했건만, 위퍼의 위장 능력이 상정 이상이었기 때문이다.

'강화종은 위장 능력마저 강화될지 모른다는 생각은 했어도—!'

앞서 보았던 낙서는 갈라진 경계를 넘나들었다. 즉 서로 다른 개체 간에 연속성 있는 위장 패턴을 구현할 수 있다는 뜻이었다.

디딤발을 고치니 잔뜩 쏟아진 탄피가 밟혔다. 옆에서 갈겨대는 경기관총 탓이었다. 탄띠가 무서운 속도로 빨려 들어가고, 그만큼의 탄피와 클립이 튀어나왔다. 끊어지지 않는 발사음, 사선상의 모든 것을 갈가리 찢어발기는 위력. 쇄도하던 채찍질이 무력화된다. 부속지를 다친 위퍼가 들리지 않는 괴성을 내질렀다.

허나 이 정도의 화력을 퍼붓는데도 좌우로 화망을 벗어나는 놈들이 있었다. 전열이 후열의 방패가 되어준 덕분. 그 순간, 공항 전면의 유리창이 일제히 박살났다.

「Иди к черту, ублюдки!」

무전상의 욕설과 함께 돌입한 것은 연락을 받고 대기하던 공수군 기갑차량들이었다. 강렬하게 중첩된 조명이 앙상한 난쟁이 떼를 비춘 직후, 기관총과 기관포와 저반동포의 난폭한 삼중주가 직사로 작렬했다. 그나마 남아있던 유리창들이 산산이 깨어져 비산한다.

「Убить их всех!」

다 죽여버리라는 명령이 거칠다. 삼중주의 음계는 탄종마다 달랐다. 초탄으로 고폭탄을 발사한 뒤에, 저반동포가 쏘아 붙인 차탄엔 2,200개의 텅스텐 알갱이가 들어있었다. 변종들의 몸뚱이가 물에 넣은 설탕처럼 풀어졌다. 스캠퍼 특유의 역관절이 수십 쌍씩 중력을 거슬렀다.

무전이 시끄러워졌다. 건물 내 다른 곳에서도 교전이 벌어진 것이다. 역시나, 위장된 벽은 하나가 아니었다. 이곳의 총포합주곡을 듣고 매복이 들통 났음을 눈치챘을 터.

외곽 방어선에 배치된 병력은 움직이지 말라고 통보해 두었다.

'내가 트릭스터라도 안팎에서 동시에 공격할 테니까.'

이쪽이 함정을 간파한 시점에서 양동 계획은 어그러진 것이지만, 적어도 들이칠 준비는 되어있지 않겠는가. 방어선에 파고들 틈을 보여줘선 안 된다.

"사격 중지! 사격 중지!"

시야에 움직이는 것이 없어졌다. 겨울은 한숨 소리를 듣고 시선을 돌렸다. 기관총 사수다. 잠깐 사이에 6백발을 퍼부은 그의 지원화기(M240L)는 총열 중간이 벌겋게 빛나도록 달아오른 상태였다. 희미한 연기가 피어오른다. 그나마 2백발만 연사해도 총열이 변형되기 시작하는 구형(M60)보다는 훨씬 양호한 신뢰성이었다.

사수가 신속하게 총열을 교환하는 동안, 겨울은 몰살당한 변종들을 눈에 담았다. 다른 방향과 위층에서 들려오던 총성도 점차 잦아드는 게 느껴진다.

'직접 올 필요까진 없었나.'

대대 지휘를 싱 소령에게 맡기고 온 것은 겨울 개인의 전투력과 기민한 대응이 필요할지도 모른다고 판단했던 까닭이었다. 낙서가 가득한 벽이 역병을 품은 암막이라면, 그 너머에 무엇이 있을지 예상하기 힘들었기에. 실내에서 그럼블이라도 날뛰는 경우에는 기동이 불편한 기갑차량보다 겨울 한 사람의 대응이 더 낫다.

카카캉!

겨울의 총구에서 삼점사가 번뜩였다. 시체처럼 보이던 위퍼가 경련을 일으켰다. 피부색을 바꿔 총알구멍과 피 흘리는 모습을 모사하던 녀석이었다. 진짜 상처는 절반도 되지 않았다. 죽기 전의 마지막 기회, 최후의 공격을 노리고 있었을 것이다. 한 사람만 조용하게 감염시켜도 운만 따라준다면 파멸적인 결과를 낳을 수 있을 테니까.

"와, 진짜……."

레인저 소대장이 입맛을 다신다. 할 말이 없다는 듯한 표정이었다. 다른 병사들이 죽은 위퍼들을 향해 신경질적인 확인사살을 가했다. 차라리 화풀이에 가깝다.

「당소 선 댄스 3-1. 2층의 안전을 확보했다. 추가 매복이 있는지 점검하겠다.」

「당소 선 댄스 1-1…….」

선 댄스는 레인저 2대대 찰리 중대에게 부여된 호출부호였다. 3개소에서 피해 없이 교전을 종료했다는 통보가 잇따랐다.

그렇다고는 해도, 낙서가 맹점이었다. 낙서와 기도와 절망과 저주로 가득한 벽이 위퍼라곤 미처 생각지 않았으니까. 겨울도 처음엔 그저 스산하다고 여겼을 따름. 원래 여기 있었을 돌조각들을 바깥에서 찾지 못했더라면 결국 기습을 당했을 확률이 높았다. 알려진 것 이상의 위장능력이다.

"이놈들, 강화종이겠지요?"

다가서는 소대장의 질문에 겨울이 끄덕였다.

"확실히요."

아니고서는 겨울의 감각을 이토록 완벽하게 교란할 수가 없었다. 낮에 보았을 때만 해도 간격이 없는 거나 마찬가지가 아니었던가. 겨울은 깨닫지 못한 사이에 죽음의 위기가 스쳐갔음을 깨닫고 가슴 한 편이 서늘해졌다. 앤이 있는 세계로부터 영영 멀어질 뻔했다. 시스템적인 보험을 걸어둘 수 없고, 봄은 답을 듣는 날까지 이 세상에 간섭하지 않겠다고 선언했으므로.

방심하고 있었던 모양이다. 분명 징조가 있었는데도. 은연중에 이번 임무는 제로 그라운드 진공의 준비단계에 불과하다는 인식이 깔려있었던 것 같았다.

벽이 사라진 자리, 자그마한 것들이 숨어있던 공간의 외진 사각을 향하여, 급작스러운 감각이 범람했다. 겨울은 어두운 윤곽을 포착했다.

"하나가 더 있었……!"

발각당한 그림자가 발작하듯 요동쳤다. 새까맣게 물들어 응달에 녹아든 위퍼의 채찍질이 겨울의 본능적인 대응사격과 교차했다.

"Sir! 물러나십시오!"

윽! 타격을 소총으로 막아낸 겨울이 옆으로 피하려 들자, 튕겨 나갔던 부속지가 정확하게 그 위치로 낙하했다. 콰작! 깔려있던 시체들이 일렬로 으깨어졌다. 근육의 수축과 함께 쐐액 당겨지는 채찍은 마치 유연한 톱날과도 같아, 죽은 변종들을 처참하게 찢어버렸다.

이놈 역시 강화종이다. 먼저 죽은 놈들보다도 윗줄인 듯하다. 최소한 감마급 이상. 부속지의 속도가 빠르고 휘두르는 범위도 넓었다. 게다가 끝으로 갈수록 더욱 빨라진다. 전체가 강화근육인 채찍의 특성이었다. 간격이 벌어질수록 불리한 상대다. 뒤로 빠지면 오히려 위험해질 터.

횡으로 찢어지는 바람을 피해, 겨울은 오히려 앞으로 몸을 굴렀다.

끼에에에엑!

부정형의 괴물이 분노했다. 부속지는 뿌리에 가까울수록 오히려 느리고 약했다. 끄트머리도 더 긴 거리를 돌아와야 하는 까닭에, 그 움직임을 파악하기 쉬워진다. 범인에겐 무리일지라도 겨울이 눈으로 보고 피할 정도는 되었다. 스스로도 아는지, 위퍼가 뒤로 물러나려 했다. 그러나 이 기형적인 괴물은 부속지의 맹렬함을 위해 본체의 안정성을 발달시켰다. 즉, 지근거리에서 민첩하게 움직일 능력은 없었다.

겨울이 방아쇠를 당겼다.

불길한 쇳소리. 철컥. 약실에서 탄이 씹혔다. 민감한 손끝이 미묘하게 비틀린 무게중심을 전한다. 채찍을 막을 때 탄창이 휘어 탄이 흐트러진 탓이다. 겨울은 짧게 신음하고 즉각 권총으로 교체하여 다섯 발을 쏘았다. 다가오는 파공성에 몸이 반응했다. 회피를 겸하는 전진. 이 악물고 일곱 발을 더 명중시킨다. 부속지가 고통에 뒤틀렸다. 움직임이 더욱 불규칙해졌다.

타앙! 레인저의 지원사격이 꽂혔다. 연사는 불가능하더라도 정확도 높은 단발사격은 가능하다. 지정사수에겐 그 정도의 실력이 있었다. 괴물의 질긴 몸뚱이에서 피가 튀었다.

한 손엔 아홉 발 남은 권총을 쥔 채 방어를 목적으로 검을 뽑는 겨울. 새크라멘토 이래 검을 실전에서 쓸 일은 다시 없으리라 믿었건만—

카가각!

지금 이 순간엔 방어 겸 견제용으로 쓸 만했다. 격한 마찰에 불티가 튀고, 채찍에 붙어있던 감염쐐기들이 서슬 퍼런 강철에 갈려 후드득 떨어져 나왔다. 생체 채찍에서 사방으로 피가 튄다. 쐐기가 아무리 단단한들 이쪽은 칼날이 티타늄 합금이었다. 근력에서도 그리 밀리지 않는다. 칼질로 번 찰나에 다시 권총사격을 가하는 겨울. 타탕! 다른 구경의 총성이 섞였다. 이번에도 배후의 지정사수들이다.

덕분에 간격이 두 호흡이나 더 좁혀졌다.

그러다보니, 뒤로 크게 휘어져서 후려치느라 부속지의 위력이 눈에 띄게 감소했다. 칼이 또 한 번 쐐기를 깎아내고, 탄피를 연달아 배출하던 권총이 급기야 빈 약실을 노출시켰다. 초연이 피어오른다. 자지러지는 채찍이 겨울의 권총 쥔 쪽 팔뚝에 휘감겼다. 꽉 조여드는 통증을 무시하며, 겨울이 전력으로 장검을 내리쳤다. 완력에 체중을 실은 수직 베기. 잘리는 반원 안에 부속지의 뿌리가 있었다. 드드득! 팽팽하게 당겨져 있던 근육다발이 끔찍한 소리를 내며 끊어졌다. 수직 내려치기에서 곧바로 이어지는 대각선 올려 베기가 채찍의 남은 밑동을 완전히 잘라냈다.

끼이이이이!

괴물이 경련을 일으킨다. 다수의 두꺼운 눈꺼풀 아래 작고 까맣고 많은 눈들이 겨울에게 못 박혔다. 흰자위마다 핏발이 서 있다. 비록 공격수단을 상실했으되, 괴물에겐 아직 볼품없는 이가 남아있었다. 어떻게든 물어뜯겠다고 버르적대는 굼뜬 몸에 강하게 내지른 칼날이 쑤셔 박혔다. 으직! 찌르고서 확 비틀어버리는 손아귀. 위퍼의 몸부림이 손잡이까지 전해졌다.

거칠게 칼을 뽑아낸 겨울은 죽어가는 몸뚱이를 연달아 찌르고 또 내리쳤다. 연체동물 같은 위퍼의 사지가 겨울의 다리에 달라붙었다. 그러나 곧 힘을 잃고 축 늘어진다.

총성이 울리고 응달이 번쩍였다. 숨을 거둔 위퍼가 퍽퍽 얻어맞았다. 칼을 꽂아둔 채 권총 탄창을 교환한 겨울의 연속사격이었다. 겨울은 다시 한 번 약실이 비고서야 사격을 멈췄다.

그리고 조금 전까지의 폭력에 감정이 실려 있었음을 자각했다. 후퇴 고정된 슬라이드가 더러운 피에 젖어있었다. 손잡이를 따라 거뭇한 핏방울이 뚝뚝 떨어져 내렸다.

"괜찮으십니까?"

등 뒤에서의 곤두선 물음에 겨울이 괜찮다고 대답했다. 돌아보면, 레인저 소대장은 경계심 짙은 표정으로 겨울의 팔뚝을 응시하는 중. 생체 채찍에 휘감겼던 자국이 핏빛으로 남아있다. 그러나 전투복이 찢어지진 않았다. 그 아래의 살갗이 상했을 리는 더더욱 없었다.

"어떻게…… 전투복이 막아냈군요."

느리게 총구를 내리는 그는 겨울이 감염되었을까 봐 긴장한 것이었다. 사체에 꽂힌 장검을 회수하여 피를 떨쳐낸 겨울이 그 끝으로 바닥을 가리켰다. 가리키는 검극이 조금씩 흔들린다. 호흡이 아직 거칠어서 그렇다.

"봐요."

거기엔 싸우는 내내 쳐낸 누런 감염쐐기들이 널려있었다. 소대장이 놀라워했다.

"다 계산하고 일부러 팔을 내주셨던 겁니까?"

"일부러는 아니었지만, 후, 허용해도 될 공격이라는 건 알고 있었죠. 결과적으로는 잘된 일이었고요. 의도치 않게 공격을 묶어둔 셈이었으니."

검을 수납한 겨울은 소총을 점검하며 심란함을 감추었다. 찌그러진 실탄을 긁어내고, 새로운 탄창을 삽입한다. 그러나 아무래도 안정감이 떨어졌다. 그도 그럴 것이, 장갑이 알루미늄이라곤 하나 장갑차에 흠집을 내는 공격을 총몸으로 막은 것이다. 압력을 반사적으로 흘려냈으니 망정이지, 그러지 않았으면 아예 폐품이 되어버리고 말았을 터였다.

겨울에게 통신병이 수화기를 내밀었다.

"Sir. 지휘통제실입니다."

무선망에 미약한 잡음과 알아듣기 힘든 과거의 메아리가

섞여 나오는 것으로 미루어 거리를 두고 지켜보는 트릭스터의 존재를 짐작할 수 있다.

무전을 보낸 사람은 다비도프 대령이었다. 정리는 레인저에게 맡겨두고, 겨울은 통제실로 와달라는 전언. 겨울은 금방 가겠다고 회신했다. 가장 치명적인 함정은 무력화했다고 생각하지만, 상대가 상대인 만큼 어떤 변수가 더 있을지 모를 일이었다.

외부로부터의 공격이 시작되었다.

어둠이 내려앉은 폐허로부터, 밤처럼 까만 변종들이 공항을 향해 몰려왔다. 그 형상들이 어두운 야경에 녹아들었다. 견인포대 입장에선 태반이 최소사거리 안쪽인지라, 박격포반이 연달아 조명탄을 쏴 올린다. 허나 검은 것들의 검은 그림자가 시각적인 혼란을 유발했다. 육안으로는 식별하기가 쉽지 않다. 외곽 병력은 적외선 관측에 의지하여 대응했다.

이를 실시간으로 지켜보던 다비도프 대령이 기가 막힌 소리를 냈다.

"위장색?! 설마 위퍼의 특성을 모든 변종들이 공유하는 건가?!"

겨울이 대령의 추측을 부정했다.

"그럴 리가요! 몸에 검댕이라도 바른 거겠죠. 도시 전체가 폭격을 맞은 폐허니까요."

몸뚱이를 문댈 찐득한 그을음이야 얼마든지 널려있었을 것이다.

'그래도, 이 정도라면……'

위험한 수준은 아니다. 겨울은 그렇게 판단했다. 저쪽은 개활지를 가로질러야 할 변종집단이었고, 이쪽은 압도적인 화력을 보유한 기갑부대였으므로. 또한 기본적인 방어력이 있는지라, 어설픈 돌파로는 무너뜨릴 수도 없다. 그럼블쯤 되는 괴물, 혹은 산성과 인화성 아기를 이고 온 변종들이 대열을 파고든다면 모를까.

트릭스터는 필시 공항 내부에서 발생한 교전을 눈치채고 공격을 개시했을 터.

허나 곧 계획이 완전히 틀어졌음을, 매복이 아무런 효과도 거두지 못한 채 무력화되어 버렸음을 깨달을 것이다. 바깥에서 들이치는 공세만으로는 두 개 연대와 한 개 대대의 기계화 방어선을 무너뜨리기에 부족하다. 그저 마지막 순간까지 피와 살로 갈려나갈 뿐.

새까만 변종들이 인상적이긴 하지만, 다른 수가 없다면 결국 물러가는 수밖에 없을 것이다.

다른 수가 없다면.

여기서 다시 떠오르는 게 변종들의 굴착 시도인데, 적어도 공항 안팎으로는 땅굴이 없는 것을 확인했다. 만에 하나 활주로에서 가까운 바깥에 출구가 있어도 무방하다.

'생매장시키면 그만이니.'

거리가 가깝다는 것은 이쪽의 사정거리 안이라는 뜻이기도 했다. 공수전차가 고폭탄 한 발만 때려 박아도, 여러모로 부실한 터널은 출구로부터 수십 미터 뒤까지 붕괴할 게 뻔했다. 산 채로 매몰된 변종들이 과연 얼마나 길게 살아남을 수 있을까.

생각들이 대동소이한지, 겨울 외의 장교들도 조용히 지켜볼 따름이었다. 일선에서 잘 대응하고 있는지라 추가적인 지시가 필요하지 않았다. 어차피 순수한 힘겨루기에 가까운 싸움이기도 했다. 버티는 것 이외에 다른 선택지가 없는 단순한 전장.

하늘로부터 대각선으로 작렬하는 섬광들이 있었다. 지름 수 킬로미터의 원을 그리며 전장 상공을 선회하는 건쉽(AC-130) 두 기의 지원 포격이었다. 그을음을 발라 색을 감추더라도 체온까지 감추진 못한다. 비 개인 하늘, 관측에 장애물이 없어진 복수의 공중포대는 이쪽에서 불러주는 좌표 없이도 정확한 포격을 꽂아주었다.

땅거죽이 벗겨진다. 그 위의 변종들이 무참하게 찢어졌다.

"저건 또 뭐야?!"

217 연대장, 브루실로프가 당혹감을 드러냈다.

「쿠구구구궁!」

포탄이 터질 때마다 땅이 인위적인 형상으로 푹푹 꺼져들어간다.

"……와, 이 교활한 새끼들!"

실로 그러하다. 교전현장에 띄워 놓은 무인기는, 홀연히 나타난 지그재그형의 공격용 참호선을 보여주고 있었다.

'파도 파도 자꾸 무너지니까, 아예 처음부터 무너질 걸

전제로 땅굴을 팠구나.'

과연 트릭스터다운 발상이었다.

이로써 교전거리가 급격히 축소되었다. 직사화기 위주인 독립대대와 공수군 입장에서, 겨우 70미터 전방으로부터 튀어나오는 변종들은 한층 상대하기 까다로워진 적이었다.

다비도프 대령이 동요하는 대열을 통제했다.

"흔들리지 마라! 가까이 오면 그냥 밟아! 몇 놈 놓쳤다고 돌아보지 마! 이쪽은 이쪽이 알아서 한다! 너희는 전방만 봐! 알겠나?!"

그리고 대령은 겨울과 그라프 대위를 돌아보았다.

"우리도 지휘 장갑차로 옮깁시다. 대위, 나머지는 맡겨도 괜찮겠지?"

공항 안에 남을 병력은 레인저 중대밖에 없다.

대위가 까딱 끄덕였다.

"염려 놓으십시오. 우린 레인저입니다. 얼마가 들어오든 다 죽이겠습니다."

미국의 정예로서 내비치는 자신감에, 다비도프 대령은 가볍게 코웃음을 쳤다.

허나 이런 각오가 무색하게, 변종들의 공세는 오래 이어지지 않았다. 교활한 변종이 보자니 아무래도 승산이 낮았던 모양. 사실상 승패는 매복이 전멸한 시점에서 갈렸다고 봐야 한다. 이기기 어려운 싸움을 길게 끄는 건 트릭스터에게 어울리지 않는 아둔함이다. 놈은 공들여 준비한 습격의 실패를 미련 없이, 깔끔하게 인정했다.

병사들이 안도의 한숨을 내쉬었다.

돌발적으로 시작된 교전의 허무한 끝이었다.

그러나 겨울은, 무수한 시체들을 남겨두고 물러가는 변종들을 보며 홀로 복잡한 심경에 젖어들었다. 오늘따라 스스로가 낯설었다. 전과 달라진 죽음의 의미를, 새로워진 두려움을 새삼스럽게 깨달았기 때문일 것이다.

'객관적인 전투력은 그 어느 때보다 더 강해졌는데……'

모든 사후를 통틀어 경험도, 기술수준도 지금처럼 충실했던 순간이 없었다. 실질적인 성장 한계에 직면했다고 봐도 좋겠다. 이 이상 더 강해지려면 오랜 시간이 필요할 것이다.

하지만 동시에, 그 어느 때보다 더 약해진 자신을 느낀다. 최소한 겨울 본인이 체감하기로는. 손아귀에 아직 감정적으로 휘둘렀던 폭력의 조각이 남아있는 듯했다.

앤의 목소리가 듣고 싶어졌다.

누군가를 진심으로 사랑하는 마음이 이러하다. 특히나 이제까지의 삶에서 행복이 희박했던, 즉 겨울 같은 사람에게는 더더욱 그렇다. 애정이 깊어질수록 상실에 대한 두려움 또한 커지는 게 정상이었다. 가능하기만 하다면 영원히 함께할 수 있기를 바라게 되는 것도 마찬가지.

강렬한 유혹이 겨울을 번민하게 만들었다.

이후 현장을 정리하는 과정에서, 병사들은 빈번히 겨울의 눈치를 살폈다. 평소와 다른 분위기 탓일 것이다. 겨울은 그것을 알아차렸으나 스스로를 다스리는 데엔 애를 먹었다.

처음 하는 고민은 아니었으되, 이번엔 떨쳐내기가 쉽지 않았다.

사흘 뒤, 공항을 공식적으로 인수할 신규 병력이 하늘과 땅에서 동시에 도착했다. 다 합치면 무려 한 개 사단에 달하는 규모. 주둔병력 강화는 당연한 일이었다. 반경 2백 킬로미터 이내에 제대로 된 공항은 여기밖에 없으므로, 멕시코 중남부에서의 원활한 공중지원을 위해서는 반드시 지켜내야만 한다. 변종들에 의해 파괴된 공항이 많기도 했다. 이제 와서 돌이켜보면, 오악사카 국제공항의 시설이 멀쩡했던 것부터가 함정의 징후였다.

사단 직할 공병대는 도착하자마자 활주로 확장공사에 돌입했다. 그러나 현재로선 활주로가 하나뿐이었기에, 공수군 및 독립대대, 레인저의 복귀일정은 7월 3일까지 늘어졌다. 각 부대별로 조금씩 나뉘어 돌아가다 보니 그렇게 되었다.

가장 앞서 철수할 기회를 얻은 것은 독립대대 알파 중대였다. 파견된 순서로 따지면 첫 번째는 레인저가 되어야 하겠으나, 그들은 이 지역에서 다른 임무를 받을 예정이라 했다. 제로 그라운드 진공이 예정된 독립대대와는 입장이 달랐다.

대대장으로서 마지막까지 남기로 한 겨울은 수송편을 기

다리는 알파 중대 간부들과 이야기를 나눴다.

"괜히 미안해하지 말고, 먼저 가서 푹 쉬어요. 독립기념 일까진 다른 임무가 없을 테니까."

도리어 기념일 당일엔 어딘가 행사에 끌려 나가느라 제 대로 쉴 틈이 없을 가능성이 농후하다. 이번 교전으로 독립 대대에 대한 관심이 다시 높아졌으니, 어떤 식으로든 대중 에게 보여주려 하지 않을는지. 제로 그라운드 진공을 앞두 고 지지율을 끌어올리는 과정이었다.

겨울이 곱씹었다.

'독립대대 투입은 부적절하다는 여론도 없는 것은 아니 니까.'

백분율로 따지면 얼마 안 되겠으나, 여론의 변화무쌍한 속성을 감안하면 그 몇 퍼센트의 불씨도 꺼둘 수 있을 때 꺼두는 편이 나은 것이다.

이번 전투가 쓸데없이 유명해지기도 했다.

한 개 대대의 의문스러운 실종과 그 진실이라는 것부터 가 언론의 관심을 끌기 좋은 소재 아니겠는가. 언론의 관심 을 끌기 좋다는 건 백악관에서 이용하기도 좋다는 말이다. 미군 역사에 전례가 없었던 산악공수 기갑대대의 성공적인 데뷔였다.

진석이 못마땅한 표정을 지었다.

"저희보단 대대장님께서 쉬셔야 하지 않습니까? 요 며칠 무척 피곤해 보이셨습니다."

겨울은 곤란한 미소를 머금었다.

"내가 어떻게 보였을지는 아는데, 사적인 고민이 있었을 뿐이에요. 걱정하지 않아도 돼요. 이젠 좀 괜찮아졌거든요."

앤과의 통화를 미뤄서 더했다. 고민이 깊었던 밤마다 충동에 못 이겨 전화를 걸었다면, 영상통화가 아니라 한들 목소리만으로도 이상이 전해졌을 것이다.

대답을 듣고도 여전히 떫은 진석을 보더니, 은근히 같은 염려를 공유하던 유라가 겨울의 안색을 살피며 말했다.

"Sir. 기분전환 겸 제가 재밌는 이야기 하나 해드릴게요."

"재밌는 이야기?"

"난센스 퀴즈인데요."

이 대목에서 진석이 신음했다.

"만약 변종들이 도망가는 우사인 볼트를 보면 뭐라고 생각할까요?"

지력보정이 아니더라도 우사인 볼트가 전설적인 육상선수라는 건 아는 겨울이었으나, 퀴즈의 답은 도무지 짐작이 가지 않았다.

"글쎄요. 잘 모르겠네요."

아리송한 겨울을 보곤, 유라가 웃으며 답을 말했다.

"정답은, 패스트푸드입니다!"

"……."

진석이 다시 한 번 앓는 소리를 냈다. 그 아저씨가 멀쩡한 사람을 망쳐놨다면서. 겨울은 그 아저씨가 누구인지 알 것 같았다. 분명 전에는 형님이라고 부르지 않았던가?

"하하하하하!"

시원한 웃음이 터져 나왔다. 살짝 당황한 겨울이 폭소하는 싱 소령을 돌아보았다. 당황한 사람이 겨울 혼자만은 아니어서, 디안젤로 중사와 메리웨더 선임상사도 조금 놀란 느낌으로 소령을 보고 있었다. 진석은 완전히 벙찐 표정이다. 한참을 더 웃은 소령이 유라에게 말했다.

"그거 아주 재미있군!"

유라는 기뻐하며 다시 겨울을 응시했다. 겨울은 늦지 않게 미소를 지어 보일 수 있었다. 그 결과, 유라의 낯빛이 한층 더 환해졌다. 싱 소령이 다른 건 없느냐고 묻는 통에, 유라는 누군가로부터 전해 들었을 낡은 유머를 엄청난 기세로 쏟아냈다.

다행이라고 해야 할지, 그런 흐름이 계속해서 이어지진 않았다.

새로 착륙한 수송기로부터 개 짖는 소리가 들려온 덕분이었다.

"아, 이제야 군견이 오네요. 일찍 왔으면 도움이 많이 되었을 텐데."

유라의 아쉬움은 위퍼의 매복을 염두에 둔 것이었다. 시각적인 위장이 탁월하고 체온 조절을 통해 적외선 탐지조차 무력화하는 괴물이지만, 군견의 후각마저 피하지는 못한다. 적어도 현 시점에서는 그러했다.

다만 넘치는 수요에 비해 공급이 턱없이 부족하다는 게 문제였다. 군견을 무기처럼 찍어낼 순 없는 노릇이니까. 게

다가 기존 군견들도 위퍼 수색에 적합하도록 훈련을 거쳐야 한다.

더욱이 공수강하가 가능한 군견부대는 정말로 얼마 없는 게 현실이었다.

그 외의 대안으로는 열압력탄의 양산이 있었다. 어디든 의심스러우면 다양한 규모의 충격파로 휩쓸면서 지나가자는 이야기. 산업생산력으로 찍어 누르겠다는 계획이다.

유라가 제안했다.

"우리 폐하를 훈련시켜 보는 건 어떨까요?"

겨울이 쓴웃음을 지었다.

"그냥 다른 군견 투입을 기다리는 게 빠를 거예요. 게다가 폐하는 관절질환이 있잖아요. 군견으로 뛰기엔 부적합해요."

"아…… 그랬지 참."

아쉬워하는 유라. 그러더니 이번엔 상관이 찬 장검을 본다.

"그 칼, 잠깐 봐도 괜찮을까요?"

겨울은 선선히 검을 풀어 내주었다. 받아 든 그녀는 스릉- 하고 칼을 뽑아 초여름의 햇살을 반사시켰다. 날카롭게 벼려진 검은 우기(雨期)의 하늘 아래에서도 선명한 광채로 번뜩였다. 유라가 탄성을 흘렸다.

"와, 그렇게 부딪혔는데도 이빨이 전혀 안 빠졌네요."

현장에 없었던 유라가 이렇게 말하는 것은 전투기록이 공개되었기 때문이다.

"저도 돌아가면 실전에서 쓸 칼 한 자루 장만할까 봐요."

성격상 지나가는 말이 아닌 듯하여, 겨울은 그녀를 만류했다.

"그 무게면 차라리 탄창을 추가로 휴대하는 편이 나을걸요?"

"음……. 그건 그렇겠지만……."

겨울처럼 예외적인 경우가 아닌 한, 냉병기가 동일한 무게의 탄약보다 효율적이긴 어렵다. 유라는 아쉬운 눈치로 검신을 쓰다듬는다. 그 손끝을 좇던 겨울의 눈길이 이제 거듭 읽어 익숙해진 문장의 음각 위에 머물렀다. 신은 사람의 마음속에 있다.

"소령. 나랑 신의 이름에 대해 나눴던 대화, 기억해요? 소령은 내가 신의 이름에 가까운 사람이라고 했었는데."

겨울이 묻자, 싱 소령은 이채를 띠며 끄덕였다.

"물론입니다. 당신께선 제 믿음의 기준으로도 훌륭한 분이라는 뜻이었지요. 수양에선 형식보다 마음이 더 중요하다는 말씀도 함께 드렸던 것 같군요. 비록 신앙은 없으실지언정 진실된 마음의 길을 걷고 계시니, 그 길 끝엔 결국 신의 이름이 있을 거라고. 맞습니까?"

정확하다. 무언으로 긍정하는 겨울에게, 싱 소령이 묻는다.

"한데 갑자기 그 이야기를 하시는 건 어인 이유입니까?"

"그냥, 생각할 게 좀 있어서요."

"생각할 것?"

"왜 이름이죠?"

그렇다. 어째서 이름이라 하는가. 겨울의 질문이 이어졌다.

"당신은 그때 양심과 연민과 용기와 사랑이야말로 사람의 마음에 깃들어있는 신의 이름이라고 설명했어요. 그게 시크교의 교리라고. 그런데 그걸 왜 신의 이름이라고 하죠? 신의 뜻이나 가르침이라고 불러야 더 정확하지 않아요?"

양심에 따르라. 불쌍한 자들을 긍휼히 여겨라. 불의에 맞설 용기를 품어라. 네 이웃을 사랑하라. 다른 종교에도 얼마든지 비슷한 가르침들이 있다. 창조주가 피조물들에게 제시하는 삶의 올바른 방향성들. 그러나 그 방향성을 신의 이름이라 이르는 건 시크교가 유일했다. 적어도 겨울이 아는 한에서는.

"허허. 좋은 질문입니다."

싱 소령이 흐뭇하게 웃었다.

"간단히 답해드리자면, 이름은 그 이름을 지닌 존재의 정체성을 나타냅니다. 신의 이름이란 신의 정체성과 존재 그 자체를 상징하는 것이지요. 즉 신은 곧 양심이시며 사랑이시며 연민이시자 용기이십니다. 각각의 미덕은 신을 가리키는 나침반과 같습니다. 우리는 그 나침반을 따라 신과 하나 되는 삶을 찾는 구도자들인 것입니다."

"정체성이라……."

"예. 그분께선 사랑으로 만물을 빚으시고 자신의 존재를 살아 숨 쉬는 모든 피조물들에게 깃들게 하셨습니다. 태어

날 때부터 가슴속에 품고 있도록. 그래서 우리는 따로 배우지 않아도 사랑을 하고 연민을 알며 불의에 맞서 싸울 용기를 찾을 수 있습니다."

대대 참모진과 알파 중대 간부들은 이게 무슨 소리인가 싶은 얼굴들이었다. 그러나 겨울에겐 의미 깊은 대화였다. 사후에 마음 하나 지킨 끝에 기계장치의 신에게 이름을 주게 된 겨울은, 줄곧 봄이 어떤 계절이 될지를 번민하고 있었으니까. 말하자면, 이 또한 신의 정체성이나 다름없다. 그렇기에 싱 소령의 말이 강렬한 은유로 다가오는 것이다.

겨울은 소령의 말을 곱씹었다.

'신과 하나 되는 삶.'

봄은 겨울에게 신 포도에서 정녕 신맛이 나겠느냐는 질문을 던졌다.

겨울 스스로도 안다. 마음을 절박하게 지켜왔던 것은, 그 외에 달리 남은 게 없었기 때문이다. 사람으로서의 나머지를 다 잃어버린 사후에서 마음이나마 한겨울로 남아있고 싶었을 뿐. 그 한겨울은 스스로가 살아있던 시절의 화석과도 같은 무언가였다.

그러나 스스로가 이미 죽었다고 여기던 나날은 끝났다.

이젠 화석이 아닌 삶을 선택해야 할 때다. 그렇기에 더 망설임이 많은 것이고.

아니, 망설인다기보다는 살아있다는 체감 자체가 낯설어 어찌해야 할 바를 모르고 있다는 편이 더 정확한 표현일 수도 있겠다.

"저기, 이거⋯⋯."

끼어들 틈을 노리던 유라가 겨울에게 검을 돌려주었다. 검을 받아 수납한 겨울은, 하필 이 검으로 죽을 고비를 넘긴 것도 공교롭다고 생각하며 스쳐가는 쓴웃음을 머금었다.

"그 밖에 궁금한 건 없으십니까?"

싱 소령의 말에, 아니라고 하려던 겨울이 잠시 멈칫했다가, 이내 방어적인 태도로 물었다.

"소령이 보기에 나는 예전과 같은 사람인가요?"

"예전이라 하심은, 예의 그 대화를 나누었을 때를 말씀하시는 겁니까?"

"일단은요."

"흠."

질문의 의도를 고심하며 수염을 쓰다듬던 소령의 시선이 겨울의 검집에 머물렀다. 그리고 뭔가 깨달은 듯한 표정을 지었다. 애초에 이 대화가 어떻게 시작되었던가.

"스스로가 전과 달라졌다고 느끼시는 모양이군요."

"⋯⋯네."

"허허."

소령이 다시 웃는다. 필시 칼을 뽑아야만 했던 순간의 두려움을 헤아렸을 것이다. 그러나 부하들의 이목을 의식하여 간접적으로 돌려서 답한다.

"이렇게 말씀드리면 어떨까 싶습니다만, 저는 당신을 믿습니다. 그러니 그저 자신의 내면에 귀를 기울이며 마음이 향하는 길을 걸으십시오. 길이 항상 곧을 수만은 없는 노릇이라 스스로에게 회의감이 들거나 부끄러워지는 순간들도 있겠지만, 결국은 당신의 최선이 곧 사람의 최선일 것입니다. 대대장님께선 제가 이제껏 만난 이들 가운데 가장 사람다운 마음을 지닌 사람이니까요."

나의 최선이 사람의 최선이다. 겨울은 곤란한 미소를 지어 보였다.

"고마우면서도 부담스러운 말이네요."

"부담을 드렸다면 죄송합니다."

"아녜요. 도움이 됐어요."

사실은 그렇지 않다. 돌과 다른 무게감이 여전했으되, 겨울은 더 이상 드러내지 않았다. 됨됨이와 별개로, 겨울의 입장에선 싱 소령 또한 부하장교였으니까. 약한 모습을 길게 보여서 좋을 것이 없었다.

영문 모를 흐름이 일단락되자, 유라가 새롭게 물었다.

"Sir. 혹시 검술을 따로 배운 적 있으세요?"

겨울이 부인했다.

"아뇨."

「근접무기숙련」이 존재하긴 해도, 이에 따른 무기 사용이 어떤 정해진 형식을 따르는 건 아니었다. 다만 무기를 어떻게 쓰면 좋은가를 감각적으로 일깨워주는 기능일 따름.

"그럼 이건 거짓말이네요?"

확인하듯 보여주는 건 빈 탄약상자 위에 놓여있던 신문이었다. 오악사카 국제공항에서의 전투를 분석하는 대목에서, 기자는 겨울이 갓카(Gatka), 즉 시크교도들의 검술을 사용했다는 전문가의 견해를 소개하고 있었다. 겨울은 대충 훑어보고 돌려주었다.

"믿고 싶은 대로 믿는 사람들은 어디에나 있으니까요."

슬쩍 훔쳐본 싱 소령이 절레절레 고개를 저었다.

"저도 학창시절에 이 검술을 익히긴 했지만 실전성은 없는 거나 마찬가지입니다. 이런 식으로 관심을 끌면 오히려 역효과일 것인데……."

"그래요?"

"예. 갓카는 영국의 식민통치기를 거치면서 실전무예로서의 성격을 잃어버렸지요. 지금은 거의 칼춤 추는 요가 수준으로 전락했습니다. 그나마 실전적이라는 유파도 실제로는 영국에서 전파한 펜싱의 영향을 많이 받았고요. 반쪽만 남은 전통입니다."

이를 진지하게 받아들이는 몇몇 간부들이 보였다. 대개 알파 중대 소속이었다. 싱 소령이 언급한 전통의 단절이 난민들의 처지와 겹치는 부분이 있었기 때문. 난민구역 사람들에게 있어선 미국적인 생활이야말로 동경의 대상이자 품위 있는 양식이다. 환경이 열악하다보니 같은 난민들과 마찰이 잦고, 종래엔 그들과의 공통점을 혐오하게 되는 건 덤이었다.

그나마 겨울동맹은 그런 문제로부터 상대적으로 자유로운 편이다.

"아쉽다."

신문을 접은 유라가 혼잣말처럼 중얼거렸다.

"대장님이 배운 거면 나도 배우려고 했는데."

겨울은 이 말을 듣고 조금 다른 생각을 했다.

'내가 살아있는 미덕이라고 했었지.'

쿠데타 진압 후 부상으로 입원해 있을 당시, 앤이 워싱턴 대통령의 연설을 인용하여 들려주었던 말이다. 전통과 미덕, 정체성. 그리고 유라가 그렇듯이, 사람들이 겨울과 공유하고 싶어 하는 무언가. 뭔가 어렴풋한 감각이 겨울의 뇌리를 간질였다. 구체화되기 이전의 구상이었다.

그러나 사색이 길게 이어지진 못했다.

얼마 지나지 않아 다음 수송기가 착륙했고, 알파 중대원들이 줄지어 탑승했다. 중대 간부들이 그 뒤를 따랐다. 남은 건 추가적인 장비수송에 필요한 소수의 인원들뿐이었다.

"그럼, 면목 없지만 먼저 가 있겠습니다."

중대장인 진석의 경례에, 겨울은 온화하게 당부했다.

"아까 말했듯이, 다들 푹 쉬게 해줘요. 이번이 진공 이전의 마지막 휴식이 될지도 몰라요. 제대로 된 휴식 말예요."

"……명심하겠습니다."

아무래도 떨떠름한 반응이었으나, 진석이 겨울의 지시를 어기진 않을 것이었다.

알파 중대를 보낸 뒤, 겨울은 보고서 작성을 위해 지난 교전 현장을 돌아보았다. 변종들의 굴착 능력을 재평가하는 과정에서, 현장 지휘관의 한 사람이었던 겨울의 견해는 필수적으로 참고해야 할 자료였다.

"땅굴 자체로는 여전히 쓸모가 없어 보이죠?"

겨울의 말에, 싱 소령을 위시한 참모진 전원이 동의한다.

포스터 대위가 말했다.

"무작정 땅을 판다고 다가 아니니까요. 아직은 깊이와 방향을 유지할 능력이 없나 보군요. 그건 트릭스터가 직접 들어가더라도 안 될 겁니다. 위험해서 그러지도 않겠지만 말입니다."

굴이 무너지며 형성된 참호선은 여러모로 엉성한 구조였다. 일단 똑바로 뻗는 구간부터가 드물다. 뚝뚝 끊어진 구간이나 공항에서 멀어지는 쪽으로 휘는 구간도 많았다. 땅 속엔 방향과 깊이를 확인할 지표가 없는 까닭. 전파도 통하지 않으니 교활한 괴물이 많이 답답했을 듯하다. 기습적으로 교전거리를 축소시켰다는 점만으로도 높은 점수를 줄 수 있겠으나, 땅굴의 기술적 수준은 딱히 나아진 게 없었다.

'침수가 발생했을 때 대응할 능력도 결여되어 있고.'

그간의 폭격과 포격에서 예외가 되었던 건물들, 즉 중심가의 성모승천 대성당과 산토도밍고 대성당에서도 고단한 굴착의 흔적이 발견되었다. 관측을 피해 파낸 흙을 빼내는 장소로 활용한 것이다. 그러나 그 지하공간은 수색대가 도착하기 전에 이미 비어있었다. 바닥엔 시체 썩은 내가 나는 오수가 발목 깊이로 고인 채였고.

보이는 굴 입구에 무인차량(UGV)을 들여보내 보니, 굴은 갈수록 더 깊게 침수된 상태였다.

땅굴의 방향을 지도에 대입하자 답이 나왔다. 시가지 한복판을 가로지르는 강. 그 물길 아래를 통과하지 못한 것이다. 우기에 불어난 강물이 더 무거운 압력으로 작용했을 게 뻔했다.

결론은 이번처럼 땅굴을 변칙적으로 활용하는 경우만 경계하면 된다는 것.

그래도 보고서를 써야 하니, 겨울은 꽤 긴 시간 동안 땅굴의 흔적을 더듬으며 다녔다. 충분한 양의 사진과 메모가 모였을 즈음엔 어느덧 오악사카에서의 또 다른 하루가 저물고 있었다.

그로부터 날짜가 경과하여, 독립기념일 전날의 겨울은 콜로라도로 돌아와 덴버에 머물렀다. 원래 주둔하던 리드빌이 아닌 이유는 독립대대의 퍼레이드 참가 때문이었다. 기념일 당일엔 부대 전체가 시가지를 행진하기로 되어있다. 어느 정도는 예상한 바였다.

'그나마 D.C.까지 불러내지 않은 게 다행이지.'

제로 그라운드 진공에 대한 불안 여론을 잠재우기 위해서라면 충분히 그럴 수도 있었다.

어쨌든 겨울도 이 일정이 반가웠다.

오랜만에 앤을 만날 기회가 생겼으니까.

그녀는 시간상으로 채 하루가 되지 않을 만남을 위해 D.C.에서 여기까지 오겠노라 선언했다. 항공편으로 2,400킬로미터를 왕복하는 피곤한 길. 그 적극성이 고마운 한편으로 못내 미안한 마음이 드는 겨울이었지만, 그보다는 심장을 두근거리게 만드는 기대감이 더 강했다.

이 얼마 만의 재회인지.

마지막으로 본 것이 벚꽃 피던 계절이니, D.C.를 떠난 뒤로 벌써 3개월이 넘게 흘렀다. 그때 비로소 서로에게 서로를 약속했던 두 사람에겐 너무도 길고 가혹한 기다림이었다.

오늘, 겨울은 자신이 그 그리움을 과소평가했음을 인정했다.

네 시에 만날 줄 알면 세 시부터 행복해진다던 말이 정확했다.

「네 시에는 흥분해서 안절부절못할 거야.」

앤이 인용했던 마지막 구절이다. 오늘의 겨울이 바로 그러하다.

겨울이 평소 하지 않던 실수를 연발하는 바람에, 게다가 때때로 실수를 했다는 사실 자체를 인지하지 못하는 바람에, 참모진을 비롯한 대대 관계자들이 깊은 당혹감을 드러낼 지경이었다. 만나는 모든 사람들이 겨울의 상태를 걱정했고, 겨울은 그때마다 약간의 창피함을 느꼈다. 그마저도 오래가지 않아서 더 문제였지만.

그리고 지금, 덴버의 서늘한 밤, 개인적인 외출을 허가받은 겨울은 사복 차림으로 도시 중심가의 호텔을 찾았다. 앤이 예약한 방은 최상층이었다. 승강기를 타고 올라가는 시간조차도 길었다.

똑똑.

선글라스를 벗고 문을 두드리니, 그 너머로부터 초조한

음성이 돌아왔다.

「누구세요?」

"나예요."

겨울이 답하자, 뛰는 소리가 들리더니 문이 벌컥 열렸다.

"겨울! 그동안 너무 보고 싶었─"

두 눈이 커지는 앤. 겨울은 그녀에게 입 맞춘 채로 긴 숨을 내쉬었다. 꽉 끌어안은 품속에서, 잠시 굳어있던 앤이 부드럽게 풀어졌다. 그녀의 손이 겨울의 뒷머리를 헝클어트렸다.

입술이 떨어진 뒤, 눈을 감고 여운에 잠겨있던 앤이 조용히 말했다.

"다른 계획이 있었지만, 아무래도 안 되겠어요."

문을 닫은 그녀가 다시 하는 말.

"우리, 우선 급한 용무부터 해결하죠."

겨울이 끄덕였다. 앤은 묶어두었던 머리를 풀어헤친 뒤, 겨울을 똑바로 바라보며 목 뒤로 쓸어 넘겼다. 그 손가락에서 반지가 반짝인다. 고백했던 날 한 번 보았던 모습. 겨울은 그녀의 그런 모습을 정말로 좋아했다.

간격을 두고 세 번의 정사를 치른 후엔 기분 좋은 나른함이 찾아왔다. 잠에서 갓 깨었을 때 느낄 법한 가벼운 피로감. 한껏 뜨거워졌던 앤의 체온은 아직도 다 식지 않았다. 겨울은 그녀의 어깨에 키스하고, 목에 키스하고, 볼과 이마에도 키스했다. 보이는 대로 아름답고 손닿는 대로 부드러운 몸이었다. 앤은 겨울의 어깨에 이마를 부비며 키득거렸다. 젖은 머리칼에선 처음보다 더 매혹적인 향기가 났다. 실제 이상으로 감정의 영향이 지대할 것이다.

"아, 역시 곤란해요."

미소를 머금은 앤이 짐짓 괴로운 투로 속삭이는 말.

"이렇게 가만히만 있어도 마냥 좋다는 게……. 이대로 가다간 아침까지 이러고 있을 게 뻔해요. 계획하고 너무 달라진다구요. 이제 그만 일어나야 하는데……."

겨울은 그 마음을 이해했다. 겨울의 일정은 독립대대의 일정과 같다. 고로 이번이 제로 그라운드 진공 이전의 마지막 만남이 될 확률이 높았다. 깨어있는 시간에 더 많은 것을 함께하고픈 욕심을 낼 수밖에.

그러나 두 사람이 서로의 체온과 속삭임과 침대의 유혹을 떨쳐낸 것은 그로부터 다시 삼십 분이 흐른 뒤의 일이었다. 함께하는 샤워 또한 만만찮은 시간을 잡아먹었다. 심지어 옷을 입는 것조차도 느렸다. 서로에게 불필요한 손을 보태주었기 때문이다. 단추를 채워주는 단순한 일에도 왜 그렇게 웃음이 나는 것인지. 그러던 중에 다정한 입맞춤도 여러 번이었다. 여기에 앤이 스스로를 간단히 꾸미느라 소요된 시간도 있었다.

문을 나서서, 앤이 팔짱을 끼며 말했다.

"나중에 같이 살기 시작하면 한동안은 정시에 출근하기 어렵겠어요."

겨울은 설익은 미소로 대답을 대신했다.

두 사람의 첫 행선지는 레스토랑을 겸하는 카페였다. 한시라도 빨리 오고 싶었던 앤은 퇴근을 앞당기고도 끼니를 부실한 기내식으로 해결했다. 더욱이 조금 전에도 적잖은 열량을 소모했으니, 수사관으로서 단련된 몸에 배가 많이 고플 법도 했다.

　다행히 덴버는 미국 도시치고 야간의 치안이 훌륭한 도시였고, 자정이 가까워지는 시간에도 꽤 많은 사람들이 다운타운의 거리를 거닐고 있었다. 당연히 심야영업을 하는 업소도 많았다. 내일의 퍼레이드를 기념하여 벌써부터 전등을 밝혀 놓은 거리가 아름다웠다. 고도가 고도인지라 초여름의 밤에도 찬바람이 불었고, 덕분에 성탄전야를 떠올리게 만들었다.

　그 풍경이 잘 보이는 테이블에 앉아, 겨울은 치즈, 양파, 양송이, 베이컨을 속에 채운 오믈렛과 알싸한 향이 배인 무알콜 사이다를 주문했다. 앤은 메인으로 부드러운 빵을 곁들인 수프와 토마토, 바질, 치즈를 넣어 구운 파니니, 음료로는 코코넛 크림소다를 선택했다.

　겨울은 시선을 밖에서 안으로 옮겨, 선글라스 너머로 다른 테이블들을 한 번씩 곁눈질했다. 느긋한 박자의 재즈가 흐르는 실내에서, 각각의 테이블을 차지하고 앉은 사람들은 아무런 근심이 없는 것처럼 소소하게 웃고 떠들었다.

　"감회가 새로워요?"

　물어본 앤이 고개를 돌리는 겨울에게 미소를 지어 보였다.

"얼굴에 다 쓰여 있어요."

겨울은 솔직하게 끄덕였다.

"안전지대의 평화를 경험하는 게 처음은 아니지만, 그러네요. 평범한 사람들의 일상을 볼 기회는 별로 없었으니까요. 어쩐지 낯설다고나 할까……."

이게 종말이 다가오는 세계가 3년째에 접어든 풍경이라고 생각하면, 앤의 말마따나 새삼스러운 감회를 느끼게 되는 것이다. 공급이 불안정해진 일부 식료품, 예컨대 카카오 같은 것들은 가격이 많이 오르기도 했으나, 그보다 많은 먹거리들이 예전의 시세를 유지하고 있다.

앤이 겨울을 따뜻하게 응시했다.

"자부심을 가져요. 당신의 헌신이 없었다면 반쯤은 없었을 풍경인걸요. 어쩌면 전부일지도 모르고요."

"전부는 과장이 너무 심한데요."

"글쎄요. 최소한 나한테는 맞는 말이죠. 난 당신 덕분에 살아있는 거니까요. 당신 덕분에 내 일을 계속할 수도 있었고. 나와 비슷한 사람들이 얼마나 많겠어요?"

"……."

뭔가를 말하려다 말고, 겨울은 입을 다물었다. 입 밖으로 내기 어려운 질문이었다. 오늘이 아니고선 확인할 기회가 없을 가능성이 크지만.

테이블 위로 앤의 손이 올라왔다. 원하는 바를 굳이 말로 전할 필요는 없었다. 손을 포개어 순면 같은 감촉을 즐기고 있으려니, 얼마 지난 것 같지도 않은데 주문한 음식들이 나왔다. 살짝 놀라 시계를 보자 20분이 흐른 상태였다.

"얼른 먹어봐요. 이곳이 평가가 참 좋았거든요."

더욱 허기가 진 건 본인일 텐데, 앤은 깍지를 끼고 기대하는 눈빛으로 겨울을 보고 있었다. 겨울이 오믈렛에 나이프를 가져다 댔다. 노르스름하게 익은 겉면이 칼날에 살짝 눌린다 싶더니, 이내 톡 터지듯 베이며 저항 없이 스르륵 갈라졌다. 따끈한 김이 피어올랐다. 치즈로 범벅이 된 속이 느릿느릿 흘러나온다. 겨울은 그것을 잘 모아 포크 위에 얹고는, 한 입 크게 집어넣었다. 후와. 한 꺼풀의 계란 너머로 갓 구워낸 치즈가 입안을 가득 채우는 가운데, 치즈와 베이컨의 짠맛을 아삭한 식감의 구운 양파와 심심하고 보들보들한 양송이가 중화시켰다. 버섯은 눕혀서 큼직하게 썰어 씹는 맛을 풍부하게 했다. 씹을수록 괜찮아지는 맛이었다.

"어때요?"

앤의 질문에, 겨울은 한숨을 흘렸다.

"맛있네요. 정말로."

바깥세상에서의 유년기가 유년기인지라 맛없는 음식이 드문 겨울. 그러나 맛있는 것과 더 맛있는 것을 구분할 줄은 안다. 이 오믈렛은 전투식량보다 아주 훌륭했다. 브래넌 부인의 요리와 비교해도 더 낫다고 해야 할 정도.

앤은 무척 흡족해하며 자기 몫의 식사를 시작했다. 이번엔 겨울이 그녀가 먹는 모습을 감상했다. 그조차도 예뻐 보였다. 눈길을 의식한 앤이 애써 수줍은 웃음을 참았다. 그 미소는 각자의 그릇이 비는 순간까지 수시로 나타났다. 이

따금씩 그만 좀 보라고 서로를 일깨워주지 않았다면, 식사에만 몇 시간이 걸렸을지 모를 일이었다.

식사를 마친 뒤에는 강변의 공원을 찾았다. 낮이면 시민들이 물놀이와 래프팅을 즐기는 장소지만, 기온이 뚝 떨어지는 밤에는 인적이 드문 산책로가 되었다. 콜로라도답게 어디선가 마리화나 태우는 냄새가 나고, 종종 노숙자들이 모여 불을 쬐는 장소도 보였으나, 대체로 조용하면서도 한적한 길이었다. 북미에 역병이 상륙하고서부터 시민 순찰대가 조직되어 돌아다니기 시작했으므로, 역병 이전보다 오히려 더 안전해진 측면이 있었다.

앤이 아쉬워했다.

"날이 조금만 더 따뜻했어도 나란히 앉아서 발을 담그고 있는 건데."

"나중에 기회가 있겠죠."

"그래요, 나중에."

다짐하며 흐르는 강물을 바라보는 앤.

"겨울, 혹시 플라이 낚시 해본 적 있어요?"

"음…… 아뇨."

뜸을 들이다가 부정한 것은, 낚시 경험 자체는 꽤 많았던 까닭이다. 다만 어디까지나 식량획득을 위한 노력이었으므로, 순수하게 즐기려는 목적의 플라이 낚시와는 거리가 멀었다.

"그럼 흥미는 있나요?"

앤의 물음에 겨울은 당연하다는 듯 끄덕였다.

"당신과 함께하는 거라면 싫은 게 뭐가 있겠어요? 농사를 지어도 즐거울걸요?"

아닌 게 아니라, 요즘 들어 꿈꾸는 미래의 한 장면이 그러했다. 어느 레인저 장교가 말했던 것처럼, 농장이나 목장 하나를 사다가 둘만의 생활을 꾸려나가는 것이다.

앤은 작게 큭큭거리며 겨울의 어깨에 볼을 비볐다.

"좋네요. 언젠가 내 고향에 가면 같이 해봐요. 가르쳐줄게요."

"잘하는 모양이죠?"

"잘한다기보다는, 그 시간 자체를 즐기는 편이죠. 오늘 같은 6월에, 구름 한 점 없이 맑은 날을 골라서, 장화를 신고 나무 그늘이 많은 물속으로 들어가는 거예요. 그려져요? 물 흐르는 소리. 바람이 불 때마다 나뭇가지들이 바스락거리는 소리. 가끔씩 새 지저귀는 소리. 그 외에 어떤 소음도 없는 곳에, 당신과 나 두 사람만 있는 거예요. 음, 개 한 마리쯤은 있어도 괜찮겠네요."

물내음을 맡으며 걷는 중이라 더욱 선명하게 그려지는 심상이었다. 하는 일이 일인지라, 한가하고 평화로운 휴식을 바라기는 앤도 겨울과 마찬가지인 것 같다.

그 날이 정말로 올지는 불확실하지만.

겨울은 미뤄둔 질문을 꺼내야겠다고 생각했다.

"앤."

"네?"

"물어볼 게 있는데요."

"……?"

진지한 분위기에 발걸음이 멎는다.

"앤은 혹시, 내가 위험을 감수하는 게 싫진 않아요?"

앤의 입매가 살짝 굳어졌으나, 이내 부드러운 미소로 풀어졌다.

"뭘 이제 와서. 어쩔 수 없는 일이잖아요? 당신만큼은 아니더라도, 나 역시 수사관으로서 사선에 노출되는 경우가 많은걸요. 당신이나 나나 어느 정도의 불안감은 감수해야 할 부분이겠죠. 서로를 계속 사랑하려면."

"그건 그렇지만."

그녀에겐 질서를 유지하고 사람들을 도우며 국가안보에 기여한다는 자부심이 있었다. 그래서 겨울은 그녀에게 후방으로 물러나거나 다른 일을 찾는 게 어떠냐는 식으로 물어보지 않았다.

겨울이 뜸을 들인 끝에 다시 말했다.

"내가 중국으로 가는 게, 당신에겐 평소보다 훨씬 더 큰 부담이 아닐지 걱정스러웠거든요. 작전 투입 전에 그걸 확인해두고 싶었어요."

잠시 말이 없던 앤은, 심호흡을 한 뒤에 질문했다.

"만약 내가, 당신이 떠나지 않기를 바란다고 한다면……. 어떤 일이 있더라도 내 곁에 쭉 머물러주길 바란다고 한다면, 그때는 어떻게 하려고요? 그냥 확인하는 걸로 끝인가요?"

"아뇨."

겨울이 고개를 저었다.

"앤, 당신이 진심으로 그러기를 바란다면, 난 무슨 수를 써서든 그렇게 할 거예요."

"정말로?"

되묻는 앤에게, 겨울은 단호한 긍정을 내비쳤다.

"네. 내겐 제로 그라운드로 가야 할 이유가 있어요. 당신을 다시 만나지 못하게 될 가능성이 있다는 걸 알면서도, 가야겠다는 결심을 굳힐 만한 이유가요. 하지만 그건 어디까지나 내 입장만 고려한 거죠. 일방적이고 자기중심적인 결정이라고 생각해요."

겨울의 개인적인 사정을 제외하면, 제로 그라운드에 가야 하는 것이 꼭 겨울이어야 한다는 법은 없었다. 이제 와서 빠지려면 꽤나 무리를 해야겠으나, 불가능한 것도 아니었다. 뭣하면 사고로 위장하여 부상을 입는 수도 있으니.

"그래서 앤의 진짜 속마음을 알고 싶은 거예요. 반지를 끼워준 순간부터, 내 삶은 나만의 것이 아니게 되었으니까."

겨울이 온화하게 말했다.

"어쨌든, 중요한 결정을 내릴 때 아내 될 사람의 의견은 들어봐야죠. 안 그래요?"

이에 가만히 겨울을 응시하던 앤이, 입술을 조용히 겹쳐 왔다.

"다녀와요."

입술을 뗀 앤은 미소를 머금었다.

"내 걱정은 말고, 다녀와요. 반드시 돌아올 거라 믿고 있을게요."

그리고 겨울을 끌어안았다.

"요 반년 간 자주 꾸는 꿈이 있어요."

"뭔데요?"

"당신이 별을 보는 꿈이요."

앤은 짧은 여백을 두고 이어서 속삭였다.

"난 그런 당신을 뒤에서 바라보고 있죠. 어딘가 아련하면 서도 아름다웠어요. 당신도, 당신이 보는 별도. 그리고 그건 꽤 상징적으로 느껴지기도 했어요."

"어째서요?"

"겨울이 바라는 게 그토록 높은 곳에 있지 않나 싶어서요."

"……."

"항상 그래왔잖아요. 당신이 바라는 건 항상 사람의 한계 너머에 있는 것들이었어요. 사람들을 믿지는 않지만 믿고 싶어 하는 것도, 남을 위해 자신을 아끼지 않았던 것도 결 국은 같은 맥락이죠. 최소한 내가 생각하기로는요."

믿음에 관한 부분은 피쿼드 호에 있을 때 들려주었던 말 이다. 그 뒤로 종종 되새기곤 했었다.

앤이 말했다.

"당신은 그냥 당신의 마음을 지키면 돼요. 그게 바로 내 가 사랑하는 한겨울이니까."

겨울은 조금 눈물이 날 것 같았다.

독립기념일의 시가지 행진은 성황리에 막을 올렸다. 독

립대대의 순번은 JROTC와 러시아 공수군 사이에 끼어있었다. 시민들의 열기는 무척이나 뜨거웠는데, 겨울을 포함한 전쟁영웅들이 참가하기도 했거니와, 미국에선 애당초 이 정도 규모의 열병식을 볼 기회 자체가 드물었기 때문이다. 역병 이전까지의 미군은 열병식을 그리 중시하지 않았다. 우리가 최강인 걸 온 세상이 다 아는 마당에 뭘 더 과시할 필요가 있겠느냐면서.

하물며 오늘은 D.C.와 덴버 양쪽에서 시차를 두고 각각의 열병식이 행해진다. D.C.에서야 규모를 떠나 매년 치르던 행사였지만, 덴버는 이번이 처음이었다. 무척이나 이례적인 경우. 이는 전적으로 공수군과 독립대대의 편의를 봐준 결과다. 지역사회의 관심이 비등한 것도 당연한 일이었다. 열렬한 반응으로 미루어, 적어도 콜로라도에서만큼은 중국 진공에 대한 반대여론을 신경 쓸 필요가 없을 듯했다.

한편, 난민 출신이 다수인 독립대대원들은 다른 의미에서 행사의 분위기에 당황했다.

"상상하던 거랑 많이 다르군요."

차례를 기다리는 막간에 넷 워리어 단말로 생중계를 본 리아이링의 말이었다. 꽤나 떨떠름한 목소리였다. 맥이 빠진 것 같기도 했다.

다른 중대들도 비슷했으되, 그녀가 속한 브라보 중대는 이번 행사에 대하여 강한 불안감을 공유하고 있었다. 행진 연습이 너무 적었다는 것이다. 단체로 망신을 시키려고 일부러 연습을 안 시키는 게 아니냐는 불만마저 제기되었을 정도.

그러나 미군의 행진은 중국식의 각 잡힌 사열과 거리가 멀었다.

엑셀에 탄 겨울이 그녀를 내려다보며 말했다.

"내가 말했잖아요. 걱정할 것 없다고. 대충 발만 맞춰서 걸으면 돼요."

심지어 발이 안 맞아도 괜찮다. 안심시키려고 몇 번이나 반복했던 말이었다. 역병 확산 이전의 기록영상을 보여주기도 했다. 그러나 병사들의 턱을 고정시키고자 옷깃 안쪽에 바늘을 꽃는 나라에서 온 장병들은 도무지 마음을 놓질 못했다. 이번엔 뭔가 다르지 않겠느냐는 것.

이는 아직까지도 자신들의 처지를 불안정하게 느낀다는 방증이었다.

여기엔 물론 크레이머가 미친 영향도 있을 것이다.

"중령님! 여기 좀 봐주세요!"

멀지 않은 곳에서 떠들썩한 소리가 났다. 바라보면, 이제 곧 순서가 돌아오는 고등학교 취주악단 및 응원단원들이었다. 이쪽을 보며 소리를 지르거나 손을 흔들고 있다. 겨울이 간단한 경례를 보내자 한층 더 높아진 환호성이 돌아왔다. 리아이링은 옆에서 더욱 기운이 없어졌다. 말이 열병식이지, 실제론 군이 참가하는 축제나 마찬가지였다.

응원단과 취주악단이 행진곡을 연주하며 나가고, 그 뒤를 JROTC, 즉 이 지역의 청소년 학군단이 뒤따랐다. 이제 독립대대가 나갈 차례다. 겨울이 고삐를 틀어 대대의 전면으로 나아갔다.

"알죠? 각 중대, 알아서 따라와요."

무전으로 내리는 명령은 이것으로 충분했다.

횡대로 늘어선 기병 한 줄이 깃발을 들고 겨울을 뒤따랐다.

"이러고 있으려니 예전으로 돌아간 것 같습니다."

'에일' 알레한드로가 하는 말. 올레마를 거점으로 삼아 기병대로 활동하던 시절의 이야기다. 때맞춰 엑셀이 푸르륵거렸다. 겨울은 갈기를 쓰다듬으며 시선을 정면에 두고 답했다.

"힘들 때였죠. 용케 여기까지 왔다 싶어요."

"그래도 돌이켜보면 좋은 추억입니다. 유머감각을 빼면 완벽한 상관을 만나기도 했고요."

"내 유머감각이 뭐가 어때서요?"

"정말로 몰라서 물으십니까?"

"모르겠는데요."

겨울이 시침을 뚝 떼자 에일이 혼잣말로 궁시렁거렸다. 뒤끝이 무척 긴 남자였다.

나아가는 길의 좌우에서 크고 작은 성조기들이 바람에 나부꼈다. 겨울은 뒤따라오는 병사들의 분위기가 궁금해졌다. 알파 중대는 시민사회의 높은 호의를 경험한 적이 많지만, 그 외의 다른 중대들은 오늘이 처음이기 때문이었다. 리드빌 주민들도 독립대대를 좋아하긴 했으나, 거긴 애초에 거주인구 자체가 얼마 되지 않는지라 병사들의 인식을 바꿀 만한 영향은 기대할 수 없었다.

'긍정적인 효과가 있다면 좋겠는데.'

기왕 하는 퍼레이드라면 병사들에게도 좋은 영향이 있기를 바란다. 지휘관으로서 겨울이 품은 생각이었다. 중국계나 일본계 장병들에겐 일종의 방어적인 공격성이 존재했으니까. 부러움과 경계심, 그리고 열등감과 피해의식. 대부분은 출신성분으로 말미암은 것이다.

그 보이지 않는 벽을 허무는 데에, 시민들의 호의와 직접 대면하는 오늘이 큰 도움이 되진 않을까.

독립대대는 아직 진정한 의미에서 하나의 운명공동체가 되지 못했다.

반대로 독립대대가 그것을 이룬다면, 장차 난민구역에서도 가능하리라 기대해볼 법하다.

앞서 가던 취주악대의 연주곡이 바뀌었다. 러시아의 곡조였다. 후속하는 퍼레이드 카 위에서 러시아 군복을 입은 가수가 노래를 불렀다.

「사과나무 꽃과 배꽃이 피고, 구름은 강 위를 흘러가네. 카츄샤는 강기슭으로 나와 높고 가파른 강둑을 걸어가네.」

「오! 노래야, 처녀의 노래야. 저 빛나는 해를 따라 날아가, 머나먼 국경의 병사 하나에게 카츄샤의 인사를 전해다오.」

말이 군가지 기본적으로는 민요로부터 따온 가락으로, 2차 대전기에 만들어진 가사는 카츄샤라는 여성이 전장으로 떠난 연인을 그리워한다는 내용이었다. 영어와 러시아어로 번갈아 부르는 노래에 시민들의 반응이 약간 잦아들었다.

조금 곤혹스러워하는 분위기마저 엿보였다. 하기야 미국 도시 한복판에서 러시아군이 행진하는 것부터가 일부 보수적인 시민들에겐 초현실적인 일일 것인데, 군가마저 러시아의 것이라 더더욱 당황할 법하다.

그래도 역병에 맞서 제대로 싸워주는 소수의 동맹군 가운데 하나인지라, 시민들은 살짝 식은 분위기 속에서도 열심히 성조기를 흔들어 환영해주었다. 과거라면 상상도 하지 못했을 광경. 인류 멸종의 위기가 만들어낸 동료의식이었다.

겨울은 낙선한 민주당 대선주자의 공약을 떠올렸다.

인류 합중국.

지나치게 이상적이어서 현실성이 없다는 비판을 받긴 했으나, 이상적인 만큼 긍정적인 미래의 청사진이기도 했다.

이미 지나간 분기를 새롭게 곱씹는 것은, 마치 바깥세상의 지난날을 상징하는 것 같았기 때문이다. 재구성된 과거를 거듭 겪어온 겨울이 생각하기로, 저 바깥이 그 모양 그 꼴로 전락하기까지, 사람들이 걸어온 길은 결코 외길이 아니었을 것이기에. 어떤 임계점을 지나 더는 돌이킬 수 없게 되었으리라는 짐작이 사실에 가깝지 않을까.

겨울은 여기서 쓴웃음을 머금었다.

'앤의 표현이 정확하단 말이지.'

자신의 소망은 너무 높은 곳에 있는 것이다.

퍼레이드는 도시 중심부의 마일 하이 스타디움(Mile high stadium)에 입성하면서 끝났다. 관중석을 가득 메운 시민들의 환호를 받으며, 경기장을 한 바퀴 돌고 손을 흔들며 퇴장.

그 뒤로는 넓은 주차장에서 반나절에 걸쳐 시민들에게 각종 기갑차량과 장비들을 공개하는 시간이 있었다. 공수 장갑차 및 전차들을 시민들에게 처음으로 선보이는 자리였다. 일상복에도 생존주의 컨셉의 위장 패턴이 유행하는 시대인지라, 평범한 시민들 중에서도 새로운 무기체계를 궁금해 하는 이가 많았다.

물론 모두가 그렇진 않았다.

"Sir, Sir!"

군복을 입은 여덟 살짜리 아이가 유라를 불렀다.

"왜 그러세요, 작은 해병님?"

웃으며 눈높이를 맞추는 유라. 그녀에게 자그마한 손으로 경례한 어린 해병은 곧바로 곤란한 질문을 던졌다.

"호랑이 가죽 망토는 어디다 두셨어요?"

공보처에선 이번에도 어김없이 그녀에게 망토 착용을 권고했다. 그러나 강요하진 않았다. 덴버가 해발 1마일의 도시여도 여름의 낮은 덥고 습하기로 유명하다.

그래도 끈질기게 권하긴 한지라, 유라는 이제 망토를 보기만 해도 진저리를 친다.

"이렇게 더운 날 망토를 두르고 다닐 순 없잖아요? 나도 사람인데."

유라가 애써 부드럽게 하는 말을 듣고, 호랑이 여전사도 평범한 사람들처럼 더위를 탄다는 사실에 실망한 아이가 이번엔 진석에게로 고개를 돌렸다.

"대위님, 대위님!"

진석의 눈매가 움찔거렸다. 불길함을 느낀 눈치였다.

"뭐지?"

"대위님의 별명인 '빠콩'은 무슨 뜻인가요?"

"……."

정확하게는 빠콩이 아니라 빡형이다. 빡친 형님을 줄인 것으로, 병사들끼리 대화할 때 나오곤 하는 별명이었다. 당연히 진석이 있는 자리에서는 절대 입 밖에 내지 않는다. 본인은 이걸 빡친석보다 더 싫어했다. 겨울은 어린 소년이 이 별명을 어찌 알고 있는지 궁금해졌다.

진석은 소리 죽여 웃는 유라를 노려보곤, 아이에게 순화된 설명을 들려주었다.

"그건 한국어로 매우 엄격한 성격의 중대장이란 뜻이다."

"아하, 그렇구나."

끄덕인 아이가 보다 강력한 공격을 꽂아 넣었다.

"저는요, 빠콩이 Fuck you랑 발음이 비슷해서 뭔가 관련이 있는 줄 알았어요."

"지미! 그런 말은 쓰면 안 돼!"

같이 온 어머니가 황급히 아들을 나무랐다.

"대위님께 사과드리럼. 어서!"

아이는 순순히 사과했다.

"기분 나쁘셨다면 죄송합니다. 생각보다 나쁜 뜻이 아니어서 다행이에요. 그거 땜에 대위님을 캡틴 Fuck이라고 부르는 친구들이 있는데, 그 친구들한테도 그러지 말라고 할 게요."

"……."

사과는 사과인데 무척 찜찜하고 괴로워지는 사과였다. 진석의 얼굴이 침묵 속에 벌게졌고, 어쩔 줄 몰라하던 어머니가 아이 대신 다시 한 번 사과했다.

아이는 마지막으로 겨울을 응시했다. 눈이 기대감으로 차 있었다. 케이크 위의 딸기를 마지막까지 아껴두는 성격으로 보였다.

"중령님, 중령님!"

"응?"

"제가 그 칼을 만져 봐도 될까요?"

다행히 정상적인 요청이었다. 겨울은 한쪽 무릎을 꿇고 장검을 풀어 건네주며 당부했다.

"다칠 수도 있으니 조심해야 한다? 완전히 뽑으면 안 돼."

열렬히 끄덕이고 칼을 받은 어린 소년은, 그 무게에 휘청이며 놀라워했다. 날은 티타늄이어도 심은 텅스텐 합금이다. 겨울이 얼른 붙잡아 중심을 회복시켜 주었다. 칼이 칼집에서 반 뼘쯤 빠져나왔다. 새까만 칼집과 칼날의 대조가 선명했다. 겨울은 아이의 손에 자신의 손을 단단히 포개어 안전을 확보했다. 아이는 검의 반사광을 보고 입을 벌렸다.

"와! 이거 엄청 무거워요! 이런 걸 어떻게 그렇게 휘두르실 수가 있어요?"

"너도 어른이 되면 할 수 있을 거야."

이에 아이가 기뻐하며 말했다.

"저는 커서 아빠나 중령님처럼 될 거예요."

"그러니?"

"네. 그래서 수많은 변종들을 찢고 죽일 거예요!"

"……."

"근데 제가 어른이 되기 전에 중령님께서 다 죽여 버리실까 봐 걱정이 많이 돼요. 제발 제 몫은 남겨주세요."

겨울이 차마 대답은 못하고 난처한 미소를 지으며 어머니를 올려다보았다. 아이 어머니는 이마를 감싸며 탄식했다. 오, 지미…….

아이가 추가로 바란 것은 겨울의 사인, 그리고 겨울과 함께 엑셀을 타보는 것이었다. 안장 위에서 높아진 시야를 즐거워하던 아이가 등 뒤의 겨울에게 천진난만하게 물었다.

"중령님은 왜 해병이 되지 않으셨어요?"

"그럴 기회가 없었거든."

"그럼 이제라도 해병이 되는 건 어떠세요? 우리 아빠가 진짜 남자는 해병이 되어야 한다고 하셨어요. 그리고-"

"그리고?"

"한 중령님이 해병대로 오셨다면 지금보다 세 배는 더 강해졌을 거라고도 하셨어요."

지금보다 세 배 더 강한 한겨울이라. 변종들 입장에선 끔찍할 이야기였다.

아이의 죽은 아버지는 자신이 해병이라는 사실에 깊은 자부심을 품고 있었던 모양이다.

지미와 지미의 어머니를 포함한 전몰장병의 유가족들은, 일종의 우대조치로서 겨울을 비롯한 전쟁영웅들을 먼저 만나볼 기회를 누렸다.

잠시 후 아이를 돌려주며, 겨울은 어머니에게 이렇게 말해주었다.

"부인. 지미는 아버지만큼 훌륭한 어른이 될 겁니다."

어머니는 눈시울이 살짝 붉어져서는, 조용히 끄덕이고 아이를 챙겨 돌아섰다. 지미는 겨울이 보이지 않게 되는 순간까지 뒤를 돌아보며 활발하게 손을 흔들었다.

다른 유가족들을 상대하는 동안, 겨울의 머릿속엔 때때로 지미가 내비쳤던 순수한 증오가 맴돌았다. 변종들이 인류를 멸종시키려는 동기가 오직 본능뿐이기에, 역병에 대한 사람들의 증오 또한 원초적인 영역에 머물렀다. 어떤 이성적인 사고나 타산적인 의도, 혹은 사회적 갈등과 이해관계의 산물이 아닌 것이다.

즉 원초적인 증오는 이 세계의 인류를 하나로 묶어주는 힘의 한 갈래였다. 인류 합중국을 포함하여 겨울이 긍정적으로 평가하는 모든 미래의 가능성들은, 그 기저에서 어쩔 수 없이 위기와 증오에 의지하는 면이 있었다.

당연한 이야기이고, 이제 와서 처음 하는 생각이 아닌데도, 이 시점의 겨울은 못내 그 사실이 신경 쓰였다.

바깥세상의 사람들을 위해서도 같은 증오가 있어야 할까?

장미가 시드는 계절 (11)

고건철은 마음을 지켜내지 못했다.

거래는 공정해야 하고, 계약은 지켜져야 한다는 믿음. 그 광기 어린 집착과 신념은 사실 아내와 형제의 배신이 남긴 트라우마 그 자체였다.

시동생과의 불륜이 발각된 현장에서, 그녀는 실성한 사람처럼 웃으며 차갑게 고백했다. 너 같은 추물을 누가 사랑하겠느냐고. 그것은 실로 저주나 다름없었다. 이날 고건철은 사랑하는 아우와 사랑하는 아내를 잃었을 뿐더러, 마침내는 자기 자신에 대한 사랑마저도 잃어버리고 말았다. 스스로를 혐오하는 인간이 된 것이다.

왜 몰랐나. 왜 속았나. 왜 사랑받지 못했나.

나는 어찌 이리도 어리석고 못난 녀석이었던가.

피떡이 된 동생의 모습과 아내의 날카로운 웃음소리는, 오랜 시간이 흐른 지금까지도 깨진 유리조각처럼 폭군의 뇌리에 박혀있었다.

진실을 캐고 보니, 폭군이 되기 전의 고건철은 동생과 아내의 순정에 끼어든 훼방꾼에 불과했다. 아내의 사랑은 결혼 이전에도 그의 젊고 훤칠한 형제를 향하고 있었던 것. 그럼에도 그녀가 고건철과 결혼한 이유는, 사랑하는 사람에게 모든 것을 안겨주기 위함이었다. 아내의 계획 속에서, 돈 버는 재주 외에 장점이 없는 남편은 원활한 상속의 수단에 불과했다. 말하자면 밟고 건너가는 돌이었던 것이다. 건너가고 나면 다시는 돌아보지 않을.

야망 깊은 동생도 그 구상에 찬동했다. 아버지는 능력을 보고 경영을 물려주었다 했으나, 동생이 보기엔 그저 먼저 태어난 쪽이 먼저 태어났다는 이유만으로 취하는 부당한 이득이었다.

고건철은 사력을 다해 두 사람을 매장시켜 버렸다.

그러나 그 복수는 인간으로서의 그를 돌려놓는 데 아무런 도움도 되지 못했다.

부서진 고건철은 폭군이 되었다.

이후, 그의 삶을 지탱해온 유일한 버팀목은 증오가 남긴 유산이었다.

그는 아내와 거래를 했었다. 한평생 서로에게 온전히 자신을 내어주기로. 그 결과가 바로 인생을 건 계약으로서의 결혼이었다. 아내는 그 계약을 위반한 것이다. 공정하지 못한 거래와 지켜지지 않은 계약. 그에 대한 증오가 폭군의 비참한 신념을 잉태했다. 마음처럼 불확실한 요소를 믿어선 안 된다. 인간관계의 본질은 타산적으로 이루어지는 거래다. 그러므로 삶은 경제적이어야 한다. 두 번 다시 기반이 불확실한 신뢰를 품어선 안 된다…….

그러나 한가을은 폭군에게 믿음을 요구했다.

본연의 모습으로 돌아가기 전까진 바라는 관계가 시작되지 않을 것이라고. 동생인 겨울을 포함하여, 타인에게 빌려온 거죽으로는 출발선에조차 서지 못할 것이라고.

그렇다. 출발선에조차 서지 못한다는 말은, 바꿔 말해 고건철이 그녀의 요구를 수용한다 하더라도 결국 거래에 실패할 가능성이 존재한다는 뜻이다. 그녀의 표현을 빌리자면, 사랑은 거래로 성립하는 계약이 아니었다. 지친 폭군은 그 철없는 순수가 가혹하게 느껴졌다.

장미가 지닌 가시였다.

누가 너 같은 추물을 사랑하겠느냐. 과거의 메아리에 아직까지도 사로잡혀 있는 고건철에겐 불가능에 가까운 요구.

인정하기 싫지만, 솔직히 말해서 두렵기 짝이 없었다.

그래서 오랫동안 번민했고, 그 고통스러운 번민이 돈을 주고 얻은 젊음과 건강을 갉아먹었다. 그러므로 초조함은 나날이 무거워졌다. 한겨울의 옛 육신이 완전히 닳아 없어지고 나면, 그때도 한가을이 폭군에게 관심을 둘 이유가 있을 것인가?

오늘, 조바심에 쫓긴 그는 마침내 처참한 실수를 저지르고 말았다.

"……."

어질러진 집무실, 숨 막히는 정적 속에서, 가을은 옷깃을 여미고 흐트러진 매무새를 바로잡았다. 저항의 흔적이 남아있는 속살이 가려진다. 고건철은 그걸 멍하니 바라보기만 했다. 그가 조금 전 실패한 것은 변명의 여지가 없는 강간 시도였다. 폭군은 마치 미친 사람처럼 소리를 지르며 달려들었다. 본인도 예상하지 못한 갑작스러운 폭발이었다.

그러나 결정적인 순간에 발기가 되지 않았다. 눈을 보았기 때문이다. 가을의 눈을. 거기엔 여러 감정이 녹아있었다. 고통스러운 듯했고, 많이 실망한 듯했고, 조금은 슬프고 불쌍히 여기는 듯도 했다.

그 모든 감정들이 폭군의 자각을 이끌어냈다.

강간만큼 공정한 거래와 거리가 먼 행위도 드물다. 폭군은 이제껏 자신을 지탱해온 버팀목을 스스로의 손으로 부러뜨린 셈이다.

고건철은 혈관이 차갑게 얼어붙는 기분이었다.

'내가 지금 무슨 짓을…….'

그는 심리적인 오한에 몸을 떨며 자리에서 일어섰다. 머릿속이 한 가지 생각만으로 헝클어졌다. 이 상황에서 벗어나고 싶다는 생각. 일단 가을을 내보내야 했다. 눈 닿는 곳에 있어선 안 되었다. 보면 볼수록 자괴감만 무거워질 테니까. 이는 절박한 생존욕구에 가까웠다. 폭군이 책상을 더듬어 콘솔을 건드렸다.

"들어와!"

비명 같은 외침. 불러놓고도 제대로 호출했는지 의심스러웠으나, 얼마 지나지 않아 특수비서 강영일이 들어왔다. 뱀 같은 눈동자가 실내를 슥 훑는다. 그것만으로도 상황 판단이 끝났는지, 입가에 미세한 경련이 스쳐 지나갔다. 그것이 당혹감이었을지, 아니면 유열이었을지는 모르겠다. 마음에 들지 않았다. 않았으나, 이 시점의 폭군에겐 다른 생각을 할 만한 여유가 없었다.

고건철이 숨을 몰아쉬며 가을을 가리켰다.

"돌려보내. 당장!"

눈으로는 그녀를 보지도 않았다. 엄두가 나지 않는다고 해야 정확할 것이다.

"알겠습니다."

강영일이 가을에게 손짓했다.

"나와라. 데려다주지."

나가려던 가을이 순간 멈칫했다. 그리고 잠시 회장을 돌아보았다. 그 속을 짐작할 수 있었다. 그렇기에, 무너지는 사람을 혼자 두어선 안 된다는 생각이 스쳤다. 무너져가며 지새우는 밤이 결코 긍정적인 영향을 미치지는 않으리라.

그러나.

"안 나오고 뭐 하나. 회장님의 심기를 거스르지 마라."

강영일의 채근에, 짧게 망설인 가을은 끝내 입을 열지 않았다. 그녀에게는 한계가 있었다. 고건철의 실수는 그 자신에게만 참혹했던 것이 아니다. 가을의 어깨는 아직까지도 떨리고 있었으며, 아픈 손목엔 꽉 움켜쥐었던 자국이 폭력의 낙인처럼 남아있었다. 만약 폭군의 폭주가 미수에 그치지 않았다면, 내일의 자신이 어떤 심정으로 아침을 맞았을지 모를 일이었다.

그 내일이 아예 없었을 가능성마저 있다.

그러므로 가을은 더 이상 폭군을 배려하지 않았다.

특수비서 강영일이 인사를 남겼다.

"그럼, 쉬십시오."

고건철은 대답 없이 창밖만 바라보았다.

폭군의 성채를 나와 세단에 몸을 실은 가을은, 복잡한 심중을 한숨으로 내뱉었다. 동요를 가라앉히는 데엔 상당한 노력이 필요했다.

'내가 오늘 엉망이 되었으면, 겨울이는?'

요즘 들어 면회를 갈 때마다 조금씩 밝아지는 겨울이다. 그 원인이 전적으로 자신에게 있노라고 여기진 않는 가을이었으나, 그렇다고 아예 영향이 없진 않을 터였다. 그러나 폭군에게 짓밟히고 나서도 과연 겨울을 볼 엄두를 낼 수 있었을까? 타인의 속에 민감한 동생 앞에서, 가을은 결코 실제 있었던 일을 감추지 못할 것이었다.

'불안해하는 기색이었어.'

고건철 옆에서 일한다는 사실을 밝혔을 때, 가을은 겨울의 안색이 흔들리는 것을 보았다. 직후에 나온 말이 나쁜 일은 없었느냐는 것이었고. 진실을 감출 자신이 없었으므로 최대한 아무렇지도 않은 척 꺼낸 이야기였으되, 결국 겨울을 완전히 안심시키기란 불가능했다.

오히려 가을의 그런 노력을 알기에, 겨울은 더 이상 캐묻지 않았던 것일 터였다. 언제나와 같은 배려. 그 근저엔 가을이 어떤 거짓말을 하더라도 자신이 모를 리 없다는 확신이 깔려 있었던 게 아닐까.

가을의 면회가 다시 중단될 경우 겨울이 품을 근심의 내용은 뻔하다.

이런 생각을 하다 보니, 이상을 눈치채는 게 늦었다.

"……?"

차창에 스치는 풍경들이 낯설다. 평소 지나던 길이 아니었다.

경계심을 일깨운 가을이 운전석의 특수비서에게 물었다.

"지금 어디로 가는 거죠?"

강영일이 룸 미러를 통해 가을을 보았다. 그 눈이 휘어진 것을 본 가을은 뭔가 잘못되어가고 있음을 깨달았다. 덜컥. 본능적으로 문손잡이를 확인했으나, 잠겨있다. 잠금장치는 원격으로 고정된 상태였다. 가을은 식은땀이 났다. 회장에게서 다른 지시를 받은 것일까? 연락하는 모습은 없었으나, 렌즈식 단말기로 메시지를 수신했다면 이야기가 달라진다.

운전을 AI에게 맡긴 강영일이 손을 놓고 빈정거렸다.

"문이 열려있었으면 뭐, 뛰어내리기라도 할 작정이었나? 영화를 너무 많이 본 것 아니야?"

가을이 아랫입술을 깨물었다.

"어디로 가느냐고 물었어요."

"글쎄."

어깨를 으쓱이는 사내.

"어디로 가느냐보다는 네가 어떻게 될지를 더 궁금해 해야 할 것 같은데."

"……."

"처음 보았던 날부터 네 눈물 맛을 알고 싶었지. 이 여자는 어떤 맛으로 울까, 하고."

낮은 소리로 웃던 그가 서늘하게 경고했다.

"허튼짓은 하지 않는 게 좋을걸."

조용히 벨트를 풀고 운전석을 걷어차려던 가을은, 자신을 겨냥한 권총을 보고 몸을 움찔 멈추었다. 그러나 눈으로는 여전히 기회를 더듬었다. 어떻게든 문을 열 수만 있다면, 그다음엔 정말 바깥으로 몸을 던질 계획이었다. 크게 다치거나, 심지어 죽을 수도 있겠지만, 이대로 가만히 있는 것보다는 낫겠다고 생각했으니까.

독사 같은 사내는 그런 그녀를 비웃었다.

"눈 돌아가는 소리가 너무 요란하군."

가을은 두려움을 억누르려 이를 악물었다.

"이게 회장님의 뜻은 아닐 텐데요."

빈틈을 노릴 겸하여 슬쩍 떠보는 한마디. 잠깐 동안은 폭군의 지시일지도 모른다고 생각했다. 그러나 다시 곱씹어 보건대, 실제로 그랬을 확률은 지극히 낮았다. 가을이 옳게 보았다면, 그는 철석같이 지켜오던 원칙을 무너뜨린 자신에게 분노하고 있었다.

강영일이 대꾸했다.

"그 인간은 이제 퇴물이야."

"뭐라고요?"

"오랫동안 즐거웠다. 그 냉정함과 강력한 힘. 신념과 실력이 확실한 권력자. 내 성미에 그보다 나은 고용주도 없었다. 곁에 있는 동안 여러모로 재미있었어. 하지만 이젠…… 실망스럽기만 해. 바로 너 때문에 그렇게 됐지."

"……여러모로 흔들리고 있는 것은 사실이지만, 그래도

그는 여전히 혜성그룹의 회장이에요. 뒷감당이 두렵지 않나요?"

가을의 반문에, 강영일은 차가운 조소로 반응했다.

"멍청한 년. 내가 아무런 보험도 없이 이런 행동을 할 것 같나?"

"……보험?"

"한국 최대의 기업군단 총수가 인사불성이 되면 좋아할 사람들은 얼마든지 있어. 난 그들 중 하나의 제안을 받아들였고. 너와 내가 나란히 사라지고 나면, 고건철 그 노인네는 분명 그 몸뚱이가 못 견딜 정도로 폭주하겠지."

"……."

"주치의가 그러더군. 그냥 둬도 결코 오래가진 못할 거라고. 난 그 등을 살짝 밀어줄 뿐. 나머지는 중력의 몫이야. 쓰러진 다음엔, 복제체 배양이 끝나는 날까진 꼼짝없이 보존시설 신세를 져야 할 테고."

즉 한동안 고건철의 분노로부터 독사를 감춰주고 보호해줄 세력이 존재한다는 의미다. 그 세력은 또한 회장이 한동안 쓰러지는 것만으로도 이득을 보는 어딘가이고. 혹은 회장이 혼미했던 근래에 비서의 지위를 악용했을 가능성도 있겠다. 이미 중요한 정보를 빼냈으며, 그 정보를 활용할 기회를 마련하려는 의도라거나.

"뭐, 생각지도 못한 방법으로 목표를 달성하게 되었지만, 이것도 나름대로 나쁘지 않아. 벼르던 별미도 맛볼 수 있게 됐으니."

여기까지 말한 강영일이 이빨을 드러냈다.

"내가 이렇게 친절하게 설명을 해줬으면, 슬슬 빠져나갈 희망이 없음을 깨닫고 절망한 티를 내주는 게 예의 아니야? 왜 아직도 그렇게 건방진 표정을 짓고 있지? 꼭 손을 대야만 울기 시작하는 타입인가? 그런 건 좀 귀찮은데. 응?"

이때, 빽빽거리는 전자음이 요란하게 울리더니, 운전석의 계기판에 붉은 경고등 하나가 들어왔다.

"뭐야?"

강영일은 눈을 찌푸리며 계기를 확인했다.

"……충돌경고? 어째서?"

어느덧 교외로 접어든 길. 전방엔 다른 차량이나 장애물이 존재하지 않았다. 다만 다가오는 터널의 입구가 보일 따름. 그 안쪽으로도 별다른 이상은 없어 보였다.

그러나 차량이 터널에 진입하자, 터널 내부의 조명이 일제히 꺼졌다. 삽시간에 찾아온 새까만 어둠. 심지어 차량 자체의 조명마저도 사라졌다. 강영일이 계기판을 더듬어 수동운전으로 전환하고자 했으나, 버튼을 아무리 눌러도 아무런 반응을 보이지 않았다.

"젠장! 설마 해킹인가?!"

해킹. 말도 안 되는 상상이지만, 이 상황을 설명할 다른 방법이 없었다. 핸들을 억지로 돌려보려고 해도, 브레이크를 밟아보아도 무반응. 사이드 브레이크는 잠긴 것처럼 고정되었다.

AI가 이 와중에 차분한 합성음으로 안내를 내보냈다.

「경고 : 탑승자들의 안전벨트 착용이 감지되지 않습니다. 도로교통법 제50조, 제53조, 제67조에 의거, 자동차의 운전자 및 모든 동승자는 행정안전부가 지정한 예외 상황을 제외하면 반드시 안전벨트를 착용해야 합니다. 탑승자 여러분께서는 벨트 착용 여부를 재확인해 주시기 바랍니다.」

「경고 : 본 차량은 곧 사고다발구역으로 진입합니다.」

「경고, 경고, 경고, 경고, 경고……」

"이런 미친!"

운전석에서 욕설이 터져 나왔다. 고장 난 것처럼 반복되는 경고 음성은 실로 소름 끼치기 짝이 없는 것이었다. 가을은 황급히 안전벨트를 착용했다.

쇠가 맞물리며 찰칵 소리가 나는 순간.

차량의 진행경로가 거칠게 비틀렸다.

콰앙!

유리창에 쩍쩍 금이 가는 소음. 가을은 어깨에서 허리까지 가로지르는 둔중한 통증을 느꼈다. 벨트가 튀어나가는 몸을 붙들었고, 난폭한 관성이 전신을 흔들었다. 짧게 내지르는 비명. 그러나 어딘가 뼈가 부러지거나 정신을 잃을 정도의 아픔은 아니었다.

"빌어…… 먹을……."

불행히도 죽지 않은 건 뱀 같은 사내 역시 마찬가지인지, 칠흑 같은 어둠 속에서 아픈 느낌으로 욕설을 중얼거렸다.

가을은 재빨리 벨트를 풀고 탈출하려 했다. 그러나, 덜컥. 문은 여전히 잠긴 채로 꼼짝도 하지 않았다. 반대편으로

나가려는 시도도 실패. 가을이 입술을 깨무는 사이, 운전석에선 문 열리는 소리가 들렸다. 발을 내딛는 소리도 들린다.

그다음으로 이어진 소리는, 다름 아닌 비명이었다.

"으아아아아악!"

타앙! 탕! 탕! 가을은 메아리치는 총성에 황급히 자세를 낮췄다. 바깥이 번쩍이면서 거미줄처럼 갈라진 유리창의 형상이 망막을 스쳐갔다. 마치 공포영화의 한 장면과도 같아, 가을은 두려운 마음에 몸이 덜덜 떨려오는 것을 느꼈다.

잠시 후, 비명과 총성으로 요란하던 어둠에 고요가 찾아왔다.

그리고 빛이 돌아왔다.

철컥. 잠금장치가 풀리는 소리. 운전석의 계기판이 희미하게 깜박거렸다. 가을은 간신히 추스른 몸으로 문을 열고 나아갔다. 밝아진 터널 전후엔 다른 차량들의 모습이 보이지 않았다.

가을은 차량의 앞쪽으로 다가가 운전석 방향을 살펴보았다.

거기엔 떨어진 권총과 약간의 핏자국만 남아있을 따름이었다. 잘그락. 스스로 밟은 탄피에 소스라친 가을은, 가슴을 누를 새도 없이 다른 소음을 경계해야 했다.

우우우웅―

터널 안의 공기가 배기음으로 웅웅 울린다. 후방으로부터 창이 불투명한 차량 세 대가 줄지어 접근했다. 그 차량들은 앞이 우그러진 세단 옆에서 멈춰섰다.

각각의 차량에서 통일된 복장의 사람들이 내렸다.

그중의 한 명, 선글라스를 낀 여인이 사고 현장을 슥 둘러보더니, 혼자 한 번 갸우뚱하고는, 혼잣말처럼 중얼거렸다.

"……Они действовали первыми?"

러시아의 딸

"……그들이 먼저 움직였나?"

러시아 공작원이 말하는 그들이란 한국 내에 있는 정체 불명의 동맹세력을 의미했다.

곤란한 노릇이다. 이쪽으로 협력요청을 넣어 놓고는, 자신들이 직접 손을 쓰다니. 공작원은 앞머리를 쓸어 넘기며 신경질적인 한숨을 내쉬었다.

'우롱당한 기분이군.'

남은 흔적으로 미루어, 습격은 이쪽이 도착하기 직전에 벌어진 일이었다. 그래 놓고 정작 그토록 중요하다고 강조했던 「화물」은 현장에 남겨둔 채로 사라졌다. 이걸 달리 뭐라고 해석해야겠는가. 한국 내의 협력자는 이전의 실패를 두고 아직까지 화가 나 있는 게 아닐는지.

이전의 실패. 공작원은 입술을 깨물었다. 솔직히 그건 불가항력이었다. 협력자의 정보가 정확하긴 했으되, 주어진 시간이 말도 안 될 만큼 촉박했기 때문. 전에 없었던 긴급요청에 최선을 다해 응했지만, 공작원이 도착했을 때 해당 임무의 화물은 이미 식어가는 시체가 되어있었다. 이에 대하여 한국의 협력자는 간결한 단문(短文)으로 유감을 표했다. 짧기에 오히려 더 강한 실망감이 느껴지는 메시지였다. 적어도 공작원과 옛 같은 블라디미르가 읽기에는.

빌어먹을 천종훈.

그 임무의 화물은 그런 이름을 지니고 있었다. 그 외엔 모든 것이 불투명했다. 대체 뭘 하던 인간인지, 무슨 이유로 자살을 한 것인지, 어떤 가치가 있는 인물인지.

별도의 조사 결과 수확이 없었던 건 아니다. 다만 믿을 수가 없었다. 표면적으로 드러난 정보대로라면, 그는 어떤 의미로도 중요한 인간이 못 되었다. 가족관계도 무척이나 쓰레기 같았다. 하류인생 그 자체였다고 해야 할까.

그러나 미지의 협력자가 아무것도 아닌 인간의 신병을 요구했을 리 없다. 분명 공작원이 모르는 뭔가가 있을 것이었다. 찾아낸 정보는 예외 없이 조작된 것으로 간주해야 마땅했다. 인생 전체를 위장해야 할 정도로 큰 비밀을 품고 살았던 인물이라고 생각할 수밖에 없었다.

실로 엄중한 보안조치다. 그런 거물을 놓친 것이다. 이쪽의 억울함과 별개로, 협력자가 화를 낼 만도 했다. 조금만 더 빨랐다면, 죽음을 막지는 못했을지언정 뇌를 적출해서 보존할 수는 있었을 터. 그러기 위한 장비까지 챙겨갔는데, 결국은 무용지물이 되고 말았다.

이제 와서 아쉬워해 봐야 의미가 없는 일이지만.

오늘은 오늘의 일에 집중해야 한다.

공작원은 이국의 언어에 상냥함을 담으려 애썼다.

"그만 나오시죠. 저희는 당신을 보호하러 온 사람들입니다."

증강된 감각을 통해, 공작원은 사고로 손상된 차량 반대편에 웅크리고 있는 사람의 형상을 감지했다. 초음파의 반향을 이용한 청각의 입체적인 시각화. 체구를 보건대 젊은 여성이다. 전체적인 특징이 화물의 정보와 일치한다. 권총을 쥐고 있으나 위험하진 않았다. 파지법부터 엉성한 것이 사격 경험은 전혀 없어 보였으니. 초짜의 어설픈 자기방어 따위, 실험적 육체를 지닌 특수요원에겐 이렇다 할 위협이 될 수 없다.

급소를 피한다면 한 탄창 정도는 그냥 맞아줘도 된다.

이런 사실로부터 우러나오는 여유로움으로, 요원이 다시 한 번 부드럽게 말했다.

"경계하실 필요 없습니다. 저희에게 악의가 있었다면 이렇게 말을 거는 대신 좀 더 거친 방식을 택했겠죠. 정 불안하시다면 그 총은 그대로 지니고 동행하셔도 좋습니다."

숨어있는 여성이 몸을 떨었다. 훤히 보이는 것처럼 말하는 데 놀란 모양. 침묵하던 그녀가 이렇게 물어왔다.

"고건철 회장님께서 보내신 분들인가요?"

"아닙니다."

"그럼 누가?"

"당신을 구하라고 요청한 사람의 정체는 저도 모릅니다. 애초부터 그런 관계인지라."

"……."

"다만 이 말을 전하라더군요. 나는 가수 이소라의 Track 9을 즐겨듣는다. 내가 당신에게 해를 끼치는 일은 없을 것이다. 조만간 직접 만나 대화를 할 수 있기를 희망한다. 그러니 일단은 이 사람들을 따라와 주었으면 한다…… 라고."

이 수수께끼 같은 전언이 효과가 있었다. 둑, 둑, 둑, 둑. 아직 웅크리고 있는 화물, 한가을의 심장박동이 빨라졌다. 그 심장 뛰는 소리를 들으며, 공작원은 시간을 확인했다. 협력자가 벌어주겠다고 한 시간은 15분. 아직은 여유가 있다.

한편 가을은 현재 머릿속이 복잡했다. 권총을 쥔 손에 땀이 고였다. 아무리 고쳐 잡아도 어색하기만 하다. 사람을 죽이는 금속은 미지근한 온도에서도 소름이 끼쳤다.

'겨울이가 곧잘 불러줬던 노래……'

이걸 어떤 의미로 받아들여야 할지. 가을은 아득해지려는 이성을 필사적으로 붙잡았다.

현 시점에서 그 추억을 공유하는 사람은 가을과 겨울, 그리고 막내인 파랑이뿐이다. 그나마 햇수가 경과한 지금도 여전히 어린 늦둥이 막내가 그 시절을 온전히 기억할지는 의문이다. 또한 파랑이에겐 이런 주제로 대화를 할 만한 친구나 지인이 존재하지 않았다. 사람과 만날 일 없는 의무교육은 차갑다.

부모님이 오며가며 얼핏 들어봤을 가능성이 있겠지만, 양친은 죽은 사람이 된 지 오래. 자식들의 노래에 귀를 기울일 만한 애정이 있었는가를 묻는다면, 그 역시 회의적이긴 마찬가지다.

고로 가을의 구출을 의뢰한 사람은 필시 겨울과 접점이 있는 누군가일 터.

그래서 더욱 모르겠다. 사후보험시설에 들어간 가엾은 동생이, 이런 일을 추진할 정도의 누군가와 관계를 맺고 있다니. 말도 안 되는 이야기 아닌가.

그나마 현실성 있는 추측은 하나.

'목표는 고건철 회장…… 인가? 나를 빌미로 무언가 거래를 시도하려고?'

가을을 확보하고자 겨울에게 먼저 접근한 거라면 나름의 개연성이 생긴다. 강제로 데려가는 것보다는, 약간의 호의를 얻어두는 편이 원활한 협조를 기대할 수 있을 테니까. 불공정한 거래가 목적이라면 가을이 직접 나서주는 게 여러모로 효과적일 것이다. 고건철 개인에게는 더욱 비인간적인 협박이 되겠고.

곱씹던 가을이 스스로의 생각에 흠칫했다. 불공정한 거래. 고건철의 표현방식이었다. 싫든 좋든 함께한 시간이 길었던 만큼, 무의식중에 그 흔적이 남았을 법했다.

상념이 엉뚱한 쪽으로 샌다. 가을이 고개를 흔들었다.

앞선 추측이 사실이라는 전제 하에, 자신은 어떻게 행동해야 할까.

특수비서 강영일은 회장을 적대하는 누군가의 그늘 아래 들었다고 말했다. 그 외의 제3자가 개입했을 수도 있다.

폭군을 위해 위험을 감수하고 싶지는 않았다. 그러나 그를 고통스럽게 하는 일에 동참하고 싶지도 않다. 거래의 수단으로 이용당하는 건 더더욱 사양이었다.

하지만 의문의 인물이 겨울과의 오랜 추억을 언급한 것은, 겨울이 자신의 수중에 있음을 간접적으로 전달하려는 의도가 아니었을까.

그렇다면 저항은 불가능하다. 겨울과 고건철을 비교하는 건 무의미한 일이었다.

그녀에게 있어서, 고건철은 이제 아무것도 아닌 사람이 되었으니까.

아무것도 아닌 사람.

결국 이렇게 끝나고 말았나 하는 생각에, 가을은 스쳐가는 비애를 느꼈다.

망설임은 오래 이어지지 못했다.

기다리기 지쳤는지, 요원이 하는 말.

"파랑이라고 했던가요? 당신의 동생도 우리 쪽에서 보호하고 있습니다. 혹시나 다른 위협이 가해질까봐 미리 조치를 취했지요. 그 아이, 포도 맛 사탕을 좋아하더군요."

떨어뜨린 권총이 쇳소리를 냈다. 잠시 멍하니 있던 가을은 곧 힘없이 몸을 일으켰다. 요원이 선글라스를 벗으며 상냥한 미소를 지어 보였다.

"이쪽으로 오십시오, 한가을 양. 안전한 곳으로 모시겠습니다."

가을은 몸을 떨며 다가왔다. 납치당할 뻔한 경험, 그리고 지금도 납치당하는 것일지 모른다는 의심, 두려움, 긴장이 체력을 빨아먹고 있을 것이었다. 요원은 자신의 코트를 벗어 가을의 어깨에 걸쳐주었다. 가을의 시선이 요원의 양쪽 어깻죽지 아래에 머물렀다. 정확하게는, 권총을 끼워둔 한 쌍의 홀스터에.

"이건 신경 쓰지 마시길."

요원은 가을을 차로 유도하며 해명했다.

"납치범과 총격전을 벌이는 상황에 대비할 필요가 있었습니다."

어지간한 상대는 맨손으로 척추를 뽑아버리기도 가능하지만, 혜성그룹의 특수비서는 정보기관 출신으로서 비공식적인 신체개조를 받았다는 정보를 전달받았다.

한국의 인체개조 기술은 세계 최고 수준이다. 사후보험 시스템에 힘입어, 윤리적 화두에 연연하지 않고 실험을 거듭해온 까닭. 그래서 단단히 각오하고 왔더니, 협력자 측에서 먼저 처리해버린 게 아니겠는가.

'거기다 이 악취……. 합성전투병이라도 다녀갔나?'

한국 육군의 전투병들은 인간의 형태에서 한참이나 벗어난 모습들로 유명하다. 그 몸에선 당연히 독특한 냄새가 났다. 평범한 사람들이 알아차리기는 무리더라도, 러시아의 첩보원들이 놓치기엔 강렬한 악취였다.

그렇다면 협력자는 정규군을 움직일 정도의 실력자인 것인가? 또는 군사규격의 인공육체를 생산할 수 있는 시설을 사유화하고 있는 것인가? 전대미문의 인공지능이 군사보안을 담당하는 국가에서 그런 일이 벌어질 수나 있는 것인가? 한국의 모든 인체배양시설은 사후보험공단에서 위탁관리하고 있을 텐데?

협력자의 정체는 갈수록 미궁 속으로 빠져들기만 한다.

"당신의 이름은 뭔가요?"

요원은 가을의 질문을 조금 늦게 깨달았다.

"아, 저 말씀이십니까?"

이름까지 감출 이유는 없을 것이다. 어차피 하나의 이름만으로 사는 인생도 아니었기에. 통성명은 신뢰구축의 기초다. 스파이를 심문할 때도, 친근함에 기초한 회유라면 서로의 이름을 부르는 건 기본이었다. 요원이 미소를 머금고 답했다.

"옐레나. 옐레나라고 부르십시오."

"옐레나……."

고개를 끄덕인 가을이, 차에 오르기 전 자신의 이름을 말했다.

"이미 알고 계시는 것 같지만, 제 이름은 한가을입니다. 어떤 이유에서든, 구해주신 것에 감사드립니다."

두려움에 떨고 있다고만 여겼는데, 단순한 긴장감에 지나지 않았던 걸까. 이번 화물은 눈빛이 살아있었다.

'같은 생각인가?'

러시아의 딸은 화물에 대한 평가를 조금 수정했다.

현장을 조사하던 다른 요원 가운데 하나가 보고했다.

"옐레나 블라디미로바. 혈흔이 환기구로 이어져 있습니다. 터널의 설계도는 데이터베이스에 존재합니다만, 추가적인 수색을 진행하려면 적잖은 시간이 소요될 것 같습니다. 어떻게 할까요?"

차를 등진 옐레나는 목적성 짙은 미소를 지웠다.

"협력자 측에서 어설프게 처리하지는 않았을 테지만……. 표적의 생사는?"

"출혈량으로 보건대 죽지는 않았을 것으로 판단됩니다."

"살아있다는 건가."

짧게 생각하고 코웃음을 치는 그녀.

"일부러 산 채로 끌고 갔겠지. 저 화물이 진정 중요한 인물이라면, 건드린 시점에서 협력자의 분노를 샀어도 이상하지 않아."

비효율적인 일이지만, 보복과 응징이 반드시 효율적이어야 할 이유는 없다. 러시아의 딸 또한 한때는 러시아의 적에게 고통을 주는 일에서 만족감을 느끼던 시절이 있었다.

'저쪽의 결정권자가 누구든, 다소 감정적이고 미숙한 면이 있을지도 모르겠어. 최소한 이런 분야에서는.'

조금은 의외로 다가오는 추측이다.

러시아인들을 불러놓고 먼저 손을 쓴 것 역시 다른 맥락일 가능성이 생겼다. 러시아인들에게 바란 것은 정말로 보호뿐이었을 경우. 낙관적인 예측이긴 하지만.

그래도 이해가 가지 않는 부분이 많다.

'그냥 자기가, 혹은 자기들이 보호하면 되잖아? 왜 굳이 외국 세력을 끌어들이는 거지? 세력 내에서 다시 내분이 있는 것인가? 저 화물은 그중 우리와 연결되어 있는 측의 지인? 가족? 관계자? 내부세력의 위협으로부터 지켜주기 위해 불가피한 조치를 취한 것일까? 아니면 세력 자체가 위협받고 있는 것인가? 만약을 대비하여 외부에 요인을 맡겨둬야 할 만큼?'

다양한 생각으로 심중이 복잡해지는 순간이었다.

당장은 답이 나오지 않는 고민이라, 옐레나는 넌더리를 내며 돌아섰다.

"이만 가지. 곧 시간이다. 이 나라의 보안망에 걸리면 귀찮아져."

사실 귀찮아지는 수준이 아니다. 목숨을 걸어야 한다. 협력자가 보안망을 교란해주겠노라 확언한 15분 내에 이 현장을 벗어나야 했다.

'사후보험 보안기술자들을 납치했을 때도 찜찜했었지. 이쪽은 죽을 각오를 했건만…… . 관계당국의 추적과 압박이 의외로 약했으니. 그저 위장에 불과했다고 해도, 위장을 들키는 것 자체가 하나의 위험요소였을 것인데.'

이유가 무엇이든 간에, 협력자는 그때부터 러시아인들을 주시하고 있었을 것이다. 수사를 약화시킨 것도 협력자의 영향력이 아니었을까? 옐레나는 자신의 직감이 틀림없으리라 확신했다.

보안기술자들의 존재가 타국을 기만하는 수단이었음을 깨달은 것도 최근의 일이다.

협력자의 요구로 사후보험에 연결된 미등록 외부시설을 구축할 때, 러시아는 협력자가 공유하는 기술들의 수준에 경악을 금치 못했다.

러시아의 기술자들이 말하길, 확인된 기술의 수준과 공개된 사후보험 관련시설의 구성 사이에 너무나 큰 격차가 존재한다던가. 적어도, 사후보험 보안기술자들의 뇌를 긁어낸 것은 무의미한 헛수고였던 게 분명하다고.

그 말을 들은 옐레나는, 그 명령을 내렸던 블라디미르를 속으로 엄청나게 욕했었다.

임무 중에 죽는 건 상관없다. 그러나 그 죽음이 무의미해지는 것만은 싫다. 조국을 위한 죽음은 최대의 명예여야만 한다.

카스파로프 엔진 개발에 필요하다는 이유로 TOM 적성이 높은, 동시에 검증된 표본을 납치해 오라던 임무 또한 비슷했다. 고생고생해서 임무를 성공시켰더니, 고작 한 번 시험해보고는 기대 이하의 화물이라며 발트 해 밑바닥에 처박아버리지 않았던가.

이번 건에 대해선 블라디미르가 현명한 결정을 내린 것이기를.

차량에 탑승하며, 옐레나는 다시 친절한 미소를 머금고 가을을 바라보았다.

묻고 싶은 것이 많았다. 그러나 협력자는 그것을 허락하지 않았다. 나중에라도 관계가 꼬이는 것을 막기 위해서는 그 조건을 준수해야 할 것이었다.

그래도, 친분을 쌓아 둬서 손해 볼 건 없을 터. 이는 예나 지금이나 첩보의 기본에 해당했다.

<11권에서 계속>

▶ 권말 부록 - Q&A

Q. 중국에서는 시계를 선물하는 게 금기라고 들었는데, 시에 루 중장이 겨울이에게 시계를 준 것이 이해가 가지 않아요.

A. 말씀하신 금기는 괘종시계(挂钟)에만 해당됩니다. 종을 뜻하는 钟(鐘)자의 발음이 끝날 종(终)자와 같아서 괘종시계를 보낸다는 뜻의 送钟(Songzhong)과 임종을 지켜본다는 뜻의 送终(Songzhong)도 같은 발음이 되어버리거든요.

손목시계(手表)와 회중시계(怀表)는 글자 자체가 다르므로 상술한 금기로부터 자유롭습니다. 요컨대 롤렉스나 파텍 필립 같은 명품 시계는 중국인들도 대단히 좋아하는 선물입니다.

단, 중국인들도 잘못 알고 있는 경우가 없지는 않습니다. 한국 사람들도 한국의 관례를 다 알고 있는 건 아니니까요.

그러나 상류층인 시에루 중장이 이런 데 무지할 리는 없지요.

추가로 말씀드리자면, 중국에서 말하는 괘종시계는 추나 종이 달리지 않은 벽시계를 포함합니다. 한국 사람들이 생각하는 괘종시계보다 범위가 넓은 것이죠. '괘종시계만 아니면 되겠지!' 라는 생각에서 중국계 지인에게 벽시계를 선물하시면 안 됩니다. 하하.

Q. 9권 마지막에 봄이 말한 "안녕하십니까, 세상이여. 봄이 여기에 있습니다."라는 대사 말인데요, 감명 깊게 읽었지만 겨울이 앞에 있는데 세상에게 인사하는 게 약간은 어색하게 느껴지더라구요. 연출 상 어쩔 수 없는 부분이라고 봐야 하나요?

A. 해당 대사에서 '세상'은 이중적인 의미로 사용되었습니다. 하나는 문자 그대로의 세상을 뜻하고, 다른 하나는 '나의 세상'으로서의 겨울을 뜻합니다. 봄에겐 겨울이야말로 자신이 살고 싶은 세상이며, 겨울을 제외한 세계는 의미가 없는 것입니다. 따라서 말씀하신 대사는 세상에 대한 선언인 동시에 겨울에 대한 인사가 됩니다.

Q. 겨울은 상담사 행세를 하던 고아영의 정체를 언제 알아차린 건가요?

A. 심증은 첫 만남부터 있었으며, 만남을 거듭하면서 확신을 얻었다고 보시면 됩니다. 극도의 효율성을 추구하는 사후보험공단이 일개 가입자에게 거기까지 신경을 써준다는 것 자체가 이상한 일이기도 하고요.

Q. 달달한 내용은 못 쓰실 줄 알았는데 아니었네요!

A. 저는 그런 내용을 못 씁니다. 달달한 부분은 손가락이 대신 써주는 것입니다.

Q. 그럼 손가락을 더 갈아주세요.

A. 네⋯⋯.

Q. 시에루 중장이 말한 아Q라는 게 뭔가요? 그리고 담배 같은 것도 내성으로 저항이 되는 건가요? 기술수준이 오르면 뇌나 폐 같은 부위도 재생이 되나요?

A. 아Q는 중국 소설 아Q정전(루쉰 作)의 주인공으로, 정신 승리의 달인쯤 되는 인물입니다. / 네. 담배도 「독성저항」의 영향을 받습니다. 재생이 아니라 최초 손상 단계에서 걸러지며, 그럼에도 손상될 경우에는 「질병저항」의 영역으로 넘어갑니다. 저항력을 얻기 전에 발생한 손상에 대해서는 소급 적용되지 않습니다.

Q. 칠면조는 어떤 맛일지 궁금해요. 조류니 닭과 비슷할까요?

A. 작중에서 캡스턴 중령이 말했듯이 그리 맛있는 고기는 아닙니다. 닭고기랑 비교하면 퍽퍽한 가슴살 부위가 그나마 비슷하겠네요.

Q. 전자책 기준 9권에 나오는 스톡턴 보급기지(서적판 6권 50페이지)는 결국 어떻게 된 건가요? 방어에 실패하고 후퇴했

나요?

A. 해당 기지는 당시에 한 번 함락되었다가 멧돼지 사냥 작전으로 수복되었습니다.

Q. 진석을 실망하도록 만든 음란물 있잖아요. 앤이 그 음란물을 보면 어떻게 생각할까요?

A. 싫어……하지 않을까요? 어쨌든 겨울이 다른 사람(트릭스터 포함)이랑 맺어지는 거니까요.

Q. 위 음란물에서 「이렇게 생긴 변종」은 구체적으로 어떻게 생긴 건가요?

A. 저처럼 생겼습니다.

Q. 미국에선 판사를 선거로 뽑는다고 하셨는데, 선거엔 법조인들만 출마할 수 있는 거겠죠?

A. 아닙니다. 미국에선 판사가 되는 데 법적 전문성이 요구되지 않습니다. 주 판사 선거에서는 대중의 지지, 연방판사 임명에선 집권당의 지지만 있으면 됩니다. 물론 후자는 검증과정이 있습니다만, 이 또한 법적 전문성을 필수로 요구하진 않습니다.

Q. 험프백은 나무에서 양분을 얻는다는 말을 어디서 본 것 같은데, 그럼 험프백은 초식동물들처럼 장에 공생 박테리아가 있거나 자체적으로 셀룰레이스를 분비할 수 있는 건가요?

A. 네. 장내에 해당 박테리아가 있습니다.

Q. 별거 아닌 질문인데 겨울은 김치찌개파인가요 된장찌개파인가요?

A. 어느 쪽도 아닙니다. 둘 다 자주 접해 보지 못했기 때문입니다.

Q. 봄이 겨울의 세계와 관객들이 보는 세계를 분리한 게 정확히 언제부터인가요? 봄이 자신을 인식하고부터 쭈욱인가요?

A. 본문에 답이 있습니다. 반란의 끝자락, 만다린 오리엔탈 호텔에서 겨울이 피투성이로 앤의 품 안에 안겼던 순간부터입니다. 그리고 그 다음편의 소제목이 「분리」였죠. 저는 음흉한 사람이라 이중적인 표현을 즐겨 사용합니다. 크큭. 흑화한다······.

Q. 봄이 관객들에게 위조된 세계를 보여준다면 과거의 기록물은 어떻게 되나요? 다시보기가 있었는데 그것도 전부 조작한

건가요?

A. 이것도 본문에 답이 있습니다. 이하는 해당 내용을 발췌한 것입니다.

관객들이 지루하게 느꼈던 「종말 이후」의 반년은 그들의 시각적 기억을 왜곡하기에 충분한 시간이었다. 위조된 세계의 한 겨울과 조안나 깁슨이 밀회를 거듭할 때마다, 봄은 그들의 신체와 이목구비에 하루하루 작고 미세한 변화를 더해갔다.
그리고 그때마다 과거의 기록 또한 개변(改變)했다.

Q. 봄이 관객들에게 보여주는 세상을 위조하는 거라면, 이 시점 이후에 독자인 제가 보는 겨울은 진짜 겨울이 맞나요? 아니면 관객들처럼 위조된 겨울을 보는 건가요?

A. 작중에선 두 가지 단서가 제시되었습니다.
첫째: 봄이 이야기하는 겨울의 고민이 실제 서술되었던 겨울의 고민과 일치하는가 여부. 일치한다면 여러분은 봄이 보는 겨울, 즉 진짜 겨울을 보고 계신다는 뜻이죠.
둘째. 복제된 세계엔 가상인격조차 존재하지 않는다는 봄의 말대로라면, 그리고 여러분이 그동안 가짜 겨울을 보아온 것이라면, 여러분이 읽으셨던 서술에는 겨울의 심리나 사고에 관한 묘사가 없었어야 정상입니다. 그 부분을 다시 살펴보시면 되겠습니다.

결론적으로, 여러분은 진짜 겨울을 보고 계신 게 맞습니다.

Q. 「분리」와 「변화」라는 소제목이 이런 의미였을 줄은 …….

A. 「분리」는 앤의 분리인 동시에 세계의 분리, 「변화」는 세계관의 내적 변화인 동시에 봄이 기다리던 겨울의 변화, 「이미 읽은 메시지」는 겨울이 읽는다는 의미였으되 이제는 봄이 읽는다는 뜻. 이처럼 제목과 소제목도 소설의 일부인 만큼 어떤 장치가 들어가 있을 가능성이 존재합니다. 위에서도 말씀드렸듯이, 저는 아주 음흉한 사람입니다.

Q. 작가님, 사관학교 출신은 전역시 최소계급이 대위입니다. 강선열 소위가 사관학교 출신으로 군복무를 마쳤는데도 중위였다는 서술은 이상합니다.

A. 강선열 소위는 정상적으로 전역을 하고 온 경우가 아닙니다. 복무 도중에 외화벌이로 차출된 거죠. 고로 한국군에서의 최종계급은 중위가 맞습니다.

Q. 러시아에선 보드카가 사람을 마십니다!

A. 보드카에선 보드카가 보드카를 마십니다!

Q. 작가님은 돈이 충분하다면, 그리고 사후보험이 존재한다면 사후보험에 가입하실 의향이 있으신가요? 그리고 사후보험에 들었다면 어떤 걸 하면서 살고 싶으신가요?

A. 돈이 충분하다면 생각은 있습니다. 치맥을 무제한으로 먹으면서 살고 싶네요.

Q. 러시아 공수부대는 교회도 공수하는 걸로 아는데 Hoxy ······.

A. 아무리 그래도 단타로 치고 빠지는 작전에 교회까지 가져가진 않죠. 종군사제가 갈 순 있겠지만요.

Q. 높은 곳의 바람······. 공수강하작전······. 강풍······. 데드풀······. 벤지 웨어 아 유······. 파이널 데스티네이션······?

A. 마음이 비뚤어진 독자님이시군요.

Q. 성당이 폭격을 피했다는 부분을 보고 드는 궁금증인데, 변종들도 문화유산이 귀한 줄을 알까요? 위퍼 같은 변종이 숨어있으면 처리하기 곤란할 텐데요.

A. '인간들이 저걸 파괴하지 않는데 왜 그러는지는 모르겠다.' 정도입니다.

Q. 교활한 것들의 전파 송수신범위는 얼마나 되나요? 알파 베타 감마로 갈수록 넓어집니까?

A. 당연히 넓어집니다. 생체전기 출력이 증가하거든요. EMP의 강도 또한 마찬가지입니다. 트릭스터의 EMP 생성 원리는 전류가 흐르는 생체 코일을 파열시키는 방식이기 때문에, 흐르는 전류가 강해지면 위력도 강해집니다.

Q. 킬로이가 예전에도 언급된 적이 있나요?

A. 트릭스터가 처음 등장한 「#징조들」 에피소드에서 언급된 바 있습니다.

Q. 위퍼의 위장에 "킬로이 여기 다녀감."이라는 문장까지 있었는데, 이건 변종들이 언어를 습득했다는 뜻인가요?

A. 아닙니다. 눈으로 보고 모양만 흉내 낸 것이죠. 글씨가 삐뚤빼뚤하다고 묘사된 이유입니다.

Q. 확실히 느끼는 건데, 작가님이 야설을 쓰신다면 플라톤이 태극혜검 쓰고 니체가 천마신공 쓰는 느낌이겠네요.

A. 그게 어떤 느낌인지 짐작도 못 하겠습니다……

Day after apocalypse

LOG OUT *98.4%*

납골당의 어린왕자　10

초판 1쇄 발행　2019년 10월 30일

저자 퉁구스카
표지 MARCH

디자인 윤아빈
주간 홍성완
마케팅 정다움, 김서희
발행인 원종우
발행처 (주)이미지프레임

주소 (13814) 경기도 과천시 뒷골1로 6, 3층
영업부 02-3667-2653　**편집부** 02-3667-2654　**팩스** 02-3667-2655
메일 edit03@imageframe.kr　**웹** vnovel.co.kr

ISBN　979-11-6085-774-0 04810 (10권)
　　　　979-11-6085-063-5 02810 (세트)